DAS OSTSEEKARTELL

Hannes Nygaard ist das Pseudonym von Rainer Dissars-Nygaard. 1949 in Hamburg geboren, hat er sein halbes Leben in Schleswig-Holstein verbracht. Er studierte Betriebswirtschaft und war viele Jahre als Unternehmensberater tätig. Hannes Nygaard lebt auf der Insel Nordstrand.
www.hannes-nygaard.de

HANNES NYGAARD

DAS OSTSEEKARTELL

Hinterm Deich Krimi

emons:

Bibliografische Information der Deutschen Nationalbibliothek
Die Deutsche Nationalbibliothek verzeichnet diese Publikation
in der Deutschen Nationalbibliografie; detaillierte bibliografische
Daten sind im Internet über http://dnb.d-nb.de abrufbar.

© Emons Verlag GmbH
Alle Rechte vorbehalten
Umschlagmotiv: picture alliance/dpa/Frank Molter
Umschlaggestaltung: Nina Schäfer, nach einem Konzept
von Leonardo Magrelli und Nina Schäfer
Umsetzung: Tobias Doetsch
Gestaltung Innenteil: DÜDE Satz und Grafik, Odenthal
Lektorat: Dr. Marion Heister
Druck und Bindung: CPI – Clausen & Bosse, Leck
Printed in Germany 2022
ISBN 978-3-7408-1583-7
Hinterm Deich Krimi
Originalausgabe

Unser Newsletter informiert Sie
regelmäßig über Neues von emons:
Kostenlos bestellen unter
www.emons-verlag.de

Dieser Roman wurde vermittelt durch die Agentur Editio Dialog,
Dr. Michael Wenzel (www.editio-dialog.com).

Für Bettina und Stefan

Enttäuscht vom Affen, schuf Gott den Menschen.
Danach verzichtete er auf weitere Experimente.

Mark Twain

EINS

Vorgestern hatte sich ein strahlend blauer Himmel über die Förde gewölbt. Sonnenstrahlen streichelten die zahlreichen Spaziergänger, die diesen traumhaften Spätherbsttag zu einem Gang am Wasser genutzt hatten. Menschen und Tiere sprühten gleichermaßen vor Lebensfreude und ließen ihrem Bewegungsdrang freien Lauf. Alles schien von einer wunderbaren Leichtigkeit getragen. Und das bunte Laub an den Bäumen begleitete diese Heiterkeit mit einem wahren Farbfeuerwerk. Indian Summer in Kiel, untermalt vom sanften Plätschern der Wellen, die gegen die Uferbefestigung schlugen. Der Norden bedeutete Vielfalt. Das traf auch auf das Wetter zu. Meeno, der Wetterfrosch im regionalen Fernsehprogramm, hatte es angekündigt. Seit dem Brexit schienen die Briten die wettertechnische Rücksicht auf das übrige Europa missen zu lassen und schickten ihre Tiefs in Richtung Nordeuropa. Ungewöhnlich früh war der erste heftige Herbststurm auf die Westküste gestoßen. Er hatte sich beim Zug über das Land zwischen den Meeren abgeschwächt. Das galt nicht für den ihn begleitenden Regen, der gestern Kiel nahezu ertränkt hatte. Heute war eine rege Schauertätigkeit geblieben. Die Lücken zwischendurch füllte ein beständiger Nieselregen aus.

Finn Hunger stolperte vorwärts. Unter dem Kapuzenshirt trug er einen weiteren Pullover, der aber nur wenig Schutz vor der unangenehmen Kühle bot. Der Nieselregen hatte die Kleidung durchnässt. Die Feuchtigkeit kroch von den ausgefransten Säumen der Jeans die Waden empor. Vom Knie aufwärts war die Hose kunstvoll zerfetzt, ein Ausdruck modischen Bewusstseins. Die Füße steckten in Sneakers. Das sportschuhähnliche Design erfüllte allerdings keine sportlichen Funktionen. Das abgetragene Paar war eine Notwendigkeit, um überhaupt Beachtung zu finden, auch wenn Finn oft angemacht wurde, dass seine Schuhe nicht von einem der renommierten Labels stammten. Er hatte ohnehin Probleme, wenigstens in geringem Maße Markenklamotten zu tragen. Nicht die Zweckmäßigkeit, sondern der äußere Schein war ausschlaggebend. In seiner Klasse wurden jene gebasht, die auf modischem Gebiet in der zweiten Liga spielten. Für andere Jugendliche seines Alters war er cringe, jemand, für den man sich schämen musste. Sein Vater war ein »Geringverdiener«. Im Jugendjargon wurden damit Loser bezeichnet. Ein Lowbob – ein Mensch ohne Fähigkeiten. Gerhard Hunger arbeitete als Postzusteller. Der Sechsundvierzigjährige hatte diesen anerkannten Ausbildungsberuf gelernt und betreute seit vielen Jahren den Zustellbezirk rund um den Kieler Blücherplatz. Aus Finns Perspektive war sein Vater ein Weichei. Wenn er vom Dienst heimkehrte, zog es den Alten aufs Sofa. War das eine Flucht vor der stillen Forderung der Kinder, aktiver am Leben »da draußen« teilzunehmen?

Finn hasste es, wenn nach den Ferien von den Mitschülern die Reiseerlebnisse vorgetragen wurden. Aus seiner Klasse waren manche schon in der ganzen Welt herumgekommen. Er schämte sich, dass die Familie Hunger im Urlaub nur bis in den Harz, die Lüneburger Heide oder andere abgefahrene Regionen kam. Dort fiel wenigstens der in die Jahre gekommene japanische Kleinwagen nicht auf. Er musste sich zu Hause das Zimmer in der engen Mietwohnung mit seinem nervigen Bruder Lars teilen. Der Vierzehnjährige war eine echte Zumutung. Einen Rückzugsort gab es in der Familie nicht. So hatte Finn schon vor langer Zeit die Flucht aus diesem Teil seines Lebens angetreten.

Mutter Birgit versuchte es im Rahmen ihrer Möglichkeiten, allen recht zu machen. Dabei war sie oberpeinlich. Nicht sie selbst, sondern ihr Halbtagsjob bei der Stadt Kiel. Sie lief in einer lächerlichen Uniform herum und notierte als Politesse Verkehrssünder. Sie überwachte den ruhenden Verkehr. Parken im Halteverbot, auf Geh- und Radwegen, Umzugswagen, die die Straße blockierten, und vieles mehr. Ausgerechnet in dieser Funktion hatte sie sich mit Bogdans Vater angelegt.

Bogdan, sein Klassenkamerad, dessen Vater schon bald nach der Ankunft in Deutschland einen schwunghaften Autohandel aufzog. Das Geschäft schien zu florieren. Der Vater hatte seinen protzigen Mercedes auf dem Gehweg geparkt, um etwas in einem der Geschäfte zu erledigen. Diese Aktion hatte aber mehr Zeit in Anspruch genommen als geplant. Bei seiner Rückkehr stieß er mit Finns Mutter zusammen, die den Regelverstoß aufnahm. Ob es an seinem serbischen Temperament lag, blieb ungeklärt. Seine Erregung mündete schließlich in einer längeren Abfolge wüster Beschimpfungen gegen Finns Mutter. Das blieb für den Autohändler nicht folgenlos.

Seitdem verfolgte Bogdan Finn noch mehr. Wenn er mit seiner Designerkleidung und den albernen Goldkettchen spottete, dass Finns Familie doch eigentlich einen Doppelnamen tragen müsste: Hunger-Tuch, an dem sie nagte. Bogdan stellte die Frage, weshalb die Deutschen sich mit Lakaienarbeit wie Briefträger oder Politesse abgeben mussten, während tüchtige Einwanderer wie sein Vater es zügig zu etwas brachten.

Bogdan bekam ein großzügig bemessenes Taschengeld, war schon früher mit den heißesten Rädern zur Schule gekommen und hatte zeitig den Führerschein gemacht. Als er achtzehn wurde, stand natürlich ein eigenes Auto vor der Tür.

Und Finn? Sein Vorstoß in Richtung Führerschein endete beim bedauernden Achselzucken seines Vaters. »Wovon denn?«, hatte Gerhard Hunger gefragt. »Sieh zu, dass du die Schule beendest.«

Scheiß-Penne. Weshalb sollte er unbedingt das Abi machen? Seine Eltern hatten es auch nicht. Dafür krebsten sie aber auch herum. Vieles war nicht möglich. In ihm kochte oft der Neid hoch, wenn er sah, in welchem Umfeld Mitschüler lebten. Allen voran Bogdan, der von seinem schmierigen Vater mit Geld eingedeckt wurde. Die Anforderungen in der Schule machten Finn zu schaffen. Besonders in Mathe und Englisch stand es nicht zum Besten. Bogdan war auch unterkomplex, was in seinem Jargon »halbschlau« oder gar »Trottel« hieß. Die letzte Klassenreise hatten Finns Eltern nur ermöglichen können, indem man im Familienurlaub zurücksteckte. Voller Stolz hatte seine Mutter ihm Taschengeld zugesteckt. Das sollte für eine ganz Woche reichen. Bogdan hatte den gleichen Betrag am ersten Abend ausgegeben. Während sich viele um Bogdan scharten, fehlte Finn ein echter Digga, ein Freund oder Kumpel.

In Politik hatte Richter, ein Hohlkopf von Lehrer, ihnen die Orgie vom Grundgesetz vorgequatscht und von den annähernd gleichen Lebensverhältnissen, die angeblich herrschen sollten. Paaah. Finn musste sich neben der Schule noch Aushilfsjobs suchen. Werbezeitungen austragen, im Supermarkt Leergut und Einkaufswagen sortieren und Ähnliches. Die Zeit fehlte ihm beim Nacharbeiten des Schulstoffs. Das war aber nicht alles. Wie happy war er, als er zu Privatpartys eingeladen wurde. Da hüpften jede Menge Bruh-Girls herum, doch fast immer unerreichbar für ihn. Es war wieder Bogdan, der stets based war und zur Erheiterung der anderen meinte, Finn sei schwul, weil er bei den Mädchen nicht ankam. Das änderte sich, als Finn seinen ersten Joint rauchte. Plötzlich umhüllte ihn ungewohnte Leichtigkeit. Er vibte, war leicht und fühlte sich wohl. Nach dem ersten Versuch gewann er Gefallen am Konsum von Cannabis, wenn er über diesen Weg den Kontakt zu den anderen herstellen konnte. Doch schon bei der dritten Einladung wurde ihm klargemacht, dass der Konsum des Shits keine Sozialtat war und er nicht gesponsert wurde. Finn stand vor der Frage, sich wieder auszuklinken oder die geforderten zehn Euro pro Gramm zu zahlen.

Da war es wieder – das Problem mit dem Geld. Zwei Mal stibitzte er Geld aus dem Portemonnaie seiner Mutter, die es natürlich bemerkte. Wesentlich größer war das Donnerwetter, als er seinem Bruder Lars das restliche Taschengeld für den Monat entwendete. Finn sann auf andere Möglichkeiten. In dem Supermarkt, in dem er aushalf, gab es bei der Flaschenrückgabe einen gläsernen Kasten, wo der Pfandcoupon gespendet werden konnte. Finn wurde erwischt, als er sich daran zu schaffen machte, und mit Schimpf und Schande davongejagt. Seitdem hing der Haussegen bei Hungers schief. Finns Griff nach den Spendenbons sprach sich schnell in der Nachbarschaft herum. Sein Alter, den er für einen Laumann hielt, hatte wie ein Berber getobt und ihm sogar Prügel angedroht. Das sollte er einmal versuchen. Finn würde sich ihm entgegenstellen. Der Vater sollte nicht toben, sondern lieber dafür Sorge tragen, dass die Familie vernünftig leben konnte. So wie Bogdans Truppe.

Finn brauchte Geld. Er war nicht von Drogen abhängig, aber von dem Zutritt zur Clique, in der er endlich einen Hauch Anerkennung fand. Und dieser Weg lief über das Kiffen. Irgendjemand hatte einmal erklärt, dass kiffen dem englischen *kif* entlehnt wurde und seinen Ursprung im arabischen Wort *kayf* hatte. Das bedeutete Wohlbefinden. Und das empfand er beim Konsumieren. Die Welt renkte sich für ihn wieder ein, wenn nicht das Problem mit dem Geld für das Cannabis wäre. Auf die Joints zu verzichten … Das war keine Alternative mehr. Finn begann, sich mit kleineren Diebstählen Geld zu beschaffen. Er entwendete in Geschäften Spirituosen, Zigaretten, begehrte Elektronikartikel wie Handys oder Markenkleidung. Doch das wurde immer riskanter. Er glaubte, das Personal hatte ein Auge auf ihn geworfen. Eine weitere Masche war, in den Parks und am Ufer der Förde älteren Menschen die Geldbörse zu rauben. Die Alten hatten genügend Geld und lebten von einer üppigen Rente, die sie gar nicht ausgeben konnten.

Die Spezialisierung auf Ältere hatte den Vorteil, dass die Leute wenig wehrhaft waren und auch nicht technikaffin. Jüngere bezahlten ihre Einkäufe häufig mit Karten, Ältere hingegen mit Bargeld. Doch es sprach sich herum, dass am Ostufer der Förde ein jugendlicher Täter alte Leute beraubte. Die Polizei setzte vermehrt Streifen ein.

So sann er nach neuen Möglichkeiten, an Geld zu kommen, zumal der Bedarf an Barem wuchs. Auf einer Party hatte ihm jemand Ice angeboten, Crystal Meth. Der Stoff war phänomenal. Finn fühlte sich euphorisch. Er kam mit weniger Schlaf aus, und sein Hunger- und Durstgefühl nahm ab. Das Leben war von einer außergewöhnlichen Leichtigkeit geprägt. Allerdings verband sich damit auch ein gesteigertes Verlangen nach intimen Kontakten mit Mädchen. Trotz seiner neu gewonnenen Lockerheit fiel es ihm schwer, sich an das andere Geschlecht »heranzumachen«. Er besuchte Jugendclubs und zweifelhafte Discos, aber selbst dort stieß er beim weiblichen Geschlecht auf Ablehnung. Seine Eroberungen waren nicht gerade imageträchtig. Entweder galten sie als »Durchgangsstationen«, Bogdan behauptete, da wären schon »alle dran gewesen«, oder es gab äußere Mängel. »Die nimmt doch keiner.«

Aber er gewann durch die Droge Selbstvertrauen, es stellte sich ein Gefühl der Stärke ein und verlieh seinem Leben eine neue, bisher ungewohnte Geschwindigkeit. Durch die Steigerung der Dosis konnte die Wirksamkeit sogar auf vierundzwanzig bis sechsunddreißig Stunden ausgedehnt werden. Und wenn nach dem Rausch das von Lethargie und Depression geprägte Come-down – der Kater – folgte, putschte er sich mit einer neuen Dosis auf.

Doch durch die Gewöhnung trat ein schleichender Wirkungsverlust ein, den er durch Steigerung der Dosis ausgleichen musste. Wie abhängig er mittlerweile war, zeigte sich, als er in Gaarden einem Zehnjährigen mit Migrationshintergrund das Handy raubte und dem Kind auch Bargeld abnehmen wollte. Er hatte nicht damit gerechnet, dass der Junge schnell Hilfe herbeirufen konnte und Finn den Angehörigen der Großfamilie in die Hände fiel. Man griff ihn auf dem Gang zur Gaardener Brücke auf und übernahm auch gleich die Bestrafung. Es war eine schmerzhafte Belehrung, und der gebrochene Arm, durch einen Schlag auf die Kante einer Betonmauer, war ihm Lehre genug, Gaarden künftig großräumig zu meiden, auch wenn sein Revier, durch das er streifte, auf dem Ostufer der Landeshauptstadt lag.

Dort hatte sich die Disco »East Heaven« etabliert, ein nicht nur äußerlich schmuddeliges Etablissement. Hier hatte Finn »Bimbo« kennengelernt. Ihm war bewusst, dass dieser Name nicht gesellschaftsfähig war, aber alle Welt nannte den dunkelhäutigen Dealer mit den Rastalocken, dessen Identität im Verborgenen blieb, so. Bimbo war ein zuverlässiger Lieferant, allerdings gab es bei ihm die Ware nur gegen Bares.

Und die Geldbeschaffung wurde für Finn zu einem noch größeren Problem, als er Hüsniye begegnete. Sie war papatastisch: Sie war etwas Schönes, Außergewöhnliches und Phantastisches. Das fand sich auch in ihrem Namen wieder: »Hüsniye« bedeutete »die Schöne«. Hüsniye Öymens Eltern waren beide in Deutschland geboren, der Opa war einst als junger Gastarbeiter auf der Deutschen Werft tätig gewesen, als deren Geschäfte noch boomten. Seitdem lebte die Familie in der kleinen Wohnung in der Dietrichsdorfer Verdieckstraße. Die ruhige Nebenstraße war mit dunklen Rotklinkerhäusern bebaut, denen man ansah, dass sie früher dem Arbeiterbauverein oder ähnlichen Institutionen gehörten, bevor sie Wohnungskonzernen in die Hände fielen.

Für Finn war es ein schwacher Trost, dass Hüsniye dort den Wohnraum mit ihren Eltern und drei Geschwistern teilen musste und ein ähnliches Schicksal wie er selbst teilte. Für ihn war maßgebend, dass sie ihn als akkurat betrachtete. Das bedeutete Zustimmung. Sie hatte ihn nicht als Dulli – als tollpatschig oder unbeholfen – abgetan, als er sich ihr näherte. Und dann war es zum ersten Kuss gekommen, dem vorsichtige weitere Annäherungen folgten. Finn verfolgte nur noch einen Gedanken. Er musste Hüsniye haben. Ganz. Er war sich nicht sicher, ob sie es zulassen würde. Seit Tagen kreisten seine Gedanken nur um das eine. Um sie und die Erfüllung seines Verlangens. Gleichzeitig schwang Unsicherheit bei ihm mit.

Doch mit Hilfe von Crystal Meth würde er alle Hemmungen über Bord werfen.

Finn hatte Bimbo gestern im kleinen Park am Wasserturm in der Nähe der Toni-Jensen-Gemeinschaftsschule abgepasst. Natürlich gab es den Stoff nur gegen bar. Es war zum Verzweifeln. Finn war durch die Straßen geirrt und hatte nach einer Möglichkeit der Geldbeschaffung gesucht. Es ergab sich keine. Und er brauchte den Stoff. Für heute. Er war mit Hüsniye verabredet. In seiner Verzweiflung hatte er Bimbo gedroht, er würde der Polizei einen Tipp geben, wenn der Dealer ihm nicht einen Kredit einräumen würde. Nur einen. Einmalig. Es war wichtig. Extrem wichtig. Ohne diesen lang ersehnten Augenblick mit Hüsniye schien Finns weiteres Leben sinnlos. Bimbo hatte ihn ausgelacht und sich abgewandt, aber Finn hatte seinen ganzen Mut zusammengenommen und ihn festgehalten. Bimbo musste Kraft aufwenden, um sich von Finn zu befreien. Kritisch wurde es, als Passanten auf die Auseinandersetzung aufmerksam wurden. Bimbo hatte sich aus der Affäre gezogen, indem er Finn auf heute vertröstet hatte.

Voller Ungeduld war Finn zum Sokratesplatz geeilt. Der Platz inmitten des Campus der Fachhochschule galt als Umschlagplatz für Drogengeschäfte. Doch er hatte vergeblich auf Bimbo gewartet. Sein zweiter Versuch war erfolgreicher. Bimbo war an seinem Stammplatz unterhalb des Wasserturms, der auf dem Moorberg thronte und heute Wahrzeichen und Zentrum des Wohngebiets am Masurenring war. Dieses einstige städtebauliche Vorzeigeprojekt hatte mit der Fehlentscheidung, das kleine Einkaufszentrum in der Mitte der Anlage nicht weiter zu fördern, an Attraktivität verloren. Hochhäuser ragten wie Terrakottaburgen mit weißen Balkonen empor.

Das obere Drittel des Wasserturms zierten große Gemälde durch die tosenden Fluten kämpfender Großsegler. Von der Straße stieg die Grünfläche des Moorbergs an. Sie wurde neben dem Wasserturm von einer im bunten Herbstlaub stehenden dichten Busch- und Baumreihe begrenzt, in deren Schatten sich vier Sitzbänke kuschelten. Von dort hatte man einen guten Überblick über das Areal. Und es gab für Ortskundige schnelle Ausweichmöglichkeiten auf das Gelände der direkt dahinterliegenden Gemeinschaftsschule. Zu dieser Stelle führte auch kein Fußweg. Wer sich näherte, musste über die Grünfläche gehen. Diesen Platz hatte sich Bimbo für seine Verkaufsaktivitäten ausgesucht.

Der Dealer versuchte zunächst, ihn erneut abzuwimmeln. »*Go home*«, sagte er. »Es ist besser für dich, Kleiner.«

Das hatte Finn rasend gemacht. Kleiner! Er wollte Bimbo am Revers packen, aber der Afrikaner war schneller.

»Ist ja gut«, versuchte er Finn zu beruhigen und sah sich suchend um. »Ich habe etwas für dich.« Er kramte in seiner Tasche. Finn fiel nicht auf, dass Bimbo ein etwas größeres Päckchen aus der Tasche zog, das er getrennt von seinen anderen Vorräten aufbewahrt hatte. Er steckte es Finn zu. »Und jetzt hau ab«, drohte er.

Bimbo hatte ihm eine Tüte Ice zugesteckt, eine sehr reine Form des Methamphetaminhydrochlorids. Mit zittrigen Fingern kramte Finn seine Icepipe hervor und stopfte sie mit dem salzartigen Stoff. Er hatte Mühe, die Pfeife zu entzünden. Dann inhalierte er gierig daran. Sheesh – war das Zeug gut. So etwas hatte Finn bisher noch nie probiert. Er hatte sich für das Rauchen entschieden, weil der Kick dort intensiver war als beim Schnupfen.

Es dauerte eine Weile, bis die Wirkung eintrat. Finn spürte, wie ihn die Euphorie umarmte. Seine Ängste, Hüsniye würde ihn nicht erhören, schwanden ebenso wie der Stress mit den Eltern und in der Schule. Der Scheiß-Bogdan – was bildete der sich nur ein? In Finn wuchs etwas heran. Jawohl. Er war größer und besser als Bogdan und dessen Speichellecker. Er – Finn Hunger. Überhaupt – mit seinem verdammten Nachnamen konnte man ihn nicht mehr aufziehen. Jetzt nicht mehr. Finn verspürte keinen Hunger. Er war in diesem Augenblick auch nicht mehr der »kleine Hunger«. Er war Finn, dem Flügel wuchsen. Müdigkeit und Schmerzen waren vergessen.

Er lachte vor Glück, als er dem Pfad vom Wasserturm abwärts folgte. Finn überquerte die Straße und schwenkte übermütig den Arm in Richtung des Kleinlasters, den er zu halten genötigt hatte und dessen Fahrer wütend hupte. Ein Stück weiter bog er in den nach einem Stadtrat benannten Fußweg ein, der anstelle des fehlenden Bürgersteigs an der Straße zwischen dichtem Grün entlangführte und das Wohnviertel mit dem nahen Einkaufszentrum jenseits der Hauptstraße verband. Finn ruderte mit den Armen, um das Gleichgewicht zu halten. Der Kreislauf geriet aus der Balance, er taumelte, als sei er betrunken.

Weshalb glotzte ihn das ältere Paar an, das ihm entgegenkam und in einem Hackenporsche die Beute aus dem Supermarkt zu seinem Domizil transportierte? Wie bescheuert war es, wenn die Alten sich solcher Einkaufstrolleys bedienten?

Finn streckte den Arm aus. »Da drüben, Alter, ist der Friedhof. Nur ein kurzer Fußweg. Den schafft ihr noch«, lallte er.

»Unverschämtheit«, erwiderte der Mann und ließ sich von seiner Begleiterin fortziehen.

Finn baute sich auf und sah den beiden Passanten nach. Er wollte etwas rufen, aber ihm war entfallen, was er sagen wollte. Er breitete die Arme aus und begann, in Schlangenlinie zu laufen. »Brrrrhhh«, imitierte er das Geräusch eines Flugzeugmotors.

Als kleiner Junge hatte er das oft gespielt. Er hatte davon geträumt, einmal Pilot zu werden und die Welt aus der Vogelperspektive kennenzulernen, in fremde Länder zu reisen. Er blieb stehen und krümmte sich vor Lachen. Nein! Jetzt benötigte er nicht einmal ein Flugzeug. Er konnte so fliegen. Einfach nur sooo. Er war ein Main Character, der sein eigenes Leben als Film wahrnahm und darin der Hauptdarsteller war. Alles wird gut. Die einhundert Meter bis zum Fußgängerüberweg, der zum Einkaufszentrum führte, dehnten sich unendlich. Ihm schien, als würde der Pfad durch den Wald nicht enden. Wie durch Watte vernahm er Kinderlachen. Irgendwo hinter dem Grün. Ja!

Plötzlich hatte er Durst. Da vorn – irgendwo – konnte man rüber ins … zu einem Laden. Da gab es was zum Saufen. Was? Egal. Der Hals war trocken. Seine Mu… Mutt… Na – die Alte. Sie hatte gesagt, er soll etwas essen. So eine Scheiße. Finn hatte etwas gefunden, das ihm den Hunger nahm. Aber jetzt hatte er Durst. Und essen? Bloß nicht. Ihm war übel. Hundeübel. Er kämpfte, gab dann aber auf. Der Würgereiz war übermächtig. Der Magen krampfte, sein Inhalt kämpfte sich empor und schoss heraus. Im Unterbewusstsein registrierte Finn Blut. Dass es sein Kapuzenshirt beschmutzte, bemerkte er nicht. Es juckte am ganzen Körper. Dieses Phänomen beschäftigte ihn schon eine Weile. Ihm wurde warm. Heiß. Lag es an den Strahlen, die ihn blendeten und dabei ein höllisches Kreischen absonderten?

Finn hob die Fäuste und schlug um sich. Sein Herz raste, stolperte. Er drohte auf die Knie zu fallen, riss sich aber zusammen und torkelte weiter, am Fußübergang zum Einkaufszentrum vorbei durch den schmalen Weg, der wie ein Tunnel durch das dichte Grün führte. Manchem Einheimischen war dieser Weg selbst am helllichten Tag zu unheimlich.

Finn rutschte auf dem feuchten Laub aus und schlug mit dem Knie auf den Boden. Dann kippte er vornüber und schrammte seine Handflächen blutig. Schmerz verspürte er nicht. Nicht an den Extremitäten. Sein Herz war gewachsen. Er fühlte es deutlich. Der Platz in seinem Brustkorb reichte nicht mehr aus. Er war zu eng für das Herz, das jetzt heftig gegen die Rippen schlug. Wie eine überdimensionale Kirchenglocke schwang es in Finns Innerem hin und her, bis hin zum Hals. Immer wenn es dort oben ankam, schnürte es ihm die Luft ab. Finn würgte. Aber es war kein Platz mehr, um den Mageninhalt loszuwerden. Alles war zugeschnürt. Und es war heiß.

Er legte den Kopf auf den nassen Boden und presste die Stirn fest auf den Untergrund. Das tat gut. Dann traf ihn wieder dieses verdammte Pendel in seinem Inneren. Es war ein höllisches Grauen. Der ganze Körper – nein, nicht nur der. Alles bebte. Alles wurde von diesen gewaltigen Schlägen mitgerissen. Donnerschläge im Ohr zerrissen sein Trommelfell. Er wollte sich die Ohren zuhalten, den Kopf abstützen, die Hände aufs Herz pressen. Alles gleichzeitig. Doch seine Arme gehorchten ihm nicht. Bogdan beugte sich über ihn, spielte mit dem lächerlichen Goldkettchen und lachte ihn aus. Plötzlich erschien Finns jüngerer Bruder Lars, verzog sein Gesicht zu einer hässlichen Fratze und trat nach ihm. Mehrfach.

Aus der Platzwunde unterm Auge schoss Blut, als Finn mit dem Kopf auf den Belag des Weges aufschlug. Er brachte es mit den Tritten seines Bruders in Verbindung. Im Hintergrund sah er seinen Vater, der ihn stumm mit traurigen Augen ansah. »Wir haben alles für dich getan, mein Junge«, sagte dieser Blick. »Wir konnten es nicht anders, aber du solltest es doch besser haben als wir.« Seiner Mutter rollten Tränen aus den Augenwinkeln. »Finn, mein Großer. Du isst zu wenig«, sagte sie leise.

Nein! Er hatte keinen Appetit. Er wollte nur eines. Leben.

Das Herz donnerte mit Macht gegen die Rippen. So musste sich ein altes Haus fühlen, wenn die Abrissbirne gegen die Mauern schlug und sie stückweise zerstörte. So wie das Herz ihn zerlegte. Hoffentlich war bald alles Blut aus ihm herausgelaufen, schoss es ihm in einem lichten Moment durch den Kopf. Dann hörte endlich dieses Rauschen in seinem Kopf auf.

Inmitten dieser grauenvollen Schrecken tat sich ein Licht auf. Hell. Strahlend. Hüsniye war zunächst nur schemenhaft zu erkennen. Dann wurde ihr Bild immer deutlicher. Sie lächelte. Sie streckte ihm die Hand entgegen. Fordernd.

»Finn, mein geliebter Finn«, sagte sie sanft. »Komm zu mir. Für immer!«

ZWEI

Auf dem schmalen Weg durch das dichte Gestrüpp wimmelte es von Einsatzfahrzeugen. Polizeibeamte hatten die Zugänge abgesperrt. Trotz des unwirtlichen Wetters hatten sich zahlreiche Schaulustige eingefunden, die in einer dichten Traube am Flatterband standen und die Beamten bedrängten, Auskünfte zu erteilen. Die Gerüchte schaukelten sich schnell auf, bis von einer grässlich zugerichteten und verstümmelten Leiche die Rede war.

Auskunft hätten zwei dreizehnjährige Schülerinnen geben können, die mit ihrem Fahrrad den Weg benutzt hatten und auf eine reglose Person gestoßen waren. Sie waren weitergefahren und hatten einen Mann in Jogginghose und einem fleckigen Anorak angesprochen, der an der Fußgängerampel wartete.

Hans-Jörg Grützmacher hatte sich brummig den atemlosen Bericht der Schülerinnen angehört und war ihnen bis zu der Stelle gefolgt, wo ein Jugendlicher zusammengekrümmt auf dem Boden lag. Unter seinem Gesicht hatte sich eine Blutlache gebildet. Grützmacher hatte den Körper mit der Fußspitze angestoßen.

»Steh auf, du Junkie«, hatte er geknurrt. »Du holst dir sonst den Tod.« Als sich die Gestalt zu seinen Füßen nicht rührte, hatte er sich widerwillig niedergebeugt und sie an den Schultern gerüttelt. Keine Reaktion. »Habt ihr 'nen Handy?«, hatte er die Mädchen gefragt und sie gebeten, die Polizei anzurufen. »Ich kann mit solchen Dingern nicht umgehen.« Die kleine Dunkelhaarige verhaspelte sich vor Aufregung, sodass er den Apparat übernahm und von einem Besoffenen im Rektor-Renner-Weg sprach. »Ja, zwischen der Ampel und dem Poggendörper Weg.«

Es dauerte nur wenige Minuten, bis die Polizeistreife von der nahen Dietrichsdorfer Wache eintraf, fast zeitgleich mit dem Rettungswagen der Berufsfeuerwehr.

Die Notfallsanitäter zuckten gleichmütig mit den Schultern. »Das ist nicht mehr unser Job. Den nimmt man uns nicht ab.« Die gleiche Feststellung, aber mit anderen Worten, machte der herbeigerufene Notarzt. Er konnte nur noch den Tod feststellen.

Die Streifenpolizisten hatten den Kriminaldauerdienst alarmiert, wenig später waren Beamte des K1 der Bezirkskriminalinspektion und der Spurensicherung eingetroffen.

Man hatte die Personalien der Schülerinnen aufgenommen, die außer Sichtweite der Fundstelle auf ihre Eltern warteten, die benachrichtigt worden waren.

Hans-Jörg Grützmacher hatte sich fast gleichmütig gezeigt. Er hatte keinen Ausweis dabei, weil er »nur mal eben was zu trinken holen wollte. Drüben von Aldi.« Er zeigte mit dem Daumen über die Schulter. »Ich wohn ja gleich dahinten.« Er war zufrieden, als seine Bitte um eine Zigarette von einem der Beamten erfüllt wurde. »Das musste ja mal so kommen. Hinten unterm Turm trifft man öfter mal 'nen Junkie. Ich frag mich, weshalb ihr da nicht mal aufräumt?«, sagte er zu den beiden Polizisten der zuständigen Polizeistation.

Oberkommissar Horstmann hatte nach dem Rechtsmediziner, den man benachrichtigt hatte, die Taschen des Toten durchsucht und war auf eine Sidepipe gestoßen, mit der Crystal Meth geraucht wurde. Daraufhin hatte er die Kollegen des K4 benachrichtigt. Oberkommissarin Sonja Ehlebracht hatte sich nach ihrem Eintreffen umgesehen.

»Wir müssen das Ergebnis der Obduktion abwarten«, sagte sie.

Der Rechtsmediziner wollte sich nicht abschließend festlegen, äußerte aber die Vermutung, dass die sichtbaren Verletzungen nicht letal waren. »Es könnte eine Überdosis gewesen sein.«

Ehlebracht warf einen Blick auf den Jugendlichen. Sie war seit zwanzig Jahren im Polizeidienst, davon einen Großteil bei den Gifties, wie die Sachbearbeiter im Kommissariat für

Betäubungsmitteldelikte intern genannt wurden. Man durfte das Elend, das die Drogen anrichteten, nicht an sich heranlassen, sonst konnte man diese Tätigkeit nicht ausüben. Das Erlebte wurde bei Dienstschluss im Spind auf der Dienststelle eingeschlossen.

Das war die Theorie. Wenn die Drogen wieder ein jugendliches Opfer gefordert hatten, das als körperliches oder seelisches Wrack in der Psychiatrie landete, war es nicht immer möglich, diesen Grundsatz zu beherzigen. Schon gar nicht als geschiedene Mutter zweier Töchter im kritischen Alter. Es war nicht das erste Mal, dass Sonja Ehlebracht in ihrem Aufgabenbereich mit dem Tod konfrontiert wurde. Trotzdem berührte es sie jedes Mal erneut, wenn ein junges Leben auf diese grauenvolle Weise ausgelöscht wurde. Zu ihren Aufgaben gehörte auch, herauszufinden, weshalb sich das Opfer in die Abhängigkeit der Droge begeben hatte. Manchmal waren die Gründe trivial, manchmal offenbarten sich menschliche Abgründe. In solchen Situationen fiel es ihr schwer, eine professionelle Distanz zu wahren.

Im Freundes- und Kollegenkreis wurde ihr Familienname Ehlebracht gelegentlich zu »Sonja Aufgebracht« verhunzt, wenn sie sich über Politiker oder Populisten ereiferte, die für eine Freigabe von sogenannten Einstiegsdrogen plädierten. Sie konnte der Argumentation nichts abgewinnen, dass die Droge Alkohol viel gefährlicher sei als das »harmlose Kiffen« oder es eine Entlastung für Polizei und Justiz bedeuten würde, wenn man die Konsumenten geringer Mengen nicht mehr verfolgen würde.

Über solche Theorien, so empfand es Sonja Ehlebracht, ließ sich leicht schwadronieren, wenn man nicht täglich mit dem Elend konfrontiert wurde, das sich ihr und ihren Kollegen darbot. Waren die kleinen Straßendealer Opfer oder Täter? Zwangen sie Not oder eigene Sucht zu ihrem Tun? Das galt nicht für die Hintermänner, die Drahtzieher, die Drogenbosse, die international agierten und Einfluss bis in die Staatsspitzen ausübten, wenn diese nicht sogar selbst in die schmutzigen Geschäfte involviert waren.

Auch in Kiel gab es Leute, die ihr Vermögen und ihren Einfluss dem Handel mit dem Tod verdankten. Sonja Ehlebracht war nur eine kleine Beamtin, eine Polizistin, die man bei den Beförderungen geflissentlich übersah. So schien es ihr. Ihr fiel die Aufgabe zu, sich mit dem täglichen Dreck dieses Geschäftes auseinanderzusetzen, den Kampf gegen die Hydra der organisierten Drogenkriminalität führten andere. Sie bezweifelte, dass dieser erfolgreich war.

In ihrem Wirkungskreis war nichts zu bemerken. Und die »da oben« schienen sich nicht dafür zu interessieren, wie viel Kehricht Polizisten wie sie an der Drogenfront täglich zusammenfegen mussten.

Sie warf einen Blick auf die zusammengekrümmte Gestalt zu ihren Füßen. Kehricht? Er war ein junger Mensch gewesen, dessen Leben noch nicht richtig begonnen hatte. Hoffnungen. Illusionen. Perspektiven. Das war aus seinem seelenlosen Körper gewichen. Und irgendwo gab es Eltern, die auf ihren Sohn warteten. Nun war es an ihr, diesen Menschen nahezubringen, dass ihr Sohn nicht zurückkehren würde. Wieder einmal. Es war zum Kotzen.

»Ich mag nicht daran denken«, sagte der Streifenpolizist an ihrer Seite. »Da stirbt so ein junger Bursche fast in Reichweite der Rettungswache. Aber ob ihn die Kollegen von der Feuerwehr hätten retten können?«

Sonja Ehlebracht blieb die Antwort schuldig. »Ich bin vom K4«, sagte sie stattdessen.

Der Uniformierte nickte. »Ich weiß. Ich bin von hier. Wir haben hier eine Drogenszene. Am Sokratesplatz hat sie sich breitgemacht. Es wird aber auch an anderen Stellen gedealt. In den Wohnungen rund um den Masurenring, die uns verschlossen bleiben, aber auch am Wasserturm. Es gelingt uns selten, jemanden aufzugreifen. Und wenn, bleibt es folgenlos. Oft werden die Verfahren wieder eingestellt.«

»Wir haben von einem Afrikaner gehört, der hier sein Revier hat.«

»Oben auf dem Moorberg, bei den vier Bänken. Einmal waren wir ihm ganz nahe. Aber dann ist er uns doch über das Gelände der Toni-Jensen-Gemeinschaftsschule entkommen. Wir haben einfach zu wenig Personal. Mit den paar Männekens hier auf der Dietrichsdorfer Station kann man keinen Staat machen.«

»Und wie sieht es mit der Disco aus?«

Der Uniformierte runzelte die Stirn. »Sie meinen das East Heaven? Das ist ein schmutziger, heruntergekommener Schuppen. Mich wundert, dass das Gesundheitsamt den Laden noch nicht aus hygienischen Gründen geschlossen hat. Ich habe gehört, dass die Besucher ihre Notdurft lieber an Hausecken in der Nachbarschaft verrichten, als das stille Örtchen aufzusuchen. Mehr weiß ich auch nicht. Wir gehen da nicht hinein. Wenn die abends öffnen, hat sich die Polizei aus diesem Teil der Stadt zurückgezogen. Nachts ist unsere Station geschlossen.«

»Zum Glück«, erwiderte Sonja Ehlebracht sarkastisch. »So ist niemand zu Schaden gekommen, als ein Sprengsatz an der Tür zur Dienststelle explodierte.«

Der Polizist beließ es bei einem Schulterzucken.

Sie wurden kurz abgelenkt, als die Glocken der nahen Paul-Gerhardt-Kirche ertönten.

Der Uniformierte schluckte, bevor er leise anmerkte: »Das klingt wie ein Totenglöckchen.« Er warf einen kurzen Blick auf den Toten. »Wir haben noch nicht einmal einen Namen.«

»Ist er nicht von hier? Aus Neumühlen-Dietrichsdorf?«, fragte Sonja Ehlebracht.

»Hier leben etwa zwölftausend Menschen. Wir kennen unsere Pappenheimer, aber ihn da … Ich habe ihn noch nicht gesehen.«

Die Oberkommissarin betrachtete das leblose Bündel. »Er muss aus der Region stammen, so wie er bekleidet ist.«

»Wenn er aus Gaarden kommt oder von der anderen Seite der Förde …«, ließ der Polizist offen. »Dietrichsdorf ist als gefährlicher Ort eingestuft. Das bedeutet nicht, dass es hier im sprichwörtlichen Sinne gefährlich ist, sondern dass es Anhaltspunkte dafür gibt, dass hier bestimmte Straftaten vorbereitet, verabredet oder verübt werden. In solchen Gebieten dürfen wir die Identität von Personen ohne konkreten Tatverdacht ermitteln wie zum Beispiel nebenan in Gaarden, in Mettenhof oder rund um den Hauptbahnhof. Warten Sie mal …« Er kramte sein Handy hervor und schoss ein Foto von dem Toten. Dann wählte er eine Nummer.

Während des Wartens auf den Anschluss erklärte er: »Ich frage unseren Dienststellenleiter drüben am Ivensring, ob er den Jungen schon einmal gesehen hat.«

Es dauerte keine fünf Minuten, bis der Rückruf eintraf und der Beamte »Das ist ja großartig« sagte und dabei Sonja Ehlebracht ansah. Dann erklärte er: »Peter«, dabei schwenkte er sein Handy, »glaubt, dass wir schon einmal mit dem Jungen zu tun hatten. Er ist nicht von hier, sondern kommt von drüben. Diebstahl oder so, meint Peter.«

Sie sahen zu, wie zwei ernst dreinblickende Männer in grauen Kitteln den Leichnam auf eine Folie hoben und diese in einer Zinkwanne verstauten.

»Tschüss«, sagte Sonja Ehlebracht trocken und wandte sich ab.

Dann kehrte sie zur Blume zurück, wie das altehrwürdige Gebäude in der Blumenstraße, in dem zahlreiche Polizeidienststellen untergebracht waren, umgangssprachlich genannt wurde.

Es war polizeiliche Routinearbeit, den Namen des toten Jungen zu ermitteln. Finn Hunger, siebzehn Jahre alt, wohnhaft bei seinen Eltern in Brunswik. Der Schüler war bereits mehrfach wegen Diebstahls auffällig geworden. Er wartete noch auf die erste Verhandlung vor dem Jugendrichter. In der übernächsten Woche sollte der Termin stattfinden. Es gab aber keinen Hinweis auf Vergehen gegen das Betäubungsmittelgesetz. Ehlebracht holte tief Luft. Der Jugendliche war einer aus der großen Zahl derer, die den Behörden verborgen blieben. Einige schafften aus eigener Kraft den Absprung, andere schnupperten nur in der Welt der Substanzen, die angeblich Licht in das triste Dasein brachten. Es blieben genug übrig, die zu der Klientel der Beamten des Drogendezernats wurden, wie die Öffentlichkeit das Kommissariat nannte.

Sie trank einen Kaffee und gönnte ihrem Kollegen Florian Teichmeister noch die Zigarette, bevor er sie zum schwierigen Besuch bei den Eltern begleiten würde. Teichmeister war Oberkommissar – wie sie –, sechs Jahre jünger. Er war hager und überragte sie um Haupteslänge. Sonja Ehlebracht war sich selbst nicht sicher, ob es schon ein Verhältnis war, das sie mit Teichmeister verband, oder ob die beiden den gelegentlichen Sex nur aufgrund ihrer beziehungstechnischen Unabhängigkeit unternahmen. Sie teilten nur wenig gemeinsame Interessen. Es war mehr das Körperliche, das sie einte.

Es war nur ein kurzer Weg bis zur Schauenburgerstraße, die die beiden stark frequentierten Hauptstraßen Westring und Holtenauer Straße verband. Brunswik war ein zentrumsnaher urbaner Stadtteil mit dichter Wohnbebauung und lebhaften Geschäften. Auf dichtem Raum knubbelten sich hier das Finanzamt, die Kieler Gelehrtenschule, aber auch Teile der Universitätsklinik, darunter das Institut für Rechtsmedizin, in dem sich der tote Junge jetzt befand. Es war nahezu makaber, dass in Finn Hungers Wohnstraße auch die Landesstelle gegen Suchtgefahr ihren Sitz hatte.

Die Adresse befand sich in einem schmucklosen, funktionellen Mehrfamilienhaus. Die beiden Beamten erklommen, nachdem ihnen die Haustür per Summer geöffnet worden war, die Treppe bis zur zweiten Etage. Dort erwartete sie eine Frau, die ihre nussbraun gefärbten Haare offen trug. Sie blinzelte durch die Gläser ihrer Kassengestellbrille und musterte die Besucher mit einem fragenden Blick.

»Frau Hunger?«

»Ja?«

»Mein Name ist Ehlebracht. Das ist mein Kollege Teichmeister. Wir kommen von der Polizei.«

Die Frau wurde blass. »Finn?«, fragte sie. »Hat er wieder etwas angestellt?«

»Dürfen wir hereinkommen?«

Die Frau gab den Weg in die Wohnung frei und bat die beiden Beamten ins Wohnzimmer, das schlicht und funktional eingerichtet war. Es war eng, da auch der Essplatz der Familie dort untergebracht war. Ein Mann mit Geheimratsecken und eingefallenen Wangen richtete sich vom Sofa auf, wo er gelegen hatte.

»Mein Mann«, stellte Frau Hunger vor. »Er ist Briefträger und muss früh raus. Wenn er nach Hause kommt, legt er sich einen Moment hin.« Es klang wie eine Entschuldigung. »Die beiden sind von der Polizei.«

»Wir haben eine schlechte Nachricht«, begann Sonja Ehlebracht und hatte Mühe, den Angehörigen die Todesnachricht zu überbringen. Man hatte sie geschult, sie hatte Routine bei diesem schwierigen Teil ihrer Arbeit, aber es kostete jedes Mal wieder Überwindung. Routine? Eigentlich wurde es immer schwieriger.

Die Eltern schrien nicht auf, brachen nicht zusammen, sondern erstarrten stumm in Fassungslosigkeit, bis Gerhard Hunger kaum wahrnehmbar den Kopf schüttelte.

»Das kann doch nicht wahr sein«, sagte er tonlos. »Finn hatte doch alles. Wir haben alles darangesetzt, dass es ihm einmal besser geht.« Er klopfte sich mit der geballten Faust gegen die Brust. »Wir rackern uns ab und versuchen, unseren Kindern manches zu ermöglichen.«

Die Mutter begann, leise zu schluchzen. »Er war anders in der letzten Zeit. Manchmal wie ein kleines Kind, ängstlich, dann wieder völlig überdreht. Ich kam nicht mehr an ihn heran.« Sie wischte sich mit dem Ärmel ein paar Tränen aus den Augenwinkeln. »Heute Morgen ist er ohne Frühstück aus dem Haus. Das kam öfter vor. Wir hatten Streit miteinander. Er wollte nicht sagen, wohin er ging. Jedenfalls nicht zur Humboldt-Schule.«

»Dort sollte er Abitur machen«, wiederholte der Vater mehrmals wie in Trance.

Sie wurden durch lautes Wummern abgelenkt. Es waren die überlauten Töne eines Ego-Shooters, eines Computerspiels, bei dem der Spieler in einer dreidimensionalen Spielwelt mit einer Schusswaffe andere Spieler oder computergesteuerte Gegner eliminieren musste.

Die Mutter sprang auf, nachdem sie den Lärm zunächst ignorieren wollte, riss die Tür auf und schrie: »Lars. Hör sofort auf.«

Mit einem Schulterzucken versuchte sie bei ihrer Rückkehr zu erklären, dass das Zusammenleben bei den beengten Wohnverhältnissen schwierig sei. Jugendliche würden ihren Freiraum benötigen.

Sie war noch mit ihrer Erklärung beschäftigt, als die Tür aufflog und ein hoch aufgeschossener Junge erschien.

»Schrei mich nicht so an«, brüllte er. »Ich mach, was ich will.«

»Lars«, versuchte es der Vater mit leiser Stimme. »Finn ist etwas passiert.« Für die beiden Beamten fügte er an: »Unser Jüngster.«

»Na und?«, schrie Lars. »Hoffentlich hat es den Arsch ordentlich erwischt.«

Dann flog die Tür krachend ins Schloss.

»Die Jungs müssen sich ein kleines Zimmer teilen. Da bleiben Auseinandersetzungen nicht aus«, sagte Birgit Hunger.

Die beiden Polizisten fragten die Eltern behutsam nach Finns Kontakten und seinem Umgang, nach seinen Hobbys und seinem Freizeitverhalten. Es war erschreckend, dass Birgit und Gerhard Hunger kaum informiert waren. Sie erweckten nicht den Eindruck von Desinteresse oder Gleichgültigkeit, aber es war herauszuhören, dass sie mit ihrem eigenen Leben und ihren Problemen so beschäftigt waren, dass nur wenig Zeit und Raum für ihren großen Sohn blieb. Und dem zweiten, befürchtete Sonja Ehlebracht, erging es ähnlich.

Der Vater wollte von Finns Drogenabhängigkeit nichts gewusst haben. Die Mutter gestand kleinlaut ein, dass es ihr nicht verborgen geblieben war, sie aber weder etwas vom Ausmaß des Konsums noch von den damit verbundenen Gefahren gewusst hatte.

Als die beiden Polizisten gingen, ließen sie weitere Opfer zurück. Auch das Leben der Eltern war durch die Drogenmafia zerstört worden.

Bei ihrer Rückkehr auf die Dienststelle lag eine Nachricht von »Peter« vor, dessen vollständiger Name Peter Bosch lautete und der Leiter der Dietrichsdorfer Polizeistation war. Man hatte inzwischen herausgefunden, dass »Bimbo«, der mutmaßliche afrikanische Kleindealer, in der Asylunterkunft Elmschenhagen wohnte.

Sonja Ehlebracht organisierte zwei Streifenwagen und verabredete sich mit deren Besatzungen beim Containerheim im Schatten der Wohnblocks.

Die Wohncontainer waren in zwei Etagen übereinandergestapelt und machten von außen einen gepflegten Eindruck. Eine rührige Einrichtungsleitung hatte es arrangiert, dass ein Garten angelegt wurde, mit dessen Bearbeitung ein wenig der lähmenden Langeweile der Bewohner begegnet werden konnte. Natürlich weckte das Polizeiaufgebot allgemeine Aufmerksamkeit und löste Unruhe aus. Ein ergrauter Hauptmeister aus einem der Streifenwagen erklärte dem Einrichtungsleiter, dass sie nur nach einem – möglichen – Bewohner suchen würden. Die Beamten vermieden es, von »Bimbo« zu sprechen. Nach der Beschreibung und dem Hinweis auf die von Zeugen genannten Rastalocken blieben zwei Bewohner übrig. Der Sozialarbeiter vermutete, dass Melake Mebrahtu gemeint sein könnte.

Der Eritreer war überrascht, als die Beamten in das schlichte Zimmer eindrangen, das er mit einem Landsmann bewohnte. Er leistete keinen Widerstand, verstand aber plötzlich kein Wort Deutsch mehr.

»In Eritrea spricht man Tigrinya, aber auch Arabisch und verschiedene Nationalsprachen« erklärte der Betreuer, »aber fast alle verstehen Englisch. Melake versteht Deutsch und kann sich im Alltag auch damit verständigen.«

Melake Mebrahtu schwieg auch noch, als bei der Durchsuchung seines Zimmers geringe Mengen Haschisch sichergestellt wurden. Er folgte den Beamten widerstandslos zur Blume.

Ehlebracht und Teichmeister versuchten es auf die freundliche Art, abwechselnd auf Deutsch und Englisch. Mebrahtu zuckte permanent mit den Schultern und lachte, hatte aber um Cola und Zigaretten gebeten. Die Cola hatte man besorgt. Er folgte dem Verhör mit stoischem Gleichmut.

»Der Kerl versteht uns nicht«, sagte Teichmeister schließlich gespielt aufgebracht. »Mir reicht es.« Er sah demonstrativ auf seine Uhr, fingerte dann sein Handy hervor und suchte anscheinend etwas. Dabei murmelte er unablässig vor sich hin. Plötzlich strahlte er. »Ah. Hier. Prima. Heute Nacht geht noch ein Transport. Wenn wir uns beeilen, schaffen wir es noch.«

Sonja Ehlebracht nickte zustimmend. Aus dem Augenwinkel registrierte sie, wie Mebrahtu abwechselnd sie und ihren Kollegen musterte.

Teichmeister setzte ein freundliches Gesicht auf.

»Das ist für alle das Beste«, erklärte er. »Du wirst nicht weiter von der Polizei verfolgt, und wir haben unsere Ruhe. Heute geht noch ein Abschiebetransport nach Polen. Von dort fliegt eine Maschine direkt nach Addis Abeba. Das sind doch Kollegen von euch Eritreern. Schließlich wart ihr mal ein Volk, bis ihr gemeint habt, allein kommt ihr besser zurecht. Und nun flüchtet ihr zu uns. Darüber kann man reden. Aber hier mit Rauschgift dealen und unsere Kinder umbringen … Das funktioniert nicht. In Äthiopien mag man Leute wie dich nicht.«

»Nicht«, sagte Mebrahtu plötzlich. »Du zuerst musst Gericht fragen.«

»Ah, das wisst ihr also.« Teichmeister schüttelte den Kopf. »Wenn ich dem Gericht nichts sage, kann es auch nichts entscheiden. Alles klar?«

»Deutschland hat Gesetz«, erklärte der Dealer.

Teichmeister wiegte den Kopf. »Stimmt. Deshalb ist es verboten, mit Drogen zu handeln.«

»Ich nicht Dealer, nur machen Freund einen Gefallen.«

Ehlebracht wollte wissen, wie der Freund hieß.

»Nicht wissen.«

»Ist klar«, winkte Teichmeister ab. »Ich habe auch solche Freunde, deren Namen ich nicht kenne. Die fahren heute Abend zum Flughafen nach Polen. Und du, mein Freund, bist dabei.« Er grinste. »Jetzt kommt die ungemütliche Zeit in Kiel. Regen. Nebel. Immer nasskalt. Da ist es in Addis Abeba doch gemütlicher.«

»Nicht abschieben«, sagte Mebrahtu. »Wirklich. Nur Gefallen für Freund. Name nicht kenne.«

»Und was bekommst du dafür?«

Mebrahtu zeigte einen winzigen Spalt zwischen Daumen und Zeigefinger an. »So viel. Ganz wenig Euro.«

»Wie bekommst du deinen Stoff?«

»Freund kommt vorbei. Mit Auto. Zu Parkplatz bei Wasserturm.«

»Wie verabredet ihr euch?«

»Handy.«

Teichmeister streckte die Hand aus. »Gib her.«

Plötzlich entstand Bewegung bei Mebrahtu. Er rückte ein Stück mit dem Stuhl zurück.

»Nicht«, sagte er in jammerndem Tonfall. »Handy wichtig. Familie zu Hause.«

»Das nehmen wir dir ohnehin ab, bevor du nach Polen gefahren wirst.«

»Alles, aber nicht Handy. Bitte.«

»Los!« Teichmeister war laut geworden.

Der Eritreer zierte sich noch eine Weile, aber sein Widerstand brach schließlich in sich zusammen. Dann verriet er auch das Passwort. Der Oberkommissar probierte es aus und war zufrieden, als er in das System hineinkam. Die Kriminaltechnik würde das Gerät auf Verbindungen prüfen. Vielleicht gelang es über diesen Weg, Mebrahtus Kontakte zu lokalisieren, obwohl die Hintermänner sehr vorsichtig agierten und die kleinen Straßendealer fast nie etwas über sie wussten.

Es schien, als wüsste Mebrahtu wirklich nichts über die Hintergründe. Er behauptete, sich nur auf dem Helmut-Hänsler-Platz unterhalb des Wasserturms mit seinen Kontaktleuten zu treffen.

»Das klingt unglaubwürdig«, meinte Ehlebracht. »Das sind nur wenige Schritte zwischen dem Ort, wo er die Ware übernimmt, und seinem Dealplatz auf dem Moorberg. Die sind sonst vorsichtiger.«

Sie erfuhren, dass die Zulieferer mit einem schwarzen Toyota Highlander auftauchten. Zu zweit. Es waren keine Deutschen, erklärte Mebrahtu. Beschreiben konnte er die Männer nicht. Alle diesbezüglichen Fragen beantwortete er mit »Gefährlich«. Deutlich war die Angst spürbar, die ihn dabei befiel.

Schließlich gestand er, Finn Hunger mit Drogen versorgt zu haben. Der Junge wollte immer mehr und stärkere Drogen. Als er kein Geld mehr hatte, erpresste er Mebrahtu. Dieser erzählte seinen Lieferanten davon. Bei der nächsten Übergabe erhielt er eine Extraportion, die für Finn bestimmt war, hatte ihm der Beifahrer aus dem Toyota aufgetragen. »Nur für den Jungen«, hatte er Mebrahtu eingeschärft. »Wenn du etwas falsch machst …« Dabei hatte er Mebrahtu die Geste des Halsabschneidens gezeigt.

Mehr wusste Mebrahtu nicht zu berichten.

»Du kannst gehen«, erklärte Teichmeister, nachdem sie ihn erkennungsdienstlich behandelt hatten.

Mebrahtu forderte nachdrücklich sein Handy. Als das nicht fruchtete, flehte er darum.

»Du kannst ja hier bei deinem Handy bleiben«, sagte Teichmeister und blieb unnachgiebig. Das galt auch für die Frage, wie Mebrahtu wieder zurück zu seiner Unterkunft auf der anderen Seite der Förde kommen sollte.

»Du hast den Weg von Eritrea bis hierher geschafft, dann kommst du auch bis Elmschenhagen«, erwiderte Teichmeister ungerührt.

Sonja Ehlebracht verstand ihren Kollegen. Es war ein nahezu aussichtsloser Kampf gegen die Drogenmafia, die ihre Verteiler oft aus Leuten wie dem Asylbewerber rekrutierten, sich selbst aber im Hintergrund hielten. Flog einer der Kleindealer auf, nahm ein anderer seinen Platz ein, ohne dass man die Spur zurückverfolgen konnte.

»Wir kennen dich und wissen, wo wir dich finden«, drohte Teichmeister und entließ Melake Mebrahtu.

DREI

Der Tod des jungen Finn Hunger war den Medien nur eine Randnotiz wert. Außer einer kurzen Meldung im Lokalteil wurde nichts weiter berichtet. Etwas komplexer war die Morgenbesprechung im K1 der Kieler BKI. In der gemeinsamen Ermittlungsgruppe von Zoll und Kripo stellte Sonja Ehlebracht den Fall vor.

Hauptkommissar Hans-Joachim Marlow, der Leiter, mochte es gar nicht, wenn er auf seinen Zunamen angesprochen wurde. Er reagierte ausgesprochen ungehalten, wenn sich jemand einen Scherz erlaubte und ihn mit »Philip« ansprach. Seine Mitarbeiter wussten, wenn sich seine grauen Augen zu einem schmalen Schlitz schlossen, war Gefahr im Verzug. Er lauschte aufmerksam Ehlebrachts Bericht und begleitete ihre Ausführungen mit einem die Anwesenden irritierenden Klopfen seines Kugelschreibers auf der Tischplatte. Abwechselnd ließ er die Mine herausspringen und wieder zurückschnellen. Klack – klack. Klack – klack.

»Hältst du es für möglich, dass Blaskovic in der Sache drinhängt?«, fragte er.

»Wir konnten ihm noch nie etwas beweisen«, erwiderte Ehlebracht. »Er hält sich bedeckt. Ich bin überzeugt, dass Blaskovic hinter dem Drogenmarkt in mehreren Bezirken in Kiel steckt. Er bedient sich willfähriger Helfer und hat ein Verteilnetz aufgebaut, über das er die Konsumenten versorgt. Am Beispiel Melake Mebrahtus zeigt sich die Vorgehensweise. Es ist uns bisher nicht gelungen, über die Straßenverkäufer bis zu Blaskovic vorzustoßen. Zwischen ihm und Leuten wie Mebrahtu gibt es Zwischenebenen. Die sind mit äußerst gewaltbereiten Leuten besetzt. Wir kennen diesen oder jenen Namen. Aber, wie gesagt, bisher sind wir noch nicht weitergekommen.« Sie begleitete ihre Worte mit einem hilflosen Achselzucken.

»Wo ist dieser Mebrahtu jetzt?«, wollte Marlow wissen.

Teichmeister erklärte, dass man ihn wieder habe laufen lassen. Das handelte ihm eine Rüge seines Vorgesetzten ein. Es entspann sich ein heftiger Diskurs über die Vorgehensweise, den Marlow mit einem »So nicht« abschloss.

»Du kommst nach der Besprechung zu mir«, forderte Marlow Oberkommissar Teichmeister auf.

Sonja Ehlebracht kehrte an ihren Arbeitsplatz zurück. Die Lage war entmutigend. Sie konnten immer nur Nadelstiche setzen, gelegentlich gelang es ihnen, ein kleines Verteilnetz auszuheben oder Dealer aus dem Verkehr zu ziehen. Doch die Szene war vorsichtig geworden. Die Verkäufer hatten sich Depots angelegt und trugen nur noch Kleinstmengen am Mann. Wenn sie erwischt wurden, wurden weitere Ermittlungen oft eingestellt. Polizei und Justiz verfügten nicht über die Ressourcen, diese Fälle weiterzuverfolgen. Noch risikoloser war der Konsum von Betäubungsmitteln. Wenn es zu keiner Beeinträchtigung im Straßenverkehr kam, blieben diese Vergehen ungeahndet. Es war ein Kampf gegen Windmühlenflügel. Und nicht wenige Beamte resignierten ermüdet.

Sonja Ehlebracht suchte die Humboldt-Schule auf, ein städtisches Gymnasium in Form einer offenen Ganztagsschule. Dort zeigte man sich bestürzt über den Tod des Schülers. Lehrer und Mitschüler waren bewegt. Finn Hunger, erfuhr die Polizistin, war ein unauffälliger Jugendlicher gewesen. Ein Mitläufer, der nie die große Anerkennung der anderen fand, sich gern etwas im Hintergrund hielt und auch keinen großen Freundeskreis in der Schule besaß. Doch, gestand der Klassenlehrer, war es auffällig, dass Finn seit geraumer Zeit noch verschlossener geworden war. Er war ein durchschnittlicher Schüler gewesen, der mit Mühe und Anstrengung das Schulziel erreicht hätte. Allerdings war ein Leistungsabfall eingetreten. Der Lehrer hatte geglaubt, es liege daran, dass in diesem Schuljahr das Pensum angehoben worden war und

Finn Mühe hatte, den gestiegenen Anforderungen zu folgen. Auch wenn Finn unauffällig war, waren auch dem Lehrer Reibereien mit seinem Mitschüler Bogdan aufgefallen. Aber Drogenkonsum … Das war dem Kollegium – hier sprach er im Plural – verborgen geblieben.

Sonja Ehlebracht sprach in einem leeren Klassenraum mit Bogdan Župančić. Auf Nachfrage bestätigte der Jugendliche, dass die Familie aus Kroatien zugewandert sei.

»Hast du was gegen Ausländer?«, hatte er Ehlebracht gefragt und dabei schmatzend mit offenem Mund das Kaugummi im Mund bewegt.

»Ich habe etwas gegen Rüpel – so wie *Sie*.«

»Soso? Was will eine heiße Muschi wie du in einem solchen Job?« Er hatte breit gegrient und ihr provokativ auf die Brust gestarrt.

»Das kleine Mädchen tritt dir gleich in die Eier«, hatte sie ungerührt geantwortet. »Und das kann sie. Garantiert.«

Von diesem Moment an hatte er sie gesiezt, aber weiterhin jede Aussage verweigert.

Von der Schule fuhr Ehlebracht zum Universitätsklinikum, das zentral in der Landeshauptstadt gelegen war. Durch die seit Jahren andauernden Baumaßnahmen war das Areal für Fremde ein Dschungel. Nach der Zusammenlegung des Campus Kiel mit dem von Lübeck war das Klinikum mit fast vierzehntausend Mitarbeitern nicht nur eines der größten und bedeutendsten Krankenhäuser Deutschlands, sondern auch der größte Arbeitgeber in Schleswig-Holstein. Vorsitzender der Geschäftsführung war der Bruder des Bundeskanzlers.

Ehlebracht war mit den Örtlichkeiten vertraut und steuerte das Institut für Rechtsmedizin an. Dort musste sie eine Stunde warten, bis Dr. Diether Zeit fand, sich ihren Fragen zu stellen. Der Arzt war in Begleitung dreier Studenten, die alle ein wenig blass aussahen.

»Wir hatten gerade den Jugendlichen von gestern auf dem

Tisch«, erklärte Dr. Diether. »Jemand, der jünger als sie selbst ist, hat die Kadetten doch eher mitgenommen als der Durchschnitt unserer Kunden. Das ist immer so, wenn Opfer auf meinem Tisch landen, die noch sehr jung sind. Ich übe meinen Beruf schon eine ganze Weile aus, aber es gibt eben doch Fälle, die anders sind, wenn die Opfer ihr ganzes Leben noch vor sich haben sollten. Kommen Sie.«

Er führte die Beamtin zu einem kleinen, engen Büro und bat sie, Platz zu nehmen. Er selbst setzte sich hinter den Schreibtisch und fuhr sich mit Daumen und Zeigefinger über die Mundwinkel.

»Normalerweise betrachte ich es immer mit Belustigung, wenn mir Studierende über die Schulter sehen. Da ist mancher dabei, der Medizin gewählt hat, weil man in diesem Beruf angeblich schnell zu Geld kommt. Dass die Vergütung aber in jedem Beruf für die Arbeit und das Wissen bezahlt wird, haben viele noch nicht begriffen. Wenn wir das Puzzle bei der Sektion in Angriff nehmen und ich die Herrschaften zum Mitwirken auffordere, fragt sich dieser oder jener, ob Medizin wirklich die richtige Wahl ist oder ob er nicht doch lieber als Broker bei einer Investmentbank arbeiten sollte. Möglicherweise kommt er auf diesem Weg in Berührung mit Methamphetamin wie jener arme Bursche, der jetzt bei mir nebenan liegt. Siebzehn Jahre.« Dr. Diether schüttelte den Kopf. »Ich frage mich, wer ihn mit diesem Zeug vertraut gemacht hat. Meth, Crystal, Ice, Speed.«

»Es gibt viele Namen für dieses Teufelswerk«, stimmte Ehlebracht zu. »Glass, Piko, Yaba, Nazi-Crank oder Hitler-Speed. Haben Sie den Nachweis erbringen können?«

»Die Kollegin aus der forensischen Toxikologie hat es mir zugerufen. Vorab. Beim Toten fanden sich hochkonzentrierte N-methyl-alpha-Methylphenethylamine, eine synthetisch hergestellte Substanz aus der Stoffgruppe der Phenylethylamine, die letal wirkte. Das hat man mit Kokain gemischt. Eine tödliche Dosis, auch verursacht durch die Überdosierung.

Der Junge hat es aber schon länger konsumiert. Zu Persönlichkeitsstörungen wie Depression oder Aggression kann ich nichts sagen. Aber es liegen die typischen Merkmale vor. Er wog zu wenig. Auf der Haut sind Entzündungen, die Speed-Pickel, erkennbar. Über kurz oder lang hätte er auch massive Zahnprobleme bekommen, eine Folge des verminderten Speichelflusses und einer Zersetzung der Schleimhäute. Auf meinem Tisch kann ich nicht erkennen, ob er unter Schlaf- und Erektionsstörungen litt und Gedächtnis- und Konzentrationsprobleme bestanden.«

»Davon sprach man in der Schule«, sagte Ehlebracht.

»Habe ich mir gedacht«, murmelte Dr. Diether. »Ich konnte erste Schäden an Leber und Nieren feststellen. Auch das Gehirn wies Veränderungen auf. Die Droge wirkt neurotoxisch. Im Gehirn sterben Nervenzellen ab. Gestorben ist der Junge an einer Blutdruckkrise. Sie hat zu massiven Kreislaufproblemen und Herzrhythmusstörungen geführt und mündete final in einem Schlaganfall. Seine letzten Momente auf dieser Welt waren nicht sehr schön.«

»Er ist also an einer Überdosierung gestorben?«, fragte Ehlebracht noch einmal nach.

»Wir müssen alle Untersuchungsergebnisse konsolidieren«, wich Dr. Diether aus. »Möglicherweise hätte er eine passable Chance gehabt, wenn er trotz der schon eingetretenen Schädigungen therapiert worden wäre. Aber das letzte Dope konnte er nicht überstehen. Das war kein handwerklicher Fehler im Labor des Teufels – das war eiskalte Berechnung.«

»Mord«, stellte Sonja Ehlebracht fest und erwähnte kurz, dass Finn Hunger den Dealer erpressen wollte und Melake Mebrahtu von seinen Lieferanten eine spezielle für Finn Hunger bestimmte Tüte erhalten hatte.

Der Jugendliche war gefährlich geworden. Man hatte ihn eliminiert. Das war eine neue Qualität im Vorgehen der Drogenmafia.

Nachdenklich kehrte sie zu ihrer Dienststelle zurück und berichtete Marlow von ihren Recherchen. Sie war überrascht, dass ihr Kollege Florian Teichmeister diesem Gespräch nicht beiwohnte. Sie hatte ihren Vorgesetzten darauf hingewiesen, aber Marlow hatte kommentarlos abgewinkt.

»Wir müssen unter diesen Umständen das K1 einschalten«, erklärte Marlow und bat dessen Leiter, Hauptkommissar Vollmers, zu sich. Gleichzeitig mit ihm traf eine Nachricht der örtlichen Polizei ein.

Die Beamten der Dietrichsdorfer Polizeistation waren erfolgreich gewesen. Sie hatten Zeugen aufgetan. Ein älteres Ehepaar hatte sich beklagt, dass sie auf dem Helmut-Hänsler-Platz geparkt hätten, um ihre Tochter im nahen Masurenring zu besuchen. Nach der Rückkehr zu ihrem Fahrzeug blockierte ein dunkler SUV mit getönten Scheiben ihr Auto. Der Beifahrer war ausgestiegen und diskutierte mit einem Dunkelhäutigen. Als der ältere Mann den Fahrer des Toyota bat, ein Stück zurückzusetzen und die Ausfahrt aus der Parklücke freizugeben, hatte ihn der Fahrer angemacht, er solle die Klappe halten und sich nicht aufregen. Das sei in seinem Alter ungesund. In jeglicher Hinsicht. Es hatte wie eine Drohung geklungen. Das Ehepaar war daraufhin eingeschüchtert gewesen, hatte sich aber geärgert. Ja, hatte der Mann erklärt, es habe ihn auch aufgeregt. Er habe Herzklopfen bekommen. Das sei bei seiner gesundheitlichen Vorschädigung nicht gut. Von Autos verstehe er nichts.

Als ihm die Beamten einige Bilder von SUVs zeigten, glaubte er, einen Highlander wiedererkannt zu haben. Der Wagen sei schwarz gewesen. Das Kennzeichen habe er sich in der Aufregung nicht gemerkt. Er wusste nur noch, dass der Wagen aus Plön kam. Die beiden Insassen … Die hätten – irgendwie – finster ausgesehen und seien mit Sicherheit nicht aus Deutschland gekommen. Dagegen spreche auch die harte Aussprache. Sie hatten dunkle Haare, dunkle Augen, einen dunklen Blick und richtig – dunkle Bärte. Und der Fahrer trug eine Lederjacke. Mehr wisse er nicht, bedauerte der ältere Herr.

Und seine Frau? Die war so erschrocken gewesen, dass sie gar keine Angaben machen konnte. »Ja«, habe er seinen Bericht geschlossen, »wo sind wir denn, dass wir uns in unserem eigenen Land nicht mehr bewegen dürfen?«

»Wir sollten uns diesen Melake Mebrahtu noch einmal vornehmen«, schlug Vollmers vor. »Vielleicht kommen wir über ihn an ein paar Hintermänner heran. Er scheint Kontakt zu den Insassen des geheimnisvollen Toyota gehabt zu haben. Es ist ein mühevolles Unterfangen, aber eine weitere Möglichkeit ist die Suche nach dem Fahrzeug, von dem wir nicht mehr wissen, als dass es in Plön zugelassen ist. Wie viele Fahrzeuge dieses Typs mag es geben?«

Ehlebracht räusperte sich. »Wir müssen mehr Druck machen. Der Drogenring muss aufgescheucht werden.«

»Ach, Sonja!« Marlow stöhnte genervt auf. »Wir haben es doch oft diskutiert. Uns fehlen die Ressourcen. Du weißt selbst, dass sich die Bosse gut abschirmen.«

»Ja, Hans-Joachim. Das ist mir klar. Aber wenn wir das Verteilernetz stören, bricht das Geschäft ein.«

»Nein«, widersprach Marlow. »Es verlagert sich nur. Die Leute generieren andere Vertriebswege. Das Problem ist vielschichtig. Es gibt nicht nur den Straßenverkauf.«

»Dann lass uns den Sumpf trockenlegen.« Sonja Ehlebracht ereiferte sich. »Nadelstiche setzen, die Blaskovic wehtun.«

»Wir haben keine Indizien, die gegen ihn sprechen.«

»Ganz Kiel weiß, dass er maßgeblich die Zügel in Händen hält.«

»Es gibt keine Beweise gegen ihn. Zeige sie mir, uns, dem Gericht.« Marlow hatte einen belehrenden Tonfall angenommen.

»Und wenn wir es trotzdem einmal versuchen?«, bemühte sich Vollmers zu vermitteln.

»Euer Geschäft ist viel einfacher«, erwiderte Marlow. »Ihr

habt einen Toten, sucht nach dem Motiv und tragt Fakten zusammen, und schwups – da habt ihr den Täter.«

Vollmers lachte bitter auf. »Wenn das so ist ...«

»Im Übrigen«, fuhr Marlow fort, »ist auch zu überlegen, ob es nicht euer Fall ist. Der Leichenschänder geht davon aus, dass dem Opfer eine tödliche Überdosis zugeführt wurde. Das wäre Mord.«

»Wir haben doch ein gemeinsames Ziel«, sagte Vollmers versöhnlich. »Wenn wir zusammen an einem Strang ziehen und unsere Kräfte bündeln, ist es doch effizienter.«

»Prima.« Ehlebracht hatte sich halb aus dem Stuhl erhoben. »Wir sollten das Areal rund um den Wasserturm im Auge behalten und bei verdächtigen Aktionen zuschlagen.«

»Sonja!« Marlow verdrehte die Augen. »Wir können versuchen, temporär eine Zivilstreife vor Ort zu installieren. Die Kieler Polizei hat noch ein paar andere Aufgaben, als nach Kleinstdealern Ausschau zu halten.«

»Wir suchen einen mutmaßlichen Mörder und dessen Auftraggeber«, gab Vollmers zu bedenken.

»Ich werde mit dem zuständigen Vierten Revier in Gaarden sprechen«, sagte Marlow. »Die sollen vermehrt Streife in Dietrichsdorf fahren.«

»Okay. Wir übernehmen es, Melake Mebrahtu zu einer erneuten Einvernahme zu holen«, willigte Vollmers ein.

»Das ist zu wenig«, beklagte sich Ehlebracht. »Man lacht uns doch aus. Du«, dabei sah sie Marlow an, »weißt doch auch, dass drüben auf der anderen Seite der Förde das East Heaven schon lange unter Beobachtung steht. Wenn wir jetzt zuschlagen, Präsenz zeigen und unsere Muskeln spielen lassen, wird man uns nicht mehr insgeheim als Papiertiger verspotten.«

Marlow holte tief Luft und atmete geräuschvoll aus. Er setzte zu einer Erwiderung an, aber Vollmers kam ihm zuvor.

»Das ist eine gute Idee, zumal das Ereignis noch ganz frisch ist. Wir würden damit zeigen, dass wir auf unsere Art und mit unseren Mitteln reagieren.«

Marlow öffnete den Mund, als wollte er widersprechen, dann winkte er ab. »Was stellt ihr euch denn vor?«

Sonja Ehlebracht war Feuer und Flamme. »Morgen Abend – am Freitag. Da ist viel los. Wir ziehen mit dem großen Geschirr auf und nehmen das East Heaven auseinander.«

»Eine Superidee«, sagte Vollmers schnell. »Wir sind dabei.« Er zeigte auf Marlow. »Wenn du es organisierst, kannst du mit uns rechnen.«

Hauptkommissar Marlow hob hilflos die Hände.

Die Beobachtung des Moorbergs mit dem Wasserturm auf der Kuppe war schnell organisiert. Die Vorbereitungen für die Razzia nahmen mehr Zeit in Anspruch. Zunächst galt es, die Führung der BKI von der Maßnahme zu überzeugen. Das übernahmen die beiden Hauptkommissare. Der Stab der BKI unterstützte sie bei der Planung und Vorbereitung, eine konsolidierte Aktion mit Beteiligung des Zolls, der Gewerbeaufsicht und des Jugendamtes zu organisieren. Es wurde um die Unterstützung der Schutzpolizei gebeten und die Staatsanwaltschaft informiert. Deren Vertreter wurde die Leitung der Aktion übertragen.

Der Rest des Tages war hingegen nicht von Erfolgen gekrönt. Die Observation des Wasserturms und seines Umfelds blieb ohne Erfolg. Die Beamten berichteten von drei Kindern, vielleicht knapp über zehn Jahre alt, die sich dort zum Rauchen trafen. Auch drei Teenager hatten die Bänke zu ihrem Treffpunkt erkoren. Sie alberten eine Weile herum. Aus der Distanz konnte bei ihrem Tun nichts entdeckt werden, was zum Einschreiten Anlass gegeben hätte. Aktivitäten in Verbindung mit Drogenhandel oder -konsum waren nicht zu erkennen. Ehlebracht vermutete, dass durch den in der Nähe gefundenen Toten den Dealern dieser Platz gegenwärtig zu heiß war. Und konkurrierende Gangs wagten sich – noch – nicht auf dieses Terrain. Die Banden waren gut organisiert und wussten das Vorgehen der Ermittlungsbehörden einzuschätzen. Das hielt ihr auch Marlow vor und kritisierte ihren Übereifer, wie er es nannte.

»Sonja, wir haben das gleiche Ziel. Aber lass uns mit dem rechten Augenmaß vorgehen. Blinder Eifer führt uns nicht weiter. Unbestritten ist die Drogenkriminalität eine große Herausforderung. Unser Kommissariat hat seinen Platz im Kampf gegen die Drogenmafia. Die KPSt«, damit meinte er die nachgeordnete Kriminalpolizeistelle, »hat die örtliche Szene besser unter Kontrolle.«

»Unter Kontrolle?«, fragte Ehlebracht dazwischen.

»Nun, sagen wir: im Auge.«

»Genau das ist es. Wir haben die Kontrolle doch längst verloren und sind machtlos gegen die international agierenden Kartelle.«

»Ich glaube«, sagte Marlow besänftigend, »dass wir nicht den Überblick haben. Im LKA ist man sich der Problematik bewusst, dass es eine Bedrohung durch eine international agierende Organisierte Kriminalität gibt. Zum Glück sind wir noch nicht so arg betroffen wie die Niederlande. Dort werden Polizisten, Staats- und Rechtsanwälte, aber auch Journalisten nicht nur bedroht, sondern auch ermordet. Auftragskiller machen Jagd auf sie. Man versucht, auf diese Weise die Ermittler einzuschüchtern, und schreckt auch nicht davor zurück, unbeteiligte Angehörige zu ermorden. Und in Südamerika werden Kriege um die Drogen geführt.«

»Wollen wir diese Geschehnisse gegen das, was hier geschieht, abwägen?« Ehlebracht klang aggressiv.

»Nein. Wir geben unser Bestes, aber wohlabgewogen.«

Es klang wie ein Schlusswort.

»Wo ist Fabian Teichmeister?«, wollte Ehlebracht wissen. Marlow wich ihrem Blick aus.

Als sie erneut nachfragte, erwiderte er: »Es gibt in der KPSt einen personellen Engpass. Er hilft dort aus.«

»Das ist doch nicht wahr. Ihr habt ihn abgeschoben.«

»Sonja!« Es war ein Ordnungsruf. »Wir diskutieren keine

personellen Entscheidungen. Fabian hat – ich drücke es einmal platt aus – Mist gebaut. So! Das war das letzte Wort zu diesem Thema.« Marlow wandte sich demonstrativ seinem Bildschirm zu.

Zwei Stunden später meldete sich Hauptkommissar Vollmers. Man hatte eine Streife zur Flüchtlingsunterkunft in Elmschenhagen geschickt, um Melake Mebrahtu abzuholen. Der Eritreer war dort nicht wieder erschienen. Seit ihn die Polizei abgeholt und sein Zimmer durchsucht hatte, war er verschwunden. Das komme öfter vor, dass Bewohner der Unterkunft untertauchen, hatte der Einrichtungsleiter erklärt. Dafür gebe es viele Gründe. Manche befürchteten, sie würden abgeschoben, und zogen es vor, in die Illegalität zu flüchten, andere zog es zu Verwandten oder Freunden, die an anderen Orten einen Unterschlupf gefunden hatten, manchmal auch in einem anderen Land. Es sei auch nicht auszuschließen, dass die Angst vor einer Strafverfolgung Motiv für die Flucht war. Die Gründe waren vielfältig.

Vollmers hatte seinen Unmut laut kundgetan. Er war unzufrieden, weil man bei der Suche nach dem Toyota nicht weitergekommen war.

»Da sind im Kreis Plön über achtzigtausend Pkw zugelassen. Und jeder zweite Hansel fährt mittlerweile einen Kleinlaster, genannt SUV«, fluchte Vollmers.

»Aber das sind nicht alle Toyotas«, entgegnete Ehlebracht.

»Das ist nicht tröstlich. Wenn Sie glauben, es sei so einfach, dann suchen Sie doch. Sie wohnen doch im Kreis Plön und müssten Ihre Nachbarn kennen. Das sind doch nur einhundertdreißigtausend.«

»Sie sind unsachlich«, beklagte sich Ehlebracht.

»Ja«, bestätigte Vollmers. »Aber das ist nicht verwunderlich. Ihr Chef meint ja, dass die Arbeit der Mordkommission einfach sei. Dann soll er selbst nach dem SUV suchen.«

Zum Dienstschluss blickte Sonja Ehlebracht auf einen enttäuschenden Tag zurück. Sie waren nicht vorangekommen. War es richtig gewesen, dass sie so viel Druck auf die Vorgesetzten ausübte? Hatte Marlow recht, wenn er ein überlegtes und verhaltenes Vorgehen anmahnte?

Sicher gab es in der Landespolizei viele Beamte, denen wie ihr der Kampf gegen die Drogenkriminalität am Herzen lag. Im Unterschied zu manch anderen Berufen konnte und wollte sie aber die Gedanken an ihre Arbeit nicht an der Garderobe abgeben. Sie würden sie in den Feierabend begleiten, sie in ihrer Wohnung in Schwentinental beschäftigen. Das Glas Rotwein – auch das zweite – würde sie nicht ablenken, schon gar nicht der Fernseher im Hintergrund, der nur Geräuschkulisse war.

Die Heimfahrt durch Dunkelheit und Regen auf den vollen Straßen würde sie zu ihren beiden Töchtern bringen. Nach einer sogenannten hässlichen Scheidung vor vier Jahren trug sie Verantwortung für die jetzt fünfzehnjährige Sophie und die zwölfjährige Laura, nachdem der Vater in Lübeck eine neue Beziehung eingegangen war. Nach der Trennung hatte sich der gemeinsame Freundeskreis von ihr abgewandt.

Es fehlte Ehlebracht an Zeit für alles. Sie musste sich um den Haushalt kümmern, hatte permanent ein schlechtes Gewissen, weil sie für die Kinder fast nie präsent war und sich viel zu wenig um deren Belange kümmern konnte. Die Mädchen ließen es sie spüren. Ehlebracht hatte zunehmend das Gefühl, dass ihr die Kontrolle entglitt. Ihre Bemühungen, die Dienststunden zu reduzieren, waren fehlgeschlagen. Marlow hatte alle diesbezüglichen Anträge zurückgewiesen. So balancierte sie auf dem Drahtseil zwischen Beruf und dem Dasein für die Kinder durchs Leben.

Leben? Sie selbst besaß keines mehr, wenn man von den raren Gelegenheiten absah, bei denen sie und Fabian Teichmeister sich zu einem meist hastigen Date trafen. Morgen war Freitag. Die Kleine, Laura, hatte angefragt, ob man nicht gemeinsam hausgemachte Pizza machen könne. Wie sollte Ehlebracht ihr erklären, dass sie stattdessen an einer Razzia teilnehmen würde? Sie fürchtete sich vor dem Augenblick, in dem ihre Töchter der häuslichen Tristesse entfliehen und selbst solche Stätten wie das East Heaven aufsuchen würden.

VIER

Der Freitag war für viele Beschäftigte mittlerweile ein Rumpf-arbeitstag vor dem Wochenende. Ein Satiriker hatte einmal einen Gewerkschaftsfunktionär nachgespielt, der in einer flammenden Rede versprach, dass künftig nur noch am Mittwoch gearbeitet werden müsse. Aus dem Forum wurde die Frage an ihn gerichtet, ob das etwa an jedem Mittwoch der Fall sei.

Diese Frage stellte sich nicht bei der Polizei.

In Kiel herrschte rege Betriebsamkeit. Die beteiligten Ämter und Behörden waren mit der Planung und Vorbereitung für die abendliche Razzia beschäftigt. Der Stab besprach die Vorgehensweise und die Frage, welche Dienststellen zu beteiligen seien. Es sollte eine konzertierte Aktion werden.

Zu gern hätte Sonja Ehlebracht an diesen Überlegungen teilgenommen, aber ihre Dienstposition reichte nicht, um in dieser Runde mitwirken zu können. Die Ungewissheit in Bezug auf den geplanten Ablauf ließ sie eine innere Unruhe verspüren. Sie hätte gern ihre Ideen und Vorschläge eingebracht, aber die waren nicht gefragt.

Am Vormittag hatte sie sich kurz mit Florian Teichmeister getroffen. Der Kollege wirkte abgespannt und leicht resigniert. Er wollte nicht einsehen, dass er mit der Freilassung Melake Mebrahtus einen Fehler begangen hatte, jetzt war er »vorübergehend« auf eine andere Dienststelle kommandiert. Dort sollte er Akten wälzen und sich um Kleinkriminalität kümmern. Auch das gehörte zu den Aufgaben der Polizei. Es durfte keinen rechtsfreien Raum geben. Aber Teichmeister brannte der Kampf gegen den Drogenmissbrauch unter den Nägeln. Ehlebracht hatte Verständnis für ihn. Das ließ sie ihn auch wissen.

Ihr Versuch, Vollmers zu erreichen, scheiterte. Der Hauptkommissar war in die Planungsrunde eingebunden. Oberkom-

»Außerdem wollen wir die Bürger nicht in ihrer Nachtruhe stören«, fügte der Kriminaldirektor an.

Sonja Ehlebracht vermisste, dass seitens der Führung Worte zum Hintergrund für diese Aktion vorgetragen wurden. Es gab weder einen Bezug zu Finn Hunger noch zu der vorangegangenen Diskussion, die sie mit Marlow und Vollmers geführt hatte. Der Kriminaldirektor nannte auch keine Namen. Ging man davon aus, dass allen Beteiligten die Disco East Heaven bekannt war?

Marlow ergänzte später, dass sie mit ihm und zwei weiteren Beamten des Drogenkommissariats in einem Dienstwagen fahren würde. Immerhin ließ er sich dazu herab, gemeinsam mit seinen Leuten bei einem Pizzaservice etwas zum Essen zu bestellen.

Sonja Ehlebracht lachte innerlich bitter auf. Pizza hatte sie heute Abend auch mit ihrer Jüngsten, Laura, essen wollen. Das hätte sicher besser geschmeckt als der lauwarme pappige Fladen aus dem Karton. Sie sah verstohlen die drei anderen an. Alle schwiegen, hatten den Blick gesenkt und beschäftigten sich mit ihrem Essen.

Eine halbe Stunde vor der Zeit gab Marlow das Signal zum Aufbruch. Er selbst nahm auf dem Beifahrersitz Platz, Ehlebracht quetschte sich hinter dem Fahrer in den Fond. In der Stadt herrschte trotz der späten Stunde noch reger Verkehr. Es wurde weniger, je näher sie dem Treffpunkt kamen. Dort stießen sie auf die Mannschaftswagen der Schutzpolizei und des Zolls. Die hatten auch zwei Diensthunde mitgebracht. Ehlebracht nickte zwei Vertretern des Jugendamtes zu, die sie von früheren Einsätzen kannte. Vollmers und Horstmann waren anwesend, ein paar Zöllner waren ihr ebenfalls bekannt. Die Landeshauptstadt war keine unübersichtliche Metropole, in der absolute Anonymität herrschte. Trotzdem war bei allen Beteiligten eine Grundanspannung vorhanden. Alle waren froh, als man sich zum Einsatzort in Marsch setzte.

Das East Heaven war in einer ehemaligen Gewerbehalle

untergebracht. Die Umgebung war finster. Der Parkplatz war finster. Das Haus war finster. Die Türsteher waren finster. Und erfahren. Als die ersten Einsatzfahrzeuge heranrollten, reagierten sie schnell. Sie verschwanden ins Innere und verriegelten die schwere Eisentür, die noch vom vorherigen Nutzer übrig geblieben war. Gleichzeitig erlosch die spärliche Außenbeleuchtung. Der wolkenverhangene Himmel trug das Seine zur Finsternis bei.

Die Einsatzkräfte waren gut vorbereitet. Man hatte sie in der Einsatzbesprechung mit den Örtlichkeiten vertraut gemacht. Sie erreichten den Hintereingang, als die ersten Besucher der Disco ins Freie stürmen wollten. Das galt auch für den zweiten Ausgang, durch den sich das Personal retten wollte. Es kam zu kurzen Rangeleien. Meistens reichten laute Worte der Beamten. Auch der martialische Anblick der Polizisten ließ den Widerstandswillen erlahmen. Bei einem Angestellten und zwei jugendlichen Gästen musste die Polizei etwas härter zugreifen.

Es dauerte nur wenige Minuten, bis alle Ausgänge blockiert und die Einsatzkräfte im Inneren der Disco angekommen waren. Etwas mühsamer war es, sich akustisch gegen den lautstark geäußerten Unmut durchzusetzen. Der DJ weigerte sich, seine Anlage für eine Durchsage der Staatsanwältin freizugeben. Marlow bahnte sich einen Weg in die Mitte und brüllte aus Leibeskräften. Er drohte, man werde so lange ausharren, bis die Aktion in Ruhe und gesittet durchgeführt werden könne. Das Murren und Aufbegehren ignorierte er.

Relativ schnell waren jene Gäste entlassen, die volljährig waren und bei denen keine verbotenen Substanzen entdeckt wurden. Bestand der Verdacht auf Drogenkonsum oder -besitz, wurden die Verdächtigen Marlow und seinem Team zugeführt. Die nahmen die Personalien auf, konfiszierten die Substanzen und führten Schnelltests durch. Waren diese positiv, übernahm ein Team der Schutzpolizei die Verdächtigen. Diese Leute wurden einer Blutprobe unterzogen.

Für Ehlebracht war der hohe Anteil der Betroffenen erschreckend. Mehr als die Hälfte der Gäste fiel in diese Kategorie, darunter auch zahlreiche Minderjährige. Das jüngste Mädchen, das sie antrafen, war dreizehn Jahre alt. Ihnen fielen zwei Kleindealer in die Hände, mehrere der Polizei bekannte Konsumenten und zwei weitere Männer standen auf der Fahndungsliste. Fast die Hälfte der Beschäftigten konnte keine Arbeitspapiere vorweisen. Um diese Fälle kümmerte sich die Ermittlungsgruppe Schwarzarbeit des Zolls.

Ehlebracht schüttelte sich, als sie mitbekam, welche Zustände in der Küche herrschten. Der »Koch« war weder sozialversicherungspflichtig angemeldet, noch verfügte er über irgendwelche Papiere. Er weigerte sich, mit den Behörden zu sprechen und Angaben zu seiner Person zu machen.

Der Mann lebte in einem armseligen Holzverschlag gleich neben der Küche. In einem Spülbecken, zwischen Lebensmitteln und schmutzigem Geschirr, hatte man seine eingeweichte Unterwäsche gefunden. Immerhin erging es der besser als ihm. Dem Mann standen keine Duschmöglichkeiten zur Verfügung. Ehlebracht verdrängte die Überlegung, wie ein Mensch unter solchen Umständen leben konnte. Leben? Der Tierschutz wäre hier schon früher aktiv geworden. Ob der »Koch« das nur aushielt, weil man in seinem schmutzstarrenden Holzverschlag eine geringe Menge Speed fand?

Das Gesundheitsamt fand halb verweste Nagetiere in den Vorratsräumen, Schädlingsbefall, verschimmelte Lebensmittel. Der Schimmel blühte auch in den ungereinigten Sanitärräumen.

»Im Darm eines an Diarrhö Erkrankten kann es nicht schlimmer aussehen«, schüttelte sich ein Prüfer. »Ob manche Gäste nicht wissen, dass es auf der Toilette Gefäße gibt, die man benutzen sollte? Es scheint, als wenn jede Art von Geschäft im freien Raum erledigt worden wäre. Aus hygienischen Gründen kann man hier nur empfehlen, die Notdurft außerhalb des Hauses im Freien zu erledigen. Was auch immer die Polizei, der Zoll oder die Staatsanwaltschaft feststellen mögen ... Dieser Laden wird definitiv geschlossen. Und zwar von uns.«

Es sammelte sich eine stattliche Anzahl von verbotenen Gegenständen an. Butterflys und feststehende Messer, Elektroschocker, Reizgas, Schreckschusspistolen.

»Damit kann man eine kleine Armee ausstatten«, stellte Hauptkommissar Vollmers fest. »Es ist erschreckend, welche Waffen heutzutage mit sich geführt werden. Wir sind damals nicht schwer bewaffnet durch die Straßen gezogen. Was denken die sich dabei, mit solchen Gerätschaften herumzulaufen? Da steckt doch eine latente Tötungsabsicht dahinter.«

Es half kein Betteln und kein Flehen bei den Minderjährigen, die in die Obhut des Jugendamtes genommen wurden. Die Eltern wurden benachrichtigt, dass sie ihren Nachwuchs bei der Behörde abholen konnten. Nicht in allen Fällen wurden die jungen Leute vermisst, in einigen waren die Erziehungsberechtigten unerreichbar.

Ein Türsteher versuchte, sich mit gefälschten Papieren auszuweisen. Bei ihm fanden sich auch die Schlüssel zu einem hinter dem East Heaven geparkten Audi SQ5, der als gestohlen gemeldet war. Ihm waren Phantasiekennzeichen angeschraubt worden. Der Mann verweigerte jede Aussage. Ehlebracht war erstaunt, welche PS-starken und teuren Fahrzeuge sich hinter dem miesen Schuppen fanden. Allerdings war kein Toyota Highlander darunter.

Die Durchsuchung der Räume ergab neben den eklatanten hygienischen Mängeln mehrere Handys, die hinter dem Tresen lagen, ein geheimes Depot für Drogen und mehrere Fläschchen mit Haloperidol, einem hochpotenten Neuroleptikum, das im Volksmund zu den K.-o.-Tropfen gezählt wurde. Auch hier fanden sich Waffen der unterschiedlichsten Art. Es würde noch zu ermitteln sein, wem die CZ 75 zugeordnet werden konnte, die mit scharfer Munition geladen für viele zugänglich hinterm Tresen lag.

Die Beamten beschäftigten sich besonders mit Karolis Baranauskas, dem Geschäftsführer des East Heaven. Der siebenundvierzigjährige Litauer war der Polizei bekannt, auch wenn sein Vorstrafenregister überschaubar war. Darunter fanden sich kleinere Verstöße gegen das Betäubungsmittelgesetz, Nötigung, Körperverletzung, Fahren ohne Führerschein und Urkundenfälschung.

Baranauskas hatte eine durchtrainierte Figur. Ob das dem häufigen Besuch im Fitnessstudio oder auch der Einnahme von Anabolika zu verdanken war, blieb vorerst offen. Die dunklen Haare waren an den Geheimratsecken zurückgewichen. Das wurde aber durch den sehr kurzen Haarschnitt kaschiert. Er hatte kantige Gesichtszüge und einen düster wirkenden Dreitagebart. Der Blick der dunklen Augen wirkte finster. Die zahlreichen Tätowierungen ließen ihn sehr maskulin erscheinen. Dem stand aber sein Hang, sich mit schwerem Schmuck aufzuhübschen, entgegen. Er entsprach dem Klischee des Kleinstadtzuhälters.

Das schäbige dunkle Büro, in dem er residierte, passte nicht zu seinem Erscheinungsbild. Ehlebracht schenkte der schmuddeligen Couch mit dem zerwühlten fleckigen Bettlaken keine Beachtung. Baranauskas fluchte und drohte, verlangte, seinen Anwalt zu sprechen, sprach von Willkür und brachte die oft gehörten Argumente von Willkür und Vernichtung von Arbeitsplätzen hervor.

Davon könne keine Rede sein, erwiderte ein Zöllner und hielt dem Geschäftsführer vor, dass man auf eine Reihe illegal Beschäftigter gestoßen war. Zu den zahlreichen gegen ihn vorgebrachten Anschuldigungen wollte Baranauskas keine Stellung beziehen. Er weigerte sich auch, den modernen Tresor zu öffnen, der gar nicht zur übrigen Ausstattung des Büros passte. Auch die beiden Mobiltelefone, die er bei sich trug, verteidigte er. Es half nichts. Leichter Zwang der uniformierten Kollegen führte auch zur Beschlagnahme der Handys. Natürlich weigerte er sich, die Passwörter preiszugeben.

Langsam zogen die einzelnen Einheiten ab. Übrig blieb eine kleine Anzahl von Polizisten, die auf einen angeforderten Spezialisten warteten, der den Tresor öffnen sollte. Baranauskas' Verwünschungen umfassten auch den Anwalt, der erst in der zweiten Nachthälfte eintraf und sich damit verteidigte, dass er auch ein Privatleben habe und nicht ständig erreichbar sei.

Dem Juristen galten noch mehr Beschimpfungen und massive Drohungen, weil er nur verbale Attacken vorbrachte und sich ansonsten machtlos zeigte gegen das durch richterliche Anordnung sanktionierte Vorgehen der Ermittler. Auch Baranauskas' massive Beleidigungen der Staatsanwältin würden nicht ungesühnt bleiben.

Theoretisch ging die Sonne um diese Jahreszeit in Kiel gegen acht Uhr morgens auf. Doch es regnete. Der Himmel war bedeckt. Helligkeit konnte man das nur mit viel Phantasie nennen. Irgendjemand hatte von einer Tankstelle Kaffee besorgt. Er war lauwarm. Aroma und alles andere, was Kaffee auszeichnete, fehlten.

Am späten Vormittag gelang es dem Spezialisten, den Tresor zu öffnen.

»Wie haben Sie das geschafft?«, wollte Marlow wissen.

Der Fachmann zuckte nur mit den Schultern.

Der Inhalt barg einige Überraschungen. Neben etwa siebzigtausend Euro in bar fanden die Beamten circa ein Kilo Kokain, dessen Reinheit noch im Labor zu ermitteln war. Ehlebracht schätzte den Straßenverkaufspreis auf ungefähr sechzigtausend Euro. Im Tresor lagen eine Magnum Desert Eagle sowie dreiundzwanzig Schuss 357 Magnum. Vollmers betrachtete lange die schwere und wuchtige Waffe.

»Das ist eine richtige Taschenflak«, meinte er. »Wie kommen Sie an eine solche Pistole?«, fragte er Baranauskas.

»Mein Mandant wird keine Auskunft geben«, mischte sich der Anwalt ein.

»Ist schon klar«, kommentierte Oberkommissar Horstmann.

Für den kommenden Dienstag war ein Fährticket für Baranauskas und den auf ihn zugelassenen Mercedes-AMG E 53 4MATIC von Kiel nach Klaipėda ausgestellt.

»Was wollen Sie dort?«, fragte Marlow.

Baranauskas presste die Lippen zusammen.

Sein Anwalt sagte: »Ein Familienbesuch.«

»Interessant«, stellte Marlow fest, als er Hinweise auf mehrere Konten fand, die bei Banken in Litauen, Schweden und Dänemark geführt wurden. »Und was hat das zu bedeuten?« Auf einem Blatt Papier waren Kolonnen mit Zahlencodes ausgedruckt.

Sie erhielten keine Antwort, weder vom Geschäftsführer noch von seinem Anwalt. Eine weitere Überraschung waren mehrere Verträge über Möbellieferungen von Litauen nach Deutschland.

»Handeln Sie damit?«, wollte Marlow wissen.

»Ist das verboten?«, antwortete der Anwalt mit einer Gegenfrage.

»Ich wundere mich nur, weshalb harmlose Kaufverträge in diesem Tresor liegen, gemeinsam mit überaus brisantem Material.« Marlow sah Baranauskas und den Anwalt lange an. Dann runzelte er die Stirn. »Sie werden uns einiges zu erklären haben.«

Der vom Anwalt vorgetragene Protest half nichts. Baranauskas wurde zur Blume mitgenommen.

»Das ist ja eine Goldmine«, stellte Marlow mit Befriedigung fest und sah Ehlebracht an.

Die Kommissarin nickte stumm. Zu gern hätte sie ein anerkennendes persönliches Wort ihres Vorgesetzten gehört. Sie wartete vergeblich.

»Wir haben einen schönen Erfolg erzielt, wenn es auch nur nachgeordnete Ränge traf«, zog Marlow ein Resümee, nachdem sie allein waren. »Jetzt liegt es an uns, den Fund auszuwerten. Das dürfte mit Schwierigkeiten verbunden sein.« Dann wünschte er den Beteiligten ein geruhsames Wochenende.

Es war früher Sonnabendnachmittag. Leider hatte ihr Chef recht. Es war ein Nadelstich gegen die Drogenszene. Baranauskas würde sich davon vermutlich nicht erholen. Er war ausgebootet – das East Heaven Geschichte. Es gab keine erkennbaren Anhaltspunkte, die auf die Hintermänner verwiesen. Vordergründig mochte es ein eindrucksvoller Erfolg sein.

Aber das millionenschwere Geschäft mit dem todbringenden Stoff ließen sich die Bosse nicht nehmen. Welche Gewinne zu erzielen waren, zeigten die Machtkämpfe der Kartelle in Amsterdam oder Marseille. Und bei den Nachbarn in den Niederlanden fragten sich nicht nur die Bürger, ob sich ihr Land schon im Griff krimineller Banden befand.

Hoffentlich werden solche Auseinandersetzungen nicht nach Kiel getragen, überlegte Ehlebracht, als sie sich müde auf den Heimweg nach Schwentinental machte. Sie war seit dem gestrigen Tag auf den Beinen. Jetzt fiel die Spannung ab. Es kostete sie Anstrengung, sich durch den Wochenendverkehr bis zu ihrer Wohnung zu bewegen.

Laura, die Zwölfjährige, lümmelte sich auf dem Sofa im Wohnzimmer und sah ein Video on demand. Auf dem Tisch lagen schmutziges Geschirr, Essensreste, leere Getränkeflaschen und der achtlos verstreute Inhalt von Chipstüten. Die Kleine hielt es nicht für nötig, auf das »Hi« ihrer Mutter zu antworten.

Sophies Zimmer war leer, das Bett unbenutzt. Ehlebracht erkannte es an der Art, wie es gemacht war. Es war ihre eigene Handschrift vom Vortag. Sie kehrte ins Wohnzimmer zurück.

»Wo ist deine Schwester? Sie war heute Nacht nicht da.«

Laura antwortete nicht, stopfte sich eine Handvoll Chips in den Mund und biss geräuschvoll darauf herum.

»Laura! Ich rede mit dir.«

»Ich aber nicht mit dir«, erwiderte ihre Tochter.

Ehlebracht baute sich vor dem Fernsehschirm auf.

»Spinnst du?«, schrie Laura.

»Antworte mir.«

»Du tickst doch nicht sauber. Erst versprichst du mir, dass wir Pizza backen, und dann verkrümelst du dich.«

»Ich hatte einen Einsatz.«

Laura tippte sich an die Stirn. »Jaja. So kaputt, wie du aussiehst. Du warst doch bei deinem Lover.«

Ehlebracht reichte es. Wütend verließ sie das Zimmer und zog sich in ihr Schlafzimmer zurück. Sie war todmüde, fand aber keine Ruhe.

Sonja Ehlebracht war enttäuscht. Die atmosphärischen Störungen zwischen ihr und ihren Töchtern hatten das ganze Wochenende angehalten. Sie war auch zu erschöpft, um mit Sophie zu diskutieren und ihr zu entlocken, wo sie sich aufgehalten hatte. Es zermürbte sie, sie spürte, sie war kurz davor, zu resignieren. Und es zeichnete sich kein Ausweg ab. Sie hatte niemanden, der sich um die Kinder kümmern konnte, abgesehen davon, dass diese es auch nicht akzeptiert hätten. Und beruflich gab es keine Alternativen.

Dass über die »Aktion East Heaven« lediglich ein kurzer Bericht im Lokalteil der Kieler Nachrichten gebracht wurde, machte ihre Enttäuschung nur größer. Offenbar schien die Öffentlichkeit nicht am Geschehen interessiert zu sein. Das Problem des Drogenmissbrauchs erreichte die Bürger nicht, wenn sie nicht betroffen waren. Wie mochte sich die Familie Hunger fühlen?, schoss es ihr durch den Kopf, als sie an ihrem Schreibtisch in der Blume die nachlaufenden Papierarbeiten erledigte.

Ein weiteres Verhör von Baranauskas war ergebnislos geblieben. Der Litauer schwieg eisern. Immerhin hatte ein Richter Untersuchungshaft angeordnet. Ehlebracht hatte gehört, dass der Anwalt dagegen Beschwerde eingelegt hatte.

Es war kurz nach neun Uhr, als ein anonymer Hinweis bei der Polizei eintraf. Sie war überrascht, dass dort ihr Name als Adressat bei der Polizei genannt wurde. Heute, am Montag, sollte mit der Fähre aus Klaipėda eine Lieferung Rauschgift eintreffen. Das war alles. Weitere Angaben fehlten.

Der Stab der BKI beriet sich und nahm Kontakt zum Landeskriminalamt und zum Zoll auf. Sollte der Hinweis ernst genommen werden? Oder war es ein Bluff? Die Verantwortlichen standen vor einer schwierigen Entscheidung. Ehlebracht gelang es, Marlow zu kontaktieren.

»Wir dürfen nicht nachlassen«, argumentierte sie. »In Kiel scheint sich ein Kampf um die Vorherrschaft auf dem Drogenmarkt anzubahnen.«

»Sonja, dein Ehrgeiz in allen Ehren«, erklärte ihr Vorgesetzter, »aber du musst dich davor hüten, es zu verbissen zu sehen. Das engt den Blick für das Wesentliche ein. Du – ich – wir … wir stehen hier nicht im Kampf gegen den globalen Drogenmissbrauch rund um den Erdball. In unserer überschaubaren Welt gibt es genug zu tun. Wir sollten uns darauf konzentrieren.«

Sie ließ nicht locker und beschwor Marlow, den Hinweis ernst zu nehmen. »Blaskovic –«

»Dem haben wir nie etwas nachweisen können«, unterbrach Marlow sie.

»Weil er geschickt ist. Er ist einer der Bosse in Kiel. Baranauskas ist nur ein Strohmann. In Wahrheit gehört das East Heaven Blaskovic. Unsere erfolgreiche Razzia war mehr als ein Nadelstich.«

»Es wird Blaskovic nicht in die Insolvenz treiben«, meinte Marlow.

»Weit mehr wiegt, dass sein Nimbus der Unantastbarkeit angeknackst ist. Das haben auch seine Widersacher und Konkurrenten bemerkt. In der Szene wird man aufgeschreckt sein. Wenn heute Blaskovic im Fokus steht … wen haben wir als Nächstes im Visier? Es könnte der Gedanke kreisen, dass man Blaskovic aus dem Verkehr ziehen könnte. Und wenn wir es machen, muss man ihm kein Killerkommando auf den Hals hetzen. In die Lücke, die er hinterlässt, könnten andere vorstoßen.«

Marlow stöhnte auf, aber Ehlebracht blieb hartnäckig. Ihr Vorgesetzter sah gehetzt auf die Uhr.

»Es geht weiter«, sagte er. »Ich werde deine Überlegungen ansprechen.«

Ehlebracht hatte keine großen Hoffnungen und war umso mehr erstaunt, als sie nur zwanzig Minuten später der Beschluss erreichte, dass man die Fähre verschärft kontrollieren wollte.

»Sie läuft gegen dreizehn Uhr im Ostuferhafen ein.«

In Neumühlen-Dietrichsdorf befand sich der größte Kieler Hafenteil. Das Fracht- und Logistikzentrum konzentrierte auch die Fährverkehre nach Westschweden, Russland und in die baltischen Staaten. Von hier ging täglich eine Verbindung nach Klaipėda, dem früheren Memel, der drittgrößten Stadt Litauens und gleichzeitig einem der bedeutendsten Häfen.

»Los, wir haben keine Zeit«, drängte Marlow und fügte an: »Ich hasse solch überstürzte Aktionen.«

Ehlebracht konnte sich vorstellen, welch fieberhafte Aktivitäten in Kiel abliefen. Es war ein Kraftakt, bis der Ankunftsbereich am Fährterminal hermetisch abgeriegelt war. Lkw, Auflieger ohne Zugmaschine und eine um diese Jahreszeit überschaubare Anzahl Pkw schienen wahllos auf der wie ein Finger in die Förde ragenden Anlage herumzustehen. Es war eine für Außenstehende nicht überschaubare Ordnung.

Der verantwortliche Manager nahm den überraschenden Aufmarsch der Einsatzkräfte mit nahezu stoischem Gleichmut hin und half, indem er seine Mitarbeiter entsprechend instruierte. Wie von Geisterhand lief die Aktion vor Ort ab, als sei es tägliche Praxis.

Mit einer Verspätung von einer Viertelstunde lief die »Victoria Seaways« ein. Die zweihundert Meter lange RoPax-Fähre bot sechshundert Passagieren Platz und konnte auf zweieinhalb Kilometern Fahrspuren Fahrzeuge aufnehmen. Wer ein Bild von Kreuzfahrtschiffen vor Augen hatte, wurde von der zweckmäßigen Bauweise des Schiffes enttäuscht. Die »Victoria Seaways« bugsierte rückwärts an die Landungsbrücke heran. Dann senkten sich die Heckklappen, über die die Fahrzeuge den Schiffsbauch verließen. Es ging nur stockend voran, weil Zöllner die Schlange dirigierten und zu einem abgesperrten Bereich auf dem Kai lenkten. Schon bei den ersten Fahrzeugen tat sich Unmut auf. Es wurde lautstark darauf verwiesen, dass Start- und Zielhafen innerhalb der Europäischen Union lägen und es keine Grenzkontrollen geben dürfe.

Die Zollbeamten ließen sich dadurch nicht irritieren und kontrollierten jedes Fahrzeug. Zusätzlich waren Drogenspürhunde im Einsatz. Es ging nur schleppend voran. Noch zeitaufwendiger war die Kontrolle der Kleinlaster und Lieferwagen. Vollends ins Stocken geriet der Verkehr, als die Lkw an die Reihe kamen.

»Es ist unmöglich, etwas zu finden«, schimpfte Marlow und sah Ehlebracht wütend an, als würde sie die Verantwortung für diese Aktion tragen.

Die Polizistin drückte sich immer weiter in die Polster des Dienstwagens, während Marlow unablässig fluchte. Plötzlich fuhr Ehlebracht in die Höhe.

»Da«, sagte sie und zeigte auf einen Lkw mit Kofferaufbau und litauischem Kennzeichen.

»Was ist damit?«, knurrte Marlow ungehalten.

»›Baldų transportas‹.«

»Kannst du jetzt Litauisch?«

»Nein. Aber darunter steht: ›Furniture transports‹.«

»Ja – und? Möbeltransporte.«

»Wir haben im Tresor von Baranauskas Verträge über Möbellieferungen gefunden und uns gewundert, was die in einer heruntergekommenen Diskothek zu suchen haben. Und weshalb schließt er die Verträge zusammen mit der großen Menge Bargeld, dem Kokain und der Waffe in den Tresor ein?«

Marlow warf ihr einen kurzen Blick zu, dann sprang er trotz des kräftigen Regens aus dem Wagen und sprintete zur Kontrollstelle. Als Ehlebracht die kleine Gruppe erreichte, erklärte Marlow gerade, dass dieses Fahrzeug besonders zu prüfen sei.

Der Fahrer, ein ungepflegt wirkender älterer Mann, gestikulierte lautstark und wollte den Anweisungen zunächst nicht folgen. Es entspann sich eine längere Diskussion, bis er den Wagen schließlich auf den zugewiesenen Bereich lenkte.

Mittlerweile griff der Unmut über die Verzögerung auf die noch wartenden Trucker über. Sie standen unter Zeitdruck, manche hatten noch weite Strecken zurückzulegen. Besonders die auf eigene Rechnung Fahrenden mussten sich rechtfertigen, wenn sie die Auflieger und Container hinter ihrer Zugmaschine nicht termingerecht ablieferten. Auch Vertreter der Reederei beklagten sich, dass die Abfertigung unverhältnismäßig langsam sei. Der Fahrplan war eng getaktet, und eine Verzögerung würde sich über mehrere Tage hinschleppen. Es gab keinen Zeitpuffer.

Der Zolloberamtsrat, der den Einsatz leitete, wurde von mehreren Seiten bedrängt. Ihm wurde mit Dienstaufsichtsbeschwerden gedroht, Regressforderungen gegen die Behörde standen im Raum. Der erfahrene Beamte ließ sich nicht einschüchtern, stimmte sich aber schließlich mit Marlow ab und zeigte auf den Möbeltransporter. Sie begutachteten die Papiere, und als dort Karolis Baranauskas genannte wurde, glaubte Marlow, sie seien am Ziel.

»Wir können die Aktion abbrechen«, sagte Marlow. »Dafür nehmen wir den Transporter aber auseinander.«

»Mit großem Vergnügen«, erwiderte der Zöllner und beendete die Kontrollaktion.

Die hartgesottenen Trucker, die so lange zum Warten gezwungen gewesen waren, bekundeten ihren Unmut mit lautem Hupen ihrer tiefen Signalhörner oder dem ausgestreckten Mittelfinger. Manche riefen auch etwas aus der erhöhten Position durch das geöffnete Fenster. Die Zöllner nahmen es mit Gelassenheit auf.

Die Papiere des Fahrers schienen in Ordnung zu sein. Der Zolloberamtsrat beschloss, die Durchsuchung des Fahrzeugs nicht hier vor Ort, sondern an einem geschützten Platz fortzusetzen. Marlow und Ehlebracht steuerten diesen an und sahen den Fachleuten zu, wie sie sachkundig den Kleintransporter und dessen Ladung durchsuchten. Es dauerte bis zum frühen Abend.

Dann stellte der leitende Zöllner fest: »Pech gehabt. Der hat nicht einmal eine Flasche Schnaps für sich selbst an Bord gehabt. Dafür aber eine Ladung Möbel.« Er schüttelte den Kopf. »Das ist absoluter Schrott. Wie halten die Pressspäne eigentlich zusammen?« Mit einem unüberhörbaren Vorwurf in der Stimme fragte er: »Woher haben Sie den angeblich so heißen Tipp?«

»Anonym.«

»Soso.« Der Zöllner spitzte die Lippen. »Das kann auch Beschäftigungstherapie sein. Irgendjemand lacht sich jetzt ins Fäustchen, weil er die Deppen in Grün in den Wald geschickt hat. Glauben Sie wirklich jedem noch so vagen anonymen Hinweis?«

Marlow unterließ es, zu antworten. Er erwies sich auch als schweigsam, als sie zur Blume zurückkehrten.

»Es war wichtig«, versuchte Ehlebracht den Einsatz zu rechtfertigen. »Ist es nicht merkwürdig, dass ausgerechnet heute auf der Fähre ein Transport mit Möbeln für Baranauskas eintrifft?«

»Schon«, bestätigte Marlow einsilbig. »Da könnte ein Konkurrent dahinterstecken. In der Szene hat sich die missliche Lage von Baranauskas mit Sicherheit herumgesprochen. Mitleid erntet er nicht. Ich frage mich: Was hat es mit diesen Möbeltransporten auf sich?«

Die Frage konnte Ehlebracht nicht beantworten.

»Nun komme mir nicht wieder mit dem Argument, wir müssen permanent Nadelstiche setzen«, knurrte Marlow.

Ehlebracht hatte keine Erklärung dafür, wer ihnen den anonymen Hinweis zugespielt hatte. Sie war der Überzeugung, dass Blaskovic der Drahtzieher war, auch wenn es an jeder nachweisbaren Verbindung zu ihm mangelte. Trotzdem gab es eine Geschäftsbeziehung zwischen den beiden. Sie lachte in sich hinein. *Geschäfts*beziehung? Sicher traf es Blaskovic, dass Baranauskas aufgeflogen war. Nun galt es, gegen Blaskovic vorzugehen, auch wenn Marlow das nicht hören mochte.

Sie zog sich eine Weile an ihren Arbeitsplatz zurück. Es war wieder ein Tag, der einen erneuten Fehlschlag gebracht hatte. Sie versuchte, beide Töchter zu erreichen. Die Mädchen waren mit ihren Handys verwachsen, die Telefone waren ein Teil ihrer selbst. Doch beide nahmen den Anruf nicht an. Ihre Bitte um Rückruf blieb unerfüllt. Nein, sagte sie zu sich selbst, sie wollte sich nicht zermürben lassen. Von niemandem. Agieren statt reagieren.

Alle wussten, dass »der schöne Alexander« – Blaskovic – aus dem Hintergrund an den Fäden zog. Er war intelligent und durchtrieben. Sein Betätigungsfeld reichte weit. Angefangen hatte er im Rotlichtmilieu. Dann weitete er seinen Geschäftsbereich aus. Heute gehörten ihm zahlreiche Betriebe, von der finsteren Kaschemme bis zum Nobelrestaurant. Außerdem tummelte er sich auf anderen Spielplätzen, hatte auf seriöse Weise Immobilienbesitz erworben und nannte Beteiligungen an diversen Unternehmen sein Eigen. Blaskovic fühlte sich unantastbar und zeigte kaum eine Schwäche, wenn man von zwei Punkten absah.

Er hatte eine fast manische Beziehung zu Autos und sammelte seltene und kostbare Einzelstücke. Seine zweite Schwäche war sein Hang zu Nostalgie. Die Gäste seiner Edeletablissements beäugten kritisch sein Festhalten an seinem ersten Lokal. Nicht nur das Schäbige daran, auch der Name irritierte das gehobene Publikum. Das Devils Home durfte man getrost als heruntergekommene Spelunke bezeichnen. Blaskovics inzwischen errungene gesellschaftliche Stellung schützte ihn vor Repressalien der Behörden, verschaffte ihm fast eine Art Immunität. Im Gegenzug hielt er gerade seine schmuddeligen Läden sauber. Es kursierten Gerüchte, dass das gehobene Publikum in den teureren Bars nach Belieben alles an Drogen bekam, was das Herz begehrte.

Zu gern hätte Sonja Ehlebracht dort Razzien durchgeführt. Doch diese Orte waren tabu. Es hätte zu viel Aufsehen erregt, wenn in Verbindung mit einer Durchsuchung dieser oder jener Name öffentlich geworden wäre.

Die Dunkelheit brach um diese Jahreszeit früh herein. Die Finsternis wurde durch den grauen Himmel und den Regen noch verstärkt. Es war nach neunzehn Uhr. Das Gros des Berufsverkehrs war abgeebbt. Dennoch wälzte sich ein nicht abreißender Blechmoloch durch die Hauptstraßen. Die Straße Wall war nur ein kurzer Abschnitt auf dem Straßenzug, der parallel zur Förde entlangführte, vom Hauptbahnhof am Schwedenkai vorbei zum Landeshaus und zahlreichen Ministerien, bis er in die Kiellinie überging, ein Prunkstück der Stadt, wo an schönen Tagen die Kieler und ihre Gäste am Wasser promenierten.

Hier residierte das Traditionsunternehmen Sartori & Berger, das sich mit einem integrierten Dienstleistungsangebot für die Schifffahrt einen Namen gemacht hatte, in einem klotzigen roten Backsteinbau. Etwas weiter befanden sich das Kieler Schloss und das Landesfunkhaus des Norddeutschen Rundfunks. Auf nur knapp einhundertfünfzig Metern hatte sich außerdem hier Kiels Rotlichtviertel etabliert. Spielhallen, Wettlokale, Stripteasebars, Sex-Kinos und andere fragwürdige Etablissements hatten hier Wurzeln geschlagen. Es war ein steter Spagat der Verantwortlichen, dieses Viertel räumlich so in Schach zu halten, dass es nicht wie ein Krebsgeschwür zur nahen City hinüberwucherte, zur pulsierenden Fußgängerzone Holstenstraße und zum Alten Markt mit der St.-Nikolai-Kirche, die nicht nur Kiels Hauptkirche, sondern auch das älteste Gebäude der Stadt war. Eines der Lokale war das Devils Home. Manche fanden, es ströme den Charme der Vergangenheit aus.

Für Ehlebracht war es einfach nur ein sanierungsbedürftiges Lokal. Sie baute sich auf der anderen Straßenseite auf und beobachtete eine Weile den Eingang. Der Zulauf war mäßig. In der halben Stunde, die sie im Regen ausgehalten hatte, hatten zwei Gäste das Devils Home betreten. Ihr Äußeres war unauffällig. Sie schätzte die Männer auf dreißig bis vierzig. Im Unterschied zur Diskothek East Heaven schienen hier keine Jugendlichen zu verkehren. Sie musste lächeln, als ihr bewusst wurde, dass es einen Zusammenhang zwischen den Namen der beiden Vergnügungsstätten gab. East Heaven und Devils Home. Himmel und Hölle.

Ob man mit diesem Gedanken etwas anfangen konnte? Vermutlich nicht.

Das Wetter war ungemütlich. Die Begriffe Kiel und November konnten keinen Touristen begeistern. Und ihr bereitete es auch kein Vergnügen. Würde sie nicht einen latenten Groll über ihre häusliche Situation verspüren, hätte sie ihren Beobachtungsposten schon lange aufgegeben und wäre nach Hause gefahren. Im Inneren sträubte sich aber etwas dagegen. Fürchtete sie sich vor der Begegnung mit ihren Töchtern? Harmonisch würde es nicht werden. Im besten Fall würde man sich schweigend aus dem Weg gehen. Ärger keimte in ihr auf. War es wirklich so schlimm, dass sie lieber im Regen an diesem Platz stand, als sich der Familie zu widmen? Die Nässe und die Kälte wurden unangenehm.

Sie gab sich einen Ruck. Nein. Jetzt würde sie nach Schwentinental fahren. Ehlebracht hatte sich schon halb abgewandt, als sie auf der anderen Straßenseite einen dunklen SUV sah. Das Fahrzeug hielt kurz an, ein Mann stieg aus und eilte mit schnellen Schritten zum Eingang des Devils Home. Dann setzte sich der Wagen wieder in Bewegung. Sie fluchte laut, als gerade in diesem Moment ein roter Gelenkbus der Kieler Verkehrsgesellschaft auf dem linken Fahrstreifen den SUV überholte und ihr den Blick auf das Kennzeichen nahm. Der dunkle Wagen war ein Toyota Highlander. Das ältere Ehepaar hatte von einer Begegnung mit einem solchen Fahrzeug berichtet, dessen Insassen sich mit dem Kleindealer Melake

Mebrahtu auf dem Parkplatz unterhalb des Dietrichsdorfer Wasserturms getroffen hatten.

Bisher war es der Polizei nicht gelungen, das Fahrzeug auszumachen. Möglicherweise würde man über die Fahrzeuginsassen eine Spur zu den Hintermännern aufnehmen können, zu Mebrahtus Lieferanten. Und jetzt tauchte das Fahrzeug auf, und ein Insasse betrat das Devils Home, von dem Ehlebracht überzeugt war, dass er ein Rädchen im großen Getriebe von Blaskovic war. Ihr Jagdfieber war geweckt. Sie zögerte, wie sie weiter vorgehen sollte. Der Versuch, Marlow zu informieren, scheiterte. Der Hauptkommissar hatte die Dienststelle bereits verlassen. Auf dem Mobilanschluss sprang gleich die Sprachbox an.

Ehlebracht nahm Kontakt zum Kriminaldauerdienst auf, nachdem Florian Teichmeister ihren Anrufversuch sofort weggedrückt hatte. Der Kollege vom KDD hörte sich ihren etwas atemlos vorgetragenen Bericht an, fragte nach und meinte schließlich, dass es eine nicht sehr substanziierte Idee sei, mit einem größeren Aufgebot im Devils Home vorstellig zu werden.

Sie ging ratlos auf und ab, ballte die Faust und schlug mit der rechten Hand in die offene linke Handfläche. Weshalb weigerte sich der KDD, ihr zu helfen? Würde sie morgen von ihrer Beobachtung berichten, könnte man ihr Vorwürfe machen, dass sie einen möglichen Verdächtigen hatte laufen lassen. Teichmeisters Strafversetzung, auch wenn niemand es so nannte, war ein warnendes Beispiel. Sie lief noch ein paarmal auf und ab. Dann griff sie zum Telefon und forderte kurz entschlossen zwei Streifenwagen an. Die sollten aber »ohne Gedöns« anrücken.

Es dauerte zehn Minuten, bis die beiden Einsatzfahrzeuge vorfuhren. Ehlebracht instruierte die Besatzungen, dass es sich um die Festnahme eines Verdächtigen handele. Ein uniformierter Hauptkommissar prüfte sorgfältig ihren Dienstausweis und ließ sich erklären, dass sie das Lokal observiert hatte.

»Drogen?«, fragte der Beamte und wollte wissen, weshalb

sie allein unterwegs war. Auf ihr »Personalmangel« nickte er verständnisvoll, ergänzte aber: »Ist mit Widerstand zu rechnen? Manche Leute aus diesen Kreisen sind unberechenbar.«

Sie wisse es nicht, antwortete Ehlebracht. »Wir müssen die gebotene Vorsicht walten lassen.«

Die vier Polizisten zückten ihre Waffen und betraten dann das Devils Home. Ehlebracht folgte ihnen.

»Polizei«, rief der Streifenführer. »Bleiben Sie ruhig an Ihren Plätzen. Führen Sie keine hastigen Bewegungen aus.«

Es befanden sich etwa zehn Leute in dem schummrigen Raum. An der Seite standen drei Billardtische. Um einen hatten sich zwei Männer und eine Frau gruppiert. Der Streifenführer forderte sie auf, ihre Queues abzulegen. Zögerlich folgten sie der Anweisung. Die Anwesenden drückten abwechselnd ihre Verwunderung und ihren Unmut über die »Polizeiaktion« aus. Die Kommentare waren unfreundlich. Es regte sich aber kein offener Widerstand. Der Barkeeper, ein bärtiger Hüne, wollte unter den Tresen greifen, zog aber nach einem energischen »Lass das« eines Beamten die Hand wieder zurück. Ehlebracht gab Entwarnung, als sie beim Kontrollieren sah, dass der Barkeeper nach einem Handy greifen wollte. Weshalb er nicht den Alarmknopf betätigte, der dort angebracht war, blieb sein Geheimnis.

Die Beamten ließen sich die Ausweise zeigen und nahmen eine visuelle Personenkontrolle vor. Bei einem Gast wurden drei Joints gefunden. Er behauptete, die seien für den Eigenverbrauch bestimmt. Ein weiterer Gast trug zur Überraschung der anderen viereinhalbtausend Euro in bar mit sich herum. Die Antwort auf die Frage nach dem Grund und der Herkunft blieb er schuldig und wirkte dabei trotzig.

Ehlebracht war enttäuscht. Der Beifahrer aus dem Toyota war nicht unter den Anwesenden. Niemand hatte Ähnlichkeit mit dem Mann. In Begleitung eines Uniformierten durchsuchte sie die Sanitär- und Nebenräume. Es gab einen verschlossenen Hinterausgang, in dessen Türschloss ein Schlüssel steckte.

»Aus Sicherheitsgründen muss das sein«, erklärte der Barkeeper und bestritt, dass noch ein weiterer Gast das Lokal betreten habe.

Auch die anderen Anwesenden zeigten sich unwissend und wollten nicht mit der Polizei kooperieren.

»Wo ist der Verdächtige, *Ihr* Verdächtiger?«, raunte der Streifenführer Ehlebracht zu.

Sie wusste es nicht. Ratlosigkeit lag in ihrem Blick, als sie ihn ansah.

»Das ist eine schöne Pleite«, sagte der Beamte enttäuscht. »Sympathien haben wir nicht geerntet, indem wir den Laden aufgemischt haben. Für nichts und wieder nichts. Und nun?«

Sie zuckte hilflos mit den Schultern, als sie eine vorsichtige Bewegung des Barkeepers wahrnahm. Der Mann hatte sein Knie bewegt, als würde er eine Schublade schließen.

»Was machen Sie da?«, wollte Ehlebracht wissen.

Der Barkeeper sah sie mit Unschuldsmiene an. »Nichts.«

Sie bat einen Polizisten, nachzusehen. Der Widerstand des Barkeepers war verhalten. Aus einer Schublade förderten sie ein schuhkartongroßes Paket hervor, das an »Harald Müller« mit der Adresse des Devils Home adressiert war.

»Wer ist Harald Müller?«, fragte Ehlebracht.

Der Barkeeper zuckte mit den Schultern. »Keine Ahnung. Die Post schleppt es her, und wenn jemand danach fragt, händige ich es aus.«

»Kommt das öfter vor?«

Erneut zuckte der Barkeeper mit den Schultern. »Ich bin nicht immer hier.«

Er wurde lebhaft, als Ehlebracht entschied, das Paket an sich zu nehmen. Vom Postgeheimnis als hohem Rechtsgut bis zu Polizeiwillkür, Diebstahl und schwerem Vertrauensbruch ließ er kein Argument aus, um den Besitz des Pakets zu verteidigen. Es half nichts. Das absenderlose Paket wurde konfisziert. Ehlebracht bat die erste Streifenwagenbesatzung, sich des Fundes anzunehmen und ihn mitzunehmen.

Der Streifenführer murrte. »Da bleibt die Bürokratie wieder an uns hängen.«

Vor der Tür trennten sie sich.

Mit gemischten Gefühlen machte sie sich auf den Heimweg. Wie würde ihre eigenmächtige Aktion aufgenommen werden? War mit der Beschlagnahme des Pakets ein Erfolg verbunden? Oder war das voreilig gewesen? Das hing vom Inhalt ab. Und wie würden Marlow und die Vorgesetzten auf ihre Behauptung reagieren, sie habe den Toyota gesehen, könne aber kein Kennzeichen nennen? Und der Unbekannte war auch verschwunden. Würde man es als vorgeschobene Schutzbehauptung für den eigenmächtigen Zugriff abtun?

Ihre Hoffnung, dass sich die häusliche Situation besser gestalten würde, trog. Laura strafte sie mit Missachtung. Noch schlimmer verhielt sich Sophie. Als Ehlebracht sie in ihrem Zimmer aufsuchen wollte und es betrat, nachdem auf das Klopfen keine Reaktion erfolgte, schrie die Große sie mit sich überschlagender Stimme an, beschimpfte sie und forderte sie auf, ihr Reich »nie wieder« zu betreten.

Ehlebracht war erschüttert über die verfahrene Situation, auch darüber, dass sie keine Lösung parat hatte. Schon wieder eine Flasche Rotwein trinken? Damit wurden die Probleme nicht aus der Welt geschafft. Weder diese noch die beruflichen. Es war zum Verzweifeln. Und es gab niemanden, mit dem sie hätte sprechen können.

SECHS

Marlow empfing Sonja Ehlebracht schon beim Betreten der Dienststelle.

»Wir haben zu reden«, schnauzte er anstelle einer Begrüßung und machte ihr Vorhaltungen zu ihrem Alleingang am Vorabend. Sie habe eindeutig ihre Kompetenzen überschritten. Ihren Einwand, er sei nicht erreichbar gewesen, ließ er nicht gelten.

»Wenn du dich bemüht hättest, hätte es auch geklappt.« Er bewegte drohend den Zeigefinger. »Sonja! Ich habe mich immer vor dich gestellt. Irgendwann ist mein Kreuz aber nicht mehr breit genug. Ich kann Eigenmächtigkeiten nicht dulden. Wir sind ein Team. Ist das klar?«

Ehlebracht öffnete den Mund, aber er schnitt ihr mit einer Handbewegung das Wort ab.

»Schluss jetzt. Das war das letzte Mal, die allerletzte Ermahnung.«

Dann wandte er sich ab, ohne ihre Entgegnung anzuhören.

Sie versuchte, Florian Teichmeister zu erreichen. Aber der war nicht zu sprechen. Von ihrem Schreibtisch aus starrte sie auf den leeren Platz gegenüber, an dem er sonst saß.

Sie fühlte sich wie eine Ausgestoßene und legte den Kopf in die Handflächen. Die Ellenbogen hatte sie auf der Tischplatte abgestützt. Jetzt fehlt nur noch, dass dir die Tränen kommen, dachte sie bitter. Weshalb misslang ihr alles? Beruflich? Privat? War das eine Situation, in der manche Verzweifelte Trost bei Drogen suchten? Hatte sich Finn Hunger in diesen Teufelskreis geflüchtet? Solche Fälle gab es, und bei ihren Ermittlungen waren sie oft auf diese Konstellationen gestoßen. Es gab aber auch jene, die es als harmlosen Spaß erachteten, das Leben durch den Konsum von Rauschmitteln bunter zu gestalten, an Leichtigkeit zu gewinnen, die die Probleme und das unendliche Leid, das sich in der Folge oft einstellte, verdrängte. Zumindest zu Beginn. Der Weg in die Hölle war zunächst vom lichten Schein begleitet, bis das Feuer alles verbrannte. Den Körper. Die Seele.

Der Kaffee war schal und lauwarm. Das Knäckebrot, das sie mitgebracht hatte, steckte noch in der Umhängetasche, die neben ihrem Schreibtisch lag. Sie hatte die Medien durchforstet. Nirgendwo tauchte eine Notiz zum Vorgang am gestrigen Abend auf.

Zwei Stunden später flog die Tür des Zimmers auf und krachte gegen die Wand. Marlow erschien wie ein Derwisch. Er war nicht wiederzuerkennen.

»Weißt du, auf was wir gestoßen sind?«

Sie schüttelte den Kopf.

»Heroin. Astreine Qualität.«

Diacetylmorphin, das allgemein als Heroin bezeichnet wird, ist ein stark analgetisches Opioid und Rauschgift, das in jeder Konsumform ein extrem hohes Abhängigkeitspotenzial aufweist. Die Süchtigen kommen von der Droge nicht mehr los. Die Medizin weiß um die hohe Wirksamkeit des Morphins, aber auch um die Gefahren. Deshalb wird es nur sehr dosiert und punktuell eingesetzt, sehr häufig in der Palliativmedizin. Viele verarmte Bauern, zum Beispiel in Afghanistan, unterhalten Felder mit Mohn und sehen darin die einzige Möglichkeit zum Lebensunterhalt. Auf vielen Wegen gelangt das Teufelszeug in die westliche Welt, nach Europa, nach Deutschland, nach Kiel.

Für Ehlebracht war es eine traurige Realität, immer wieder auf Süchtige zu stoßen, die nur noch körperliche und psychische Wracks waren. Und nur wenigen gelang es, diesem Teufelskreis zu entfliehen.

Sie sah Marlow an. »Schön«, sagte sie.

Ihr Vorgesetzter streckte beide Arme vor. »Mensch, Sonja, in dem Paket, das wir gestern beschlagnahmt haben ...«

Wir?, dachte sie verbittert.

»In dem Paket waren fast zwei Kilo reines Heroin. Die sechzigtausend Ocken, die wir vom Markt genommen haben, dürften auch einen Harald Müller schmerzen.«

»Und?« Sie wirkte fast desinteressiert.

»Du hattest den richtigen Riecher. Na ja, deinem Bericht nach war es eher ein Zufallsfund. Aber auch so etwas gehört dazu. Weshalb sollen wir nicht auch einmal Glück haben? Ein Lucky Punch.«

»Ich stand nicht zufällig vor dem Devils Home«, wandte Ehlebracht ein.

»Ach, was soll's«, tat es Marlow ab. »Ich will gar nicht wissen, woher du den Tipp bekommen hast. Die Story mit dem Toyota … Da schwingen doch Zweifel mit.«

Sie gab auf, obwohl sie noch immer davon überzeugt war, dass Blaskovic hinter den Kulissen die Strippen zog. War er Harald Müller? Das war ein Allerweltsname. Teichmeister würde jetzt behaupten, jeder zweite männliche Kieler heiße so. Zumindest würden sich jetzt mehr Ermittler auf die Spur setzen und versuchen, die wahre Identität des Empfängers zu ermitteln.

Marlow schien eine ähnliche Vermutung zu hegen. »Es ist natürlich dumm, dass Müller gewarnt ist. Wenn das Devils Home eine Empfangsstation der Organisation war, ist diese jetzt tot. Vielleicht hätten wir die Chance gehabt, von dort aus verdeckt weiterzuermitteln.«

»Was hätte es uns gebracht? Die Kette reicht doch von oben nach unten. Müller, nennen wir ihn einmal so, ist doch höchstens eine nachgeordnete Zwischenstation, der vertickt das Zeug an Kleindealer weiter. Er weiß doch nicht, wer ihm die Ware zukommen lässt.«

»Hm«, kommentierte Marlow ihren Einwand.

»Blaskovic unterhält einen gut sortierten Gemischtwaren-laden für Drogen. Einen perfekt organisierten Großhandel mit einem breiten Sortiment. Kokain, Crystal Meth. Jetzt Heroin. Mit Sicherheit hat er auch noch andere Spezialitäten im Angebot. Es ist nicht nur die Vielfalt, ich möchte wetten, er beschafft auch größere Mengen. Irgendwie muss das Zeug doch ins Land kommen.«

»Kokain erreicht uns über die Häfen. Rotterdam ist ein Hotspot. Von dort wird es vermutlich mit Feederschiffen weiter in den Ostseeraum verteilt. Heroin kennt viele Transportwege. Uns erreicht das Teufelszeug über die baltische Route.«

»Deshalb war die Lieferung aus Litauen so interessant. Ich meine den Möbeltransport für Baranauskas.«

»Das war ein Fehlschlag«, wiegelte Marlow ab. »Wir müssen lernen, damit zu leben.« Er streckte den Zeigefinger vor und zeigte auf Ehlebracht. »Besonders du. Und Crystal Meth ... Tschechien ist für den deutschsprachigen Raum das Land, in dem es unter der Bezeichnung Pervitin produziert wird. Man muss kein Chemienobelpreisträger sein, um den Scheiß herzustellen. Das kann fast jeder. Es ist easy, ganz gleich, wie es produziert wird. Jeder weiß, dass die länger anhaltende Benutzung von Nasentropfen zur Abschwellung der Schleimhaut süchtig machen kann. Schuld daran ist das Ephedrin, das auch bei niedrigem Blutdruck verabreicht wird. Die chemische Verbindung gehört wie Crystal Meth zur Klasse der Amphetamine.«

»Ich weiß. Der Unterschied liegt nur in einer zusätzlichen OH-Gruppe beim Ephedrin. Man nimmt Ephedrin mit einer Reduktion diese Gruppe weg. Das ist ziemlich einfach mit Lithium möglich, das man in handelsüblichen Batterien findet.«

»Du musst hier keinen Vortrag halten«, sagte Marlow. »Das wissen wir alle.«

»Ich will damit nur aufzeigen, wie einfach das für die Drogenleute ist. Man muss nicht einmal Chemiker sein, um das zu machen. Die Leute in den Schwarzmarktlaboren haben vermutlich keine Ahnung von den chemischen Reaktionen, die sie auslösen.«

»An die Labore in Tschechien kommen wir nicht ran«, sagte Marlow, »aber jetzt können wir sie ein wenig zwicken. Die

aufgeflogene Adresse im Devils Home ist ein kleiner Paukenschlag. Wir haben uns einen richterlichen Beschluss zur
Durchsuchung der Kneipe besorgt.«Er sah auf seine Uhr.»In
einer halben Stunde geht es los.«
Ehlebracht sprang auf.»Worauf warten wir noch?«
Marlow bewegte besänftigend die Hand auf und ab.»Ganz
ruhig. Das überlassen wir den Experten von Zoll und LKA.
Du wolltest doch immer Unruhe in die Szene hineinbringen. Das geschieht jetzt. Die Aktion hat Auswirkungen auf
das ganze Rotlichtviertel. Bei dem massiven Polizeiaufgebot
bleiben die Kunden weg. Dadurch werden auch die anderen
Etablissements beeinträchtigt. Niemand mag es, wenn das
eigene Geschäft leidet. Das Viertel gerät vorübergehend in
einen schlechten Ruf. Damit wird Druck auf Blaskovic ausgeübt.«
»Unbestritten ist, dass Blaskovic Eigentümer des Devils
Home ist. Ob er sich in den Hintern beißt, weil er den maroden
Schuppen aus Nostalgie behalten hat? Man sollte meinen, dass
ein eiskalter Typ wie er über solchen Gefühlen steht.«
»Es kann auch sein, dass er die Polizei unterschätzt hat. Solche Leute glauben ja oft, uns haushoch überlegen zu sein. Ihre
diesbezügliche Arroganz ist unermesslich.« Marlow lächelte.
»Von diesem Understatement lebte die amüsante Krimireihe
›Columbo‹. Ich habe gehört, in Husum soll es auch so einen
bei der dortigen Kripo geben, der wie Columbo arbeitet. Vermutlich war sich Blaskovic ziemlich sicher, dass wir uns nicht
um seinen Laden kümmern werden. Ich könnte mir sogar vorstellen, dass er selbst den Tipp mit der angeblichen Lieferung
aus Klaipėda lanciert hat. Wir haben im für Baranauskas bestimmten Möbeltransporter nichts gefunden. Damit hat man
uns eine lange Nase gezeigt. Die Drogenmafia weiß auch, dass
wir uns solche Aktionen nicht oft leisten können. Damit ist
der Weg für neue Lieferungen wieder frei. Und ihnen sind
auch nicht die massiven Proteste und Beschwerden aus der
Wirtschaft entgangen. Durch die Kontrolle ist die Logistik

der Speditionen ebenso durcheinandergeraten wie der Fahrplan der Fähre. Das verursacht Gegenwind. Du glaubst selbst nicht, dass sich jemand aus der Wirtschaft für das ausufernde Problem mit dem Rauschgift interessiert. Da geht es um das eigene Business.«

Leider hatte Marlow recht, dachte Ehlebracht und freute sich über das besondere Lob ihres Vorgesetzten, als der mit dem Auge zwinkerte und den Daumen anerkennend in die Höhe streckte. So dicht lagen Anerkennung und Verdammnis beieinander.

Als sie sich einen Kaffee besorgte, sprach sie ein Kollege aus dem Kommissariat an und beglückwünschte sie. Als sie heute Morgen das Haus betreten hatte, hatte sie das Gefühl gehabt, man würde sie schneiden. Nun galt sie – zumindest temporär – als erfolgreiche Drogenfahnderin mit dem richtigen Gespür. Es erfasste sie ein Hauch von Euphorie. Das war ein erster Schlag gegen Blaskovic. Nun hatte man einen Ansatz und konnte den Faden aufnehmen, an dessen anderem Ende hoffentlich ein dicker Fisch anbiss.

Sie war kurz davor zu pfeifen. Und morgen ging es weiter. Schlag auf Schlag. Laufende Aktionen gegen die Drogenmafia. Das Nest musste ausgeräuchert werden. Sicher war es ein Zufallsfund, gestand sie sich selbst ein. Der weitere Krieg gegen die skrupellosen Drahtzieher würde über die tägliche Polizeiroutine laufen. Man würde Puzzleteil um Puzzleteil zusammensetzen, Nadelstiche ausüben, die Gegenseite zermürben.

Die Suche nach dem Toyota und dessen Insassen war noch offen. Wer war der Absender der Heroinlieferung? Und wer verbarg sich hinter dem Pseudonym Harald Müller? Der Name tauchte im polizeilichen Informationssystem ein paarmal auf. Es gab aber keine Verbindung zu Straftaten nach dem Betäubungsmittelgesetz.

Zu gern hätte sie auch gewusst, welcher Anlass Baranauskas nach Litauen führte. Er hatte für den nächsten Tag eine Passage nach Klaipėda gebucht. Natürlich könnte er behaupten, er hätte dort geschäftlich zu tun. Das Möbelgeschäft bot einen legalen Rahmen, auch wenn sie Zweifel an der Redlichkeit hatte. Der Zöllner hatte gemeint, die importierten Möbel seien von minderwertiger Qualität. Als weiterer Grund könnte Baranauskas familiäre Bindungen anführen. Oder er schwieg einfach. In einem freien Europa durften sich die Bürger ungehindert bewegen und mussten keine Rechenschaft über den Reisegrund ablegen. Offen war immer noch die Frage, wer den anonymen Hinweis auf die angebliche Drogenlieferung abgegeben hatte.

Das Kriminaltechnische Institut hatte inzwischen festgestellt, dass die Magnum Desert Eagle, die man im Tresor von Baranauskas' East Heaven gefunden hatte, polizeilich unbekannt war. Die forensische Toxikologie hatte das ebenfalls dort sichergestellte Kokain analysiert und mit der Substanz, mit der Finn Hunger ermordet wurde, verglichen. Mit hoher Wahrscheinlichkeit handelte es sich nicht um die gleiche Herkunft, meinten die Experten. Eine erneute Anfrage in der Flüchtlingsunterkunft ergab, dass Melake Mebrahtu immer noch nicht aufgetaucht war.

Am Nachmittag rief Marlow sie zu sich und informierte sie über das Ergebnis der morgendlichen Razzia. Die hatte viel Aufmerksamkeit erregt. Auf der stark befahrenen Straße Wall war infolge des Polizeieinsatzes eine Fahrspur gesperrt worden. Das hatte einen Stau ausgelöst, in dessen Folge auch die Linienbusse Verspätungen einfuhren.

Der Wirt eines benachbarten Lokals hatte sich beschwert, dass dieser »einzigartige Ort für Vergnügungen« durch solche Aktionen belastet würde. Er hatte es vermieden, direkt gegen das Devils Home zu wettern. Möglicherweise fürchtete er eine Rache von Blaskovic. Dafür lenkte er die Aufmerksamkeit der Beamten auf eine verdächtige Frau, die sich am Vorabend auf der gegenüberliegenden Straßenseite aufgehalten hatte. Er gab eine Personenbeschreibung ab, die in groben Zügen Ehlebracht ähnelte. Sonst hatte niemand etwas bemerkt, schon gar nicht in Hinblick auf die Gäste oder das Personal des Devils Home.

Ehlebracht hatte beschlossen, zeitig Feierabend zu machen. Auf dem Heimweg wollte sie noch eines der größten Fachmarktzentren Deutschlands aufsuchen, für das Schwentinental bekannt war. Das Areal erstreckte sich großflächig an der Bundesstraße entlang, die mitten durch die junge Stadt führte. Sie war aus der Fusion zweier Gemeinden entstanden und zog sich über eine Länge von fast zehn Kilometern am namensgebenden Fluss entlang. Zusammengewachsen waren die beiden Stadtteile noch nicht. Es fehlte auch ein identitätsspendender Ortskern. In zahlreiche Neubaugebiete waren Menschen aus dem benachbarten Kiel gezogen und verliehen Schwentinental den Charakter einer Schlafstadt. Ehlebracht hatte im Ortsteil Raisdorf nahe der Alten Feuerwache, die heute das Heimatmuseum beherbergte, nach der Scheidung die ehemalige gemeinsame Wohnung übernommen.

Zu den Geschäften am nahen Bahnhof mit den Läden für den alltäglichen Bedarf führte ein Fußweg mit dem lustigen Namen »Kaffeebohnenstieg«. Es waren nur wenige Autominuten bis ins Herz der Landeshauptstadt, ein Naherholungsgebiet lag vor der Haustür und die großartige Holsteinische Schweiz mit ihren Seen nebenan. Nur einen symbolischen Steinwurf entfernt erstreckten sich bekannte Seebäder am Ufer der Ostsee entlang. Viele Menschen sehnten sich danach, hier ihren Urlaub verbringen zu dürfen, und sie hatte das Privileg, hier zu leben.

Durch die Erfolge des heutigen Tages gestärkt, hatte sich ihr Stimmungsbild merklich aufgehellt. Nahezu gut gelaunt steuerte sie den Ostseepark an und fand zügig einen Parkplatz. Sie hoffte, mit einer kleinen Überraschung aus einem der Modeläden des Einkaufszentrums ihre Töchter ein wenig besänftigen zu können. Ob die beiden Lust darauf hätten, zu dritt essen zu gehen? Zum Italiener? Chinesen?

Nahezu beschwingt lief sie durch den Regen. Es störte sie nicht, dass sie durchnässt den Laden durchstreifte und nach etwas suchte, das den Mädchen Freude bereiten würde. Sie war unschlüssig. Hatte sie doch den engen Kontakt zu ihren Töchtern verloren? Eine Spur Unzufriedenheit befiel sie, als sie mit den beiden Stücken zur Kasse schritt. Hoffentlich gefielen sie.

Es war Geduld gefordert. An der Kasse. Beim Rangieren auf dem Parkplatz. Beim Verlassen des Parkplatzes. Auf der innerörtlichen Straße, die parallel zur Bundesstraße verlief, und beim Suchen nach einer Parkmöglichkeit vor dem Supermarkt ihres Wohnbezirks. Sie war fast ein wenig erschrocken, als sie ihren Einkauf aufs Band legte und ihr bewusst wurde, dass sie ohne weiteres Nachdenken drei neue Flaschen Rotwein im Einkaufswagen hatte. Sie verstaute alles im Kofferraum.

Nun war es nur noch ein kurzes Stück. Sie musste den Gegenverkehr passieren lassen, als sie in die Dorfstraße einbog. Der Name mochte an Vergangenes erinnern. Heute hatte dieser Stadtteil den dörflichen Charakter verloren. Das galt auch für das schmucklose Stück Grünfläche, das Dorfplatz hieß. Das war lange vor ihrer Zeit. Auch die schmale Wohnstraße, in der ihr Zuhause lag, erinnerte an früher.

In fast allen Wohnungen brannte Licht. Auch in ihrer. Sie freute sich, dass die Wohnung nicht leer war. Zumindest Laura würde zu Hause sein. Die Freude wurde von einem leicht erhöhten Pulsschlag begleitet. Sie hoffte, dass die Differenzen zwischen ihr und den Töchtern nicht weiterwuchsen. Ganz beseitigen, dazu bedurfte es weiterer Anstrengungen – auch ihrerseits.

Gegenüber dem Haus befanden sich die Parkmöglichkeiten der Hausbewohner in einer Art lang gestrecktem Carport. Noch nicht alle Nachbarn waren zu Hause. Sie schlug einen Bogen und lenkte ihren Wagen neben das Fahrzeug eines Paares aus dem Nebenhaus. Dann stieg sie aus und zog unwillkürlich die Schultern ein.

Es war eine ruhige Wohnanlage. Man grüßte einander, ging aber sonst seines Weges. Ehlebracht genoss es, dass es ein friedliches Miteinander war. Deshalb war sie erschrocken, als sie laute Musik hörte. Hämmernde Beats drangen aus einem hell erleuchteten geschlossenen Fenster. Der Lärm musste im ganzen Wohnblock hörbar sein. Er kam aus Lauras Zimmer. Der Ärger mit den Nachbarn war vorprogrammiert.

Schlagartig veränderte sich ihre positive Einstellung, ihre Vorfreude. Statt eines Aufeinanderzugehens stand die nächste Auseinandersetzung bevor. War es ein lauter Aufschrei der Jüngsten? Ihre Art zu protestieren?

Ehlebracht öffnete die Heckklappe und beugte sich ins Fahrzeuginnere. Sie spürte, wie ihr Blutdruck anstieg, ihr Puls schneller schlug. Sie kramte ihre Sachen zusammen, als sie mehr instinktiv registrierte, dass sich jemand näherte. Ein Nachbar? Sie tauchte noch ein wenig tiefer ins Fahrzeug hinein und hoffte, sie würde nicht angesprochen werden wegen der lauten Musik. Dazu fehlte ihr der Nerv.

Erst im letzten Moment nahm sie wahr, dass sich ihr zwei Personen genähert hatten. Als sie sich aufrichten wollte, wurde sie beidseitig an den Schultern gepackt und mit Kraft auf die Ladebordkante gedrückt. Der Druck war heftig, und die Enge des Raumes ließ ihr keine Bewegungsfreiheit. Sie versuchte, sich auf dem Boden des Kofferraumes in die Höhe zu stemmen, aber die beiden hielten sie nieder. Eine Hand packte ihren Nacken und zog die Jacke zurück. Dann spürte sie einen extremen quälenden Schmerz im Nacken. Ihre gesamte Muskulatur erstarrte. Sie war paralysiert. Gelähmt. Starr.

SIEBEN

Seit Tagen war es grau und trübe. Typisches Novemberwetter in Kiel. Dr. Lüder Lüders parkte seinen schon älteren Fünfer-BMW auf dem Parkplatz des Polizeizentrums Eichhof. Auf dem weitläufigen Areal waren zahleiche Dienststellen untergebracht, darunter auch das Landeskriminalamt. Der Kriminalrat mit den blonden Wuschelhaaren hatte dort in der Abteilung 3, dem Polizeilichen Staatsschutz, seinen Dienstsitz.

Mit weit ausholenden Schritten eilte er durch den ungemütlichen Nieselregen. Im Treppenhaus und auf dem Flur begegneten ihm einige Kollegen, bis er sein Büro erreichte. Leise fluchend legte er seine nasse Kleidung ab, wischte mit der Hand die Tropfen aus Gesicht und Stirn und platzierte den Stapel Tageszeitungen auf der Ecke seines Schreibtisches. Es war eine alte Gewohnheit, sich auf dem Weg ins LKA mehrere Tageszeitungen zu besorgen und diese morgens ausführlich zu studieren. Im Auto hatte er die Nachrichten verfolgt. Es war die übliche Gemengelage von großen und kleinen Meldungen. Man konnte den Eindruck gewinnen, es würde überall brennen, an manchen Ecken der Welt oder auf einem Bauernhof in der nahen Provinz.

Lüder warf einen schnellen Blick auf die Schlagzeile der Kieler Nachrichten. Die Zeitung machte heute mit einem Artikel zur kritischen Lage der Feinstaubbelastung auf. Es gab neuralgische Punkte in der Stadt, die über die Grenzen Kiels hinaus für Aufsehen sorgten. Sicher war es reizvoll, in manchen Kategorien zur Spitzengruppe zu gehören. Das musste aber nicht in dieser Disziplin sein.

Lüder hatte zu Hause mit seiner Frau Margit gefrühstückt. In ihrem älteren Einfamilienhaus in Hassee war es ruhiger geworden. Früher herrschte gerade in den Morgenstunden ein lebhaftes Gewusel in der Patchworkfamilie. Heute gehörte der Morgen ihnen beiden. Die Kinder nahmen nicht mehr am Frühstück teil. Sie hatten ihren eigenen Lebensrhythmus. Zum Start in den Dienstalltag gehörte für ihn auch der Becher Kaffee, den er sich im Geschäftszimmer besorgte. Das hütete Edith Beyer, die erfreut aufsah, als er eintrat, und ihm einen schönen guten Morgen wünschte. Sie wechselten ein paar Worte über das Wetter, und sie fragte nach seiner Familie.

»Da ist alles in Ordnung. Man erkennt an den Kindern, dass man älter wird.« Er fasste sich ins Kreuz. »Nicht nur daran.« Und lächelte. »Die gehen jetzt ihre eigenen Wege. Unsere Kleine beginnt auch allmählich, sich abzunabeln. Gemeinsame Unternehmungen mit den Eltern … Das ist nicht mehr angesagt. Na gut. Damit bleibt meiner Frau und mir wieder mehr Zeit füreinander.«

Die Tür zum Büro des Abteilungsleiters war angelehnt.

»Er ist zur Amtsleitung«, erklärte Edith Beyer. »Und Herr Gärtner hat sich krankgemeldet.« Sie zeigte auf das Telefon. »Er hat vorhin angerufen. Ich habe ihn kaum verstanden, so gekrächzt hat er. Den hat eine böse Erkältung erwischt.«

Lüder balancierte den Kaffeebecher zurück zu seinem Büro und nahm einen Schluck zu sich. In den Nachrichten war kurz vom merkwürdigen Verschwinden einer Frau berichtet worden. Auch in der Zeitung fand sich eine kurze Notiz. Die Polizei tappte noch im Dunkeln, hieß es. Er ließ sich Zeit beim Studium der Zeitungen. Nachdem er die wesentlichen Nachrichten aufgenommen hatte, besorgte er sich einen weiteren Becher Kaffee. Dann startete er seinen Rechner, las die aufgelaufenen Meldungen und Mails, bevor er durch das Schnarren des Telefons unterbrochen wurde.

»Moin, Herr Vollmers«, begrüßte er den Hauptkommissar, nachdem dessen Name im Display aufleuchtete.

»Guten Morgen«, erwiderte Vollmers einsilbig. »Haben Sie von der verschwundenen Frau in Schwentinental gehört?«

»Ich habe eine kurze Notiz gelesen. Der Ort wurde nicht genannt. Was ist mit der?«

»Es handelt sich um eine Kollegin von der BKI. KOK Sonja Ehlebracht.«

»Oh. Das klingt merkwürdig.«

»Es ist nicht *merkwürdig*, sondern schlimm. Sehr schlimm«, fuhr Vollmers fort. »Ich kenne die Frau. Wir sind uns hier im Haus täglich begegnet und haben aktuell an einem Fall gearbeitet.« Vollmers berichtete in Stichworten von den jüngsten Ereignissen, dem toten Schüler, dem verschwundenen Kleindealer und den Razzien.

»Ich habe schon einmal etwas von Blaskovic gehört«, bestätigte Lüder. »Zu tun hatte ich noch nicht mit ihm.«

»Sonja Ehlebracht ist seit über zwanzig Jahren im Polizeidienst. Sie ist dreiundvierzig Jahre alt. Seit Langem ist sie bei uns auf der BKI im K4 tätig.«

»Bei Philip Marlow, dem Rauschgiftjäger?«, unterbrach ihn Lüder.

»Lassen Sie es Marlow nicht hören. Er wird dann fuchsteufelswild. Sonja Ehlebracht nimmt ihren Dienst sehr genau, manchmal hat man den Eindruck, zu genau. Einige im Haus behaupten, sie ist zu verbissen. Das verkrampft.«

»Mir ist der Name schon einmal untergekommen«, sagte Lüder. »Aber zu tun hatten wir noch nicht miteinander. Das schmutzige Rauschgiftgeschäft ist nicht mein Thema.«

»Meines auch nicht«, bestätigte Vollmers. »Dafür bin ich auch dankbar. Das ist ein elendiger Sumpf.«

»Worin liegt das Verbissene, das die Kollegin auszeichnet?«, wollte Lüder wissen. »Manchmal prägen persönliche Erlebnisse aus dem privaten Umfeld den Polizisten. Hat sie Familie?«

»Sie ist seit vier Jahren geschieden. Dabei ist wohl einiges kaputtgegangen. Das Sorgerecht für die beiden Töchter liegt bei ihr. Nach unserem Kenntnisstand sind die zwei Mädchen aber nicht drogenabhängig und haben auch keinen Kontakt zur Szene. Ich vermute, dass sie sich aufgrund des holprigen privaten Lebensweges in die Arbeit hineinkniet. Das kann dann zu einer Überreaktion führen.«

»Was ist geschehen? Wissen Sie schon Details?«

»Ja«, erwiderte Vollmers knapp. »Nachdem es mehrere Fehlschläge in der letzten Zeit gegeben hatte, die man zum Teil auch Sonja Ehlebracht ankreidete, war den Kollegen vom Rauschgift vorgestern ein größerer Coup gelungen, der im Wesentlichen auf ihr Konto ging.«

»Das Devils Home kenne ich«, bestätigte Lüder, nachdem Vollmers berichtet hatte. »Ein ziemlich übler Laden.«

»Sie ist nach Feierabend noch im Fachmarktzentrum Ostseepark gewesen und hat dort etwas für ihre Töchter besorgt. Wir haben es im Kofferraum ihres Wagens gefunden. Der Kassenbeleg gab uns wertvolle Hinweise zur Uhrzeit. Nach einem Zwischenstopp im Supermarkt ist sie nach Hause gefahren. Dort wurde sie überfallen und verschleppt.«

»Niemand hat etwas bemerkt?«

»Wir haben zwei Zeugen gefunden. Anwohner. Ein Mann, der in der Nähe wohnt, hat zwei Männer gesehen, die eine Frau in ihre Mitte genommen hatten. ›Die hatte ordentlich was getankt‹, hat der Mann gesagt. ›Die konnte nicht allein gehen oder stehen.‹ Ein anderer will einen in der Wohngegend unbekannten dunklen SUV gesehen haben. Leider kann er weder etwas zum Fabrikat noch zum Kennzeichen sagen.«

»Und wer hat das Verschwinden gemeldet?«

»Eine Hausbewohnerin. Laura Ehlebracht, das ist die jüngere Tochter, war allein zu Hause. Die ältere Schwester war bei einer Schulfreundin. Laura hatte die Musik sehr laut aufgedreht. Daraufhin hat die Nachbarin geklingelt und wollte sie auffordern, die Musik leiser zu stellen. Aber Laura hat nicht reagiert. Etwa zehn Minuten später wurde es dann doch ruhig. Jetzt hat Ehlebrachts Hund gebellt. Die Nachbarin hat erneut geklingelt. Laura hat geöffnet und schnippisch gesagt, dass sie chillen wolle und ihre Mutter sich um den Hund kümmern solle. Die Nachbarin hat wenig später aus dem Küchenfenster gesehen und Sonja Ehlebrachts Auto entdeckt. Sie wollte sie im Treppenhaus zur Rede stellen. Nachdem Sonja Ehlebracht aber nicht auftauchte, hat sie bei den Stellplätzen nachgesehen und den offenen Kofferraum entdeckt. Sie hat noch eine halbe Stunde gewartet. Dann erschien es ihr doch zu mysteriös. Sie informierte andere Nachbarn, und man hat beratschlagt. Schließlich erklärte sich Sophie Ehlebracht, die inzwischen nach Hause gekommen war, bereit, ihre Mutter anzurufen. Die ging aber nicht ans Telefon. Man verständigte die Polizei. Der Streifenwagen nahm sich der Sache an, konnte aber nichts weiter unternehmen. Auch das Absuchen der Umgebung war erfolglos. Gegen zweiundzwanzig Uhr wurde die Polizei erneut verständigt. Der kam die Sache merkwürdig vor. Und als die Beamten vor Ort erfuhren, dass die Vermisste eine Kollegin war, lösten sie Alarm aus und verständigten den KDD. Die noch am Abend eingeleiteten Maßnahmen blieben aber ohne Erfolg. Man zog eine mögliche Entführung in Betracht, aber niemand meldete sich und stellte Forderungen. Es war eine Nacht der Ungewissheit.«

»Was ist mit den Kindern?«

»Man hat den Vater, der in Lübeck lebt, verständigt. Der kümmert sich um die beiden.«

»Das hört sich wirklich nach einer Entführung an«, sagte Lüder. »Wer kümmert sich um den Fall? Sie und Ihr Team?«

»Ja, aber anders, als Sie denken.« Vollmers legte eine längere Pause ein. »Kennen Sie Hohwacht?«

»Ein wenig. Wir sind gelegentlich mit den Kindern dort gewesen.«

»Dort gibt es am Hauptbadestrand eine ganz besondere Attraktion, die sogenannte Hohwachter Flunder. Das ist eine Seeplattform, die an einem Stahlpylon hängt. Wenn man von oben draufsieht, ähnelt die Plattform einer Flunder, obwohl man bei uns eher von einem Butt spricht. Daher rührt der Name. Im Sommer ist das neue Wahrzeichen Hohwachts ein beliebtes Ziel für die Urlaubsgäste. Um diese Jahreszeit verirren sich aber nur wenige Touristen in das ehemalige Fischerdorf, das heute nahezu vollständig vom Tourismus lebt. Jetzt, im November, ist es dort ziemlich tot. So ist es wohl ein glücklicher Umstand, dass ein älterer Gast des nahen Vier-Sterne-Hotels seinen morgendlichen Spaziergang vor dem Frühstück zur Flunder unternommen hat. Das würde er immer machen, wenn sie dort zu Gast sind, hat er erklärt. Seine Frau benötigte viel Zeit im Badezimmer. Die Gelegenheit nutzte er, um zum Wasser hinunterzugehen. Zu so früher Stunde und bei leichtem Nieselregen war niemand unterwegs. So war er der Erste. Er wunderte sich über ein Bündel auf einer der Sitzgelegenheiten. Bei diesem Wetter schien es ihm undenkbar, dass dort jemand übernachtet hat. Beim Näherkommen hat er dann Sonja Ehlebracht entdeckt.«

»Mein Gott. Ist sie tot?«, fragte Lüder tonlos.

»Wie man es nimmt. Sie ist schwer verletzt. Aber Einzelheiten sollte Ihnen dort Dr. Diether mitteilen. Jedenfalls ist der Fundort nicht gleich Tatort. Wir suchen noch nach Zeugen. Irgendwie muss Sonja Ehlebracht dorthin gekommen sein. Ich gehe davon aus, dass es mehr als ein Täter war. Die Spurensicherung ist noch vor Ort, sowohl in Schwentinental wie in Hohwacht. Allerdings dürfte es in Anbetracht des seit Langem anhaltenden Regens schwierig sein, etwas festzustellen. Falls ich Neues höre, melde ich mich wieder«, schloss Vollmers.

Lüder starrte lange das Telefon an. Immer wieder wurden Polizisten, Mitarbeiter der Justiz, Beamte und Politiker bedroht, vorwiegend in den sozialen Medien, aber auch real. Zunehmend wurden die Drohungen auch umgesetzt, in einigen Fällen sogar bis zum Mord. Die Drogenszene war ein Bereich, in dem mit harten Bandagen um die Vorherrschaft gekämpft wurde. Es ging um Macht und Einfluss. Vor allem aber um Geld. Unendlich viel Geld. Die Organisierte Kriminalität hatte weltumspannende Strukturen aufgebaut, die ganze Länder in den Würgegriff nahmen. In Südamerika, aber auch in Mexiko beherrschten die Kartelle Teile des Landes, hatten Einfluss auf Justiz, Polizei und Politik, unterhielten manchmal sogar Privatarmeen, die den regulären Sicherheitsbehörden erbitterte

Kämpfe lieferten. Auch in Europa machten sich die Kartelle breit. Ein besonders abschreckendes Beispiel waren die Niederlande. Dort reagierte ein marokkanisches Drogenkartell mit unglaublicher Gewalt. Hatten die ersten Ausläufer Kiel erreicht?

Er versuchte, die Rechtsmedizin zu erreichen, konnte aber nur eine Bitte um Rückruf hinterlassen. Und der Abteilungsleiter Kriminaldirektor Dr. Starke war noch nicht von der Besprechung mit der Amtsleitung zurückgekehrt. Er musste sich in Geduld üben.

Nach einer Stunde machte sich Lüders Handy bemerkbar. Mit einem ungewohnten knappen »Hallo« meldete sich Dr. Diether. Der Rechtsmediziner verzichtete auf das sonst zwischen ihnen übliche Nonsens-Geplänkel.

»Ich vermute, dass Sie an Informationen zum Tathergang Sonja Ehlebracht interessiert sind?« Dr. Diether wartete die Antwort nicht ab. »Auch wenn Sie nicht involviert sind: Es gehört zu unserer Profession, sich jeden Tag erneut mit den Schattenseiten der Zivilisation auseinanderzusetzen. Wenn man nicht im gewissen Rahmen abstumpft, kann man diese Tätigkeit nicht ausüben. Das gilt aber auch für viele andere Berufe. Das Personal auf der Intensivstation, in der Onkologie, Notfallsanitäter und Feuerwehrleute und viele mehr. Trotzdem berühren einen manche Fälle besonders. Das trifft auch in diesem Fall zu. Sonja Ehlebracht hat den Übergriff auf sich vermutlich einzig der Tatsache zu verdanken, dass sie Polizistin ist. Und das ist besonders perfide.« Er legte eine Pause ein. »Zum Glück bekommen wir in der Rechtsmedizin nicht nur verstümmelte Leichen auf den Tisch, wie es uns wüste Krimis weismachen wollen. Der überwiegende Teil unserer Arbeit besteht in der Analyse von Misshandlungen und anderen Übergriffen auf Menschen. So wurde ich auch in diesem Fall hinzugezogen. Dr. Urs Rüttli stammt aus Bern. Zum Glück operiert er schneller, als er spricht, wie man es den Schweizern gern unterstellt. Er ist Oberarzt im Städtischen

Krankenhaus Kiel und dort in der Intensivmedizin tätig. Wir kennen uns von Fortbildungen und haben auch fachlich schon miteinander zu tun gehabt. Es besteht ein loser Kontakt. Rüttli hat mich informiert, weil Sonja Ehlebracht auf seiner Station liegt. Ich habe die Klinik aufgesucht und mir die Patientin angesehen. Um es vorwegzunehmen: Man hat sie in ein künstliches Koma versetzt. Und das ist gut so. Und auch wenn man sie medizinisch wieder zurückholt, wird sie noch lange nicht im Leben angekommen sein. Ich erwähne es nur deshalb, weil bei Ermittlern immer sofort die Frage auftaucht, wann man die Betroffenen befragen kann. Das wird in diesem Fall vorerst nicht möglich sein.« Erneut unterbrach Dr. Diether seine Ausführungen. »Sie kennen die Vorgeschichte?«

Lüder bestätigte es. »Hauptkommissar Vollmers hat mich informiert.«

»Dann beschränke ich mich auf die medizinischen Fakten. Man hat der Geschädigten übel mitgespielt. Sie hat mehrere gebrochene Rippen, ein gebrochenes Becken, der Unterkiefer und das Jochbein sind gebrochen. Die Milz ist gerissen. Die zahlreichen Prellungen und Blutergüsse fallen dabei fast gar nicht mehr ins Gewicht. Im Nacken sind die Strommarken eines Elektroschockers erkennbar. Es ist anzunehmen, dass sie damit neutralisiert wurde. Man hat ihr den Mund mit einer Salzsäurelösung ausgespült. Hinzu kommen massive Verletzungen im Genitalbereich. Auf keinem Röntgenbild hingegen sind die Schädigungen der Seele und Psyche darstellbar. Die Frau wurde brutal vergewaltigt. Offenbar auch oral. Am Mund fand sich Fremd-DNA.«

»Schlimmer geht es nicht«, warf Lüder ein.

»Meinen Sie?« Dr. Diether holte tief Luft. »Hier kommen wir ins Spiel. Wir konnten Spermaspuren von vier Tätern isolieren.«

»Mein Gott.«

Dr. Diether holte tief Luft. »Bei aller Diskussion um die Gleichberechtigung ... Ist nicht die Frage erlaubt, ob man Frauen solche Jobs zumuten kann? Zumuten – nicht zutrauen.«

»Jedes Verbrechen ist unmenschlich«, sagte Lüder.

»Ja – schon. Ohne Frage. Aber in diesem Fall kommt noch das Vergehen hinzu, das man nur einer Frau antun kann.«

Lüder dankte dem Rechtsmediziner. Die Verabschiedung fiel knapp aus.

Der Respekt vor Repräsentanten des Staates war in bedenklichem Maße geschrumpft. Beleidigungen und Übergriffe gegen Polizeibeamte waren fast schon Alltag. Mitarbeiter in Behörden sahen sich bedroht. Selbst jene, die halfen, wie Feuerwehr und Rettungsdienste, waren nicht gegen Anfeindungen gefeit, ganz zu schweigen von Drohungen und Tätlichkeiten gegen Kommunalpolitiker. Und nun hatte man eine Polizistin übel zugerichtet. Sonja Ehlebracht würden die Folgen dieser Tat lange beschäftigen, wenn sie überhaupt je wieder zu ihrem alten Leben zurückfinden würde.

Lüder hatte keinen Zweifel daran, dass die Organisierte Kriminalität hier mit äußerster Brutalität ein Zeichen setzen wollte, das gleichzeitig als Warnung und als Abschreckung anzusehen war. Versprach man sich wirklich davon, die Strafverfolgungsbehörden beeinflussen zu können? Auf jeden Fall ging es nicht um die Rache eines Kleindealers, den man gestellt hatte. Sonja Ehlebracht schien einer mächtigen Organisation so nahe gekommen zu sein, dass man um die Pfründen des kriminellen Agierens fürchtete. Er beneidete die Kollegen, die an der Aufklärung dieser scheußlichen Tat beteiligt waren, nicht. Das galt auch für jene, die an Sonja Ehlebrachts Stelle die Verfolgung der Verbrecherorganisation fortführen würden.

Lüder rief Edith Beyer an und bat um einen Termin beim Abteilungsleiter.

»Er ist gerade zurückgekommen. Ich habe ihm Ihre Bitte unterbreitet. Er muss noch zwei Telefonate führen. Dann sollen Sie zu ihm kommen.«

Lüder wartete noch zehn Minuten, bevor er das Geschäftszimmer aufsuchte. Dort musste er sich weitere fünf Minuten gedulden, bis sich die Tür öffnete und Jens Starke erschien. Der

Kriminaldirektor trug eine dunkelblaue Hose, ein mittelgraues Sakko und ein zartgelbes Hemd mit einer dazu passenden unifarbenen Krawatte. Mit Sicherheit war er einer der bestangezogenen Beamten des LKA und einer der ganz wenigen, die noch einen Schlips trugen.

»Hallo, Lüder«, sagte er und trat einen halben Schritt zur Seite. Dann nahm er hinter dem Schreibtisch Platz. »Ich war bei der Amtsleitung. Der Fall der Beamtin von der BKI hat das ganze LKA erschüttert. Ich möchte ausdrücklich betonen, dass bei uns *jedem* Fall die gleiche Aufmerksamkeit gewidmet wird. Das sind wir unserem Auftrag und unserem Selbstverständnis schuldig. Hier liegt aber der Verdacht nahe, dass die Kollegin Opfer einer Straftat wurde, die in ihrem Dienst begründet ist. Das mutmaßliche Motiv liegt noch im Dunkeln. Entweder ist es Rache, oder es soll die Behörden davon abhalten, weiterzuermitteln. Also Abschreckung. Beides ist nicht akzeptabel. Die Tat fällt in die Zuständigkeit der BKI Kiel –«

Lüder warf ein, dass er mit Vollmers gesprochen hatte.

»Da liegt es in guten Händen«, sagte Jens Starke. »Darüber hinaus wird eine Sonderkommission gebildet, zu der die Sachgebiete 212 und 213 Kräfte abstellen. Die Leitung übernimmt Dezernat 21.«

Lüder spitzte die Lippen. »Das macht Sinn. Organisierte Kriminalität und Rauschgift. Beides ist in einem Atemzug zu nennen. Gibt es schon Verdächtige?«

»Nicht konkret. Der Straßendealer ist untergetaucht. Gegen den Betreiber der Diskothek East Heaven wird ermittelt. Er befindet sich derzeit noch in Untersuchungshaft. Es ist zu befürchten, dass diese aber nicht mehr lange aufrechterhalten werden kann. Die zuständigen Stellen suchen nach einem Toyota Highlander mit Plöner Kennzeichen, bisher aber vergeblich. Seit Langem steht Alexander Blaskovic im Verdacht, einer der Paten in der Kieler Drogenszene zu sein. Bisher konnte ihm aber noch nichts nachgewiesen werden.«

»Ich habe schon von ihm gehört«, flocht Lüder ein. »Aber was haben wir damit zu tun?«

Dr. Starke druckste ein wenig herum. »So ernst die Sache auch ist – sie ist bei den beauftragten Stellen in besten Händen. Wir stehen der Sonderkommission flankierend zur Seite. Das ist in diesem Fall eine Selbstverständlichkeit.

»Das Dezernat 21 ist im Kampf gegen die Organisierte Kriminalität hervorragend aufgestellt. Die sind nicht auf unsere Expertise angewiesen«, wandte Lüder ein.

Dr. Starke blickte einen kurzen Moment ins Leere. »Kümmere dich einfach darum.«

»Mir leuchtet der Sinn nicht ein.«

»Lüder! Das ist der ausdrückliche Wunsch von Herrn Nathusius.«

Lüder nickte verstehend. »Ja, selbstverständlich.« Der Leitende Kriminaldirektor Jochen Nathusius war der stellvertretende Leiter des LKA.

»Ich möchte von dir aber über die aktuellen Zwischenergebnisse informiert werden«, trug ihm Jens Starke auf, als Lüder dessen Büro verließ.

An seinem Arbeitsplatz suchte Lüder nach Informationen über Alexander Blaskovic. Der Einundfünfzigjährige war als Kind mit seinen Eltern aus der damaligen jugoslawischen Teilrepublik Kroatien nach Deutschland gekommen. Der Vater, ein Industriearbeiter und ethnischer Kroate, hatte sich für die Unabhängigkeit von Jugoslawien eingesetzt und war in seiner Heimat unter Druck geraten. Noch vor dem Kroatienkrieg war man ausgewandert und hatte zunächst in Kassel, kurz darauf aber in Kiel Fuß gefasst. Der Vater hatte auf der Deutschen Werft gearbeitet, während Alexander die Schule bis zum Realschulabschluss besuchte. Er war als Jugendlicher ein paarmal auffällig geworden – alles harmlos. Man hatte ihm vorgeworfen, Fahrräder »ausgeliehen« zu haben, er war ohne Führerschein mit dem Mofa unterwegs gewesen und hatte sich auch beim Kiffen erwischen lassen. Es war nichts Großes gewesen, höchstens kleine Jugendsünden.

Dann verlor sich seine Spur, zumindest die öffentliche. Blaskovic hatte weder eine Ausbildung absolviert noch eine Berufstätigkeit ausgeübt. Er war Ende zwanzig, als er die heruntergekommene Kneipe Devils Home übernahm. Es blieb unklar, woher die Mittel stammten, mit denen er die Übernahme finanzierte. Auch das Finanzamt konnte ihm nichts nachweisen. Angeblich erwies sich das Devils Home als Goldgrube. Die glänzenden Umsätze investierte Blaskovic in andere Unternehmen, zunächst in Wettbüros und Spielhallen, später in gute Restaurants.

Heute gehörte eine kleine Hotelkette zu seinem Imperium. Er besaß Mietwohnungen in der Landeshauptstadt und war an mehreren Unternehmen in unterschiedlichen Branchen beteiligt. Dieser Werdegang ließ vermuten, dass Blaskovic in großem Stil Geldwäsche betrieb. Man hatte verschiedentlich gegen ihn wegen Steuerhinterziehung und Subventionsbetrug ermittelt, aber alles war im Sande verlaufen.

Lüder suchte einen Kollegen von der Organisierten Kriminalität auf. Der bestätigte, was Lüder an Informationen zusammengetragen hatte, und ergänzte: »Wir vermuten, dass Blaskovic nicht im eigenen Namen handelt, sondern nur das Aushängeschild einer größeren Organisation ist, die nicht nur in Schleswig-Holstein agiert. Kiel ist dabei der Brückenkopf. Von hier sollen die weiteren Märkte erschlossen werden. Das sagt sich sehr einfach. Auf dem Feld tummeln sich noch andere, die ihren Anteil natürlich nicht abtreten wollen. Wir fürchten, dass sich hier ein Kampf um den Markt entwickeln könnte. In den Niederlanden sind die Marokkaner groß im Geschäft. Sie haben sich mit brutaler Gewalt ihren Platz erobert und waren dabei, auch bei uns einen Ableger zu etablieren. Erinnern Sie sich an die bis heute nicht aufgeklärte Mordserie aus den letzten beiden Jahren?«

Lüder bestätigte es. In kurzen Zeitabständen waren fünf

Marokkaner erschossen worden. Der Fall hatte bundesweite Aufmerksamkeit erregt. Man vermutete zunächst rechtsradikale Täter, die Jagd auf Nordafrikaner machten. Oberrat Gärtner war der leitende Ermittler in diesem Fall gewesen. Die Täter konnten bis heute nicht gefasst werden, es schien aber, dass eine politisch motivierte Straftat ausgeschlossen werden konnte. So war die Federführung dem Dezernat für die Organisierte Kriminalität übergeben worden.

»Uns liegen keine Beweise vor, aber wir vermuten, dass Blaskovic oder die von ihm repräsentierte Organisation mit den Morden ein deutliches Zeichen gesetzt hat. Seitdem ist es ruhiger geworden. Und undurchsichtiger. Der Drogenmarkt wird fast professionell versorgt, es gibt eine intakte Logistik, und die Nebelwand, hinter der sich die Bosse verschanzen, ist nahezu undurchdringlich. Seit die Marokkaner fast aus dem Geschäft gedrängt wurden, ist es für uns ungleich schwieriger geworden.«

»Und hinter allem soll Blaskovic stecken?«, fragte Lüder zweifelnd.

»Er ist einer der Bosse, aber nicht der Kopf der Organisation. Wir würden uns aber glücklich schätzen, wenn wir ihm etwas nachweisen und ihn ausschalten könnten. Das wäre ein erheblicher Schlag gegen die Organisation.«

»Hat die bei Ihnen einen Namen?«, wollte Lüder wissen.

»Wir nennen sie intern ›das Ostseekartell‹.«

Die Bekämpfung der Rauschgiftkriminalität war im Polizeialltag allgegenwärtig, auch wenn Lüder selbst bisher keine Berührungspunkte mit diesem Kriminalitätsfeld hatte.

Er beschaffte sich alle verfügbaren Informationen zu diesem Fall und arbeitete sich in die Thematik ein. Akribisch studierte er die vorliegenden Berichte und die Dossiers zu den beteiligten Personen und machte sich Notizen. Er registrierte die aufkommenden Zweifel daran, dass Sonja Ehlebracht den schwarzen SUV vor dem Devils Home gesehen hatte. Der Unbekannte, der das Lokal betreten haben sollte, war nicht angetroffen worden. Sein Verbleib konnte nicht geklärt werden.

War das für die Oberkommissarin nur ein Vorwand gewesen, um mit Unterstützung der angeforderten Streifenwagen in das Lokal einzudringen und die eigenmächtige Aktion zu rechtfertigen? Ehlebracht war ein großes Risiko eingegangen. Hätten sie nicht das ominöse Paket mit dem Heroin gefunden, wären dienstrechtliche Folgen für sie denkbar gewesen.

Wie schnell sich das Bild wandeln konnte, überlegte Lüder. Ganz sicher hatte sie Glück gehabt. Plötzlich galt sie als erfolgreiche Fahnderin. Ihr nahezu verbissener Einsatzwille war dem Drogenring nicht verborgen geblieben. Wollte man mit dem falschen Hinweis auf den angeblichen Schmuggel im Möbeltransporter ein Zeichen setzen?

Jeder Einsatz war mit Mühe und immensem Personalaufwand verbunden. Leistete sich ein Polizist mehrere Fehlschläge, tauchten bei seinen Vorgesetzten Zweifel an seinen Fähigkeiten auf. Er wurde intern unglaubwürdig und stellte keine große Gefahr mehr für die Drogenbande dar. Wollte man Ehlebracht als unglaubwürdig erscheinen lassen? Bis vor Kurzem war sie sicher nur ein kleines Licht gewesen, das sich mit Kleindealern und Konsumenten auseinandersetzte. Plötzlich war es ihr aber gelungen, zwei größere Schläge gegen das Kartell zu initialisieren. Die Gegenseite könnte befürchtet haben, dass Ehlebracht einen Faden aufgenommen hatte, der die Polizei weiter als zu den beliebig austauschbaren Straßendealern führen könnte.

Zwei Namen standen dabei im Fokus. Baranauskas, der auch für Lüder nicht mehr als ein vorgeschobener Strohmann der zweiten Ebene war. Und mit der Razzia und dem Fund im Devils Home war plötzlich der als unangreifbar geltende Blaskovic ins Rampenlicht der Ermittler gerückt. War es erstmals gelungen, die so selbstherrlich agierenden Hintermänner so zu verunsichern, dass sie zum letzten Mittel griffen, der Gewalt gegen Polizeibeamte? Wollte man mit der grausamen Tat Ehlebracht ausschalten?

Die Frau würde nicht nur mit den physischen Folgen des Verbrechens zu kämpfen haben, wenn sie jemals wiederhergestellt werden sollte. Diese Tat würde sie ein Leben lang verfolgen.

Wie selbstsicher war das Kartell, dass es reines Heroin per Post ins Devils Home liefern ließ? Wer war der Absender? Und wer verbarg sich hinter dem Empfängernamen Harald Müller? Ein Phantom. Den Namen gab es so oft wie Bratkartoffeln auf schleswig-holsteinischen Speisekarten. Es gab einen Landtagsabgeordneten dieses Namens, der öfter in Talkshows auftrat, aber auch in der Presse zitiert wurde. Müller setzte sich für die Freigabe von Betäubungsmitteln zum eigenen Konsum ein. Er war auch für einen liberalen Umgang mit Cannabis und bedingte Straffreiheit. Man solle nicht jeden Konsumenten verurteilen oder polizeilich verfolgen.

Müller betonte, dass Kinder und Jugendliche geschützt werden müssten, aber der Gebrauch von geringen Mengen für den Eigenbedarf straffrei bleiben sollte. Ein kürzlich in den sozialen Medien geposteter Beitrag von ihm hatte eine lebhafte Diskussion ausgelöst. Lüder war erschüttert, als er las, dass jemand schrieb, die »Bullentusse« sei selbst schuld. Niemand habe sie aufgefordert, sich ungefragt in die Angelegenheit freier Bürger einzumischen.

Das UN-Büro für Drogen- und Verbrechensbekämpfung – seltsam, dass beides in einem Zusammenhang genannt wurde – hatte festgestellt, dass in Afghanistan die Anbaufläche für Mohn rapide angestiegen war. Der großflächige Mohnanbau war dort ein ernst zu nehmender Wirtschaftsfaktor. In Südamerika wurden Kinder für die Drogenproduktion rekrutiert. Verbrecherbanden mit Wurzeln in der Balkanregion waren auf dem Vormarsch im Kampf um die Absatzmärkte. Wichtige Umschlagplätze für Drogen waren die Hafenstädte Antwerpen, Rotterdam, Hamburg und Valencia. Weltweit schätzte das UN-Büro die Anzahl der jährlichen Drogentoten auf eine halbe Million Menschen. Fiel ein einzelner wie Finn Hunger da ins Gewicht? Ja, befand Lüder. Jedes Leben zählt, nicht nur für die Familie.

Der lukrative Drogenhandel war ein weltweites Phänomen. Selbst im friedlichen Schweden gab es eine ausufernde Bandenkriminalität. Es entsprang nicht allein der lebhaften Phantasie schwedischer Krimiautoren, dass es in den Großstädten Stockholm, Göteborg und Malmö Schießereien auf offener Straße gab, bei denen sogar ein unbeteiligter Jugendlicher ums Leben gekommen war. Ging die hohe Lebensqualität im Land der Elche einher mit dem Konsum von Drogen?, fragte sich Lüder.

Ostseekartell! Das schloss Schweden mit ein.

Lüder suchte auf seinem Handy nach einer Telefonnummer. Er benötigte eine Weile, bis er Jonas Nyström fand. Mit dem Kriminalkommissarie hatte er in der Vergangenheit fallbezogen zusammengearbeitet. Nyström war seinerzeit bei der Rikspolisstyrelsen, etwa vergleichbar dem Bundeskriminalamt, bis zu dessen Auflösung tätig gewesen. Heute war die schwedische Polizei – die Polismyndighet – anders organisiert.

Es dauerte eine Ewigkeit, bis die Verbindung hergestellt war. Nyström zeigte sich erfreut, von Lüder zu hören. Sie sprachen Schwedisch miteinander und benutzten das übliche »Du«. Lüder musste von seiner Familie berichten, und Nyström erzählte, dass er seit Längerem als Sektionsleiter – Dienststellenleiter – der Kriminalpolizei in seiner Geburtsstadt Östersund vorstand. Nach anfänglichen Schwierigkeiten hatten sich auch seine Frau und die beiden Töchter an das Leben im Norden des Königreichs gewöhnt. Die überschaubare Hauptstadt der früher Jämtland genannten Provinz bot eine hohe Lebensqualität in einer von atemberaubender Natur umgebenen Region.

Nyström bestätigte, dass ihm das Ostseekartell bekannt sei, auch wenn sie in Östersund von den Problemen wie in anderen Städten des Landes nur gestreift würden. Aber selbst in der nordischen Provinz wurde die Polizei mit dem Phänomen Rauschgift konfrontiert. Die Fachkommissariate aus den großen Polizeiregionen im Süden und Osten des Landes waren auf das Ostseekartell gestoßen und ermittelten. Auffällig war, dass sich das Kartell besonders in der Nähe von Ostseehäfen breitmachte. Man ging davon aus, dass der Nachschub überwiegend aus dem Baltikum geliefert wurde.

Nyström erwähnte in diesem Zusammenhang den Hafen von Klaipėda in Litauen. Die Hafenstadt bot für die Logistik viele Vorteile. Sie war ein guter Ausgangspunkt für die baltischen Länder und perfekt an das litauische Straßennetz angebunden. Die Hauptstädte von Litauen und Lettland waren in zwei Autostunden erreichbar. Der Hafen war fast immer eisfrei. Und es gab von Klaipėda häufig bediente Fährlinien nach Deutschland und Schweden.

Sie schlossen das Gespräch mit dem Wunsch, sich möglichst bald einmal wiederzusehen.

Für Lüder ergab sich, dass die »Ostseekartell« genannte Organisation eine zielgerichtete Expansion betrieb und fast wie ein Wirtschaftsunternehmen geführt wurde. Die Logistik schien über den Wasserweg zu erfolgen. Es war für die Behörden schwierig, in Anbetracht des großen Verkehrsaufkommens und der Freizügigkeit im Handelsverkehr wirksame Kontrollen an den Fährterminals durchzuführen.

Das laute Klagen bei der Aktion am Kieler Ostuferhafen hatte gezeigt, wie empfindlich solche Eingriffe von der Wirtschaft wahrgenommen wurden. Und in Hafenstädten zeigte man sich sensibel für Bedürfnisse der Speditionen, Reedereien und des Handels.

Das wussten natürlich auch die Köpfe des Kartells und nutzten diese Gegebenheiten für ihre Zwecke. Aber wo war die Keimzelle des Kartells? Manches deutete auf das Baltikum hin. Klaipėda schien ein wichtiger Ort im Netz des Kartells zu sein. Es hatte den Anschein, als würde das Rauschgift von dort aus in den Ostseeraum verteilt werden.

Lüder nahm sich vor, Kontakt nach Dänemark, Norwegen und Finnland aufzunehmen, besonders aber Rücksprache mit den Behörden in Litauen zu halten. Natürlich durfte nicht vergessen werden, dass auch Russland zu den Ostseeanrainerstaaten gehörte. Und von Klaipėda waren es keine fünfzig Kilometer bis zur Grenze der russischen Exklave Kaliningrad, die etwa die Größe Schleswig-Holsteins aufwies, mit der lebhaften Halbmillionenstadt Königsberg, wie die Provinzhauptstadt früher hieß.

Bisher wusste man wenig über die Köpfe hinter dem Ostseekartell. Es war nicht ausgeschlossen, dass es sich um einen Ableger der Russenmafia handelte. Offensichtlich war das Kartell aber bestrebt, auch in Deutschland die Macht an sich zu reißen. Wenn Lüders Vermutung stimmte, dass die Keimzelle im Ostseeraum lag, war es naheliegend, von Kiel aus in den deutschen Drogenmarkt vorzudringen.

Es war ein schwieriges Unterfangen, den Kontakt zu Polizeikriminalkommissar Algirdas Telyčėnas herzustellen. Lüder war die Organisationsstruktur der litauischen Polizei nur vage bekannt. In dem baltischen Land gab es keine überbordende Kriminalität. Es galt im internationalen Vergleich als relativ sicher. Das mochte auch an der schnell und korrekt arbeitenden Polizei liegen. Telyčėnas gehörte dem »Büro der litauischen Kriminalpolizei« an, einer Spezialeinheit mit Sitz in der Hauptstadt Riga, die sich mit der Abteilung 1 dem Kampf gegen die Organisierte Kriminalität widmete und darüber hinaus auch für die Pflege der internationalen Zusammenarbeit zuständig war.

»Wir wissen um die Existenz einer Organisation, die rücksichtlos um die Vorherrschaft im Ostseeraum kämpft«, bestätigte Telyčėnas. »Allerdings hat diese ihre Keimzelle nicht bei uns in Litauen. Ein Problem ist, dass unser Hafen Klaipėda als Transit genutzt wird. Klaipėda hat für uns eine herausragende wirtschaftliche Bedeutung. Das war schon damals so, als die Stadt noch Memel hieß und von den Preußen beherrscht wurde. Dort gibt es nicht nur eine große Werft, noch aus Sowjetzeiten, sondern es war auch das größte Fischereizentrum in der damaligen UdSSR. Ich selbst stamme aus der Gegend von Klaipėda«, sagte Telyčėnas mit schwärmerischem Tonfall in seiner etwas harten Aussprache. »Sie sollten uns unbedingt einmal besuchen. Die Altstadt mit den Fachwerkhäusern und den gepflasterten Straßen ist absolut sehenswert. Und weil vieles bei uns ein Idyll ist, möchten wir es auch gern erhalten und nicht in die Hände von Kriminellen verlieren. Das Ostseekartell konzentriert sich nicht auf ein Land, sondern agiert staatenübergreifend.«

»Und wo ist die Zentrale?«, fragte Lüder. »Haben Sie dazu Erkenntnisse?«

»Leider nicht«, gestand Telyčėnas. »Wie gesagt: Litauen wird als Transit benutzt. Wenn es um Crystal Meth geht, finden sich die Labore häufig in Tschechien. Wir fragen uns, weshalb man den umständlichen Weg durch Polen und über Klaipėda wählt, wenn es die offene Grenze zu Deutschland gibt. Es könnte daran liegen, dass das Ostseekartell in diesem Teil Europas noch keine Strukturen aufgebaut hat.«

»Also liegt die Betonung wirklich auf ›Ostsee‹kartell‹?«, vermutete Lüder.

»So würde ich es einschätzen. Drogen lassen sich auf einem Schiff allein aufgrund der Größe einfacher schmuggeln als mit anderen Transportmitteln.«

Der Litauer sprach auch aus, was Lüder schon in Erwägung gezogen hatte, dass die enge wirtschaftliche Verflechtung Europas ein Segen war, aber auch die kriminellen Organisationen begünstigte. Man sah sich außerstande, eine umfassende Kontrolle an den Häfen durchzuführen.

»Wir wissen, dass Rotterdam die Nummer eins beim Drogenumschlag ist und nicht nur in Sachen Container eine führende Rolle in Europa einnimmt. Über diesen Hafen, aber auch über Hamburg, kommt das Teufelszeug nach Europa und wird von dort aus mit Feederschiffen weiterverteilt. Haben Sie eine Vorstellung davon, wie viel Rauschgift täglich durch Ihren Nord-Ostsee-Kanal schwimmt?«

Lüder blieb die Antwort schuldig. Seriös konnte das niemand beantworten.

»Also noch einmal ganz deutlich«, sagte Telyčėnas zum Schluss. »Wir sind kein weißer Fleck auf der Landkarte, aber das kriminelle Orchester wird nicht in Litauen dirigiert. Davon bin ich fest überzeugt.«

Ob er eine Vermutung habe, wollte Lüder wissen.

Telyčėnas bedauerte, dass er in diesem Punkt nicht weiterhelfen konnte. »Ich bin zu sehr Polizist, um einen solchen Verdacht nicht weiterzugeben. Aber wir sollten unsere Kräfte bündeln, alle Polizeiorganisationen rund um unsere schöne Ostsee.«

Lüder pflichtete ihm bei.

Dann nahm er Kontakt zu Hauptkommissar Vollmers auf. Leider gab es keine Neuigkeiten. Man suchte weiter nach dem Toyota Highlander. Es war eine Sisyphusarbeit, auch wenn die Zahl der im Kreis Plön zugelassenen Fahrzeuge nicht vergleichbar war mit der Menge an anderen Standorten.

»Und der eritreische Straßendealer ist immer noch nicht aufgetaucht. Wir rätseln auch noch, was es mit der geheimnisvollen Liste auf sich hat, die im Tresor von Baranauskas gefunden wurde. Der Mann selbst erweist sich nicht als kooperativ.« Sonja Ehlebrachts Gesundheitszustand sei unverändert kritisch, auch wenn keine unmittelbare Lebensgefahr bestand. »Marlow vom Rauschgift hat mir berichtet, dass es in der Szene knirscht. Man fürchtet um einen erhöhten Fahndungsdruck, der sich auch auf das Geschäft der anderen Drogenringe auswirkt. Ich glaube, es macht sich Verunsicherung breit. Das könnte aber zur Folge haben, dass der Verteilungskampf untereinander noch zunimmt, hoffentlich nicht mit Auswirkungen wie dem mörderischen Bandenkrieg in den Niederlanden. Es wäre schön, wenn unser traumhaftes Schleswig-Holstein zwar vom Tourismus, aber nicht unbedingt von der internationalen Organisierten Kriminalität entdeckt würde.«

Lüders Bemühungen, auch noch Kontakte zu den Polizeibehörden in Dänemark, Norwegen und Finnland herzustellen, schlugen fehl. So beschloss er, Feierabend zu machen.

Margit empfing ihn mit einer liebevollen Umarmung. Als er seinen BMW auf die Auffahrt stellte, warf er einen Blick auf das Nachbarhaus. Dort hatte lange die alte Frau Mönckhagen gewohnt, bis sie im vergangenen Jahr das Grundstück verkauft hatte und in eine Seniorenresidenz umgezogen war. Sie freute sich über jeden Besuch der Familie Lüders. Lüder fand es gut, dass auch die Kinder die alte Dame aufsuchten.

Das Haus hatte die Familie Trần erworben, die in der Kieler City einen vietnamesischen Imbiss betrieb. Trần Van Phong war das Familienoberhaupt. Seine gleichaltrige Ehefrau Nguyen Thi Linh und die Töchter Trần Thi Thuong und Trần Thi Nhi sowie der Sohn Trần Van Tun vervollständigten das Quintett.

Lüder war froh, dass eine ruhige und freundliche Familie ins Nebenhaus eingezogen war, zu der sie eine gute Nachbarschaft pflegten. Die Namen waren zunächst verwirrend gewesen, bis Phong sie aufgeklärt hatte. Die Namen bestanden aus drei Teilen, wobei der Zuname vorangestellt wurde. Die Frau behielt ihren Zunamen, die Kinder erhielten den des Vaters. In Vietnam gab es nur etwa dreihundert Zunamen. Ungefähr vierzig Prozent der Vietnamesen hörten dabei auf den Zunamen Nguyen. Der Vorname war nicht immer eindeutig geschlechtsspezifisch, darum trugen viele einen Mittelnamen. »Van« stand für männlich, »Thi« für weiblich. Phong hatte auch ausgeführt, dass die Vornamen wie in zahlreichen anderen Sprachen eine Bedeutung hatten.

Aber Lüder hatte es wieder vergessen. Heute Abend galt seine Aufmerksamkeit nur Margit. Und Sinje, die sich im Laufe des Abends »auf einen kurzen Schnack« zu ihnen setzte.

ACHT

Der Dauerregen der letzten Tage hatte aufgehört. Margit war mit einer Strickjacke zum Frühstück erschienen und hatte die kühle Witterung beklagt. Sinje war in aller Eile vorbeigekommen, hatte sich Lüders fertig geschmierte Brötchenhälfte geschnappt und mit vollem Mund ihrer Mutter zugestimmt, dass das Wetter »echt kielig« sei.

»Wenn wir im Norden wohnen, heißt es nicht, dass man erfrieren muss«, hatte die Jüngste geklagt.

Gestern hatte sie angemerkt, dass man endlich vernünftige Gesetze für die Zukunft des Landes plane. Dazu gehörte die Herabsetzung des Wahlrechts auf sechzehn Jahre und die Möglichkeit des begleiteten Fahrens in diesem Alter. Im Nebensatz hieß Sinje auch den straffreien Cannabiskonsum gut.

Lüder hatte auf ihre sonst vehement vorgetragenen Mahnungen in Sachen Klimaschutz hingewiesen und geraten, einen weiteren Pullover zu tragen und auf den Führerschein zu verzichten. Jeder Nichterwerb der Fahrerlaubnis wäre ein Beitrag für die Umwelt. Sinje war aber nicht bereit gewesen, diesen Punkt zu diskutieren. Er hingegen vermied es, die unterschiedlichen Auffassungen zum erlaubten Cannabiskonsum zu erörtern. Mit Sicherheit ahnten die jungen Leute, aber auch die breite Mehrheit der Bürger nicht, welche Gefahren im Rauschgift lagen. Und welche beim Kampf um die Vorherrschaft der Drogenbanden noch zu erwarten waren.

Die Medien reagierten auf die jüngsten Ereignisse eher verhalten. Die Entführung einer Frau und deren rätselhaftes Auffinden in Hohwacht wurden in den Nachrichten kurz erwähnt. In der Presse konnte noch nichts erscheinen. Die Tageszeitungen waren schon gedruckt und verteilt, als Sonja Ehlebracht gefunden wurde. Dafür kursierten in den sozialen Medien Gerüchte und Halbwahrheiten. Nicht vorhandene

Fakten wurden durch Spekulationen oder Erfundenes ersetzt. Zum Glück fand Lüder nirgendwo einen Hinweis darauf, dass es sich beim Opfer um eine Polizistin handelte.

Im Büro nahm Lüder Kontakt zur Rigspolitiet in Kopenhagen auf. Das markante Hauptquartier der dänischen Polizei im Politigården diente schon vielen Spielfilmen, darunter die »Olsenbanden«, als Kulisse. Sein Gesprächspartner Anders Højbjerg stellte sich als Vicepolitiinspektør vor, was etwa einem Polizeioberrat entsprach.

Højbjerg hörte sich geduldig Lüders Vortrag an und bestätigte, dass sie im weltoffenen und lebensfrohen Kopenhagen vermehrt Aktivitäten auf dem Drogenmarkt registriert hätten. Von Gewaltexzessen wie an anderen Orten habe man aber noch nichts bemerkt.

»Das sieht im nahen Malmö anders aus«, meinte Højbjerg. In Schweden habe man andere Probleme mit der Bandenkriminalität, auch wenn die beiden Städte dank der Öresundbrücke fast zusammengewachsen seien. Erst zum Ende des Gesprächs wies Højbjerg darauf hin, dass er im Zusammenhang mit dem Ostseekartell schon im Gespräch mit der deutschen Polizei stehe. Jochen Nathusius aus Kiel habe am Vortag Kontakt zu ihm und den Kollegen aus Norwegen, Schweden und Finnland aufgenommen. Er empfahl Lüder, mit Nathusius zu sprechen – ob er ihn kennen würde? –, und bemühte sich dabei gar nicht erst, den leicht ironischen Unterton zu verbergen. Lüder verzichtete darauf, auch noch Rücksprache mit Norwegen und Finnland zu halten.

Es war am späten Vormittag, als sich Horstmann bei ihm meldete. Der Oberkommissar war ein langjähriger Mitarbeiter in Vollmers' K1.

»Der Chef ist beschäftigt«, erklärte Horstmann, »bat mich aber, Sie zu informieren. Ein früher Spaziergänger hat heute Morgen an der Steilküste in Hohwacht –«

»In Hohwacht?«, unterbrach Lüder ihn überrascht.

»Ja. Dort wurde heute Morgen ein Toter entdeckt. Es könnte sich um einen Unfall handeln. Der Ort Hohwacht liegt im Prinzip oben auf der Steilküste. Unterhalb verläuft der Strand. Dort, wo die Steilküste endet und es in Serpentinen nach Alt-Hohwacht hinabgeht, befindet sich eine Aussichtplattform, ›Kiek ut‹ genannt. Sie ähnelt ein wenig dem Hohwachter Wahrzeichen, der Flunder, auf der man unsere Kollegin Ehlebracht gefunden hat. Die Steilküste ist an dieser Stelle unbewaldet und gibt den Blick auf den Strand, die Ostsee und bei gutem Wetter sogar bis nach Fehmarn frei. Die Plattform hängt mit Schrägseilen an einem Pylonen und ragt über die Kante der Steilküste hinaus. Am Fuß der Küste, unterhalb der Plattform, fand man den Toten. Ohne der Rechtsmedizin vorgreifen zu wollen, deutet alles auf einen Absturz hin. Noch ist die Spurensicherung vor Ort, um zu prüfen, ob sich oben an der Brüstung etwas finden lässt. Wir sind aus zwei Gründen hellhörig geworden. Hohwacht ist ein ruhiger Kurort. So erstaunt es, dass an zwei aufeinanderfolgenden Tagen ermittlungsrelevante Dinge vorgefallen sind.«

»Kennen Sie schon die Identität des Abgestürzten?«, unterbrach Lüder den Oberkommissar.

»Nein, aber vom äußeren Erscheinungsbild sieht er wie ein Mitteleuropäer aus. Ich schicke Ihnen ein Foto, wenn es Sie nicht stört, dass der Mann ungeschminkt ist. Merkwürdig ist auch, dass wir bei ihm keine Papiere oder persönlichen Gegenstände gefunden haben. Nicht einmal ein Handy. Mal ehrlich. Die Leute laufen heutzutage doch eher ohne Unterhose als ohne Handy herum.«

Lüder lachte und bat Horstmann um weitere Informationen, wenn diese vorliegen sollten.

Die trafen eine halbe Stunde später ein.

»Wir kennen jetzt die Identität des Toten«, sagte Horstmann. »Wir konnten ihn anhand der Fingerabdrücke zuordnen. Es handelt sich um Justas Levickis, achtunddreißig, gebürtiger Litauer und wohnhaft in Preetz.«

»Wissen wir, was er beruflich gemacht hat?«

»Leider nicht. Er wird in unserer Datei geführt, weil er wegen kleinerer Vergehen auffällig geworden ist. Körperverletzung. Diebstahl. Urkundenfälschung.«

»Betäubungsmittel?«, fragte Lüder.

»Ist uns nicht bekannt. Wir glauben aber trotzdem, dass wir einen Treffer gelandet haben. Auf Levickis ist ein schwarzer Toyota Highlander mit Plöner Kennzeichen zugelassen. So ein Fahrzeug suchen wir.«

Lüder stieß einen Überraschungspfiff aus. »Das wären zu viele Zufälle. Der Toyota. Und Sonja Ehlebracht und Levickis werden beide geschädigt in Hohwacht aufgefunden.«

»Wir suchen jetzt den Ort nach dem Fahrzeug ab«, sagte Horstmann und versprach, Lüder über neue Entwicklungen zu informieren.

Wie gehörten diese beiden Fälle zusammen?, überlegte Lüder. Zeugen wollten den Toyota in der Nähe von Sonja Ehlebrachts Wohnung gesehen haben. Und unterhalb des Wasserturms, als das ältere Ehepaar den eritreischen Dealer im Gespräch mit zwei Männern beobachtet hatte.

Lüder öffnete sein Handy und besah sich die Fotos, die Horstmann ihm geschickt hatte. Levickis musste kopfüber von der Plattform gestürzt und auf den leicht geneigten Steilhang gefallen sein. Dort war er noch bis zum Fuß des Hangs gerutscht, mit dem Gesicht voraus auf dem groben Schotter. Der Anblick war etwas für Hartgesottene. Der Mann hatte, soweit man es auf den Bildern erkennen konnte, eine kräftige Figur und war mit einer dunklen Lederjacke bekleidet. Merkwürdig. Diese Art von Jacken wirkte in manchen Kreisen fast wie eine Uniform und war alles andere als unauffällig. Wollten die Träger damit ihre Zugehörigkeit zu einer bestimmten Gruppe ausdrücken?

Lüder hatte es fast erwartet. Keine zwanzig Minuten später konnte Horstmann vermelden, dass der Toyota gefunden worden war. Er stand auf einem Parkplatz bei den weißen

Häusern unweit der Aussichtsplattform, der für Bewohner und Ferienhausmieter reserviert war.

»Der Tieflader ist bestellt«, verkündete Horstmann. »Wir lassen den Wagen zum KTI nach Kiel bringen.«

Lüder suchte einen Spezialisten des Kriminaltechnischen Instituts auf und zeigte ihm die Fotos von Levickis' lädiertem Gesicht.

»Kann man das kaschieren, sodass die Spuren des Absturzes unsichtbar werden?«

Der Zivilangestellte versprach, es zu versuchen. »Wir geben unser Bestes.«

Das K1 von Hauptkommissar Vollmers und die Sonderkommission des LKA aus dem Dezernat 21 arbeiteten mit Hochdruck an der Klärung des Falls. Dort hatten sich erfahrene Polizeibeamte zusammengefunden. Lüder wollte deren Ermittlungen nicht stören. Er musste andere Wege beschreiten. So beschloss er, in die Höhle des Löwen vorzudringen und Alexander Blaskovic einen Besuch abzustatten.

Der umtriebige Kroate hatte seine geschäftlichen Aktivitäten in der AB Finance GmbH zusammengefasst. Nach außen erweckte das Ganze den Anschein eines seriösen Unternehmensverbunds. Dazu trug auch die Adresse am Lorentzendamm in der Landeshauptstadt bei. Die Lage am Kleinen Kiel war nobel. Das seichte, durch eine Brücke zergliederte Binnengewässer lag nur einen Steinwurf von der City entfernt. Hier hatten sich Banken und Beratungsunternehmen ein Domizil gesucht, die Zentrale der Sparkasse war hier ebenso beheimatet wie das Justizministerium des Landes. Lüder lächelte. Ausgerechnet in dessen Schatten hatte sich Blaskovic niedergelassen, unweit des Ratsdienergartens.

Lüder fand einen Parkplatz in Nähe des repräsentativen Gebäudes. Blaskovic schien Wert auf ein gepflegtes Ambiente zu legen. Dieser Eindruck setzte sich auch im Inneren fort. Das Interieur bestand aus edlen Materialien, weißem Marmor, weißem Holz und viel Glas. Alles schien transparent zu sein. Das stand im Kontrast zu seinen Geschäften.

Die aparte Frau am Empfang bat ihn zu warten, als er seinen Namen und seine Dienststelle genannt hatte, und verwies auf eine in hellem Leder gehaltene Sitzgruppe. Während sie telefonierte, sah sie immer wieder zu ihm herüber. Dann kam sie mit wiegendem Schritt zu ihm und fragte, ob er etwas trinken wolle. Kaffee? Espresso? Eine andere Kaffeespezialität? Lüder lehnte dankend ab.

Nach zehn Minuten vernahm er in seinem Rücken ein rhythmisches Klack-Klack-Klack, dann baute sich eine Blondine vor ihm auf, die einem Modejournal entsprungen schien. Lüder warf einen Blick auf ihre Füße, die in High Heels steckten und sie zu einem Gang einer Primaballerina auf Zehenspitzen zwangen. Die Beine endeten an einem schlichten grauen Rock, der ebenso wie die Bluse ihre Figur betonte, die wirkte, als sei sie von den Designern der Barbiepuppe entworfen. An der Frisur war sicher kein Vorstadtfriseur beteiligt gewesen. Die Frau war von nahezu makelloser Schönheit und Eleganz, auch wenn sie schon die vierzig erreicht haben mochte.

»Kommen Sie bitte«, sagte sie mit einem dunklen Timbre und ging mit gekonntem Hüftschwung voraus.

An den Wänden der Gänge, durch die sie ihn führte, hingen moderne Drucke. Sie öffnete eine Doppeltür aus heller Eiche und trat zur Seite, um ihm Zutritt zu gewähren. Vor ihm öffnete sich ein Büro mit den Ausmaßen eines Tanzsaals. Die dicken Teppiche verschluckten jeden Schritt. Der große Schreibtisch aus Glas und Chrom war hingegen von einer nahezu luftigen Leichtigkeit.

Alexander Blaskovic erhob sich und umrundete das Möbel. Er kam Lüder mit ausgestrecktem Arm entgegen. Lüder verstand, weshalb Blaskovic der Beiname »der schöne Alexander« zierte. Alles an ihm war gestylt. Die Kleidung. Die Figur. Am Arm hing eine schwere Uhr, die Lüder als protzig empfand. Das Hemd war passgenau auf den durchtrainierten Körper geschnitten. Die Hose hätte auch einem Darsteller in einer Sex-Show passen können. Ob Blaskovic den Schuster für die handgenähten Schuhe aus Budapest einfliegen ließ?, überlegte Lüder.

Alles zur Schau Gestellte wirkte überzogen. Obwohl es durchgestylt war, stieß es Lüder ab. Oder lag es daran, dass Lüder ahnte, mit welchen Geschäften Blaskovic den Luxus finanzierte?

In der Vergangenheit hatte man versucht, die Herkunft von Blaskovics offen zur Schau gestelltem Wohlstand zu ergründen. Man hatte die Bücher geprüft, die Finanzkontrolle des Zolls eingeschaltet, ihm das Finanzamt ins Haus gehetzt. Vordergründig war alles sauber. Es gab keine Anhaltspunkte dafür, dass die Geschäfte illegal abgewickelt wurden. Niemand konnte sich erklären, dass die Unternehmen so glänzend florierten und solch hohe Gewinne abwarfen. Die Vermutung, dass Geld gewaschen wurde, konnte aber nicht bestätigt werden. Die Hotels waren breit aufgestellt.

Lüder hatte geunkt, dass bei den Umsatzzahlen jedes Zimmer mehrfach vermietet sein musste. In den Restaurants wurden außergewöhnlich hohe Rechnungen geschrieben. Die Gäste mussten dort kiloweise Kaviar verzehren und im Champagner baden. Und der Durchfluss in den zahlreichen kleineren Etablissements ließ jeden Mitbewerber vor Neid erblassen.

Blaskovic warf einen Blick auf die Visitenkarte, die Lüder am Empfang vorgelegt hatte.

»Herr Dr. Lüders? Vom Landeskriminalamt? Was führt Sie zu mir?« Er streckte den Arm aus und bat Lüder zur Sitzgruppe. »Bitte.« In seinem gebräunten Gesicht blitzten strahlend weiße Zähne auf. »Nehmen Sie im Benz Platz. Das Sofa habe ich speziell von Rolf Benz designen lassen.« Er lächelte. »Ein Benz ohne vier Räder, aber nicht minder exklusiv.« Blaskovic wartete, bis Lüder sich gesetzt hatte, dann nahm er ebenfalls Platz und zog mit spitzen Fingern die Falte über dem Knie glatt. »Darf ich Ihnen etwas zu trinken kommen lassen? Kaffee? Tee? Eine Erfrischung? Ich nehme an, dass Ihnen Alkohol nicht genehm ist.«

Lüder nickte beiläufig. Der Gesprächspartner erwartete beim Besuch der Polizei ein stereotypes »Nein danke«, um die Distanz zu betonen. Sein »Gern, einen Long Black« überraschte Blaskovic.

Mit Genugtuung registrierte er, dass Blaskovic ihn ratlos ansah, dann aber der Frau, die Lüder hierhergeführt hatte und an der Tür wartete, die Bestellung weitergab.

»Und für mich einen Kava«, ergänzte er.

Lüder war gespannt, ob man seinen Getränkewunsch erfüllen würde. Der Espresso war eine ursprünglich mailändische Spezialität. Der Caffè americano war ein Espresso, der nachträglich mit heißem Wasser gemischt wurde. Beim Long Black wurde umgekehrt der Espresso auf das heiße Wasser gegeben, sodass die Crema erhalten blieb.

Blaskovic legte die Hände in den Schoß, schlug die Beine übereinander und sagte: »Das LKA – nun bin ich gespannt.«

Lüder lehnte sich bequem zurück. »Das kann ich mir vorstellen. Es mag viele Gründe geben, dass sich das LKA zu Ihnen bemüht. Nun interessiert Sie, welcher mich hierherführt.«

Blaskovic spitzte die Lippen und breitete die Arme aus, als würde er das Ambiente beschreiben wollen. »Behördenbüros sehen anders aus. Das gilt auch für die Karrierechancen im öffentlichen Dienst. Dafür gibt es dort Sicherheit. Als Unternehmer muss man Chancen und Risiken abwägen. Es ist eine Binsenweisheit, dass hohe Risiken auch höhere Renditen versprechen. Und wer das nicht akzeptieren mag, wird oft vom Neid geleitet. Aber das möchte ich Ihnen nicht unterstellen.« Blaskovic sah erneut auf die Visitenkarte. »Doktor. Dafür haben Sie arbeiten müssen.« Er räusperte sich. »Ich habe heute Morgen durch meinen Anwalt Anzeige erstatten lassen. Man hat eines meiner Fahrzeuge beschädigt. Aber deshalb kommen Sie nicht.«

»Nein«, erwiderte Lüder. »Davon ist mir nichts bekannt.«

»Ich bin geschäftlich viel unterwegs und leiste mir deshalb ein wenig Luxus beim Fahren, einen Ferrari GTC4Lusso. Den hat jemand heute Nacht zerkratzt. Neid?« Blaskovic atmete hörbar aus. »Da haben wir es wieder. Das altbekannte Thema.«

»Das ist nicht mein Gebiet«, erwiderte Lüder. »Fährt Baranauskas auch so ein auffälliges Auto?«

Blaskovic beugte sich ein wenig vor und runzelte die Stirn. »Baranauskas?«

»Sparen wir uns solche Spielchen. Ihre Zeit ist genauso kostbar wie meine. Sie kennen die Szene.« Lüder hatte offengelassen, welche Szene er meinte.

Sein Gegenüber war kurzfristig verunsichert, wie er antworten sollte. Blaskovic fuhr sich mit der Zunge über die Lippen. Dann hob er seinen Zeigefinger kurz an.

»Ach so, ich verstehe.« Dabei ließ er Lüder nicht aus den Augen. »Die Gastroszene in Kiel ist breit aufgestellt. Sie meinen diese …« Er schnippte mit den Fingern. »Das ist nicht mein Niveau.«

Lüder wollte widersprechen, aber Blaskovic gebot ihm mit erhobener Hand Einhalt.

»Ja – doch. Jeder fängt klein an. Die Brüder Albrecht mit einem kleinen Tante-Emma-Laden, der milliardenschwere Lebensmittelkonzern von Theo Müller begann mit einer kleinen Meierei mit sechs Mitarbeitern. Und ich habe mit einer kleinen Kneipe begonnen.«

»Dem Devils Home.«

Blaskovics Blick wanderte gedankenverloren in Richtung der bodentiefen Fenster. Dann gab er sich einen Ruck. »Es ist wie das Märchen vom Tellerwäscher. Nennen Sie es Sentimentalität, dass ich das Devils Home bis heute behalten habe, auch wenn ich mich aus Zeitmangel nicht mehr darum kümmern kann. Ich kann Ihnen nicht einmal sagen, ob es noch rentabel ist.«

»Sie werden aber gehört haben, dass dort eine Razzia stattgefunden hat und die Polizei fündig wurde.«

Blaskovic nickte nachdenklich. »Das hat mich erschüttert. Es wird Konsequenzen haben. Sie kennen das Admirals?«

»Ich war dort noch nie Gast.« Das Restaurant an der Kiellinie, direkt an der Förde, galt als eine der besten Adressen der Landeshauptstadt.

»Sie werden gehört haben, dass ich mich vom dortigen Küchenchef trennen musste. Ein begnadeter Koch, der aber leider gegenüber weiblichen Mitarbeiterinnen übergriffig geworden ist. Mir liegt sehr viel an sauberem Geschäftsgebaren, auch wenn dieser oder jener repräsentative Gast künftig fortbleiben wird.«

Lüder hörte schweigend zu. Blaskovic tat, als würde er eine Antwort erwarten.

Nach einer Weile fuhr er fort: »Damit Sie wissen, worüber ich spreche, und als Kontrast zum Devils Home möchte ich Sie und Ihre Frau«, dabei warf er einen Blick auf Lüders Ehering, »einladen, mein Gast zu sein. Damit keine Missverständnisse aufkommen: Bringen Sie bitte auch Ihren Vorgesetzten und dessen Begleitung mit.«

Blaskovic hatte es geschickt formuliert. Es sollte kein plumper Bestechungsversuch sein.

»Danke«, sagte Lüder und ließ offen, ob es ein »Danke – nein« war. Sicher war das kulinarische Angebot im Admirals nicht vergleichbar mit dem Lieblingsitaliener der Familie.

Sie wurden abgelenkt, als sich lautlos die Tür öffnete und die elegante Blondine auf einem Silbertablett die Getränke servierte.

Lüder war überrascht. Der Long Black war perfekt.

»Die Razzia wird Folgen für Sie haben«, sagte Lüder.

Blaskovic nickte bedächtig. »Das fürchte ich. Wie sagt man? Ich trage die politische Verantwortung. Ich hätte mich um die Keimzelle meines Reichs mehr kümmern müssen. Nun kann ich Ihnen nur versichern, dass die Behörden meine volle Unterstützung haben. Ich habe angeordnet, dass das Devils Home bis zur Klärung aller Vorwürfe geschlossen bleibt.«

»Das dürfte auch die Szene im Umfeld begrüßen.«

Blaskovic musterte ihn mit leicht zusammengekniffenen Augenlidern. »Ich verstehe Sie nicht?«

»Wenn die Polizei ein Nest aushebt, wirkt sich das auch auf die Nachbarschaft aus. Ein Teil der Kunden bleibt weg. Und niemand mag es, wenn es an den Geldbeutel geht.«

»Sie übertreiben«, wiegelte Blaskovic ab.

»Keineswegs. Und mit der Ausräucherung von Baranauskas ist ein Teil der Logistik weggebrochen.«

»Ich verstehe nicht«, antwortete Blaskovic und wich Lüders durchdringendem Bick aus.

»Wir wissen, dass Baranauskas ein Teil der örtlichen Logistik war. Im East Heaven wurde Rauschgift vertickt. Aber nicht nur das. Baranauskas spielte mit dem Möbelimport eine Rolle beim Transport des Stoffs nach Kiel.«

Um Blaskovics Mundwinkel zuckte es leicht.

»Das Kartell hat lange an der Lieferkette über Litauen und die Ostseefähren gestrickt. Eine Kette reißt immer am schwächsten Glied. Man wird intern darüber nachdenken, wo die nächste Gefahr in der Struktur droht. Wer ist für Baranauskas' Versagen verantwortlich? Wird man den Schuldigen zur Rechenschaft ziehen? Plötzlich stehen viele Fragen im Raum.«

Blaskovic holte tief Luft. »Ich kann Ihnen nicht mehr folgen. Wovon sprechen Sie?«

Lüder ließ seine Hand in der Luft kreisen. »Aus Kroatien stammt Ihre Familie? Dann wissen Sie um die Gefahren von Erdbeben. Erst gibt es kleine Vorbeben. Und dann kommt das große Beben. Dem sind auch die schönsten Marmorsäulen nicht gewachsen. Und die tollsten Paläste stürzen ein.«

»Sie meinen, mir könnte Gefahr drohen? Aber – von wem? Sicher gibt es Konkurrenten. Mitbewerber. Neider. Ahh.« Blaskovic tat, als sei ihm eine Idee gekommen. »Die Sache mit dem Devils Home. Da könnte jemand etwas manipuliert haben, um mir zu schaden?« Er schlug sich leicht mit der

Hand gegen die Stirn. »In solchen Dingen bin ich vielleicht ein wenig naiv. Aber vielleicht könnten Sie mir einen Rat geben? Eine Sicherheitsanalyse? Oder als Berater für meine Firmen? In der Branche kann nicht ausgeschlossen werden, dass man kriminellen Machenschaften ausgesetzt wird.« Er strich sich versonnen mit Daumen und Zeigefinger über die Mundwinkel. »Ich darf doch vermuten, dass Ihre Dienstpflichten es gestatten, Wirtschaftsunternehmen mit guten Ratschlägen in Sachen Sicherheit zu unterstützen? Natürlich gegen ein angemessenes Honorar.« Erneut nahm Blaskovic die Visitenkarte zur Hand und begutachtete sie. »Doktor«, wiederholte er. »Welche Fachrichtung?« Als Lüder nicht antwortete, riet er: »Vermutlich Jurist. Meinen Anwälten muss ich auch teure Honorare zahlen. Ich bin mit den Gegebenheiten vertraut.«

Lüder wertete das Angebot als einen unverhohlenen Versuch zu erkunden, ob sich Blaskovics Besucher von der Ausstattung der Geschäftsräume und den Verlockungen eines Honorars beeinflussen ließ.

Nachdem Lüder es vorgezogen hatte zu schweigen, beugte sich Blaskovic leicht vor und wippte auf den Zehenspitzen.

»Haben Sie Kinder?«, fragte er unvermittelt.

»Ich trenne zwischen dem Beruflichen und dem Privaten.«

»So habe ich früher auch gedacht. Aber beides gehört zum Leben. Zu dem *einen* Leben, das uns gewährt wird. Meine Partnerin und ich ... Wir freuen uns auf unser erstes gemeinsames Kind.« Er räusperte sich. »Ich habe schon drei aus früheren Beziehungen. Biologisch sind sie meine, aber ... deshalb ist die Freude nun besonders groß.« Blaskovic sah Lüder lange an. »Bei all Ihren Unterstellungen ... Was nützt der Luxus hier? Die pränatale Untersuchung hat Gewissheit gebracht, dass unsere Tochter behindert sein wird. Trisomie 21 – Downsyndrom. Wie ausgeprägt die Behinderung sein wird, kann niemand vorhersagen. Was soll der ganze Tand hier? Unser Augenmerk ist auf unser Kind gerichtet. Ihm gilt unsere Sorge.«

Lüder zuckte ein wenig hilflos mit den Schultern. In diesem Punkt fand er keine passenden Worte. Er ließ Blaskovic Zeit, um zum anderen Thema zurückzukehren. Ob Leute wie der Kroate sich Gedanken darüber machten, dass durch ihre schmutzigen Machenschaften andere Familien ins Unglück gestürzt wurden? Im schlimmsten Fall ihre Kinder verloren wie die Familie Hunger? Oder die Mutter wie die beiden Töchter von Sonja Ehlebracht?

»Haben Sie von der Frau gehört, die auf der Flunder in Hohwacht gefunden wurde?«

Blaskovic nickte. »Schlimm. So etwas ist unmenschlich. Mit den Tätern sollte man …« Er winkte ab. »So darf man nicht denken. Aber das Volk hat ein anderes Rechtsempfinden als die Justiz. Man ist in Hohwacht erschüttert darüber.«

Hoffentlich hatte Blaskovic nichts von Lüders Überraschung mitbekommen. Woher wusste der Mann von der Reaktion der Bürger des Ostseebades?

»Für einen kleinen, sonst stillen Ort ereignen sich viele Dinge in Hohwacht«, merkte Lüder vorsichtig an.

»Ja. Aber solche Dinge kursieren schnell. Das geht in Windeseile herum. Beim Bäcker. Beim Kaufmann. Über den Gartenzaun hinweg.«

»Haben Sie einen so guten Draht zu den Menschen dort?«, fragte Lüder vorsichtig.

»Ich halte mich zurück, auch wenn man hier und da ein Wort mit den Nachbarn wechselt.«

Lüder wagte es, vorsichtig zu fragen: »Sie sind selten zu Hause. Aber Ihre schwangere Partnerin?«

»Die verbringt viel Zeit in unserem Haus.« Er lächelte matt. »Es ist schon ein wenig Einöde dort. Man kann Hohwacht nicht mit den lebhaften anderen Badeorten vergleichen. Aber wenn wir Trubel gesucht haben, haben wir ihn auch an anderen Stellen gefunden.«

Lüder war erschrocken. War niemandem aufgefallen, dass Blaskovic in Hohwacht wohnte oder zumindest dort ein Domizil unterhielt? War es Zufall, dass man Sonja Ehlebracht dort gefunden oder besser – das war nahezu zynisch – »abgelegt« hatte? Und dass Justas Levickis, der Halter des Toyota Highlander, in Hohwacht von der Steilküste gestürzt war? Weshalb war es noch keinem Ermittler aufgefallen? Was wurde hier gespielt? Irrte die Polizei der Ostseeanrainerstaaten, wenn sie sich auf das Ostseekartell konzentrierte? War der Krieg der Drogenhändler schon weiter gediehen, als sie es mitbekommen hatten, und man versuchte, Blaskovic über fingierte Spuren aus dem Geschäft zu drängen? Wie passte Baranauskas in dieses Puzzle?

»Kann ich Ihnen noch etwas zu trinken anbieten?«, unterbrach Blaskovic die Stille.

Lüder lehnte dankend ab. »Weder etwas Trinkbares noch etwas anderes«, sagte er entschieden. »Sind Sie mit Harald Müller befreundet?«, wechselte er das Thema.

Blaskovic spielte den Überraschten. »Müller? Sollte ich den kennen? Das ist ein häufiger Name.«

»Dieser Harald Müller ist einmalig.«

Blaskovic kratzte sich demonstrativ den Haaransatz. »Ich kenne ihn nicht persönlich, aber es gibt einen Politiker dieses Namens. Der ist doch im … im …« Er schnippte mit den Fingern.

»Müller müsste Ihnen sympathisch sein. Er setzt sich vehement für die Freigabe weicher Drogen ein. Neben Ihren vielschichtigen wirtschaftlichen Interessen könnten Sie dann einen Coffeeshop eröffnen. Oder besser gleich eine ganze Kette. Mit Kleinteiligem geben Sie sich ja nicht ab.«

Blaskovic knurrte etwas Unverständliches, lehnte sich zurück und legte die sorgsam manikürten Fingerspitzen zu einem Dach zusammen. »Ich habe immer noch nicht verstanden, weshalb Sie mich aufgesucht haben.«

Lüder stand auf und reckte sich. »Ich wollte mich vorstellen, damit Sie wissen, mit wem Sie es noch zu tun haben. Nicht nur die anderen Drogenbanden sind Ihnen auf den Fersen, sondern ich auch.«

Für einen Moment rang Blaskovic um Fassung. Seine Mimik verriet ihn. Dann setzte er ein gequält wirkendes Lächeln auf. »Sie können mir einen gehörigen Schrecken einjagen. Würde jemand zuhören, wäre er irritiert.«

»Mir reicht es, wenn Sie zuhören.« Lüder schwenkte drohend den Zeigefinger. »Die Hatz ist eröffnet.«

Lüder wandte sich um und verließ ohne ein weiteres Wort das pompöse Büro. Er hoffte, Blaskovic verunsichert zu haben. Der Mann geriet durch die gegen ihn gerichteten Schläge unter Druck. Sicher beobachteten das auch seine Partner im Ostseekartell. Die Gang hatte bis heute nahezu perfekt funktioniert. Die Führungsebene hatte sich lückenlos abgeschirmt. Küstenbewohner wussten, dass ein loser Dachziegel im Sturm reichte, um das ganze Dach in Gefahr zu bringen. Wenn der Wind dahinter fasste, blätterte er die ganze Ziegelreihe auf.

Lüder lächelte verschmitzt und spitzte leicht die Lippen. »Huuiii«, improvisierte er unhörbar einen Windstoß. Er war sich aber auch bewusst, dass er soeben auf »die Liste« des Kartells gelangt war. Und die Leute waren nicht zimperlich. Dafür sprachen Sonja Ehlebracht, fünf tote Marokkaner, Levickis und möglicherweise noch weitere Opfer, die bisher noch nicht entdeckt und dem Kartell zugeordnet werden konnten.

Vom Auto aus ließ er sich die Adresse des Ehepaars Buschmeier durchgeben, das den beiden Männern im Toyota und dem Drogendealer am Parkplatz unterhalb des Wasserturms begegnet war. Inzwischen war auch das retuschierte Bild des in Hohwacht von der Steilküste abgestürzten Justas Levickis auf seinem Smartphone eingetroffen.

Der Alfons-Huysmans-Ring war ein ruhiger, von Grün umgebener Straßenring mit niedriger Wohnbebauung. In einem der gepflegten Reihenhäuser wohnte das Ehepaar. Vermutlich wird nur wenigen Menschen bekannt sein, dass die Straße nach einem holländischen Zwangsarbeiter benannt war, der während der NS-Zeit in einem Kieler Arbeitslager ums Leben gekommen war.

Durch den mit einem Sperrriegel gesicherten Türspalt erblickte er nach etwas längerem Warten das halbe Gesicht einer älteren Frau. Er nannte seinen Namen.

»Ich komme von der Polizei und bitte Sie und Ihren Mann um die Identifikation eines Bildes«, sagte er.

»Sind Sie wirklich von der Polizei?«, fragte die Frau.

Er zeigte ihr seinen Dienstausweis.

»Moment.«

Dann fiel die Tür wieder zu. Es vergingen weitere Minuten, bis sie erneut geöffnet wurde und ein Mann mit lichtem Haupthaar erschien.

»Buschmeier«, sagte er und musterte Lüder. »Sie sind wirklich von der Polizei?«

»Kriminalpolizei.«

Der Mann bewegte seine Hand im Gelenk. »Man weiß ja heutzutage nicht …«, sagte er. »Zeigen Sie noch mal Ihre Marke.«

Lüder lächelte. »Die gibt es schon lange nicht mehr. Hier. Bitte.«

Er präsentierte seinen Dienstausweis. Ehe er sich's versah, hatte ihn Albin Buschmeier an sich genommen und hielt das Dokument abwechselnd nah und am ausgestreckten Arm vor sich. Dabei kniff er die Augenlider zusammen.

Als er Lüders leicht spöttischen Bick bemerkte, sagte er: »Das ist so mit den Augen. Im Alter funktioniert nicht mehr alles.«

Die Kontrolle schien positiv ausgefallen zu sein. Lüder erhielt seinen Ausweis zurück.

»Um was geht es?«, wollte Buschmeier wissen.

»Ich möchte Ihnen ein Foto zeigen. Erkennen Sie den Mann wieder?«

»Ojemine«, stöhnte Buschmeier, als Lüder ihm das Handy hinhielt. »Dieser neumodische Kram.« Über die Schulter sagte er zu seiner Frau: »Kannst mir mal meine Brille holen, Hildchen? Die vom Esstisch. Da, wo die Zeitung liegen tut. Bring deine auch man gleich mit.«

»Ham Sie den Kerl erwischt?«, wollte Buschmeier wissen. »Und was passiert nun mit ihm?«

»Wir haben eine Idee«, erwiderte Lüder ausweichend.

»'ne Idee? Die hab ich auch. Bei mir kriegen solche Leute was hinter die Löffel. So wie die aussahen – die hab'n doch bestimmt was ausgefressen.«

Bevor Lüder antworten konnte, kehrte die Frau zurück und reichte Herrn Buschmeier die Brille.

»Danke, Hildchen.« Er nahm auch das Mobiltelefon in die Hand und bewegte es in verschiedene Richtungen, abwechselnd nahe vor den Augen oder am gestreckten Arm. »Is wech«, sagte er und gab Lüder das Gerät zurück. Lüder rief das Foto erneut auf. Noch einmal betrachtete Buschmeier es ausgiebig. Dann sagte er: »Das isser.«

»Erkennen Sie ihn auch wieder?«, wandte sich Lüder an die Ehefrau, die halb verdeckt hinter ihrem Mann stand.

»Ja«, sagte Frau Buschmeier spontan.

Lüder bat sie, zunächst einen Blick auf das Bild zu werfen, bevor sie antwortete.

Sie folgte seiner Bitte und bestätigte dann mit dünner Stimme: »Doch. Ja.«

Buschmeier zeigte auf das Handy. »Solche Typen erkennt man wieder. Seh'n Sie sich mal die Visage an. Dem steht das doch ins Gesicht geschrieb'n.«

Lüder wünschte dem Ehepaar noch einen schönen Tag. Vor Gericht hätte eine solche Zeugenaussage keinen Bestand gehabt. Man hätte Zweifel an der Glaubwürdigkeit der alten Leute gestreut. Lüder reichte es. Ihm kam es darauf an, Gewissheit zu erhalten, dass Levickis in den Drogenhandel involviert war. Melake Mebrahtu war das letzte Glied in der Logistikkette. Er wurde offenbar von Justas Levickis beliefert. Welche Rolle der zweite Mann spielte, den die Buschmeiers gesehen hatten, war noch unbekannt. Levickis war vermutlich an der Entführung Sonja Ehlebrachts beteiligt gewesen. Die Polizistin musste demnach auf etwas gestoßen sein, das für das Kartell gefährlich werden konnte. Man hatte Levickis auf sie angesetzt. Nun war der Litauer selbst zum Opfer geworden. Lüder mochte nicht an einen Unfall glauben.

Viele Fragen beschäftigten ihn, als er sich durch den Kieler Verkehr Richtung LKA bewegte. Dort erwartete ihn eine Nachricht von Hauptkommissar Vollmers. Man hatte in Levickis' Toyota eine Schusswaffe gefunden, eine italienische Beretta 90two. Damit verfestigte sich bei Lüder die Vermutung, dass der Mann eine größere Rolle im Kartell gespielt hatte.

Er suchte noch den Kontakt zu Marlow vom Rauschgift, zum KTI und bemühte sich – vergeblich –, Dr. Diether zu erreichen. Es gab nirgendwo Neuigkeiten, die bei den Ermittlungen weiterführten. Es war auch keine erfreuliche Nachricht, dass Sonja Ehlebracht immer noch im künstlichen Koma lag und sich ihr Zustand nicht elementar gebessert hatte.

Lüder beendete den Arbeitstag und fuhr nach Hause. Dort erreichte ihn am späten Abend ein Anruf von Vollmers. Der Hauptkommissar entschuldigte sich für die späte Störung.

»Ich glaube aber, dass es Sie interessieren wird. Wir haben heute die Wohnung von Levickis in Preetz durchsucht. Dort haben wir vierunddreißig Schuss Parabellum-Munition gefunden, die zur sichergestellten Beretta aus dem Toyota passt. Die Wohnung wurde noch vor unserem Besuch clean gemacht. Möglicherweise waren es die Leute, die bei Levickis' Abflug von der Steilküste nachgeholfen haben. Vorausschauend war der Zoll mit einem Suchtmittelspürhund vor Ort. Der hat angeschlagen, obwohl wir visuell nichts entdecken konnten. Das Ergebnis der Spurensicherung liegt noch nicht vor. Marlow vermutet, dass Levickis in der Wohnung ein Depot, also ein Zwischenlager, unterhalten hat, von dem aus er die Straßendealer bediente. Wir sind uns nicht sicher, ob er auf eigene Rechnung als Zwischenhändler tätig war oder im Auftrag des Kartells handelte. Insgesamt hätte es auch schlimmer ausgehen können. Die Leute sind nicht zimperlich, sondern skrupellos. Sie hätten auch auf die Idee kommen können, die Wohnung abzufackeln, um Spuren zu verwischen. Die Wohnung liegt in einem Mehrfamilienhaus. Das hätte böse Folgen haben können. Mehr haben wir heute nicht geschafft.«

Es klang fast wie eine Entschuldigung. Lüder wünschte Vollmers noch einen schönen Abend.

NEUN

Lüder hatte sein Morgenritual, das Studium der Morgenpresse und die Beschaffung des Kaffees, noch nicht abgeschlossen, als sich sein Festnetztelefon meldete.

»Ach du Schreck«, sagte er zu sich selbst, bevor er das Gespräch annahm.

»Mensch, Lüders, so früh schon auf der Arbeit, obwohl Sie im Staatsdienst stehen?«, meldete sich Leif Stefan Dittert, der umtriebige Journalist des Boulevardblatts.

»Wir sind immer im Dienst. Vermute ich richtig, dass Sie heute Morgen den Hahn geweckt haben, damit er kräht? Oder krähen Sie selbst? Ach nee. Sie beherrschen die Fähigkeit, mittels Ihrer Artikel zu krähen.«

LSD lachte meckernd. »Geht das eigentlich konform? Ein Beamter, zudem noch ein Jurist, der Munteres von sich gibt? Normalerweise formuliert diese Spezies doch immer so verklausuliert, dass es keine Sau versteht.«

»Wir wollen ja auch nicht die Säue, sondern die Menschen erreichen«, erwiderte Lüder. »Moment, Dittert.« Er legte den Telefonhörer zur Seite und genoss in aller Seelenruhe einen halben Becher Kaffee, amüsiert über Ditterts »Hallo – hallo«-Rufe aus dem Apparat.

»Womit wollen Sie meine Zeit stehlen?«, fragte er dann, nachdem er das Telefon auf Raumempfang umgestellt hatte.

»Ich? Ihre Zeit stehlen? Ich bin Steuerzahler. Ich finanziere Sie. Was wollten Sie gestern beim schönen Alexander?«

»Bitte?« Lüders Verblüffung war echt. Woher wusste Dittert von seinem Besuch bei Blaskovic? Lüder hatte mit niemandem darüber gesprochen. »Wer bringt solche Gerüchte in Umlauf?«, fragte er.

»Von wegen Gerücht«, antwortete Dittert gut gelaunt. »Ich werde Ihnen meine Quelle nicht nennen.«

»Heißt Ihre Quelle Baron Münchhausen?«

»Kommen Sie mir nicht so, Lüders. Sie wollen mich verunsichern. Nix da. Ist nicht. Alles zuverlässig gecheckt. Sie haben Gelegenheit, Ihre Sicht der Dinge darzulegen. Also?«

»Ich habe Ihnen nichts mitzuteilen.«

Dittert lachte so laut ins Telefon, dass Lüder erschrocken zusammenfuhr. »Das ist aber ein großes Nichts, das Sie vor sich herschieben. Da läuft doch was in Kiel. Erst der tote Junge. Dann der Krieg am Ostufer und der Sturm auf das East Heaven. Die Razzia in der Spelunke am Wall, die Blaskovic gehört, und jetzt ... kreuzen Sie persönlich bei Blaskovic auf. Der Typ vom East Heaven, den man eingebuchtet hat, ist doch Litauer. Genauso wie der, der in Hohwacht vom Himmel gefallen ist. Verraten Sie mir, wie das alles zusammenhängt.«

»Wer sagt, dass es so ist?«

»Ich habe mich ein wenig umgehört. In Hohwacht hat man doch diese Frau gefunden, die zusammengeschlagen wurde. Wollen Sie mir nicht deren Identität verraten?«

Lüder war froh, dass offenbar noch nicht publik geworden war, dass es sich bei dem Opfer um eine Polizistin handelte. Dittert war ein erfahrener Journalist mit Gespür für Zusammenhänge, er verfügte über ein gut strukturiertes Netzwerk und konnte sich Dinge zusammenreimen. Es war kein Zufall, dass er beim Aufdecken vermeintlicher Geheimnisse immer zu den Ersten gehörte. Und das Blatt, für das er tätig war, gehörte zu den auflagenstärksten Zeitungen. Es fand viel Beachtung und war in dieser Position sicher auch meinungsbildend.

»Mein Informant hat mir geflüstert, dass zu der Zeit, als man die Frau fand, ein dunkler Geländewagen dort herumkurvte. Und genauso eine Kiste gehört dem toten Litauer, der von der Aussichtsplattform gefallen ist. Morgen finden Sie ein Bild vom Toyota in unserer Ausgabe. Es wäre doch schön, wenn wir einen Kommentar unter das Bild setzen könnten.«

»Sie begreifen es offenbar nie, Dittert. Wir haben eine sehr kompetente Presseabteilung.«

»Ich suche aber etwas Exklusives. Verraten Sie mir wenigstens, was Sie bei Blaskovic wollten. Der hat doch ein seriöses Imperium aufgebaut.«

»Ist das Devils Home eine gute Adresse?«

»Nostalgie, Lüders.«

»Und die Spielhallen und Wettbüros?«

»Das ist nicht per se unanständig. Fahren Sie mal über deutsche Autobahnen. Überall finden Sie Spielsalons. Auf den Skandinavienfähren stehen massenweise Automaten. Ganz zu schweigen von den Internetangeboten. Und ehemalige Fußballstars, die jeder kennt, verdienen sich dösig mit Werbung für Wettanbieter. Dagegen ist Blaskovic doch ein kleines Licht mit seinen paar Läden hier in Kiel.«

»Ich wünsche Ihnen viel Erfolg bei Ihrer Recherche«, sagte Lüder und beendete das Gespräch, von dem er noch ein lang gezogenes »Ach Lüüüüü–« mitbekam.

Lüders Rückfrage im Kriminaltechnischen Institut ergab Erfreuliches. Die Spurensicherung hatte am Geländer der Aussichtsplattform Kratzspuren sichergestellt. Man vermutete, dass sie von Levickis' Gürtelschnalle stammen könnten. Dort waren korrespondierende Spuren entdeckt worden. Nun versuchten die Techniker, die minimalen Materialspuren abzugleichen. Andere Experten hatten den Toyota untersucht und Partikel gefunden, die von Sonja Ehlebracht stammten. Das war ein weiterer Beweis dafür, dass Levickis an der Entführung und Schändung der Polizistin beteiligt war.

Lüder registrierte, dass die involvierten Institutionen fieberhaft und abgestimmt an der Aufklärung der Taten arbeiteten. Etwas später meldete die Rechtsmedizin, dass einige der durch den Missbrauch bei Sonja Ehlebracht hinterlassenen DNA-Spuren Levickis zugeordnet werden konnten. Er war einer der Vergewaltiger.

Lüder durchfuhr ein Schauder. Was mochte in einem Menschen vorgehen, der in solch skrupelloser Weise Leben zerstörte? Der Verbrecher hatte sicher auch zu keiner Zeit Gewissensbisse gehabt, als er Rauschgift verteilte, das junge Leute ins Unglück stürzte. Ob er auch die für Finn Hunger tödliche Dosis gemischt hatte?

Lüders Fassungslosigkeit wurde bestärkt, als sich die Schusswaffenexperten meldeten. Mit der im Toyota gefundenen Beretta waren drei der fünf in den letzten Jahren ermordeten marokkanischen Drogenkriminellen erschossen worden. Das bestätigte den Verdacht, dass in Kiel ein Bandenkrieg tobte. Einer der Beteiligten war das Ostseekartell. Der Polizei war ein großer Erfolg gelungen, weil es jetzt handfeste Beweise gab und man im toten Levickis einen Schuldigen für eine Reihe von Straftaten überführt hatte.

Noch nicht abgeschlossen war die Auswertung der Verbindungsdaten, die man von Levickis' Handyprovider angefordert hatte.

Immer wieder trafen sich Teams, um die Einzelergebnisse zu bewerten, Schlüsse daraus zu ziehen, miteinander abzugleichen und das Bild zu vervollständigen, das sich langsam ergab. Mit der Enttarnung Levickis' waren die Ermittler gut vorangekommen. Jochen Nathusius sprach von einem großen Erfolg, auch wenn die Strukturen des Kartells noch weitgehend im Dunkeln blieben. Der stellvertretende LKA-Leiter verhehlte aber auch nicht seine Besorgnis, dass in Kiel ein Bandenkrieg drohen könnte, wie ihn andere Städte bereits erlebten. Man hatte keine gesicherten Informationen darüber, ob die Marokkaner der Gewalt des Ostseekartells gewichen waren oder ob sie sich zu einem neuen Angriff im Untergrund formierten. Eine Schlüsselfrage war, wer Levickis ermordet hatte. Und weshalb.

Kriminaldirektor Dr. Starke zog aber auch eine positive Bilanz. Man hatte bisher noch keinen endgültigen Beweis dafür, dass die Morde an den Marokkanern dem organisierten Verbrechen zugeordnet werden konnten. Es gab bis jetzt immer noch die Möglichkeit, dass rechtsradikale Täter gezielt Jagd auf Nordafrikaner machten.

Oberrat Gärtner war der leitende Ermittler in diesem Fall. Gärtner hatte keinen Ermittlungsansatz aufdecken können. Bevor man aber endgültig eine politisch motivierte Straftat ausschließen konnte, galt es, alle Aspekte zu beleuchten. Zu gut war noch die Erinnerung daran, dass man bei den ausländerfeindlichen Mordtaten des NSU zunächst auf einer ganz anderen Spur war und die Taten im kriminellen Milieu verortet hatte. Jetzt konnten die Morde an den Marokkanern dem Dezernat für die Organisierte Kriminalität übergeben werden.

Lüder traf sich mit Hauptkommissar Vollmers. Sie erörterten die Frage, wer Sonja Ehlebracht verfolgt hatte. Woher wussten die Täter um ihre Rolle bei den jüngsten Schlägen gegen die Drogenkriminalität? Sie kannten Ehlebrachts Wohnung. Und am Tag des Überfalls musste man sie beobachtet und verfolgt haben. Hatte man sie schon im Visier gehabt, als sie auf dem Weg vom Dienst zu ihren Töchtern im Ostseepark einkaufen war?

Zu einem Teil der Lösung trug das KTI bei. Die Experten hatten an Ehlebrachts Golf einen GPS-Tracker entdeckt, mit dessen Hilfe die Täter die Kollegin orten und verfolgen konnten.

»Wir haben es hier mit Gegnern zu tun, die nicht nur über skrupellos agierende Auftragsmörder verfügen, sondern auch eine raffiniert strukturierte Organisation aufgebaut haben, die auch moderne Technik nutzt. Das sind keine kleinen Vorstadtganoven«, stellte Lüder fest.

Vollmers war dennoch enttäuscht. Zahlreiche Beamte waren in Hohwacht ausgeschwärmt und hatten Anwohner und Feriengäste nach Beobachtungen gefragt. Brauchbare Ergebnisse hatte es nicht gegeben.

»Sie waren auch bei Blaskovic und haben mit …«, Vollmers warf einen Blick auf eine handschriftliche Notiz, »… Johanna Kohlmorgen gesprochen. Die Frau wurde im Haus von Blaskovic angetroffen. Sie ist nicht in Hohwacht gemeldet, aber sie scheint dort zu wohnen. Die Beamten notierten, dass Frau Kohlmorgen schwanger ist. Zum Zeitpunkt der Befragung schien sie allein im Haus gewesen zu sein, obwohl ein Ferrari vor der Tür stand.«

Das musste das Fahrzeug gewesen sein, dessen Beschädigung Blaskovic beklagt hatte.

»Wir haben ein paar Erkundigungen über Johanna Kohlmorgen eingeholt. Sie ist vierunddreißig Jahre alt und hat bis zum letzten Jahr als Geigerin im Schleswig-Holsteinischen Sinfonieorchester mitgewirkt. Polizeilich ist sie ein unbeschriebenes Blatt. Sie ist Pfarrerstochter und in einem kleinen Ort im Herzogtum Lauenburg groß geworden. Nach dem Abitur hat sie an der Musikhochschule in Lübeck studiert und ist nach dem Abschluss ununterbrochen in Flensburg engagiert gewesen. Dann muss sie Blaskovic begegnet sein. Mehr wissen wir nicht.«

Lüder erinnerte sich an Blaskovics Betroffenheit, als er vom zu erwartenden Nachwuchs und der Behinderung des Ungeborenen sprach.

»Weshalb ist uns nicht früher aufgefallen, dass Blaskovic in Hohwacht wohnt? Und weshalb ausgerechnet Hohwacht? Wenn man so viel Luxus zur Schau stellt wie er, gibt es doch andere repräsentative Orte an der Küste.«

Vollmers zuckte ratlos mit den Schultern. »Vielleicht gibt es trotz aller Großmannssucht noch einen kleinbürgerlichen Kern, der in Blaskovic steckt«, riet er. »Dagegen sprechen aber der Fuhrpark und das Haus oberhalb der Steilküste. Es handelt sich um einen Altbau, der aufwendig restauriert wurde. Mich würde interessieren, wie es im Inneren aussieht.«

»Weshalb sollte Sonja Ehlebracht ausgerechnet am Wohnort von Blaskovic aufgefunden werden? Und weshalb wurde Levickis dort ermordet? Wer will Blaskovic mit solchen Aktionen schaden?«

Vollmers gab einen undefinierbaren Knurrlaut von sich. »Es ist eine ziemlich große Keule, die jemand in seine Richtung schwingt. Das ist ein großes Spotlight, das auf Blaskovic gerichtet ist.«

»Das könnte auch bedeuten, dass jemand ihn ins Scheinwerferlicht rückt, um selbst im Schatten besser agieren zu können«, gab Lüder zu bedenken. »Diese besondere Art von Marketing ist aber mit einem hohen Blutzoll versehen.«

»Es ist zum Verzweifeln«, meinte Vollmers. »Wir sind nah dran. Unsere Kollegin hat jemanden in die Waden gebissen. Dafür hat man sich gerächt, indem man Levickis und drei andere auf sie gehetzt hat. Levickis war zudem für eine Drogengang tätig, als Verteiler und im – man würde es in der Wirtschaft vermutlich so nennen – mittleren Management. Aber wer hat ihn kaltgestellt? Die Konkurrenz? Sind das die Marokkaner, die nach dem Schock, dass fünf ihrer Leute erschossen wurden, sich gesammelt haben, um jetzt zurückzuschlagen? Rein hypothetisch – wenn Levickis für Blaskovic und das von ihm vertretene Ostseekartell gearbeitet hat – wäre es widersinnig, wenn Levickis Sonja Ehlebracht quasi vor Blaskovics Haustür ablegt. Die können doch nicht so blöde sein und uns durch solche Aktionen auf Blaskovic hinweisen. Da muss doch jemand anders dahinterstecken, der uns damit sagen will: ›Seht: In Hohwacht müsst ihr die Hebel ansetzen.‹«

»Es bleiben noch viele ungeklärte Fragen«, stimmte Lüder ihm zu.

»Etwas anderes«, wechselte Vollmers das Thema. »Haben Sie schon gehört, dass Baranauskas heute aus der U-Haft entlassen wird?«

»Nein.«

»Gegen Kaution kann er noch heute in …«, Vollmers zögerte, »… einer Stunde das Gefängnis verlassen. Die Haftgründe sind nicht so schwerwiegend, dass sie eine weitere U-Haft rechtfertigen würden, meint der Richter. Ich möchte mich nicht über unsere Gerichte auslassen, aber manchmal wundert man sich schon ein wenig.« Es klang eine Spur resigniert.

»Und wie soll es aus Ihrer Sicht weitergehen?«

»Das frage ich mich auch. Ich hoffe, Baranauskas schwingt sich jetzt nicht auf, um einen Rachefeldzug zu starten.«

»Gegen wen?«

»Das würde ich auch gern wissen. Aber wir haben nicht die Ressourcen, ihn zu überwachen. Können Sie nicht über das LKA das MEK aktivieren?«

Lüder versprach, sich darum zu kümmern.

Seine Bemühungen, kurzfristig etwas zu organisieren, liefen aber ins Leere.

Grundsätzlich ja, wurde ihm beschieden, aber so kurzfristig sei es schwierig. Und es liege nicht daran, dass Freitag sei.

Lüder beschloss, selbst zur JVA zu fahren, um zumindest zu beobachten, ob Baranauskas abgeholt wurde. Und falls das nicht zutraf, interessierte ihn, wohin sich der Litauer wenden würde.

Die drittgrößte Justizvollzugsanstalt des Landes befand sich auf der Rückseite des Kieler Landgerichts in Innenstadtnähe und bildete mit dem Gerichtsgebäude und der ebenfalls dort untergebrachten Staatsanwaltschaft einen Komplex. Das über einhundert Jahre alte Gebäude aus roten Ziegeln sah wie der Inbegriff eines Gefängnisses aus, obwohl die Unterbringung der Inhaftierten im von der Straße nicht einsehbaren Innenbereich erfolgte. Vergitterte Fenster und die beiden stabilen Tore hätten auch als Filmkulisse dienen können. Der Mittelteil bildete mit zwei Seitenflügeln ein »U«. Die gegenüberliegende Straßenseite wurde von der fensterlosen Rückfront von großen Verbrauchermärkten eingenommen.

Lüder suchte sich eine Stelle, von der aus er den Eingang beobachten konnte, und parkte auf dem Gehweg. Dann wartete er. Gegen halb vier öffnete sich die Personenpforte, die wie der Zugang zu einem Wohnhaus aussah, wären dort nicht die Gitter angebracht. Es erschien ein Mann mit einem kleinen Koffer, der der Beschreibung Baranauskas' entsprach.

Der Mann schritt, ohne sich umzusehen, den Weg bis zum Bürgersteig. Lüder sah sich um. Weder ein Fahrzeug, eine Taxe noch eine Person wartete, um Baranauskas abzuholen. Er hatte die Straße erreicht und zögerte einen Moment, als sei er unentschlossen, in welche Richtung er sich wenden sollte.

Dann entdeckte er Lüder, der in seinem BMW saß, und verharrte kurz. Ihre Blicke trafen sich. Lüder schien es, als würde Baranauskas grinsen und ihm damit bedeuten, dass er seinen Beschatter erkannt habe. Würde der Mann versuchen, ihm zu entkommen? Lüder überlegte einen Moment, ob er aussteigen und sich direkt an Baranauskas' Fersen heften sollte. Eine verdeckte Operation hatte er ohnehin nicht geplant.

Baranauskas wandte sich nach links und überquerte direkt vor Lüders Wagen die kopfsteingepflasterte Straße. Erneut grinste er. Woher nahm der Litauer das Selbstbewusstsein?, überlegte Lüder. Die Polizei hatte Bewcise gegen ihn gefunden, die für eine Verurteilung ausreichten.

Baranauskas hatte die andere Straßenseite erreicht und ging in Richtung Harmsstraße. Lüder beschloss, sein Fahrzeug stehen zu lassen und dem Observierten zu Fuß zu folgen. Es bestand allerdings die Gefahr, dass Baranauskas mit jemandem verabredet war, der ihn in der Nähe erwartete. Dann hätte Lüder das Nachsehen und würde ihn aus den Augen verlieren. Das Risiko musste er eingehen. Er beschloss, seine Taktik zu ändern, und wollte Baranauskas ansprechen in der Hoffnung, es würde ihn irritieren oder gar verunsichern.

Lüder suchte seine Sachen zusammen, öffnete die Wagentür und wollte ebenfalls auf die andere Straßenseite wechseln, als ein Motorrad die Zufahrt zwischen den beiden Supermärkten verließ und in ihre Richtung abbog. Lüder ließ den Fahrer in der dunklen Kluft und mit dem Integralhelm passieren. Das Motorrad machte einen kleinen Schlenker um Lüder herum und verminderte dazu seine ohnehin geringe Geschwindigkeit. Dann wurde es noch langsamer, etwa fünf Meter von Lüder entfernt, als es auf Baranauskas' Höhe war.

Es waren die unerklärlichen menschlichen Instinkte, die das folgende Geschehen vorausahnen ließen. Das Motorrad hielt kurz an, der Fahrer stellte den rechten Fuß ab. Er hob seinen rechten Arm und zielte mit einer Pistole auf Baranauskas, der stehen geblieben war und sich halb zu dem Motorradfahrer umgedreht hatte.

»Voooorsicht«, brüllte Lüder aus Leibeskräften und setzte an, um sich auf den Fahrer zu stürzen. Durch das Knattern des Motors bellte die Waffe drei Mal auf.

Alles spielte sich in Bruchteilen von Sekunden ab. Baranauskas stand auf dem Bürgersteig und starrte unverwandt zu dem Motorrad hinüber, registrierte Lüder aus den Augenwinkeln. Er selbst hatte das Krad fast erreicht, als sich der Fahrer umwandte und auf Lüder zielte. Durch die Kluft und das Sitzen auf dem Polster war er in seiner Beweglichkeit aber eingeschränkt. Es blieb bei diesem einen Versuch.

Dann gab der Fahrer Gas, kam kurz ins Schlingern, fing das Motorrad aber ab und beschleunigte bis zur nahen Einmündung in die Querstraße. Dort bog er nach links ab.

Lüder atmete tief durch. Baranauskas stand immer noch da und sah ihn erstaunt an. Bevor Lüder bei ihm war, sackte der Mann in Zeitlupe zusammen. Mit einem Blick erkannte Lüder drei Einschusslöcher in Baranauskas' Körper. Fast wäre es ihm noch gelungen, den Litauer aufzufangen. Der kleine Koffer war ihm aus der Hand entglitten. In unnatürlicher Haltung lag er zu Lüders Füßen und starrte ihn an. Die Augenlider flackerten, die Mundwinkel zuckten leicht. Kein Ton kam über seine Lippen. Baranauskas versuchte, eine Hand zu seinem Brustkorb zu führen, aber die Kraft reichte nicht aus.

Lüder riss sein Handy hervor und wählte die Notrufnummer des Rettungsdienstes. Obwohl umgehend eine Verbindung hergestellt wurde, erschienen ihm die Sekunden wie eine Ewigkeit.

»Schießerei vor der JVA Kiel«, gab er durch. »Ein Schwerverletzter. Täter entkommen. Mein Name ist Lüders vom

LKA.« Das Kennzeichen des Krads würde er durchgeben, nachdem er sich um den Verletzten bemüht hatte.

Baranauskas röchelte, als würde er Probleme beim Atmen haben. Lüder sprach ihn an, versuchte, ihn zu beruhigen. Es war unmöglich. Der Mann reagierte nicht. Drei Geschosse hatten Baranauskas im Oberkörper getroffen. Eins war unterhalb des Sternums eingedrungen. Es hatte zu einem von jedem Soldaten gefürchteten Bauchschuss geführt. Die beiden anderen lagen etwas seitlicher und mussten die Lunge getroffen und eventuell das Herz gestreift haben. Ein weiterer Passant war eingetroffen.

»Was ist hier passiert?«, fragte er und ergänzte: »Kann ich helfen?«

»Ja«, sagte Lüder knapp. »Holen Sie Hilfe vom Gefängnis. Schlagen Sie dort Alarm.«

Der Passant lief ohne weitere Fragen los.

Er selbst war auch machtlos. Baranauskas atmete schwach und hatte die Augen geschlossen. Es kam darauf an, dass schnell sachkundige Hilfe eintraf. Fast zeitgleich mit mehreren JVA-Beamten traf der Rettungswagen der Kieler Feuerwehr ein, direkt im Anschluss das Fahrzeug mit dem Notarzt. Beide hatten sich durch das auf- und abschwellende Martinshorn angekündigt.

Lüder instruierte mit wenigen Worten die Rettungskräfte und war froh, dass sie sich des Verletzten annahmen, der besinnungslos auf dem Pflaster lag. Inzwischen waren auch mehrere Streifenwagen vor Ort, und Lüder fand Gelegenheit, das Kennzeichen des Motorrads und die Fluchtrichtung durchzugeben. Bald wimmelte es von Einsatzkräften.

Der Arzt und die Notfallsanitäter hockten um den Verletzten, den sie umgebettet hatten. Um sich herum hatten sie ihre Instrumente ausgebreitet. Die Trage stand bereit. Zwischen den Rotgekleideten wurden wenige Worte gewechselt. Auf Lüder wirkte es, als würden sich die Helfer stumm verstehen. Ihr Tun war ruhig, ohne Hektik. Jeder Handgriff saß.

Ein uniformierter Hauptkommissar, unter dessen Mütze grau melierte Haare hervorlugten, sah sich um und steuerte auf Lüder zu.

»Sind Sie der Zeuge? Der vom LKA?«

Lüder nickte.

»Haben Sie alles genau gesehen?« Zweifel schwangen in den Worten des Schutzpolizisten mit.

»Ja. Weshalb?« Lüder war etwas ungehalten.

Der Uniformierte schob seine Mütze ein Stück in den Nacken. »Na ja, ich meine, solche Dinge laufen sehr schnell und überraschend ab. Da kriegt der Laie oft nicht alles mit. Das verwundert mich auch nicht.«

»Laie?«

Der Polizist spitzte die Lippen. »So war das nicht gemeint. Aber LKA … Das muss ja irgendwie sein, ich meine, als Institution. Aber da sind Sie ja ein Stück von der Straße weg. So vom täglichen Polizeialltag, so wie wir Frontleute. Tja …«

»Was wollen Sie mir damit sagen?«, fragte Lüder.

»Na ja. Ihr Motorrad ist ein älterer Ford Transit mit Pritsche, auf einen Altmetallhändler zugelassen.« Der Polizist grinste breit und hielt sich Zeige- und Mittelfinger der rechten Hand vor die Augen, um mit der Geste anzudeuten, dass es auf eine exakte Beobachtung ankomme. »Das hat die Halterabfrage ergeben. Die Kollegen checken aber, ob es ein Motorrad mit einem ähnlichen Kennzeichen gibt. Was war das denn für eine Maschine?«

»Herrje. Das habe ich so schnell nicht erkennen können«, sagte Lüder.

»Wenn es ein gefälschtes Kennzeichen war … Hatte es TÜV und Siegel?«

»Ich war mit anderen Dingen beschäftigt«, schimpfte Lüder.

Der Uniformierte nickte bedächtig. »Habe ich mir gedacht. Sagte ich schon: Auf solche Dinge achtet man nur, wenn man … äh … die Alltagsroutine hat.«

Dann wandte er sich schnell ab.

Der Notarzt stemmte sich aus der Hocke in die Höhe. Lüder suchte seinen Blick. Der Arzt hob kurz die Schultern an und verzog das Gesicht.

»Vergeblich«, sagte er knapp.

Kurz darauf trafen Hauptkommissar Vollmers und sein Team ein. Sie ließen sich von Lüder kurz einweisen.

»Das kommt bei uns nicht so oft vor, dass jemand auf diese Weise ermordet wird«, stellte Vollmers fest. »Das sieht wie ein richtiger Bandenkrieg aus. Wir sind hier im Norden und nicht im Wilden Westen.« Er räusperte sich. »Den haben wir auch in Schleswig-Holstein, an unserer Westküste. Aber da passiert so etwas erst recht nicht.« Dann wiederholte er die Frage nach dem Motorrad. Vollmers unterdrückte einen Kommentar zu Lüders unvollkommener Aussage zur Identifizierung des Fahrzeugs. »Zumindest haben wir eine Idee, in welchen Kreisen wir nach dem Mörder von Levickis suchen müssen. Welches Motiv mag diesem Mord zugrunde liegen?«

»Wir können nicht ausschließen, dass es die eigenen Leute waren, die einen Mitwisser zum Schweigen bringen wollten«, sagte Lüder.

»Da dreht sich etwas Großes«, stellte Vollmers fest und nahm seine Arbeit auf.

Der Hauptkommissar von der Schutzpolizei ließ es sich nicht nehmen, Lüders Personalien als Zeuge aufzunehmen. Es bereitete ihm sichtliches Vergnügen, einen »Schreibtischhengst aus dem LKA« auf diese Weise mit der Praxis zu konfrontieren.

Die eingeleitete Fahndung nach dem Motorrad blieb erfolglos. Später sollte sich auch herausstellen, dass es keine Verbindung zu dem Altmetallhändler gab, dessen Nummernfolge man für das gefälschte Kennzeichen missbraucht hatte. Die Ermittler verstanden auch nicht, weshalb man dafür das Nummernschild eines Transporters gewählt hatte und kein gestohlenes eines Krads. Eine mögliche Erklärung war, dass zu dieser Jahreszeit die Motorradsaison schon vorbei war und kaum noch Zweiräder auf den Straßen abgestellt wurden. Jetzt versuchte man herauszufinden, wo das Kennzeichen geprägt worden war.

Im LKA erstattete Lüder seinem Vorgesetzten Bericht. Jens Starke zeigte sich nicht begeistert, dass einer seiner Beamten in einen solchen Vorfall verwickelt war. Er befürchtete, dass bestimmte Medien es reißerisch ausschlachten könnten: »Mord vor den Augen der Polizei«.

»Die Öffentlichkeit hat schon ein Auge auf die ganze Geschichte geworfen. Jetzt ist auch die Wirtschaft vorstellig geworden. Kennst du Carl Moritz?«

Begegnet war Lüder dem Sprecher der Kieler Wirtschaft noch nicht. Moritz war Inhaber eines großen Logistikunternehmens, das eng mit dem Standort Kiel verbunden war. Die alteingesessene Familie prägte das Bild eines geschäftigen Handels- und Hafenortes, nachdem die Landeshauptstadt als Industriestandort Federn hatte lassen müssen.

»Moritz' Stimme hat Gewicht, wenn es um wirtschaftliche Belange geht«, fuhr der Kriminaldirektor fort. »Er hat sich beschwert, dass unangemessener Aktionismus der Behörden zu Beeinträchtigungen des Warenverkehrs führt. Es ist in diesen Zeiten schwer genug, sich gegen Mitbewerber zu behaupten. Man ist nicht auf Kiel angewiesen. Andere Häfen stünden bereit, unsere Rolle zu übernehmen. Und die Versäumnisse der letzten Jahre beim Erhalt oder gar Ausbau des Nord-Ostsee-Kanals sind ein zusätzliches Manko.«

»Wir können der Kriminalität doch keine Freiräume gestatten.«

»Moritz argumentiert, dass die Niederlande mit ihrem Welthafen Rotterdam in vielen Punkten liberaler sind. Er lässt nicht unerwähnt, so ganz nebenbei, dass eine zu straffe Antidrogenpolitik abschrecken könnte.«

»Das ist doch absurd«, widersprach Lüder.

»Das ist indirekt gemeint. Moritz und seine Lkw waren betroffen, als es zum Stau an der Fähre aus Klaipėda kam. Was für einen Aufstand gäbe es, wenn wir alle Fähren aus

Skandinavien oder dem Baltikum akribisch nach Rauschgift absuchen würden?«

»Ich sollte Moritz einmal aufsuchen und mit ihm sprechen.«

Dr. Starke zog die Augenbrauen in die Höhe. »Ich weiß nicht, ob das eine gute Idee ist. Deine direkte Art kommt nicht bei jedem gut an. Und Moritz hat einen guten Draht zur Politik. Er mischt schon lange an der Nahtstelle zwischen Wirtschaft und Politik mit.«

»Trotzdem«, beharrte Lüder.

»Ich sehe nicht den Zusammenhang mit unserem Fall«, sagte Starke.

Lüder beschrieb mit beiden Händen einen großen Kreis in der Luft. »Im Augenblick ist alles *unser Fall*. Vom Mord an einem Schüler über die Verbrechen an der Kollegin bis hin zu weiteren Morden. Die Behörden haben Blaskovic schon lange im Auge. Bisher ist ihm nichts nachzuweisen. Er ist einfach zu glatt. Außer einem flüchtigen eritreischen Straßendealer und einem mordenden Handlanger haben wir nur Baranauskas und seinen ausgehobenen Schuppen East Heaven.«

Lüder schüttelte den Kopf. »Wir haben Unruhe in die Szene gebracht. Die Wirte im Vergnügungsviertel beklagen sich über ihren Nachbarn Blaskovic. Die Razzia in seinem Lokal wirkt sich auf das Geschäft aus. Verbalien verhallen ungehört, aber wenn es nicht mehr in der Kasse klingelt, schmilzt die Solidarität der Betreiber. Die ersten Gäste bleiben aus. Das wirkt sich auch auf Blaskovic aus. Für mich ist es klar, dass sein Imperium im großen Stil Geldwäsche betreibt. Seine Einrichtungen, Hotels, Spielhallen und sonst was machen wesentlich üppigere Umsätze als vergleichbare Betriebe.« Lüder rieb sich mit der Fingerspitze die Nase. »Das Ostseekartell scheint gut organisiert zu sein. Wie ein florierendes Wirtschaftsunternehmen. Könnte es nicht sein, dass Baranauskas ein Rädchen in der Vertriebsorganisation war? Zuständig für Logistik und Verkauf? Und Blaskovic ist irgendwo weiter oben angesiedelt. Organisation, Finanzströme.«

»Wir haben keine Beweise gegen ihn.«

»Hm.« Lüder musterte seinen Abteilungsleiter nachdenklich. »Moritz beklagt sich über angeblichen Sand im Getriebe des Wirtschaftslebens. Wenn wir das Kartell auch als solches ansehen, müssten denen doch Störungen auch unliebsam sein.«

»Das ist ein hinkender Vergleich.«

Lüder zog demonstrativ die Nase hoch. »Carl Moritz ist mit seiner Flotte und seiner Logistik im ganzen Ostseeraum unterwegs. Wer sagt denn, dass er nicht auch Drogen transportieren könnte? Wenn er auf politischer Ebene durchsetzt, dass keine Kontrollen mehr stattfinden – oder kaum noch welche –, würde das dem Kartell doch Vorteile verschaffen.«

»Du willst doch nicht unterstellen, dass alteingesessene Unternehmen wie Moritz kriminell sind. Da gibt es andere Gründe, sich für einen ungehinderten Warenverkehr einzusetzen.«

»Ja – natürlich. Die Wirtschaft ist ständig dabei, alles zu optimieren. Oft auf dem Rücken von Schwächeren. Die Lagerhaltung, selbst die Bevorratung essenziell wichtiger Bauteile, wurde so optimiert, dass das Lager auf die Straße verlegt wurde. Die Lkw fahren mit ihren Gütern – bildlich gesprochen – direkt bis in die Produktionshalle. Von der Ladefläche geht es direkt in die Fertigung. Kommt diese Kette ins Stocken, bleiben die Bänder mangels Nachschubs stehen. Das tut weh. Das ist teuer. Die Getriebenen sind die Spediteure, so wie Moritz, und am Ende der Kette die Trucker. Da scheint es doch lukrativer, als Beiladung ein wenig Stoff mitzubringen.«

»Lüder«, sagte Jens Starke mit mahnendem Unterton, »wir sollten uns auf unsere Aufgaben konzentrieren und keine Konfrontation mit der Wirtschaft suchen.«

Lüder erhob sich und streckte den Daumen wortlos in die Höhe, bevor er das Zimmer seines Vorgesetzten verließ.

In seinem Büro schloss Lüder die Flurtür und rief Leif Stefan Dittert an. Der Journalist zeigte sich erstaunt.

»Mensch, Lüders, was verschafft mir die Ehre?«

»Wir haben immer noch das gleiche Thema.«

»Ja. Klar. Logisch. Sagen Sie … Da wird gemunkelt, dass es sich bei der übel zugerichteten Frau aus Hohwacht um eine Polizistin handelt. Ist da was dran?«

»Sie wissen doch, Dittert – Datenschutz. Und wenn Sie solche Gerüchte in Umlauf bringen, gibt es Ärger. Und zwar mit mir. Klar?«

»Wollen Sie mir drohen?«

»Das wäre die harmlose Variante. Ich habe aber etwas anderes für Sie. Baranauskas und Blaskovic. Der Tote vor dem Gefängnis – das war Baranauskas. Er wurde gegen Kaution aus der U-Haft entlassen. Sein Mörder musste davon gewusst haben und hat ihn vor der JVA erwartet und niedergestreckt.«

Dittert war für einen Augenblick sprachlos. »Ist das wahr? Baranauskas? Und er ist abgenibbelt? Das wurde noch nicht offiziell bestätigt. Darf ich Sie zitieren?«

»Wenn Sie das machen, dürfen Sie für das Anzeigenblatt auf Helgoland schreiben«, drohte Lüder. »Aber lügen … Das würde ich nie. Im Unterschied zu Ihnen bin ich der Wahrheit verpflichtet.«

»He, he. Was soll das heißen? Sie wollen mir doch nichts unterstellen?«

»Blaskovic.«

»Was ist mit dem? Der gilt als honorig. Hat sich ein kleines Imperium in der Gastro- und Hotelszene aufgebaut. Seine Häuser gelten als höherwertig.«

»Dank eines guten Marketings verkehrt dort ein seriöses Publikum. Das sieht aber nicht hinter die Kulissen.«

»Was soll das heißen?«

»*Sie* gelten doch als einer der bestinformierten Journalisten im Land.«

»Oh, Lüders. Wenn Sie den Honigquast hervorholen, ist Gefahr im Verzug.«

»Okay. Dann behaupte ich, Sie seien eine Niete.«

»Mal langsam. Ich muss ja mitschreiben.«

»Es reicht, wenn Sie mitdenken. Also: Blaskovic hat kräftig investiert. Erbschaft?«

»Kaum.«

»Irgendwo muss das Geld doch herkommen. Sperren Sie einmal Ihre Lauscher auf, ob solvente Banken hinter ihm stehen. Oder fragen Sie, wer ihm Kredit gegeben hat.«

»Verstehe.«

»Seine Betriebe erzielen im Vergleich zum Branchenschnitt überdurchschnittlich hohe Renditen.«

»Woher wissen Sie das? Das Finanzamt ist verschwiegener als Fort Knox.«

Lüder ging nicht darauf ein. »Ich frage mich, ob das seriöse Publikum, sei es geschäftlich oder privat in Kiel, eine solche Umgebung präferiert.«

»Hm. Wie soll ich das in einem Artikel unterbringen?«

»Jeder hat seinen Job. Ich könnte natürlich auch den Dingsbums –«

»Warten Sie. Nicht so hektisch. Ist ja schon gut. Wenn wir mit einer solchen Story rauskommen, ist das eine Bombe.«

»Sicher. Klein können auch andere.«

»Mensch, Lüders. Wenn das eine Ente ist, hänge ich am Galgen.«

»Dann sind *Sie* die Titelstory.«

»Und wenn Blaskovic uns ein Heer von Anwälten schickt?«

»Macht er nicht. Damit gewinnt alles noch viel mehr Aufmerksamkeit. Und in einem großen Prozess müsste er öffentlich die Hosen herunterlassen.«

Dittert kicherte. »Da käme dann ein ganz kleiner Schniedel zum Vorschein.«

»Bei Ihrer Phantasie und Wortgewalt ... Jetzt weiß ich, wie Ihre Schlagzeilen zustande kommen.«

Dittert war immer noch skeptisch.

»Okay. Ich gebe Ihnen zwei Stunden. Oder die Story geht an den Nächsten.«

»Zwei Stunden? Wie soll ich, sollen wir in so kurzer Zeit –«
Da hatte Lüder schon aufgelegt.

Auf Lüders Festnetzanschluss meldete sich die Zentrale. Die Mitarbeiterin fragte vorsichtig an, ob Lüder der richtige Ansprechpartner sei für einen Anrufer, der einen kompetenten Beamten suche, der für das Chaos in der Stadt verantwortlich sei. Lüder lächelte in sich hinein.
»Ich nehme das Gespräch an.« Er hielt den Apparat erschrocken ein Stück vom Ohr weg, als es kurz darauf »Moritz« aus dem Hörer donnerte.

»Sind Sie kompetent genug, mit mir über den Blödsinn zu sprechen, der momentan in unserer Stadt verzapft wird?«, fragte eine sonore Stimme.

»Rufen Sie den Bürgermeister oder gleich den Bundeskanzler an«, erwiderte Lüder scharf.

»Wer sind Sie überhaupt?«

»Mein Name ist Lüders. Kriminalrat.«

»Und wo ist Ihr Platz in der Hierarchie?«

»Dr. Lüders.« Lüder betonte seinen akademischen Grad, den er sonst nie nannte. »Ich höre mir unqualifizierte Anwürfe an.«

»Es ist ein Ding der Unmöglichkeit, dass durch unangemessene Maßnahmen das Leben in unserer Stadt aus den Fugen gerät. In jeder Hinsicht.«

»Sie meinen die Razzia, die zur Schließung der Drogen-Disco in Dietrichsdorf geführt hat? Sind Sie nun Ihres Freizeitvergnügens beraubt?«

»Ja … äh, nein. Natürlich nicht.«

Lüder lächelte. Der nassforsche Anrufer schien es gewohnt zu sein, Statements abzugeben und Anweisungen zu erteilen, ohne zuzuhören oder Argumente entgegennehmen zu müssen.

»Wer sind Sie überhaupt?«, fuhr Lüder fort.

»Ich?« Die Frage klang wie Majestätsbeleidigung. »Moritz.«

Lüder unterdrückte den Impuls, nachzufragen, ob er der

Kumpel vom »Max« war. Stattdessen hakte er nach: »Und wer ist Moritz?«

»Carl Moritz. Ich bin geschäftsführender Gesellschafter der Moritz-Logistikgroup. Außerdem bin ich Sprecher der Kieler Wirtschaft. Mit unseren Steuergeldern finanzieren wir den ganzen Laden.«

Lüder reichte es. »Ich glaube, Sie sind bei mir an der falschen Adresse, wenn Sie Ihren Frust abladen wollen. Es ist die Aufgabe von Justiz, Zoll und Polizei, unseren Gesetzen zu ihrem Recht zu verhelfen.«

»Ja – aber mit Augenmaß.«

»Der Rahmen ist in Gesetze gefasst. Und die werden durch die Legislative bestimmt. Nur zur Erinnerung: Das sind Sie und ich. In manchen klassischen Western war es auch der korrupte Großgrundbesitzer.«

»Soll das heißen …?«, regte sich Moritz auf.

»Jeder zieht sich den Schuh an, der ihm passt.«

»Ich habe gute Kontakte zur Politik«, drohte Moritz.

»Und ich zur Justiz«, erwiderte Lüder gelassen.

Einen Moment war es still in der Leitung, bis Lüder vernahm: »Ich bin jetzt … jetzt … Ich kann in wenigen Minuten bei Ihnen sein.«

»Wenn es Ihnen Vergnügen bereitet.«

Eine Viertelstunde später stapfte Carl Moritz in Lüders Büro. Der Unternehmer sah sich um und zog verächtlich die Mundwinkel in die Höhe. Er unterließ es aber, einen Kommentar zur schlichten und funktionalen Ausstattung abzugeben, und zeigte auf den Besucherstuhl.

»Da?«

»Die Alternative ist eine Stehparty.«

Lüder musterte Moritz. Die kräftige Gestalt steckte in einem gut sitzenden taubengrauen Anzug. Statt einer Krawatte verdeckte ein gemustertes Seidentuch das Doppelkinn. Volle Lippen, eine fleischige Nase und eine Hornbrille unter den buschigen Augenbrauen in einem runden Gesicht. Die grauen Haare waren schon arg gelichtet.

Moritz kam sofort zur Sache. »Als Bürger und Steuerzahler sehe ich es als Aufgabe unserer Sicherheitsbehörden, für unseren Schutz zu sorgen. Ich definiere Schutz allumfassend. Dazu gehört auch das Recht auf ungehinderte Berufsausübung. Das steht sogar im Grundgesetz.«

»Mit Einschränkungen«, entgegnete Lüder. »Dealer, Mörder, Steuerhinterzieher, Geldwäscher … Es gibt Restriktionen hinsichtlich der freien Berufsausübung.«

»Sie wissen, wie ich es meine. Sie behindern mit unangemessenen Aktionen die Wirtschaft. Und an deren Tropf hängt alles.« Moritz klopfte sich an die Brust. »Wir finanzieren den ganzen Laden«, wiederholte er sein Credo.

»Dazu tragen viele Menschen je nach individueller Leistungsfähigkeit bei. Dieses System aufrechtzuerhalten, dafür setzen wir uns ein. Oder würden Sie Verhältnisse wie in manchen Ländern vorziehen, in denen Korruption und Kriminalität herrschen?«

»Natürlich nicht. Aber man sollte alles ausgewogen gestalten. Da wird ein Riesenbohei am Fährterminal veranstaltet. Für nichts. Sie machen sich doch lächerlich. Ein Mordsaufwand und kein Erfolg.«

»Wer sagt das?«

Moritz kniff die Augen zusammen und betrachtete Lüder eingehend. »Was haben Sie denn erreicht? Da raufen sich die Länder erstmals in der Geschichte zusammen und lassen die Grenzbarrieren fallen. Und dann? Kommen die Willkürmaßnahmen der Behörden.«

»Wir haben unsere Gründe.«

»Ach – hören Sie doch auf. Es ist doch sinnvoll, wenn fortschrittlich denkende Politiker endlich den Konsum von Cannabis legalisieren wollen. Da wurden viele Ressourcen verschwendet, um Konsumenten von Genussmitteln wie Schwerstkriminelle zu verfolgen. Außerdem gibt es seriöse Berechnungen, dass durch die Legalisierung Steuermehreinnahmen in Höhe von drei Milliarden generiert werden könnten, abgesehen von den Kostenersparnissen bei Justiz und Polizei, die sich anderen Themen widmen können.«

Lüder lächelte. »Prima. Dann können wir uns vermehrt um Steuerhinterziehung, Geldwäsche und krumme Geschäfte wie zum Beispiel Cum-ex kümmern. Aber Sie haben mich doch nicht aufgesucht, um mit mir solche Themen zu diskutieren?«

»Nein. Das ist Aufgabe der Politik. Da gibt es zum Glück vernunftbegabte Leute, die nicht der Idee anhängen, alles verbieten zu wollen. Man sollte den Menschen im Land Eigenverantwortung zutrauen, ihnen Freiheiten lassen.«

»Sie meinen zum Beispiel Harald Müller.«

»Das ist ein fortschrittlich denkender Politiker neuen Zuschnitts.«

Lüder ließ unerwähnt, dass im Devils Home ein Paket mit Heroin für einen Harald Müller deponiert worden war.

»Darüber kann man unterschiedlicher Auffassung sein. Cannabis ist die Einstiegsdroge für den privaten Gebrauch. Es wäre zu einfach, das zu verharmlosen.«

»Zum Glück gibt es mehr fortschrittlich denkende Menschen, zum Beispiel die Bürgerinitiative um Manuel Winterstein, die für die Freiheit des Einzelnen eintritt. Dazu gehört auch, dass jeder eigenverantwortlich das konsumieren darf, was er möchte. Sein Leben gehört ihm und nicht dem alles regulierenden Staat. Gäbe es nicht solche Leute, hätten wir immer noch den Kuppeleiparagrafen, und der Staat würde in jedes Schlafzimmer gucken«, ereiferte sich Moritz. »In vielen Ländern gehen die Menschen für ihre Freiheitsrechte auf die Straßen. Und was machen wir?«

»Wir treten genau für diese Freiheiten ein. Freiheit bedeutet auch, die Schwachen zu beschützen.« Lüder streckte den Zeigefinger aus. »Ihre Branche spürt es doch. Sie werden von osteuropäischen Speditionen überrannt, die zu anderen Konditionen arbeiten. Da sind Sie nicht wettbewerbsfähig.

Und? Haben Sie nicht auch Ausgliederungen vorgenommen? Osteuropäische Dependancen eröffnet, um unsere Regeln zu unterlaufen?«

Moritz wich Lüders Blick aus.

»Das ist etwas ganz anderes. Sie verstehen nichts von den Gesetzmäßigkeiten des Marktes, von der Notwendigkeit, sich anpassen zu müssen. Und genau diese Flexibilität müssen wir erhalten. Zu unser aller Nutzen. Dazu gehört auch, dass Störungen jeder Art unterlassen werden müssen. Das ist mein Ansinnen.«

»Wir werden weiterhin in angemessener Weise für die Einhaltung unserer Gesetze einstehen.«

»Aber nicht, indem Sie die Fährhäfen blockieren.«

»Nur wenn es unabänderlich ist. Wer sagt denn, dass das Rauschgift nicht mit Lkw aus dem Baltikum zu uns transportiert wird? Ein lukratives Geschäft.«

»Wollen Sie mir etwas unterstellen?«, fragte Moritz aufgebracht.

»Wir unterstellen nichts, sondern ermitteln. Und wir freuen uns, wenn wir unbescholtenen Bürgern ihre Unschuld nachweisen können.«

»Ich habe Ihnen erklärt, worauf es mir … uns … der Wirtschaft ankommt. Das rechte Augenmaß hilft uns allen.« Moritz stand auf. »Auch Ihnen.«

Ohne weitere Worte verließ er Lüders Büro.

Tatsächlich war auch in politischen Kreisen ein Streit um die Handhabung von Einstiegsdrogen entbrannt. Harald Müller – welch ein Zufall, dass ausgerechnet dieser Name für den Empfang des Heroinpakets genutzt wurde – gab sich in der Öffentlichkeit als liberal und fortschrittlich. Er vertrat die Ansicht, die Menschen dürften nicht gegängelt werden, und führte die Argumente an, die im Gespräch mit Carl Moritz eben auch ausgetauscht worden waren. Natürlich war Moritz kein Verfechter des freien Drogenkonsums.

Lüder war überzeugt, dass dem Manager dieses Thema völlig gleich war. Für Moritz standen nur die Interessen der von ihm vertretenen Wirtschaft im Mittelpunkt. Ob die Behörden schon einmal in Erwägung gezogen hatten, dass Moritz mit seinem Logistiknetzwerk dem Ostseekartell hervorragende Dienste leisten könnte? Nach außen gab sich Moritz als honoriger Interessenvertreter der Wirtschaft. Und ein kontrollierter Warenaustausch würde einer kriminellen Organisation sicher unangenehm sein.

Lüder war sich nicht im Klaren, welche Rolle die Bürgerinitiative spielte, deren Aushängeschild Manuel Winterstein war. Der Mittdreißiger mit dem Erscheinungsbild eines Berufsrevolutionärs spielte auf der politischen Bühne mit, ohne sich einer bestimmten Richtung anzuschließen. Seine wilden Haare, die runde Nickelbrille und das nahezu völlig von einem struppigen Bart verdeckte Gesicht ließen ihn ein wenig finster erscheinen. Nach der Kindheit in einem bürgerlichen Elternhaus arbeitete Winterstein als Sozialpädagoge in der Jugendfürsorge. Lüder wunderte sich über den Drahtseilakt, dass jemand wie Winterstein öffentlich für den freien Drogenkonsum votierte und sich beruflich um den Schutz und die Fürsorge für Kinder und Jugendliche kümmerte. Winterstein wurde deshalb öffentlich angegriffen. Besonders Nikola Beerendonk setzte ihm zu. Die von der äußeren Erscheinung unauffällige und eher blasse Apothekerin gehörte derselben Partei wie Müller an, war aber eine fast militante Gegnerin der Freigabe von Drogen. Der grauen Maus wurde nachgesagt, dass sie gern dem nächsten Kabinett angehören würde. In ihrer Partei hielten sich Fürsprecher und Gegner nahezu die Waage.

Doch jetzt stand erst einmal das Wochenende bevor.

ZEHN

Es war nicht der Wecker, sondern ein Strahl der fahlen Novembersonne, der eine erholsame Nacht beendete. Lüder hatte tief und fest geschlafen und nicht mitbekommen, dass Margit schon aufgestanden war und sich im Erdgeschoss leise der Hausarbeit widmete. Lange war es her, dass Sinje ihren Vater auf dessen Arm zum Bäcker begleitet hatte.

Heute lag ein kleiner Zettel auf dem Küchentisch. »Bäcker: wie immer«. Das war die konventionelle Methode. Oft erhielt er von Margit auch eine Kurznachricht via WhatsApp.

Lüder machte sich auf den Weg und kehrte mit den Bestellungen zurück. Er liebte es, gemeinsam in der engen Küche mit Margit zu frühstücken. Es gab auch die Möglichkeit, an den großen Esstisch ins Wohnzimmer auszuweichen, aber der kleine intime Rahmen hatte für ihn seinen besonderen Reiz.

Sie ließen sich Zeit und sprachen über verschiedene Themen, als es an der Haustür klingelte.

»Nanu?«

Lüder stand auf und öffnete. Er sah erstaunt Thomas Vollmers an. Der Hauptkommissar wirkte ein wenig unsicher.

»Moin und Entschuldigung für den Überfall in Ihrer Freizeit und Privatsphäre. Aber mich beschäftigt ein Thema, das ich gern mit Ihnen erörtern würde.«

Lüder trat zur Seite und bat Vollmers ins Haus.

»Kaffee?«, fragte Lüder.

Margit stand in der Küchentür, begrüßte den Hauptkommissar und nickte. Sie würde das Getränk gleich servieren.

Die beiden Männer nahmen im Wohnzimmer am Esstisch Platz. Vollmers bewegte nervös seine Finger.

»Es ist ein wenig heikel. Vorgestern, am Donnerstag, hat man den abgestürzten Levickis unterhalb der Aussichtsplattform in Hohwacht gefunden. Inzwischen wissen wir auch, dass Levickis unter anderem für den Überfall auf unsere Kollegin Ehlebracht verantwortlich ist.«

Vollmers unterbrach seine Ausführungen und sah Lüder an. Der nickte stumm.

»Sie wissen, dass Sonja Ehlebracht viele Ermittlungen gemeinsam mit KOK Florian Teichmeister durchgeführt hat. Er ist auch bei uns in der BKI in Marlows Truppe. Man hat es als Fehler gedeutet, dass Teichmeister den eritreischen Kleindealer Melake Mebrahtu hat laufen lassen. Der Asylbewerber ist seitdem untergetaucht.« Vollmers tippte sich gegen die Brust. »Ich kann Teichmeisters Maßnahme nachvollziehen, aber meine Ansicht ist nicht relevant. Egal. Jedenfalls wurde Teichmeister auf einen anderen Dienstposten versetzt. Vorübergehend, lautet die offizielle Version.«

Der Hauptkommissar hielt erneut in seinen Erläuterungen inne, als Margit eintrat und den Kaffee servierte.

»Ich habe danach nur einmal kurz mit Flo – also mit Florian Teichmeister – gesprochen. Er fühlte sich ganz schön auf den Schlips getreten.« Vollmers räusperte sich und nippte an seiner Kaffeetasse. »Man sollte vielleicht auch wissen, dass gemunkelt wird, Flo und Sonja Ehlebracht hätten ein kleines Verhältnis miteinander. Wie soll man es beschreiben? Mehr als ein Techtelmechtel, aber auch keine Beziehung. Na ja. Es geht ja keinen etwas an. Jedenfalls ist die Kollegin Flo nicht gleichgültig. Das also vorweggeschickt.« Erneut griff Vollmers mit spitzen Fingern zur Tasse. »Und nun wird es seltsam. Also – am Donnerstag wurde Levickis in Hohwacht gefunden.«

Lüder hatte Vollmers selten so umständlich erlebt. »Ja – und?«

»Es mag ein dummer Zufall sein, aber in der Nacht von Mittwoch auf Donnerstag ist einer Streife in der Ortsdurchfahrt Selent, das liegt –«

»Ich weiß«, unterbrach Lüder, »der Ort liegt zwischen Lütjenburg und Kiel. Wer aus Hohwacht kommt, passiert Selent.«

»Ja«, bestätigte Vollmers. »Also in der Nacht ist der Streife in Selent ein heller Mazda 3 aufgefallen, der ihnen mit hoher Geschwindigkeit entgegenkam. Sie haben gewendet und sind die B 202 bis nach Raisdorf hinterher, haben den Mazda aber nicht mehr eingeholt. Entweder ist er sehr schnell gewesen oder abgebogen.«

»Hm. Was wollen Sie mir nahebringen?«

»Also …« Vollmers sah Lüder lange an. »Ein heller Mazda ist auf Florian Teichmeister zugelassen.«

»Uiii.« Lüder verstand Vollmers' Zögern. »Das kann natürlich ein Zufall gewesen sein, dass jemand mit einem Mazda rasant Selent durchquert hat. Andererseits scheint Teichmeister ja einen wie auch immer gearteten Bezug zu Sonja Ehlebracht zu haben. Er war über die Ermittlungsergebnisse informiert und wusste von Levickis' Täterschaft. Vielleicht war ihm Levickis auch durch Ermittlungen in der Drogenszene bekannt, und er wusste, wo er ihn aufspüren konnte. Aber das sind alles reine Spekulationen. Sie wollen vorsichtig andeuten, dass Teichmeister Levickis zur Aussichtsplattform gelockt und dort von der Steilküste gestürzt haben könnte. Als Rache für den Übergriff auf die Kollegin.« Lüder kratzte sich den Haaransatz. »Puhhh. Das ist heikel. Ein Polizist als Racheengel?«

Vollmers räusperte sich. »Verstehen Sie jetzt, dass ich ratlos bin und mit Ihnen sprechen wollte? Es gibt keinen Beweis, der gegen Teichmeister vorgebracht werden könnte. Bevor ich etwas in die Wege leite, wollte ich Ihre Meinung dazu hören.«

»Ihren Gedanken zur Seite schieben … Das wäre leichtsinnig. Aber wenn Sie Ermittlungen gegen Teichmeister einleiten, bleibt immer etwas hängen, auch wenn er unschuldig ist.«

Sie hingen eine Weile schweigend ihren Gedanken nach. Lüder wog beide Möglichkeiten ab. Vollmers hatte recht. Es gab ein paar Anhaltspunkte, die für die These des Hauptkommissars sprachen. Aber die waren sehr vage. Und nichts konnte als Beweis gegen den Drogenfahnder vorgetragen werden. Die Situation war diffizil.

»Es ist gut, dass Sie mich aufgesucht haben. Ich schlage

vor, wir gehen in die Offensive. Ich werde mit Teichmeister sprechen.«

Vollmers atmete erleichtert laut aus. »Danke.«

Er ließ die halb gefüllte Tasse Kaffee stehen, dankte beim Gehen Margit für das Getränk und entschuldigte sich noch einmal für die Störung.

»Der war ja sehr verstört«, stellte Margit fest, als Vollmers gegangen war.

Lüder stimmte ihr zu. Seine Frau legte auch kein Veto ein, als er ihr erklärte, dass er trotz des Wochenendes noch einmal dienstlich das Haus verlassen müsse.

Teichmeister wohnte in der Esmarchstraße im Stadtteil Blücherplatz, einem beliebten Quartier der gehobenen Mittelschicht, in dem sich aber auch viele studentische Wohngemeinschaften befanden. Dieser Teil Kiels wies eine hohe Altbaudichte auf, da sich während des Kriegs die Luftangriffe auf die industriellen Ziele, das Stadtzentrum und die weiter nördlich gelegenen Kanaleinrichtungen konzentrierten und das reine Wohngebiet außen vor ließen. So war der Mix aus teils einfachen Mietshäusern und Bürgerhäusern mit großen Wohnflächen und hohen Decken bis heute erhalten geblieben. Den Namen verdankte der Stadtteil dem Blücherplatz, der abgesehen von ein paar Bäumen und einem lieblos gestalteten Kinderspielplatz heute als Parkfläche missbraucht wurde. Dafür hatte man die zum überwiegenden Teil noch kopfsteingepflasterten Straßen zu Tempo-dreißig-Zonen herabgestuft. In der nahen Holtenauer Straße fanden sich zahlreiche Geschäfte für den täglichen Bedarf. Wer das urbane Leben schätzte, hatte hier sein Ideal gefunden.

Die Esmarchstraße hatte einen breiten Grünstreifen in der Mitte. Lüder gefielen die Bäume mit dem wenigen noch herbstlich bunt gefärbtem Laub. Diese Gegend war auch das Revier des Briefzustellers Gerhard Hunger. Der Tod seines Sohnes Finn stand am Anfang dieser Ereigniskette.

Teichmeisters Wohnung befand sich in einem der Häuser mit den sehenswert gestalteten Fassaden. Es bedurfte mehrerer Versuche und einer Portion Geduld, bis sich eine verschlafene Stimme über die Gegensprechanlage meldete.

»Ja?«

»Moin. Lüders. Landeskriminalamt. Ich würde gern mit Ihnen sprechen.«

»Weshalb?«

»Von Angesicht zu Angesicht.«

Lüder vernahm ein herzhaftes Gähnen. »Jetzt? Muss das sein? Wir haben Sonnabend.«

»Stimmt. Ich habe auch Sonnabend. Und dass ich mit Ihnen reden *muss*, gefällt mir auch nicht. Also! Bringen wir es hinter uns.«

Der Türöffner schnarrte.

Teichmeister erwartete ihn in der zweiten Etage. Er trug bunt gemusterte Boxershorts und ein T-Shirt. Die Füße waren barfuß. Teichmeister war unrasiert. Er musterte Lüder aus tief liegenden Augen, unter denen dunkle Schatten lagen. Die strähnigen Haare hingen ihm in die Stirn. Wortlos sah er Lüder an.

»Lüders. LKA. Kann ich reinkommen?«

Teichmeister fragte nicht nach dem Dienstausweis. Mürrisch trat er zur Seite und nickte mit dem Kopf ins Wohnungsinnere. »Da lang.«

Der Flur und das Wohnzimmer waren dürftig möbliert. Es wirkte fast so, als habe sich der Inhaber nur vorübergehend eingerichtet und warte noch auf die Möbel. Ein Tisch mit Stahlrohrgestell und Resopalplatte diente mit zwei einfachen Stühlen als Essplatz. Die einzige weitere Sitzmöglichkeit war ein Zweiersofa, neben dem in Ermangelung von Abstellmöglichkeiten eine Zeitung, ein leeres Glas, eine Flasche Gin vom Discounter und eine Kunststoffflasche Tonicwater auf dem Fußboden lagen.

Teichmeister griff sich den gefüllten Aschenbecher und

eine Packung Zigaretten und trug sie zum Resopaltisch. Wortlos ließ er sich nieder und zündete sich einen Glimmstängel an. Es stank nach abgestandenem Qualm. Als Lüder demonstrativ mit der Hand durch die Luft wedelte, ging Teichmeister zum Fenster und öffnete es einen Spalt. Dann nahm er wieder Platz. Lüder sah kurz zum Fenster, das keine Gardine zierte. Konnte man sich in einer solch schlichten Unterkunft wohlfühlen? Teichmeisters Oberarmmuskel bedeckte ein Tattoo, das eine Brücke nachbildete. Auf der Wade hatte er sich gekreuzte Schwerter stechen lassen, die aus einer Wolke hervorlugten.

»Um was geht's?« Teichmeister räusperte sich die Stimme frei. Dann sog er geräuschvoll an der Zigarette.

Lüder zeigte auf die Ginflasche neben dem Sofa. »Gefeiert oder Frust ertränkt?«

»Meine Sache.« Es klang abweisend, aber nicht aggressiv.

Gut, dachte Lüder. Dann gehen wir gleich in medias res. »Frau Ehlebracht ist eine Ihnen nahestehende Kollegin. Uns alle hat es tief getroffen, was mit ihr passiert ist. Als Insider wissen Sie auch, wer für die Tat verantwortlich gemacht wird.«

Teichmeister hatte die linke Wade auf das rechte Knie gelegt. Interessiert sah er Lüder an, wich aber stets aus, wenn sich ihre Blicke trafen.

»Und?«, fragte er, als Lüder eine längere Pause einlegte.

»Der verdächtige Justas Levickis ist in der Nacht von Mittwoch auf Donnerstag in Hohwacht ermordet worden. Man hat ihn von der Aussichtsplattform gestürzt.«

Teichmeister schwieg. Er hätte leugnen können, davon zu wissen. Er hätte aber auch argumentieren können, dass ein Mord nicht bewiesen war. Als Kriminalbeamter kannte er die Spielregeln. Es war am unverfänglichsten zu schweigen. So überließ er es Lüder, das Gespräch weiter voranzutreiben, ohne selbst eine Position einzunehmen.

»Sie haben sich in den ganzen Ermittlungen zu diesem Fall sehr engagiert, gemeinsam mit Sonja Ehlebracht. Man hat Ihnen gegen das Schienbein getreten und Sie abgezogen. Und dann kommt ein eiskalter Verbrecher wie Levickis daher und tut Ihrer nicht nur dienstlichen Partnerin so etwas an.«

Teichmeister hob den Zeigefinger in die Höhe. »Keine Unterstellungen.«

»Ist es nicht ein merkwürdiges Zusammentreffen, dass Sie in der Nacht, als Levickis ermordet wurde, aus Richtung Hohwacht zurück nach Kiel unterwegs waren?«

Lüders Gegenüber misslang ein schiefes Grinsen. »Wer behauptet so was?«

»Sie sind mit Ihrem Mazda gesehen worden.«

Aus dem schiefen wurde ein breites Grinsen. »Ich? Wo denn?«

Lüder wollte keine Details kundtun. Teichmeister war ein erfahrener Kriminalist. Er würde die Information zu seinen Gunsten zu deuten wissen.

»Das hat Ihr Auto verraten.«

»Blödsinn. Dieser Typ fährt zu Millionen über Deutschlands Straßen«, übertrieb er.

»Richtig«, ging Lüder darauf ein. »Aber nicht alle kreisten in der besagten Nacht um den Tatort.«

Teichmeister inhalierte tief den Rauch. »Wie viele Einwohner hat Dingsbums …?«, vermied er es absichtlich, einen Ortsnamen zu nennen. »Und wie viele davon wollen mich – angeblich – gesehen haben?«

»Wo waren Sie in dieser Nacht?«

Der Oberkommissar lachte laut auf. »Sagen Sie es mir. Ich muss gar nichts nachweisen.«

»Sparen wir uns solche Spielchen. Wenn Sie ein Alibi haben, sind Sie aus dem Schneider.«

»Aus welchem Schneider, hä?«

»Stellen Sie sich nicht dumm. Sie wissen, dass Sie als möglicher Täter in Frage kommen. Es gibt keinen Bonus für Kollegen. Die Spurensicherung dreht jeden Stein um. Die Anwohner werden befragt. Nicht nur die. Dr. Dolittle wird eingeschaltet und interviewt die Katzen und Hunde vor Ort, wann man Sie gesehen hat.«

Erneut lachte Teichmeister. »Es heißt nicht *wann*, sondern *ob*.«

»Weshalb weigern Sie sich, Ihren Aufenthaltsort für die fragliche Zeit zu nennen?«

»Weil ich es nicht nötig habe.« Er tippte sich mit der die Zigarette haltenden Hand an die Stirn. Asche fiel herab. Teichmeister ignorierte es. »Ich war hier. Ich war da. Ich bin Weltbürger.«

Lüder senkte die Stimme. »Sicher würde manch einer Verständnis dafür haben, wenn eine solche Tat wie die gegen Frau Ehlebracht gerichtete gerächt würde.«

Erneut tippte sich Teichmeister gegen die Stirn. »Ich bin doch nicht meschugge. Wollen Sie mich einlullen und mir etwas unterstellen?« Sein grunzendes Lachen klang überheblich.

»Hier geht es nicht um Sympathie für etwas, was vordergründig vielleicht verständlich klingen könnte, aber nicht in unsere Welt passt. Nicht in Ihre. Nicht in meine. Die Bibel ist etwas anderes als unsere Realität. Auge um Auge – Zahn um Zahn. Das funktioniert nicht. Also – noch einmal: Wo waren Sie in der Nacht von Mittwoch auf Donnerstag?«

Teichmeister schien seine Selbstsicherheit zurückgewonnen zu haben. »Gute Polizisten finden das heraus.« Er lächelte schief. »Sind Sie ein guter Bulle?«

»Der beste.«

»Dann bin ich beruhigt.« Er gähnte demonstrativ, ohne die Hand vor den Mund zu halten. »Und nun bin ich müde.« Er zeigte Richtung Tür. »*My home is my castle.*«

»Kennen Sie die Übersetzung?« Lüder legte eine kleine Pause ein. »Mein Heim ist hinter einem Schloss. Und einem Riegel. Eine letzte Frage. Kennen Sie Gerhard Hunger?«

Es schien, als würde Teichmeister es leugnen wollen. Dann nickte er kaum merklich. »Der Vater des zu Tode gekommenen Kindes in Dietrichsdorf.«

Lüder fiel auf, dass Teichmeister von »Kind« sprach, nicht von einem Jugendlichen. Das verriet eine emotionale Regung in ihm.

»Der Vater des Jungen ist Briefträger, zufällig in Ihrem Wohnbezirk. Kennen Sie ihn?«

Teichmeister wich Lüders Blick aus. »Wir leben hier in der Stadt. Da begegnet man dem Postzusteller im Allgemeinen nicht. Der stopft die Post in den Briefkasten. Außerdem ist er zu einer Zeit unterwegs, in der andere Leute arbeiten.«

»Polizisten haben Wach- und Wechseldienst.«

»Kann sein, dass man sich mal begegnet ist. Aber weshalb sollte das relevant sein?«

Lüder ließ die Antwort offen. »Falls Ihnen doch noch einfallen sollte, etwas zu Ihrem Aufenthaltsort zu sagen, würde es das allen Beteiligten einfacher machen.« Er legte eine Visitenkarte auf den Tisch. »Sie können mich jederzeit erreichen.«

»Jaja«, tat Teichmeister das Angebot ab und geleitete Lüder zur Tür.

Vom Auto aus rief Lüder Vollmers an.

»Das hat uns nicht weitergebracht«, zeigte sich der Hauptkommissar enttäuscht und atmete tief durch. »Mir bleibt nichts anderes übrig, als den Fall weiterzugeben.«

Lüder bestärkte ihn in dieser Meinung. »Dem Fall sollte objektiv nachgegangen werden. Ich sehe darin auch keine Denunziation.«

»Glücklich bin ich nicht«, meinte Vollmers. »Ich kümmere mich darum.«

Lüder fand eine Nachricht von Jens Starke vor. Der Kriminaldirektor bat um Rückruf.

»Moin, Jens. Wo brennt es am Sonnabend?«

»Ich hätte dich nicht belästigt«, sagte der Abteilungsleiter, »wenn es nicht von oben über den Dienstweg herabgekommen wäre. Hast du gestern mit Carl Moritz gesprochen?«

»Ja.«

»Dem muss eine Laus über die Leber gekrochen sein. Offenbar hat er seinen Spezi Harald Müller heißgemacht. Der hat über irgendwelche Kanäle die Amtsleitung erreicht. Dort ist man der Meinung, dass ein klärendes Gespräch auf Arbeitsebene die Wogen glätten könne. Ich schlage vor, dass du Kontakt zu Harald Müller aufnimmst.«

»Mache ich. Gleich am Montagmorgen.«

Dr. Starke hüstelte. »Ich will nicht drängen. Es ist Wochenende, aber könntest du es nicht heute versuchen? Dann ist das Thema aus der Welt.«

»Okay«, versprach Lüder und ließ sich die Telefonnummer des Abgeordneten geben. Er war nicht verwundert, dass Jens Starke sie parat hatte. Der Tag war ohnehin schon durch den Besuch bei Teichmeister »gebraucht«.

Harald Müller schien auf Lüders Anruf gewartet zu haben. »Sind Sie mein Gesprächspartner?«, fragte er zur Begrüßung.

»Es gibt etwas zu klären.«

»Sie sollten das in der Landespolitik abstimmen«, schlug Lüder vor. »Ich muss Ihnen nicht die Unterschiede zwischen Legislative, Exekutive und Judikative erklären.«

»Aber, aber.« Müller klang belustigt. »Weshalb das Schwert schwingen, wenn es auch das Florett tut. Wenn überhaupt …«, fügte er an. »Kommen Sie bei mir vorbei. Ein leckerer Latte wartet auf Sie. Oder etwas anderes. Der Automat gibt einiges her.«

Dann nannte er seine Adresse, ohne Lüders Zustimmung abzuwarten.

Die Tingleffer Straße war eine ruhige Sackgasse in der Wik. Das ganze Viertel mit den älteren Rotklinkerhäusern aus der Zeit vor dem Zweiten Weltkrieg war mit Straßennamen nach Orten aus Süddänemark versehen. Böse Zungen lästerten auch, dass damit daran erinnert wurde, dass diese Region früher zu Dänemark gehörte. Die Gegend war ruhig und mit viel Grün durchsetzt.

Müller schien Lüder erwartet zu haben.

»Willkommen«, sagte er freundlich. Kommen Sie rein.«

Er führte Lüder in sein Arbeitszimmer. Das Zimmer war winzig. Müller hatte einen kleinen Schreibtisch hineingequetscht, auf dem sich zwei Notebooks und Speichermedien befanden, umrahmt von Papierbergen. Eine Wand zierte ein hölzernes Regal, das ebenfalls mit Papieren und Büchern überfrachtet war. Er bot Lüder den Schreibtischstuhl an und nahm selbst auf einem Stehhocker Platz.

In der Tür erschien eine jüngere Frau mit offenen langen Haaren, die in ein bequemes kurzes Hauskleid gewandet war. Mit einer lässigen Bewegung wischte sie die Haare aus dem Gesicht und sagte: »Guten Morgen.«

»Meine Partnerin«, stellte Müller vor, ohne einen Namen zu nennen. »Schatz, kannst du uns bitte etwas zu trinken bringen?«

Der fragende Blick galt Lüder.

»Kaffee bitte.«

»Was für einen?« Müller lächelte. »Mittlerweile geht es bei uns wie in Wiener Kaffeehäusern zu. Kaffee ist nur ein Oberbegriff.«

»Wien ist eine reizvolle Stadt«, erwiderte Lüder und erinnerte sich an eine Krimianthologie. In »Kaffee. Mokka. Tot.« hatten Autoren phantasievolle Mordgeschichten rund um den Kaffee und seine Varianten gesponnen. »Einfach Kaffee. Pur. Schwarz. Heiß.«

»Mach ich«, sagte die Blondine und verschwand.

Müller mochte einen Meter achtzig messen. Ein sorgfältig gestutzter Bart wies die gleiche rotblonde Farbe wie das wellig gelegte Haupthaar auf. Die goldfarbene Brille und der Ohrring verliehen ihm ein jugendliches Aussehen. Mit zweiunddreißig Jahren gehörte er zu den jüngeren Parlamentariern. Sein saloppes Äußeres wurde durch ein eng anliegendes T-Shirt und eine Jeans mit kunstvoll hineingeschnittenen Löchern unterstrichen.

Lüder unterdrückte ein Lächeln. Sinje war natürlich auch dieser Modeerscheinung gefolgt und hatte ihren Vater böse angesehen, als er fragte, ob sie das Kleidungsstück aus dem Internet beschafft hätte. Ihr »Wieso?« hatte er mit »Sieht aus wie von ›Fetzenshop.de‹« beantwortet.

»Sie wissen, was mir am Herzen liegt?«, begann Müller.

»Lobbyarbeit für die Kieler Wirtschaft«, erwiderte Lüder.

Müller lachte jungenhaft. »Ich mag solche Direktheit. Ja. Auch das. Es ist für uns Politiker nicht einfach, alle Interessen gegeneinander abzuwägen. Ökologie steht scheinbar gegen Ökonomie. Sozialverträglichkeit muss mit Finanzierbarkeit abgestimmt werden. Individuelle Freiheit findet in der gegenseitigen Rücksichtnahme ihre Grenzen. Und – ja. Auch wenn wir kritisch in die Zukunft sehen und es ein blindes ›Weiter so‹ nicht geben kann, muss es irgendwie finanziert werden. Das Manna fällt nicht vom Himmel. Für manche Politikromantiker ist es einfach, Geld zu verteilen. Über die Herkunft machen die sich aber keine Gedanken. So halte ich es für bedeutsam, auch die Wirtschaft nicht aus den Augen zu verlieren. Drei Tage wurden seitens der Behörden Schikanen am Hafen betrieben.«

Lüder wollte Müller zurechtweisen. Er hielt es für unangebracht, von Schikanen zu sprechen. Tatsächlich hatten die Behörden nach weiteren anonymen Hinweisen auch in den Folgetagen punktuelle Kontrollen am Fährterminal vorgenommen, allerdings erfolglos. Auch eine weitere für Baranauskas bestimmte Möbellieferung war sauber gewesen.

»Hat Carl Moritz Ihnen sein Leid geklagt?«, fragte Lüder.

Müller ging nicht darauf ein. »Wirtschaft bedeutet sorgfältig aufeinander abgestimmtes planvolles Handeln. Fein abgestimmt greift ein Rädchen ins andere. Wenn Sand ins Getriebe gerät, knirscht es.«

»Feine Metapher. Um bei Carl Moritz zu bleiben, werden Sie mir jetzt auch erzählen, dass Logistik von Logik kommt.«

Müller lächelte. »Hinter alldem steckt viel Know-how.«

»Es kann uns aber nicht gleich sein, wie das Geld verdient wird. Solide erwirtschaftet – okay. Aber wenn wir uns alle gegenseitig übers Ohr hauen … Das ist nicht effizient.«

»Schöner Vergleich«, stellte Müller fest und spitzte vergnügt die Lippen. »Aber das trifft wohl nicht auf die heimische Wirtschaft zu. Es hat offensichtlich Aktionen gegeben, die zu massiven Störungen geführt haben.« Müller wedelte mit beiden Händen in der Luft herum. »Niemand will unsere Behörden an der Ausübung ihrer Pflicht hindern, aber das sollte nicht zulasten derjenigen geschehen, die das Rückgrat unseres Wohlergehens sind. Und die Steuern werden nun einmal von der Wirtschaft er…wirtschaftet.« Müller hatte nach einer Formulierung gesucht, um den doppelten Begriff »Wirtschaft« nicht wiederholen zu müssen.

»Zoll und Polizei waren auf der Suche nach Rauschgift, das ins Land gebracht werden sollte.«

»Wurden Sie fündig?«

Jetzt lächelte Lüder. »Solche Fragen beantworte ich nicht.«

Sie wurden durch die Blondine unterbrochen, die ein Glas Latte macchiato und einen Becher Kaffee ins Zimmer balancierte, die Gefäße auf dem Schreibtisch abstellte und sich auf die Hände pustete.

»Heiß«, sagte sie dabei.

»Mir ist bekannt«, fuhr Müller fort, »dass es bei den Behörden Verfechter einer harten Linie gegenüber dem Cannabiskonsum gibt. Gut. Sie tun nur Ihre Pflicht. Das ist die derzeitige Gesetzeslage. Nun ist es als Politik unsere Aufgabe, das Recht den realen Gegebenheiten anzupassen. Wir müssen Cannabis endlich entkriminalisieren. Kanada hat in diesem Punkt eine Vorreiterrolle eingenommen.«

»Das trifft nur bedingt zu«, widersprach Lüder. »In Kanada gibt es erhebliche Beeinträchtigungen durch Cannabis im Straßenverkehr. Dort ist die Zahl der Verkehrsunfälle durch Drogenkonsum seit der Freigabe signifikant gestiegen. Cannabis beeinflusst zum Beispiel die Fahreignung am Steuer.«

»Ja, das ist eine Randerscheinung«, gab Müller zu. »Bleiben wir beim Faktischen. Der Konsum von Cannabisprodukten hat exponentiell zugenommen. Die Behörden kommen kaum noch dagegen an. Es kommt nicht von ungefähr, dass die Polizei in einigen Bundesländern wie zum Beispiel auch bei uns von der Verfolgung bei kleineren Mengen absieht.« Müller hob den Zeigefinger. »Der Schwarzmarkt könnte durch eine Legalisierung ausgetrocknet werden. In besonders autorisierten Läden würde man Cannabisprodukte zu marktgängigen Preisen legal erwerben können, weit unter denen des Schwarzmarkts. Dem würde durch die Legalisierung der Boden entzogen werden.«

»Rauschgift führt zur Sucht«, gab Lüder zu bedenken.

»Das mag partiell zutreffen. Aber wie ist es mit dem Rauchen? Alkohol? Spielsucht? Wir müssen den Gefahren von Suchterkrankungen insgesamt aufmerksamer begegnen, durch Prävention, Beratung. Die Behandlung muss intensiviert werden.«

»Mediziner sehen in Cannabis eine hochproblematische Substanz, deren dauerhafter Konsum die Persönlichkeit verändert. Deshalb ist eine Unterscheidung zwischen Alkohol und Cannabis gerechtfertigt, ganz zu schweigen von der Schädlichkeit anderer Drogen.«

»So etwas wird immer kolportiert. Fakt ist doch, dass Cannabis mittlerweile in vielen Kreisen als gesellschaftsfähige Droge angesehen wird. Und«, dabei schwenkte Müller den Zeigfinger, »es sprechen sich auch ernst zu nehmende Mediziner für den legalen Konsum von Cannabis aus, weil die heilende Wirkung nachgewiesen ist.«

»Das gilt auch für andere Medizinprodukte, aber stets unter sachkundiger Kontrolle. Wollen Sie auf jede Drogenparty einen Arzt schicken?«

»Ich trete nur für einen liberalen Umgang mit Cannabis ein. Sonst müssten wir im selben Atemzug auch das Rauchen verbieten. Dagegen würde sich Widerstand bilden. Nicht nur das

Viertel der Bevölkerung, das raucht, würde auf die Barrikaden steigen. Auch der Fiskus. Fast fünfzehn Milliarden – *Milliarden*«, betonte Müller, »fließen ins Steuersäckel.«

»Das würden viele nicht einsehen.«

»Leider. Und wenn Cannabis auch besteuert würde, könnte sich der Finanzminister noch mehr freuen.«

Lüder winkte ab. »Mit der Einführung der Sektsteuer wurde der Kaiser-Wilhelm-Kanal – der heutige Nord-Ostsee-Kanal – finanziert. Salopp formuliert hieß es damals in den Berliner Salons: ›Saufen für den Kaiser‹.«

Müller lachte. »Man sollte alles in Ruhe und abgewogen diskutieren. Ich vertrete eine liberale Ansicht. Die Menschen sollten nicht übermäßig gegängelt werden. Jeder sollte die Freiheit haben, sich selbst zu ruinieren. Wie viele sterben jährlich wegen überhöhter Geschwindigkeit? Es wäre technisch keine Herausforderung, die Autos beispielsweise bei einhundertdreißig Stundenkilometern abzuriegeln. Ein Volk von Ingenieuren und Tüftlern, die Schummelsoftware für Motoren entwickeln, bekommt das auch hin.«

»Wir können das eine nicht mit dem anderen aufwiegen. Rauschgift ist schädlich. Und dass der Staat darauf achtet, ist richtig.«

Müller wiegte den Kopf. »So ist es in einer pluralistischen Gesellschaft. Man darf unterschiedlicher Ansicht sein. Und in einer Demokratie ficht man divergierende Meinungen aus. Ich mache keinen Hehl aus meinem Standpunkt.«

»Im Unterschied zu Ihrer Fraktionskollegin Nikola Beerendonk.«

Müller verdrehte kunstvoll die Augen. »Die ist mit nahezu missionarischem Eifer dabei, Cannabis zu verteufeln. Sie beruft sich dabei auf ihr Wissen als Apothekerin. Mein Gott. Das ist für mich Fanatismus.«

»Frau Beerendonk wird nachgesagt, dass sie ambitionierte Ziele hat.«

»Ja, ich weiß«, stöhnte Müller auf. »Sie möchte gern dem

nächsten Kabinett angehören. Sie ist machtgeil. Deshalb ist es ihr auch gleich, mit welchem Ressort man sie betrauen würde. Sie wehrt sich mit allen Mitteln gegen die Freigabe von Cannabis.« Müller beugte sich vor und blinzelte Lüder vertraulich zu. »Dabei qualmt sie wie ein Schlot.«

»Kennen Sie Blaskovic?«

Müller sah Lüder nachdenklich an, als wolle er in der Mimik den Sinn der Frage suchen.

»Ja, den kennen viele in Kiel. Er ist in der Gastroszene eine stadtbekannte Größe.«

»Haben Sie Kontakte zu ihm?«

»Herr Lüders«, zeigte sich Müller belustigt. »Glauben Sie wirklich, ich erörtere mit Ihnen, mit welchen Leuten ich Kontakte pflege? Das sind sehr viele. Mit manchen enger, mit anderen lockerer. Das bringt mein Mandat als Abgeordneter mit sich.«

»Sagt Ihnen das Devils Home etwas?«

»Devils Home?«, wiederholte Müller. »Klingt lustig. Könnte der Fraktionssaal der Opposition sein. Nein! Im Ernst. Was ist das?«

»Das ist die Keimzelle von Blaskovics Imperium.« Lüder erzählte von der Kneipe im Vergnügungsviertel.

»Das ist nicht mein Revier«, wehrte Müller ab. »Weshalb fragen Sie?«

»Dort hat die Polizei eine Razzia durchgeführt und eine größere Rauschgiftmenge beschlagnahmt.«

»Sollte ich davon wissen?«

»Na ja. Die Lieferung eines unbekannten Absenders wurde per Post dorthin geschickt und war für einen Harald Müller bestimmt.«

Müller zog den Kopf zurück. »Ohhhh« war sein ganzer Kommentar. Es dauerte eine Weile, bis er lächelte. Es wirkte verkrampft. »Lustig – sehr lustig.« Dann hüstelte er. »Ich hoffe, Sie haben verstanden, worauf es mir ankommt. Natürlich sollen die Behörden alles unternehmen, um Recht und Gesetz durchzusetzen. Aber bitte ausgewogen. Wir können nicht die Wirtschaft unserer Stadt in Geiselhaft nehmen, nur um ein wenig Partydroge abzufangen. Insbesondere nicht, wenn die Anhaltspunkte vage sind. Es käme mir sehr gelegen, wenn alle Aspekte miteinander abgewogen würden.« Müller reichte Lüder die Hand. »Danke für Ihren Besuch.«

Inzwischen hatte man herausgefunden, dass das an »Harald Müller« adressierte Heroinpaket, das im Devils Home beschlagnahmt worden war, in einem Bremer Zeitungsladen mit integriertem Postshop aufgegeben worden war. Dort gab es keine Überwachungskamera. Der Laden beschäftigte Vierhundertfünfzig-Euro-Jobber, die sich nicht an den Auftraggeber erinnern konnten. Diese Spur lief ins Leere. Weshalb Bremen?, überlegte man. Dazu gab es keine schlüssige Antwort. Es mochte mit der Hafenstadt zu tun haben, aber dann wäre Bremerhaven naheliegender. Oder war es ein Ablenkungsmanöver? Die Frage blieb vorerst ungelöst.

Man war auch noch nicht bei der Entschlüsselung der Codelisten weitergekommen, die im Tresor bei Baranauskas gefunden wurden. Lüder hatte vorgeschlagen, Professor Michaelis zu kontaktieren. Der Verschlüsselungsexperte aus Hamburg hatte sein Kommen für Montag zugesagt.

Nun sollte das Wochenende endgültig beginnen.

ELF

Wolfgang Spiekermann war eine schlanke, drahtige Erscheinung. Sein sehniger Körper war durchtrainiert. Nur die grauen, deutlich zurückgewichenen Haare und das faltige Gesicht deuteten auf seine vierundsiebzig Jahre hin. Seine Fitness hatte er sich durch einen bewussten Lebensstil und seine sportlichen Aktivitäten bewahrt. So gehörte es zu seinen Angewohnheiten, bei nahezu jedem Wetter morgens zu laufen. Das geschah zu Hause, aber auch während der Urlaubswoche, die er mit seiner Frau in dem komfortablen Hotel in Hohwacht verbrachte.

Nach dem Aufstehen und ein paar Aufwärmübungen zog er seinen Jogginganzug an, schlüpfte in die Sportschuhe und überließ seiner Frau Lisa das Bad. Sie wusste, dass Wolfgang nach einer Dreiviertelstunde zurückkehren würde, um seinerseits das Bad zu frequentieren und anschließend das gemeinsame ausgiebige Frühstück zu genießen.

Spiekermann hüpfte die breite Treppe hinunter, begrüßte den schläfrig wirkenden Nachtportier und verließ das Hotel durch den Eingang zum unscheinbaren Kurpark. Er wandte sich nach rechts und trabte leichtfüßig Richtung Treppe, ging sie hinunter und lief bis zur Flunder. Auf der Seebrücke hatte man vor Kurzem eine schwer verletzte Frau gefunden. Das war im Hotel ebenso Gesprächsthema wie der Unglücksfall etwas weiter entfernt, wo ein Mann von der Aussichtsplattform gestürzt war. Man erzählte sich, er sei betrunken gewesen. Solch aufregende Ereignisse hatte es in dem beschaulichen Hohwacht noch nie gegeben.

Heute war es – wie jeden Morgen – still. Die Urlauber genossen die Annehmlichkeit des späten Frühstücks.

Spiekermann zögerte kurz, ob er den Weg Richtung Alt-Hohwacht nehmen sollte, entschied sich dann aber, in die andere Richtung bis zur Einfahrt des kleinen privaten Yachthafens Lippe im südwestlichen Teil der Hohwachter Bucht zu laufen. Er bewegte rhythmisch die Ellenbogen und folgte mit federnden Schritten dem Wassersaum, der leise plätscherte, wenn die sanften Wellen ausliefen. Oberhalb des Strands gab es noch ein paar Hotels und Ferienanlagen, die zu dieser Stunde noch in Agonie lagen. Jetzt folgte nur noch Natur, wenn man vom selbst ernannten Ausschlafhotel Genueser Schiff absah, das eine Alleinlage besaß und nach einer Zeile des Nietzsche-Gedichts »Nach neuen Meeren« benannt worden war.

Auf einer Buhne hatten Spaziergänger Steine vom Strand aufgesammelt und kleine Türmchen gebaut. Weitere waren gefolgt. Die fragilen Kunstwerke wurden nur durch ihr eigenes Gewicht gehalten und waren der Vergänglichkeit unterworfen, wenn es windig war, Kinder die Stabilität prüften oder Erwachsene sich bemühten, die Türmchen höher zu bauen. Das Reizvolle war, dass die Kunstwerke bei jedem Passieren dieser Stelle ein anderes Aussehen hatten.

Ein Stück voraus war Treibgut angespült worden. Spiekermann fixierte das Bündel an und verlangsamte automatisch das Tempo, als es immer mehr die Konturen eines Menschen annahm, bis er keinen Zweifel mehr hatte. Er war aus dem leichten Dauerlauf in einen Schritt verfallen, der immer zögerlicher wurde, bis er sich dem Paket auf zwei Meter genähert hatte. Ein Schauder lief ihm über den Rücken. Er spürte, wie die Mundwinkel zuckten. Der Kreislauf fuhr schlagartig herunter. Sein Herz klopfte.

Der Mann war mit einer Jeans und einer Windjacke bekleidet. Er lag auf der linken Körperseite leicht schräg mit dem Kopf zum Wasser. Der linke Arm war halb vom Rumpf verdeckt und dicht an den Rücken herangezogen. Das linke Bein war gestreckt, das rechte angewinkelt. Der zweite Arm war ebenfalls ausgestreckt. Insgesamt ähnelte die Position der stabilen Seitenlage. Die Finger an der rechten Hand hatten sich ein wenig in den feuchten Sand gegraben, wie hineingekrallt.

Spiekermann konnte seinen Blick nicht vom Gesicht des Toten abwenden. Die nassen dunklen Haare sahen wie angeklatscht aus. Die Augen waren ebenso geöffnet wie der Mund. Das Gesicht lag seitlich auf dem feuchten Strand. Mit jeder Welle schlug das Wasser gegen den Kopf, umspülte ein Auge und ein Nasenloch und drang in den Mund ein. Wenn sich die Welle wieder zurückzog, lief ein kleiner Schwall Wasser aus dem Mundwinkel heraus. Vor den Körperöffnungen des Gesichts hatten sich leichte Strudel gebildet.

Spiekermann riss sich von dem Anblick los. Er schüttelte sich. Dann sah er sich hastig um. Sonst schätzte er die Einsamkeit zu dieser Stunde am Strand. Heute hätte er gern einen Menschen in der Nähe gehabt. Um in der Bewegung frei zu sein, verzichtete er bei seinen Morgenläufen auf die Mitnahme eines Handys. Noch einmal sah er auf den Toten zu seinen Füßen. Dann machte er sich mit schweren Schritten auf den Weg zum nahen Hotel, um die Polizei zu rufen.

Zunächst traf ein Streifenwagen der Polizeistation Lütjenburg ein. Die Beamten hatten den Toten in Augenschein genommen und dann den Kriminaldauerdienst der Kieler Kripo informiert. Für Spiekermann dehnten sich die Minuten zu Ewigkeiten. Der KDD sicherte die Fundstelle und forderte die Beamten des K1 der Bezirkskriminalinspektion sowie die Spurensicherung an. Inzwischen waren auch weitere Streifenwagen vor Ort, die die Stelle am Strand weiträumig absperrten. Zahlreiche Schaulustige standen an den Absperrungen.

Schnell machten die wildesten Vermutungen die Runde, die alle einen Bezug zu den Funden der vergangenen Tage hatten. Hauptkommissar Vollmers griff Wortfetzen wie »irrer Massenmörder, der hier sein Unwesen treibt« auf.

Die Beamten erfüllten routiniert ihre Aufgabe. Nachdem der Rechtsmediziner und die Spurensicherung ihre Arbeit verrichtet hatten, konnten Vollmers und sein Team die Leiche in Augenschein nehmen.

»Das Opfer ist ertrunken«, erklärte der Arzt. »Man erkennt es am Schaumpilz vor der Atemöffnung. Sieht fast ein wenig wie feinporiger Rasierschaum aus. Hier ist es nicht sehr ausgeprägt, weil durch die Lage der Leiche Wasser in den offenen Mund gespült wurde. Näheres ergibt die Obduktion. Lange kann er hier auch nicht gelegen haben. Im Laufe der Nacht, könnte um Mitternacht oder etwas später gewesen sein. Es ist nicht abgesichert, aber ich vermute, dass das Opfer lebend hierher verbracht wurde. Ob er sediert war, kann ich nicht sagen. Dann hat man ihn mit dem Gesicht ins Wasser gedrückt. Im Seewasser dauert der Tod durch Ertrinken länger. Man versucht zunächst, den Atem bewusst anzuhalten. Das gelingt etwa eine Minute, bei trainierten Personen bis zu zwei. Dann folgt die Phase der Dyspnoe. Man kann den Atemreiz nicht mehr willkürlich unterdrücken. Es kommt zur Inspiration, dann zur hustenartigen Exspiration. Das dauert zwischen ein und drei Minuten. Ein verzweifelter Kampf um Luft. Daran schließen sich für bis zu neunzig Sekunden tonisch-klonische Krämpfe an. Die präterminale Apnoe bei noch erhaltenem Kreislauf mündet schließlich in das letzte Ertrinkungsstadium.« Der Arzt schüttelte nachdenklich den Kopf. »Wahrlich kein schöner Tod.« Er tippte sich an die Schläfe. »Das war's für mich hier vor Ort. Ich wünsche Ihnen noch einen schönen Sonntag.«

»Das war Mord«, konstatierte Vollmers. »Man hat ihn an dieser Stelle ertränkt.« Er sah nachdenklich auf die See hinaus. »Was ist hier los? Schon wieder Hohwacht. Das kann doch kein Zufall sein?« Er hatte seinen Blick auf Oberkommissar Horstmann gerichtet.

Der nickte und erwiderte: »Und wenn es kein Zufall ist? Karolis Baranauskas wird vor den Augen von Dr. Lüders erschossen. Justas Levickis stürzt zwei Kilometer weiter östlich von der Aussichtplattform. Und gleich da vorne findet man Sonja Ehlebracht. Und das alles vor dem Hintergrund, dass oben auf der Steilküste Blaskovic wohnt. Wer – verdammt noch mal – legt seine Opfer vor dessen Haustür ab? Und weshalb? Glaubt da jemand, wir würden Blaskovic verdächtigen? Es ist plump, die Opfer in Hohwacht zu präsentieren. Es könnte eine rivalisierende Gang sein, die sich hier in Kiel breitmachen will. Ist es das Ostseekartell, das in Blaskovics Revier marodiert? Soll durch die öffentliche Zurschaustellung Angst erzeugt werden?«

Vollmers stimmte Horstmann zu. »Bei Blaskovic und seinen Leuten? So wie man die Marokkaner ermordet hat? Aber das kann nicht sein. Mit der bei Levickis gefundenen Beretta wurden die Marokkaner ermordet. Das hieße, dass Levickis und er da …«, Vollmers zeigte mit der Schuhspitze auf die Wasserleiche, »… möglicherweise von den Marokkanern umgebracht wurden. Wir haben aber nirgendwo Anzeichen dafür gefunden, dass die Nordafrikaner wieder zurückgekehrt sind. Die Drogenjungs wüssten davon. Hier ist ein Krieg ausgebrochen. Das hat uns gerade noch gefehlt.« Vollmers schüttelte nachdenklich den Kopf. »Auch wenn Sonntag ist – ich werde Dr. Lüders informieren. Organisierst du die Suche nach einem Fahrzeug? Irgendwie muss der Tote ja hierhergekommen sein. Und sieh dich nach Zeugen um.«

Horstmann nickte stumm.

Es war bereits später Vormittag. Nach einem ausgiebigen Frühstück zu zweieinhalbt hatte Lüder seine Eltern in Kellinghusen angerufen. Zweieinhalb? Sie waren schon fast mit dem Frühstück fertig gewesen, als Sinje auftauchte. Sie sah verschlafen aus und trug ihre Nachtkleidung. Lüder war überrascht gewesen, als sie am Esstisch erschien, müde in die Runde blinzelte, ihn wortlos ansteuerte und ihm einen herzhaften Kuss auf die Wange gab. Dann folgte Margit. Das Nesthäkchen ließ sich am Tisch nieder, griff sich ein Croissant und wedelte mit Lüders leerer Kaffeetasse in der Luft herum. Margit hatte mild gelächelt und der Jüngsten einen Latte macchiato aus der Küche besorgt. Dem war ein munterer Austausch über die großen und kleinen Probleme dieser Welt gefolgt. Lüder schätzte durchaus die oft abweichende und selbstbewusst vorgetragene Meinung seiner Tochter. Als er sich zum Telefonieren zurückzog, rief ihm Sinje zu, er solle den Opa grüßen.

»Die Oma nicht?«

»Doch. Natürlich.«

Aber Lüders Vater war der heiß geliebte Opa.

Seine Mutter berichtete am Telefon ausführlich von den Ereignissen rund um den Kirchturm des kleinen Landstädtchens im Herzen Mittelholsteins, von den Nachbarn, dem Hochwasser des Flüsschens Stör und dem vielschichtig interessierten ehemaligen Geistlichen, der die größte polizeihistorische Sammlung zusammengetragen und dafür das Bundesverdienstkreuz bekommen hatte. Leider wusste sie auch zu berichten, dass »Vaddern« zunehmend unter altersbedingter Gebrechlichkeit litt, »der olle Sturkopp aber nich dran denken tut, zum Dokter zu geh'n«.

Inmitten des Telefonats erreichte ihn ein zweiter Anruf: Hauptkommissar Vollmers, der sich für die sonntägliche Störung entschuldigte und von einem Leichenfund in Hohwacht berichtete. Lüder teilte Vollmers' Vermutung, dass es wahrscheinlich einen Zusammenhang mit den anderen Vorfällen im kleinen Ostseebad geben könnte. Er bat Vollmers, ihn auf jeden Fall auf dem Laufenden zu halten.

Vollmers informierte Lüder auch, dass man in Sachen Levickis noch einmal in Hohwacht die Anwohner befragt hatte. Ein älterer Mann beklagte sich über ein Fahrzeug, das am Mittwochabend die Zufahrt zu seinem Grundstück so zugeparkt hatte, dass er selbst es nicht habe verlassen können. »Frechheit«, hatte der Hohwachter geschimpft. »Was denken sich solche Leute?« Es war ein Mazda mit Kieler Kennzeichen. Ja – er hatte es sich notiert. »Anzeigen müsste man diese unverschämten Rüpel.« Zunächst hatte er daran gedacht, die Polizei zu verständigen und den Wagen abschleppen zu lassen. Seine Frau hatte ihn davon abgehalten, weil sie Ärger befürchtete, da sie zu dem Zeitpunkt das eigene Auto nicht benötigten. Die Überprüfung ergab, dass es sich um Teichmeisters Mazda handeln könnte. Vermutlich, denn dem Hausbesitzer war beim Notieren des Kennzeichens ein Drehfehler unterlaufen. Die Ziffern waren vertauscht.

Außerdem hatte Carl Moritz durch seinen Anwalt Anzeige erstatten lassen. Unbekannte waren auf das Betriebsgelände eingedrungen und hatten auf zahlreichen Fahrzeugen den Schriftzug »Moritz Logistics« verunstaltet, indem sie mit Spraydosen »Max & Moritz klo ist nics« aufgebracht hatten. Moritz sprach von einem schweren Angriff auf das Herz der Kieler Wirtschaft.

Lüder war ein wenig irritiert, dass Sinje seinem Gespräch gelauscht hatte. Er hatte mehrfach mit der Hand gewedelt und ihr bedeutet, dass er ungestört bleiben wollte. Aber das Mädchen hatte nur gelächelt, sich gegen den Türrahmen gelehnt, die nackten Beine gekreuzt und die Arme vor der Brust verschränkt.

»Interessant«, stellte sie fest, nachdem er aufgelegt hatte.

»Ich mag es nicht, wenn ich dienstlich telefoniere und du zugegen bist.«

Sie spitzte die Lippen und deutete einen Kuss an. »Ach, mein allerliebster Papi. Ich finde es spannend. Die anderen aus meiner Klasse ... Die Eltern sind Lehrer, Architekten, Kaufleute, Kapitäne, Ärzte und andere Langweiler. Aber du! Du bist ein echter Knaller.«

»Ach was«, wiegelte Lüder ab. »Ich bin Jurist. Das ist noch trockener.«

»Theoretisch bist du Rechtsverdreher. Aber in Wahrheit bist du der Küsten-Bond.« Sie machte eine theatralische Handbewegung und deutete eine Verbeugung an. »Gestatten! Mein Name ist Bond. Lüder Bond. Ich möchte meinen Kaffee pur und nicht gerührt.«

Lüder lachte. Konnte man der Kleinen böse sein?

Sinje kam näher, setzte sich aufs Sofa und schlug die Beine

übereinander. »Also«, meinte sie, »ich bin für die Freiheit der Menschen. Dazu gehört auch die Selbstbestimmung, ob man Cannabis konsumiert oder nicht.«

»He, he.« Lüder schwenkte mit einem Lächeln den Zeigefinger. »Hast du etwa?«

Sie zog einen Schmollmund. »Glaubst du, ich würde das einem Bullen erzählen?«

»Bulle?«

»Na ja. Du bist mein Lieblingsbulle.«

»Bei aller Schmeichelei, aber Drogen sind kein Gesellschaftsspiel, kein Partyspaß. Besonders kritisch wird es, wenn Crystal Meth mit anderen Substanzen eingenommen wird. In Verbindung mit dem Konsum von Halluzinogenen kann das zu einem sogenannten Horrortrip führen. Die Psychosen sind furchtbar. Bei häufigem Konsum besteht das Risiko einer Amphetamin-Psychose mit Wahnvorstellungen, Halluzinationen und Angstzuständen. Manchmal treten diese wenige Minuten nach dem Konsum auf, können aber auch mehrere Tage oder im schlimmsten Fall einige Wochen dauern.«

»Ach, du bist süß«, säuselte Sinje. »Ein Aufklärungsgespräch zwischen Papi und Tochter. Früher ging es um Bienchen, heute um Rauschgift.« Dann wurde sie ernst. »Keine Sorge, lieber Paps. Ich weiß um die Gefahren. Die Methylamphetaminhydrochlorid-Kristalle«, bei der Nennung kam sie mehrfach ins Stolpern, »laufen unter den Modenamen Crystal, Meth, Yaba, Crank, Ice oder was weiß ich. Das Zeug ist preisgünstig, aber die aufputschende Wirkung in der Konsequenz zerstörerisch mit hohem Abhängigkeitspotenzial. Das Zeug wird meistens geschnupft, aber auch geraucht, in Wasser gelöst injiziert oder aber auch rektal verabreicht.« Sinje verzog das Gesicht und schüttelte sich. »Ekelhaft. Aber wenn jemand so blöde ist, das zu nehmen, dann soll er doch.«

Das ist zu einfach, dachte Lüder. Finn Hunger war in einen Teufelskreis geraten, der für den Jungen tödlich endete. Er wollte aber nicht auf dieser Ebene mit seiner Tochter diskutieren. Das hätte belehrend wirken können. Und dagegen war Sinje allergisch. Sie zeigte sich gut informiert, als sie die Namen Manuel Winterstein und Harald Müller ins Spiel brachte.

»Ich werde sechzehn«, erinnerte sie ihn daran, dass die Jahre vergingen. »Und mir billigt man das Wahlrecht zu. Das finde ich gut«, bekräftigte sie. »Da höre ich mir schon an, was die beiden in Sachen Freiheit zu sagen haben. Im Unterschied zu dieser verknöcherten Nikola Beerendonk. Die Alte will doch alles verbieten.«

»Sie ist Apothekerin und versteht etwas von der Materie.«

»I wo. Hat die Kinder? Weiß die, wie das wahre Leben funktioniert? Kann die ›Partyspaß‹ buchstabieren?« Sinje hob die Hand und ließ den Finger wie einen Propeller über ihrem Kopf kreisen. »So eine Knallcharge will Ministerin werden. Die tickt doch nicht richtig. Die spielt doch in der falschen Liga.«

Lüder war erstaunt, wie detailliert seine Tochter im Thema stand. Vorsichtig führte er das Gespräch zu der Frage, welche eigenen Erfahrungen sie mit Betäubungsmitteln gemacht habe.

Aber Sinje lächelte. »Ist das jetzt ein Verhör, Lüder Bond? Sind Sie ein Geheimagent im Namen Ihrer Majestät, des Ministerpräsidenten? Der Seiner Hoheit Jochen Nathusius?« Sie löste sich vom Türrahmen und drehte sich elegant auf den Zehenspitzen um. »Ciao, Papa.« Sie warf ihm eine Kusshand zu und verschwand.

Nachdenklich sah er ihr hinterher. »Ich werde mich mit Nikola Beerendonk unterhalten müssen«, murmelte er zu sich selbst.

Es war am späten Nachmittag, als sich Hauptkommissar Vollmers erneut meldete.

»Es gibt weitere Neuigkeiten«, verkündete er. »Wir haben mit Hilfe der Schutzpolizei die Umgebung abgesucht. Leider vergeblich. Das Opfer scheint nicht mit dem eigenen Wagen nach Hohwacht gekommen zu sein. Oder die Täter haben sein

Fahrzeug mitgenommen. Wir haben auch keine Zeugen ausfindig machen können. Hohwacht ist ja kein mondäner Küstenbadeort mit einem ausgeprägten Nachtleben. Wenn die Tat zu später oder – ganz wie Sie wollen – früher Stunde verübt wurde, dann war niemand mehr am Strand unterwegs. Dort in der Nähe liegt nur noch das Hotel mit dem seltsamen Reetdach. Auch dort hat niemand etwas bemerkt. Dafür kennen wir die Identität des Toten. Wir haben ihn anhand der Fingerabdrücke identifiziert. Er heißt Gintaras Mikalauskas –«

»Ein Litauer«, unterbrach Lüder den Hauptkommissar.

»Ja. Aber das überrascht uns nicht mehr. Mikalauskas ist neunundzwanzig Jahre alt. Er hat keinen festen Wohnsitz in Deutschland. Als EU-Bürger genießt er volle Freizügigkeit.«

»Weshalb lagen seine Fingerprints vor?«, wollte Lüder wissen. »Ist er vorbestraft?«

»Ja, mehrfach. Wegen unerlaubten Waffenbesitzes, räuberischer Erpressung und, wen wundert es, Drogenhandels. Er ist seit einem Dreivierteljahr wieder auf freiem Fuß. Auch in den Verhandlungen wurde nicht klar, womit er seinen Lebensunterhalt fristet. Man ging davon aus, dass er wesentlich umfangreicher in schmutzige Drogengeschäfte verwickelt war, als ihm nachgewiesen werden konnte.«

»Räuberische Erpressung? Was hat es damit auf sich?«

»Mikalauskas hat für ein inoffizielles Inkassobüro gearbeitet. Es hat sich damals kein Zeuge gefunden, der gegen ihn aussagen wollte, sonst wäre auch noch Körperverletzung hinzugekommen. Aber die Drohungen gegen Opfer und Zeugen haben Wirkung gezeigt.«

»Und nun hat er vermutlich für das Ostseekartell gearbeitet.«

»Oder ist dem in die Quere gekommen«, zeigte sich Vollmers skeptisch. »Das ist noch nicht geklärt. Wir wären ein Stück weiter, wenn wir wüssten, weshalb sich die Taten ausgerechnet in Hohwacht abspielen, dort, wo Blaskovic wohnt. Was soll damit demonstriert werden? Ich frage mich auch, weshalb eine so schillernde Persönlichkeit sich ausgerechnet in das eher stille ehemalige Fischerdörfchen zurückgezogen hat.« Er senkte die Stimme. »Wir haben auch noch den Verdacht gegen Florian Teichmeister. Der Verdacht gegen ihn ist nicht ausgeräumt. Wenn Mikalauskas auch in den Überfall auf Sonja Ehlebracht verwickelt war, gehört Teichmeister zu den Verdächtigen. Wo war er? Aber: Allein hätte er die Tat nicht ausüben können. Der Tote sah nicht so aus, als wäre er leicht zu überwältigen gewesen. Wer hat in diesem Fall Teichmeister geholfen?«

Diese Frage konnte Lüder auch nicht beantworten. Auch die anderen nicht. So endete dieser Sonntag unbefriedigend.

In den Medien wurde dem erneuten Leichenfund in Hohwacht breite Aufmerksamkeit gewidmet. Ditterts Blatt brachte die Tat in großer Aufmachung und behauptete auch, in Kiel sei ein Drogenkrieg ausgebrochen. Woher war LSD so gut informiert?, fragte sich Lüder. Der Journalist kannte nicht alle Fakten, umschrieb die Leerstellen aber so geschickt, dass es für den oberflächlichen Leser wie die Wahrheit wirkte. Würden Medienjuristen den Text auseinandernehmen, könnte es darauf hinauslaufen, dass es sich nur um Mutmaßungen handelte. Dittert verstand es immer wieder, seine Artikel auf dem schmalen Grat zwischen Wahrheit und Fiktion zu platzieren.

Der Beitrag war für diese Zeitung ungewöhnlich umfangreich. Geschickt verknüpfte Dittert den Drogenkrieg, der im zweiten Absatz schon nicht mehr nur als Möglichkeit, sondern als »bewiesen« dargestellt wurde, mit den dunklen Geschäften ortsansässiger stadtbekannter Unternehmer. Die Branche wurde nur vage angedeutet, aber mit ein wenig Phantasie konnte man die Verbindung zu Blaskovic herstellen.

Lüder atmete tief durch. Das war mutig von Dittert und seiner Chefredaktion. Daraus konnte sich ein massiver Rechtsstreit entwickeln, in dem Heere von Anwälten gegeneinander antraten, um die Debatte Meinungsfreiheit der Presse versus Geschäftsschädigung auszufechten. Es war schweres Geschütz, das gegen Blaskovic in Stellung gebracht wurde.

Würde Blaskovic die öffentliche Konfrontation suchen, würden nicht nur Ditterts Zeitung, sondern auch andere Presseorgane sich auf das Thema stürzen, und in einem Prozess würden viele Dinge ans Tageslicht kommen. Würde Blaskovic aber die Auseinandersetzung scheuen und schweigen, würde Dittert das als stilles Eingeständnis deuten und weiter in der offenen Wunde bohren. Blaskovic hing an Ditterts Angelhaken. Wie auch immer – seine Chancen waren schlecht. Aber auch Dittert hatte Geister heraufbeschworen, die ihm gefährlich werden konnten. Ein Hai am Haken war noch lange keine erlegte Beute.

Ob der Journalist sich bewusst war, dass er fortan gefährlich lebte? Lebte? Wie lange noch?

Lüder studierte auch andere Medien einschließlich der Meldungen und Kommentare in den sozialen Medien. Im Internet fanden sich zahlreiche kontroverse Stimmen. Die Diskussion wogte zwischen Pro und Kontra in Bezug auf die Freigabe von Drogen hin und her. Lüder fiel auf, dass dabei nicht zwischen soften Rauschgiften und harten Drogen differenziert wurde. Es fanden sich zahlreiche Befürworter für den ungehinderten Zugang zum Allheilmittel Cannabis-Öl, andere propagierten den straffreien Konsum von Cannabis und anderen Rauschmitteln.

Gerade noch ernst zu nehmen war ein Beitrag von »Rauschking« – so das Pseudonym –, in dem behauptet wurde, ohne volle Dröhnung sei das Leben nicht lebenswert. Wahre Liebe könne nur existieren, wenn die Menschheit nur noch bekifft herumlaufe. Ein anderer rief unverblümt zur Hetzjagd auf »die Greifer in Uniform« auf. Sachlicher waren Beiträge, die das Für und Wider abwogen.

Lüder war erstaunt, dass Harald Müller, der für einen liberalen Umgang mit weichen Drogen plädierte, sich öffentlich einen heftigen Diskurs über die sozialen Medien mit seiner Parteifreundin Nikola Beerendonk lieferte. Wenn es nach Punkten ging, war Müller der Sieger.

Vereinzelt meldeten sich auch Stimmen zu Wort, die verkündeten, dass sie künftig einen Bogen um das Kieler Vergnügungsviertel und den dort herrschenden »Drogensumpf« machen würden. Das sähen die dortigen Wirte mit Sicherheit nicht gern. Wenn die Gäste ausblieben, würde sich eine weitere Front gegen Blaskovic auftun.

Wenn er wirklich der örtliche Statthalter des Ostseekartells war, stellte sich zudem die Frage, wie lange die Bosse des Kartells das noch akzeptierten. Mit der Ermordung Baranauskas' vor Lüders Augen hatte man gezeigt, wie rigoros man vermeintliche Schwachstellen ausmerzte.

Lüder wurde ein Besucher angekündigt. Er begrüßte Professor Michaelis herzlich. Der Mathematiker war mit dem Zug aus Hamburg angereist. Michaelis hielt sich nicht mit langen Vorreden auf. Er ließ sich kurz von Lüder einweisen und studierte dann die Codeliste mit den Zahlen. Seine sorgfältig manikürten Finger fuhren dabei an den Zahlenreihen auf und ab. Lüder hatte ihm mehrere Kopien hingelegt. Das ging etwa zehn Minuten lang so.

Nachdem der Professor zunächst stumm die Zahlenkolonnen betrachtet hatte, entspannte sich langsam seine starre Haltung. Die in sein Gesicht gemeißelte Konzentration wich einem nahezu vergnügt wirkenden Lächeln, bis er sich zurücklehnte und Lüder ansah.

»Einfallslos«, stellte Michaelis fest. »Die müssen sich einmal etwas Neues einfallen lassen.« Er sah Lüder an. »Haben Sie bei der Konfiszierung dieser Liste auch Telefonbücher gefunden?«

»Moment.« Lüder fragte nach und sagte dann: »Ja.«

»Darf ich die haben?«

»Das sind alte Bücher aus Klaipėda.«

»Habe ich mir gedacht«, erwiderte der Professor. »Haben Sie sich nicht gewundert, dass die alten Schinken aufbewahrt wurden? Das sind doch Relikte der Vergangenheit. Heute holt man sich die Information aus dem Netz, gerade in den baltischen Staaten, die uns auf diesem Gebiet weit voraus sind.« Michaelis studierte noch einmal die verschlüsselte Aufzeichnung. »Ist ein Telefonbuch aus dem Jahre 2016 darunter?«

Lüder bat darum, dass man ihnen die Telefonbücher brachte. In der Zwischenzeit löcherte er Michaelis, aber der schwieg lächelnd.

Als die drei Bücher, darunter 2014 und 2018 eintrafen, griff sich der Professor den mittleren Jahrgang, sah erneut auf die Liste und blätterte in dem Buch. Immer wieder wanderte sein Finger über die Zahlenkolonnen, bis er schließlich auf eine Stelle im Telefonbuch tippte und sagte: »Da haben wir es.«

Lüder bat um eine Erklärung.

»Die ersten Zahlen in der ersten Zeile verweisen auf ein Referenzwerk, meistens auf ein Telefonbuch. Sender und Empfänger der Nachricht wissen, um welches es sich handelt. Man kann den Text auch ohne entschlüsseln, aber das ist aufwendiger. Da sie ein Telefonbuch benötigen, ist dieses Verschlüsselungsverfahren auch nicht mehr aktuell. Die ersten beiden Ziffern in der ersten Zeile verweisen auf den Jahrgang. Hier ist es der Jahrgang sechzehn. Die nächsten drei oder vier Stellen verweisen auf die Seite im Telefonbuch. Da muss man gucken. Hier sind es vier Stellen. Ich habe die Seite aufgeschlagen und mir die Zeile gesucht, die in den folgenden zwei Ziffern genannt wurde. Da finden wir eine Telefonnummer. Hier ist es die Vierzehn.« Michaelis zählte an seinen Fingern bis vierzehn und sprach dabei laut das Alphabet. Er kam bis »N«. »Dieser Buchstabe steht für das ›A‹. So wurde das Alphabet verschoben. ›O‹ steht für ›B‹, ›P‹ für ›C‹ und so weiter. Nun können Sie einen Text aus scheinbar sinnlosen Buchstaben übersetzen. Es geht aber auch noch einfacher. Auf dieser Liste finden Sie nur Zahlen. Jeweils zwei gehören zusammen und bilden ein Pärchen. Sehen Sie. Die Pärchen gehen nur bis sechsundzwanzig. Sie stehen für jeweils einen Buchstaben.«

»Und Zahlen?«, fragte Lüder.

»Die sind durch die Pärchen von neunzig bis neunundneunzig gekennzeichnet.«

Michaelis öffnete sein Notebook und suchte ein Programm. Er bat Lüder, ihm die Ziffern jeder Reihe zu diktieren, die er dann eintippte. Lüder staunte. Auf dem Bildschirm erschien eine Aufstellung mehrerer Konten. Sie prüften die IBAN und stellten fest, dass es sich um Bankverbindungen aus Litauen, Schweden und Dänemark handelte.

»Donnerwetter. Das ist ja großartig.«

Michaelis lächelte. »Das war gar nicht so dramatisch, kein Hexenwerk. Fast sogar simpel. Die Idee ist nicht neu. Und das Umsetzen – dabei hat mir ein Programm geholfen. Es ist eben eine Art Hobby von mir. Lassen Sie uns noch den weiteren Text eingeben.« Das Jagdfieber hatte den Professor gepackt. Den Zeilen mit den Kontoverbindungen folgten kleinere Texte. Michaelis starrte auf den Bildschirm. »Das sieht aus wie Schwedisch.«

Lüder bestätigte es. »Das sind kurze Texte, die auf Verträge für Möbellieferungen verweisen.«

Michaelis wirkte enttäuscht. »Hä?«

»Das führt uns weiter«, erklärte Lüder. »Das ergibt Sinn. Es gibt Zusammenhänge.«

Er bedankte sich bei Professor Michaelis. Der Mathematiker beteuerte, dass es ihm Vergnügen bereite, solche Fragen zu lösen, auch wenn es in diesem Fall keine große Herausforderung war.

»Sollen wir Sie zum Bahnhof bringen?«, fragte Lüder.

Michaelis winkte ab. »Danke. Ich nutze lieber die Gelegenheit, um ein wenig an der Förde spazieren zu gehen. Kiel ist immer eine Reise wert.«

Lüder begleitete den Professor noch bis zur Pforte des Polizeizentrums Eichhof.

Nach seiner Rückkehr an den Schreibtisch rief er im Institut für Rechtsmedizin an. Dr. Diether war nicht erreichbar, teilte man ihm mit. Aber der Arzt werde zurückrufen.

Es war später Nachmittag, als sich Dr. Diether meldete. »Sie haben es gut als Schreibtischpolizist«, sagte der Arzt zur Begrüßung. »Ihre einzige Befähigung besteht darin, Berichte zu lesen. *Zu lesen.* Nicht *zu verstehen.*«

»Ich achte Ihren Berufsstand«, erwiderte Lüder. »Immerhin wird für die Ausübung eines Metzgerhandwerks wie Ihrem Latein vorausgesetzt.«

»Man behauptet ja, Juristen würden es auch benötigen. Küchenlatein?«

»Und Sie? Anglerlatein, weil Sie oft im Trüben fischen?«

»Dabei hängen manchmal Erkenntnisse am Haken, die unschön sind«, wurde Dr. Diether ernst. »Ich hatte heute Gintaras Mikalauskas auf meinem Seziertisch. War der eigentlich Autor?«

»Nein. Wieso?«

»Weil der mir ganze Geschichten erzählt hat. Er ist jedenfalls nicht verdurstet, sondern im Salzwasser ertrunken. Er hat nur kurz unter Wasser gelegen, bis der Tod eingetreten ist. Es fehlen die typischen Merkmale für einen Aufenthalt unter Wasser. Dafür sprechen auch die Hämatome, die wir an ihm gefunden haben. Und Knochenbrüche. Man hat ihn brutal zusammengeschlagen, bevor er unter Wasser gedrückt wurde. Die Todesursache war aber eindeutig Ertrinken. Ich habe das Svernikov-Zeichen gefunden, das ist eine wässrigklare Flüssigkeit nach Entfernen der Siebbeinplatte. Und das Wydler-Zeichen. Dazu wird der Mageninhalt in ein Glas gefüllt, und man lässt es eine Weile stehen. Wie beim Latte macchiato bilden sich drei Schichten. Oben Schaum, in der Mitte eine wässrig-klare Flüssigkeit und unten feste Bestandteile.«

»Ich dachte, Sie stellen Wasser in der Lunge fest.«

Dr. Diether lachte. »Auch, aber das ist die einfache Variante für den Kurzkrimi vor der Tagesschau. Die haben ja nicht viel Zeit.«

»Man hat ihn mit Gewalt unter Wasser gedrückt? Nicht vorher sediert?«

»Nein. Vermutlich nicht. Die sogenannten K.-o.-Tropfen werden ja schnell im Körper abgebaut und können deshalb nur schwer nachgewiesen werden. Die Täter –«

»Die?«, unterbrach Lüder.

»Ja. Einer hätte es nicht geschafft. Der Tote war gut durchtrainiert, obwohl er schon einiges mitgemacht haben muss. Es gab Knochenbrüche, mehrere Schnittverletzungen, und einmal muss er sogar von einer Kugel getroffen worden sein. Außerdem war er ein Bilderbuch. Der Mann bestand nur noch aus Tätowierungen. Seine DNA haben wir übrigens auch bei Sonja Ehlebracht gefunden.«

»Dann war er einer der Vergewaltiger?

»Diese Vermutung lässt die Spurenlage zu«, bestätigte Dr. Diether. »Es gibt aber noch etwas.« Er zögerte. »Wir haben an seinem Genital kräftige Bissspuren gefunden.«

»Das könnte –«, setzte Lüder an, aber Dr. Diether unterbrach ihn. »Das muss höllisch geschmerzt haben. Es war ein herzhafter Biss in seinen Marschallstab. Ich habe mir erlaubt, den Abdruck mit dem Gebiss von Sonja Ehlebracht abzugleichen. Es passt.«

Für einen Moment herrschte Stille zwischen den beiden. Vor Lüders geistigem Auge spielte sich eine grauenvolle Szene ab. Die Vergewaltiger hatten Sonja Ehlebracht zum Oralverkehr gezwungen. Die gepeinigte Frau hatte sich auf diese Weise gewehrt. Lüder äußerte den Verdacht, dass man die Frau aus Rache so zugerichtet habe.

»Es ist ein Wunder, dass sie noch lebt, nachdem man ihr den Mund mit Salzsäure ausgespült hat. Ich spare mir die Schilderung, welche Folgen das hatte. Lebt? Ist das – noch – ein Leben? Physisch und psychisch? Ich habe mit den behandelnden Ärzten gesprochen. Man hat sie heute vorsichtig aus dem künstlichen Koma geholt. Ich kann es nicht beurteilen, bin mir aber nicht sicher, ob das richtig war. Und bevor der Kriminalist in Ihnen glaubt, sie könnte mit Aussagen dienlich sein … Vergessen Sie es. Sie wird künstlich ernährt. Ganz bestimmt ist ihre Psyche zerstört. Aber nicht nur die. Sie kann nicht sprechen. Ich fürchte, das wird sie nie wieder können. Ich sollte es nicht sagen, es ist unprofessionell«, fügte Dr. Diether leise an. »Aber ich bin auch nur ein Mensch. Und kein Jurist. Deshalb kann ich die Motivation des Mörders von Mikalauskas nachempfinden. Es ist nicht meine Welt, aber ich würde ihn unter denen suchen, die Sonja Ehlebracht nahestanden.

Ich spreche jetzt ausdrücklich als Laie, aber das ist für mich Rache pur. Und nun vergessen Sie meine letzten Worte«, sagte Dr. Diether. »Das nächste Mal möchte ich wieder einen ganz normalen Toten von Ihnen auf meinen Tisch bekommen.«

»Danke«, sagte Lüder.

»Ich antworte jetzt nicht mit ›Gern geschehen‹. Nicht in diesem Fall. Tschüss.«

Lüder überlegte, ob er Vollmers informieren sollte. Er entschied sich dagegen. Das war starker Tobak, den der Rechtsmediziner ihm serviert hatte. Weshalb waren die Peiniger Ehlebrachts ermordet worden? War es Rache? Und wer hatte die Taten ausgeführt? Florian Teichmeister stand in dringendem Tatverdacht. Aber allein konnte er Mikalauskas nicht ertränkt haben, hatte Dr. Diether erklärt.

Lüder griff doch zum Telefon und rief Vollmers an. Der Hauptkommissar wusste vom DNA-Abgleich und dass der Tote einer der Vergewaltiger war.

»Wir haben ein geschöntes Bild von Mikalauskas angefertigt und sind damit zum Ehepaar Buschmeier gefahren. Sie wissen –«

»Ja«, unterbrach ihn Lüder. »Das ältere Paar, das auf dem Parkplatz unterhalb des Wasserturms die Auseinandersetzung mit den Insassen des Toyota Highlander hatte, als diese mit dem Kleindealer Melake Mebrahtu zusammengekommen sind.«

»Die alten Leute haben Mikalauskas als den zweiten Insassen des Toyota identifiziert. So kommen wir langsam voran. Es nützt uns aber nichts, wenn wir die Täter, damit meine ich auch den Anschlag auf unsere Kollegin, nur tot serviert bekommen. Levickis und Mikalauskas – das sind zwei der vier Vergewaltiger. Wir können uns doch nicht zurücklehnen und darauf warten, dass man uns die anderen beiden auch serviert.«

»Der Verdacht gegen Teichmeister ist nicht ausgeräumt. Sind Sie in dieser Sache weitergekommen?«

»Wir laufen uns die Hacken blutig«, antwortete Vollmers gereizt. »Gestern, am Sonntag, haben wir versucht, mit ihm zu sprechen, ihn aber nicht angetroffen. Ihn zur Fahndung auszuschreiben, dafür haben wir zu wenig in der Hand. Immerhin hat man intern reagiert und Teichmeister vom Dienst freigestellt.«

Lüder erwähnte Dr. Diethers Hinweis, dass für das Ertränken mehrere Täter erforderlich waren. »Wo sollte Teichmeister einen Komplizen herbekommen?«

»Sie haben doch gehört, dass Mikalauskas verprügelt wurde. Das könnte seinen Widerstand gebrochen haben. Sehen Sie gelegentlich einmal ins Internet?«

»Wenn mir die Zeit dazu bleibt.«

»Da finden sich inzwischen Hunderte von Einträgen zu Sonja Ehlebracht. Der Tenor ist breit gestreut. Von mitfühlend bis gehässig ist alles dabei. Wir haben die Einträge gesichtet. Darunter gibt es auch Kommentare, die Polizisten zuzuschreiben sind. Ein anonymer Schreiber behauptet, auch Polizist zu sein, und wählt sehr drastische Worte. Er klagt darüber, dass die Polizei oft zum Prügelknaben wird und die Rückendeckung durch die Politik und Justiz fehle. In der Öffentlichkeit werde oft ein falsches Bild von prügelnden und Gewalt anwendenden Polizisten verbreitet. Der mutmaßliche Kollege wirkt sehr desillusioniert. Er meint, die sollen sich doch gegenseitig umbringen. Jeder tote Dealer erspare der Polizei und der Justiz Arbeit. Mit solchen Kommentaren erweist man uns einen Bärendienst. Das zeigen auch Einträge, die auf diesen Bezug nehmen. So schaukeln sich die Stimmungen gegenseitig hoch.«

»Haben Sie die Kommentare dieser Art einmal verfolgt?«, wollte Lüder wissen.

Vollmers lachte bitter auf. »Die benutzen doch alle ein Pseudonym. Wir gehen jetzt schon auf dem Zahnfleisch. Wo sollen wir das zusätzliche Personal hernehmen?«

»Es ist schwierig«, pflichtete ihm Lüder bei. »Wir gehen

davon aus, dass Mikalauskas von mehr als einem Täter ermordet wurde. Das trifft mit hoher Wahrscheinlichkeit auch auf Levickis zu, der von der Aussichtsplattform gestoßen wurde. Wenn einer der frustrierten anonymen Kollegen Kontakt mit Teichmeister aufgenommen hat und sich da zwei oder mehr Gleichgesinnte zusammengetan haben, hätten wir eine Tätergruppe. Ich möchte mir nicht vorstellen, was passiert, wenn die Presse, insbesondere Dittert, davon Kenntnis erhält. Allein die Vermutung reicht aus, um mit großem Geschütz zu ballern. Nicht nur das. Solche Themen greift auch das Ausland begierig auf. ›Todeskommando bei der deutschen Polizei‹. In England geistert immer wieder der deutsche Panzer durch die Medien, wenn die Nationalmannschaft dort spielt. Und andere Politiker beschimpfen unsere ungeniert als Nazis.«

»Wir sind uns all dessen bewusst, aber …« Vollmers klang ein wenig hilflos.

Sie sicherten sich gegenseitig zu, in Verbindung zu bleiben.

Als Nächstes wählte Lüder das Mobiltelefon von LSD an. Der Journalist war sofort am Apparat. »Das ist aber eine große Überraschung, Lüders. Was wollen Sie mir verraten?«

»Woher wissen Sie von meinem Besuch bei Blaskovic?«

»Nun mal sachte. Es ist unser täglicher Job, Themen aufzuspüren und sie mit Inhalt zu füllen. Sie sagen dazu Ermittlungen, wir nennen es Recherche.«

»Blödsinn, Dittert. Irgendjemand hat es Ihnen zugetragen.«

LSD flötete wie ein Vogel. »Wir füttern die Spatzen am Kieler Himmel. Die tragen uns dann die Neuigkeiten zu.«

»Wer ist Ihr Informant?«

»Aber, aber. Wir kennen uns schon lange. Ich werde doch nicht meine Quellen nennen. Es ist aber kein Geheimnis, dass ich auch mit Harald Müller gesprochen habe. Politiker sind oft ganz begierig darauf, in der Presse zu erscheinen. Müller trägt seine Meinung zur Freigabe von Drogen fast schon gebetsmühlenartig vor. Er ist politisch ambitioniert und trägt eine

öffentliche Fehde mit seiner Parteifreundin Beerendonk aus.«
Dittert kicherte. »Also – Freundin kann man die nicht mehr
nennen. Sie haben keine Vorstellung davon, was dort hinter
den Kulissen abgeht. Beerendonk ist ganz wild darauf, ins
Kabinett zu kommen. Sie sammelt schon ihre Armeen um sich.
So buhlt sie um die Gunst der Wirtschaft, die in Carl Moritz
ein Aushängeschild hat. Wenn Moritz sie öffentlich, aber auch
mit Spenden fördert, erwartet er auch Gegenleistungen.«

»Hat er es Ihnen gegenüber eingestanden?«

»Seien Sie nicht naiv. Darüber spricht man nicht. Natürlich
habe ich nicht nur mit Müller, sondern auch mit Moritz gesprochen. Er ist besorgt, was derzeit in Kiel läuft. Ich wollte
wissen, wie die Wirtschaft zur Drogenpolitik steht und ob sie
sich durch die aktuellen Geschehnisse gestört fühlt.«

»Und?«

»Lesen Sie Zeitung. Das bildet«, antwortete Dittert vergnügt. »Moritz hat den Kontakt zu Beerendonk gesucht.
Das ist Politik. Er hofft, sie kann ihren Einfluss geltend machen. Außerdem ist es klug, schon im Vorfeld ein Netzwerk
zu errichten. Wenn es Beerendonk wirklich in die Regierung
schaffen sollte, hätte Moritz einen Fuß in der Tür. Ja, Lüders,
so läuft der Hase. Wie gut, dass es die Presse gibt. Ohne uns
würde vieles im Argen liegen. Sagen Sie mal – was wollten Sie
eigentlich von mir?«

»Ihre Stimme hören.«

»Ach, Lüders. Sie sind ein Schlitzohr. Lassen Sie mal ein
paar Infos rüberwachsen. Gibt es schon Neuigkeiten?«

»Sie sind doch am Ball und haben sich mit Ihrem heute
erschienenen Artikel weit aus dem Fenster gelehnt. Seien Sie
vorsichtig. In den Niederlanden mussten schon Journalisten
sterben, weil sie sich mit den falschen Leuten angelegt hatten.«

»Ich bin geschmeidig wie eine Katze«, erwiderte Dittert
leichthin. »Und die haben ja bekanntlich sieben Leben.«

»Achten Sie auf sich«, riet ihm Lüder zum Abschied und
dachte dabei an Sonja Ehlebracht.

Während des Gesprächs hatte es einen weiteren Anruf gegeben, der auf Lüders Mobilbox aufgelaufen war. Der Anrufer nannte keinen Namen. Seine Rufnummer war unterdrückt. Lüder erkannte Florian Teichmeister. Der suspendierte Kriminalbeamte atmete schwer. Er schien betrunken zu sein. Davon zeugte sein Lallen.

»Danke, du Arschloch. Du hast mich schön reingeritten und mich voll angeschissen. Jetzt haben sie mich am Kragen. Das nenne ich Korpsgeist. Da jubilieren die Verbrecher doch, wenn wir uns gegenseitig zerfleischen. Du bist ein verdammtes … verdamm–«

Dann war die Verbindung unterbrochen.

Lüder versuchte, Teichmeister zu erreichen. Auf dem Handy sprang sofort die Mobilbox an. Auf dem Festnetz nahm er nicht ab. Der Polizist hielt Lüder für verantwortlich für die gegen ihn laufenden Ermittlungen und die Suspendierung. Hatte er nicht damit gerechnet, dass man ihm so schnell auf die Spur kommen würde?

Teichmeister war ein erfahrener Kriminalist und kannte die Arbeitsweise der Polizei. Lüder war erstaunt, dass er sich weigerte, etwas zu seinem Aufenthalt zum Zeitpunkt der Ermordung Levickis' zu sagen. Wie konnte er erklären, dass er zum fraglichen Zeitpunkt auf der Rückfahrt von Hohwacht gesehen worden war? Ein Laie hätte möglicherweise etwas erfunden, von einer Begegnung mit einem Unbekannten oder einem nächtlichen Spaziergang an einem anderen Ort an der Küste erzählt. Teichmeister war klug genug, sich nicht auf solche Ausreden einzulassen. Schweigen war besser, weil die Ermittler ihm dann etwas nachweisen mussten. Und das war schwierig, wenn es keine Zeugen oder Spuren gab. Und er wusste, wie man Spuren vermeiden konnte.

Lüder überlegte, Vollmers darauf hinzuweisen, dass man Teichmeisters Alibi für die Zeit von Mikalauskas' Ermordung prüfen sollte. Er verzichtete darauf, Vollmers anzurufen. Der Hauptkommissar war erfahren genug, diesen Umstand zu bedenken, und würde ganz sicher ungehalten auf solche Hinweise reagieren.

Lüder suchte die Telefonnummer von Nikola Beerendonk heraus. In der Leitung knackte es. Es wurde eine Rufumleitung gestartet. Die führte zu einem Mobiltelefon. Dort erklärte eine Altstimme, dass Nikola Beerendonk nicht zu erreichen sei. Es gab aber keine Hinweise auf andere Kontaktmöglichkeiten.

Im Wahlkreisbüro erfuhr er, nachdem er sich als Mitarbeiter des LKA geoutet hatte, dass die Landtagsabgeordnete vermutlich im Landtag war. Die dortige Zentrale wollte ihm weder Auskunft über die Anwesenheit der Abgeordneten erteilen noch ihn verbinden. Es bedurfte einer längeren und eindringlichen Überredung, bis er einen jungen Mann am Apparat hatte, der seinen Wunsch entgegennahm, um einen Augenblick Geduld bat und ihn schließlich mit Nikola Beerendonk verband.

Es meldete sich die gleiche Altstimme, die er auf der Mobilbox vernommen hatte. Beerendonk hörte sich seine Bitte um ein Gespräch an, fragte nach dem Hintergrund und zierte sich zunächst. Ihr Terminplan sei eng getaktet.

Erst als Lüder auf Carl Moritz verwies und dessen Anliegen, die Polizei möge sich bei ihrem Engagement zurückhalten, wurde Beerendonk zugänglicher. Lüder berichtete von seinem Kontakt zu Harald Müller und ließ anklingen, der Parteifreund habe bei den verantwortlichen Stellen die Nase vorn.

»Ich schätze die Arbeit der Behörden«, erwiderte Beerendonk ein wenig schnippisch, »aber Gesetze werden immer noch im Parlament entschieden.«

Lüder stimmte ihr zu, erwähnte aber auch die öffentliche Wahrnehmung.

»Gut«, sagte Beerendonk schließlich. »Kommen Sie in den Landtag. Sie finden mich in meinem dortigen Abgeordnetenbüro.«

Lüder machte sich auf den vertrauten Weg vom Polizeizentrum Eichhof zum Landeshaus. Wie oft war er diesen Weg schon gefahren?, überlegte er unterwegs. Und wie lange lebte er jetzt schon in Kiel? Er kannte fast jeden Winkel der Landeshauptstadt, ihre verborgenen Schönheiten und die unsichtbaren Reize, die nicht nur in der traumhaften Lage am Wasser begründet waren, sondern in den bürgerlichen Wohnvierteln, wo der Krieg nicht gewütet hatte. Weshalb nach Venedig reisen? Der Rathausturm war dem Campanile nachgebildet. Allerdings hatten die Kieler ihn höher gebaut als das Original.

Lüder meldete sich am Empfang des Landeshauses und wartete, bis er von einem jungen Mann abgeholt und zum engen Büro der Abgeordneten gebracht wurde. Nikola Beerendonk sah auf, als er eintrat.

»Nehmen Sie dort Platz«, forderte sie ihn auf und zeigte auf den zweiten Schreibtisch. »Der Kollege ist heute nicht im Haus.«

»Harald Müller?«, fragte Lüder.

Sie lachte herzhaft. »Um Gottes willen. Sind Sie von der Mordkommission? Dann wäre Ihr Kommen ein prophylaktisches. Ich glaube, es hat sich herumgesprochen, dass es zwischen Müller und mir keine Liebesbeziehung gibt. Keine politische«, fügte sie an. Als Lüder sie fragend ansah, ergänzte sie: »Auch sonst keine.«

Die grau melierten Haare waren stramm nach hinten gekämmt und lagen in einer leichten Welle über den Ohren. Das Gesicht wies grobe Züge auf. Die Nase war schmal, die Wangenknochen sprangen hervor. Ohrringe und eine Kette um den Hals verliehen ihr den femininen Touch, den die Natur ihr nicht gegönnt hatte. Sie war hager. Unter dem leichten Pullover zeichneten sich weibliche Attribute ab, die aber fern jeder Üppigkeit waren. Sie war eine Erscheinung, die man bei der Begegnung im öffentlichen Raum sicher nicht auf den ersten Blick wahrnahm, dachte Lüder. Das war kein Kompliment.

»Jeder weiß um unsere sehr differenten Ansichten zu zahlreichen Themen.«

»Das ist verwunderlich, da Sie beide derselben Partei angehören.«

»Das ist das Wesen der Demokratie. Die lebt doch vom Meinungsaustausch.«

»Politik heißt aber gestalten.«

»Das machen wir tagtäglich. Deshalb hat mich auch Carl Moritz kontaktiert. Er möchte gern, dass wir die Gegebenheiten so gestalten, dass der Wirtschaft möglichst keine Hindernisse in den Weg gelegt werden.«

»Lobbyismus?«

»Nein. Ein berechtigter Wunsch. Die Kunst der Politik besteht darin, Dinge gegeneinander abzuwägen und das Optimum zu erzielen.«

»Und das sehen Sie nicht im liberalen Umgang mit Drogen?«

»Ich?« Sie lachte gekünstelt auf. »Freiheit ist erstrebenswert, aber sie muss ihre Grenzen haben. Nicht nur dort, wo sie zulasten anderer ausgeübt wird. Ganz trivial: Sie können nicht bis zum Morgengrauen feiern, und die Menschen in der Umgebung finden keinen Schlaf. Es gibt aber noch andere Grenzen. Wir müssen auch jene beschützen, die – aus welchem Grund auch immer – ihrem Leben ein Ende setzen wollen, des Daseins überdrüssig sind. Lassen wir das selbstbestimmte Sterben bei unheilbar Kranken einmal außen vor. Wenn wir einem Menschen, der temporär in einer kritischen Situation ist, den Suizid gestatten, würden wir den Begriff der individuellen Freiheit zu weit fassen. So halten wir ihn zu seinem eigenen Schutz in der Psychiatrie in Obhut. Das spricht nach meiner Meinung nicht gegen die individuelle Freiheit. Wenn Sie diesen Faden weiterspinnen, bleibt auch nur der Schluss, dass die Freigabe von Drogen auch die Freiheit des Einzelnen übersteigt. Wir müssen nicht die fatalen Folgen des Drogenkonsums diskutieren.«

»Harald Müller teilt diese Meinung nicht.«

»Das ist ja der Grund für unseren Dissens. Ich kann mir nicht vorstellen, dass jeder immer und überall ungehinderten Zugang zu Drogen hat. Eine wirksame Kontrolle des freien Handels kann es nicht geben. Wer soll die durchführen? Und wie? Wollen wir staatliche Läden einführen wie in Schweden, wo Systembolaget als staatliches Unternehmen das Monopol auf den Einzelhandel von alkoholischen Getränken ab einem bestimmten Alkoholgehalt hat? Man glaubt, es sei ein Instrument der Alkoholpolitik und man kann damit den Konsum der Schweden steuern.«

»Müller und Gleichgesinnte denken wohl eher an lizenzierte Geschäfte.«

Sie winkte ab. »Ich weiß. Wie die Coffeeshops in den Niederlanden. Nein! Das kann keine Lösung sein. Ganz im Gegenteil. Wir sollten noch unerbittlicher gegen den illegalen Drogenhandel vorgehen und den Verfolgungsdruck auf die Dealer erhöhen.« Sie zeigte aus dem Fenster. »Jeder Dealer, der vor einer Schule steht, soll wissen, dass er über kurz oder lang gefasst und der Justiz zugeführt wird.«

»Die Kleindealer sind austauschbar«, gab Lüder zu bedenken.

»Steter Tropfen höhlt den Stein. Es muss nur konsequent durchgegriffen werden.«

»Dann müssen wir aber größere Gefängnisse bauen.«

»Vielleicht ist das so. Wenn die zahlreichen kleinen Banden vom Markt verschwinden, bricht die Infrastruktur zusammen.«

»Es gibt auch die Idee, an die Köpfe heranzukommen, die Logistik zu stören, und zwar nachhaltig.«

»Theoretisch ist das denkbar«, gab Beerendonk zu. »Ich frage mich, weshalb die Polizei dieser Idee nicht folgt.«

»Daran wird gearbeitet.«

»Aber ohne sichtbaren Erfolg. Ich werde mich diesem Thema widmen und ein besonderes Augenmerk darauf richten, wenn man mir exekutive Verantwortung überträgt.«

»Wie sehen Sie Ihre Chancen?«

Sie legte die Hände zu einem Dach zusammen, sodass sich die Spitzen ihrer schlanken Hände berührten. »Die Entscheidung liegt beim Wähler. Der trifft diese aber nicht rational, sondern lässt sich von Emotionen und Oberflächlichem leiten. Dabei werden die gleichen Instinkte wie in der Werbung angesprochen. Das ist ein Problem, das alle Parteien haben. Ich bin dafür angetreten, die Verhältnisse zu ändern. Dazu bedarf es der Mehrheit. Beim Wähler und in der Partei. Dieses Bemühen ist eine der dringlichsten Aufgaben meiner politischen Arbeit.«

»Wie soll sich dieser Wandel einstellen?«

»Das wird sich zeigen. Dazu bedarf es eines Masterplans. So geht es jedenfalls nicht weiter. Natürlich ist auch Sensibilität gefragt. Man darf nicht mit der Axt wild herumholzen. Aber es muss etwas geschehen. Das Feld ist weit. Bleiben wir bei der Drogenpolitik. Meine Strategie ist, den Markt auszutrocknen, die Nachschubwege abzuklemmen und die Infrastruktur des Drogenmarktes zu zerschlagen.«

»Das ist auch die Vorgehensweise von Justiz und Polizei«, gab Lüder zu bedenken.

»Nur bedingt«, widersprach Beerendonk. »Da fehlt Entschlossenheit. Ich habe es eben schon ausgeführt, wie ich mir ein Vorgehen vorstelle.«

»Haben Sie schon einmal etwas vom Ostseekartell gehört?«

»Ja.«

»Das ist multinational organisiert. Es ist schwierig, dort lokal tätig zu werden. Für mich zeigt sich ein Widerspruch. Auf der einen Seite treten Sie für die Interessen Ihres Freundes Carl Moritz ein, der –«

»Halt!«, unterbrach sie Lüder barsch. »Sie sollten keinen falschen Zungenschlag hineinbringen. Wenn ich mir die Sorgen der Wirtschaft anhöre und erkenne, dass dort Handlungsbedarf besteht, bedeutet es noch lange nicht, dass ich wie auch immer geartete Beziehungen zu Moritz unterhalte. Im politischen Geschäft wird einem oft genug das Wort im Mund umgedreht. Sie können in solche Aussagen vieles hineininterpretieren, bis hin zur Korruption.«

»Das unterstellt Ihnen niemand. Es ist nur eine Frage der Praktikabilität, wie man gegen solche international ausgerichteten Verbrecherorganisationen vorgeht. Wenn Sie mit großem Geschirr gegen die kleinen Drogenringe vorgehen, besteht die Gefahr, dass sich anstelle kleinerer Drogenringe ein supranationales Konsortium breitmacht, dem der Staat nicht mehr gewachsen ist.« Lüder ließ unerwähnt, dass genau das die Vorgehensweise des Ostseekartells war, das mit brutaler Gewalt die Konkurrenz ausschaltete.

»Ich glaube, *eine* große Organisation lässt sich besser bekämpfen. Sie wissen, wer Ihr Gegner ist. Und Sie können international zusammenarbeiten. Vielleicht sind andere Polizeieinheiten besser aufgestellt.«

Das war eine deutliche Kritik an der Arbeit der hiesigen Polizei. Was konnte man erwarten, wenn diese Frau wirklich an die Spitze des Ministeriums rücken würde? Und was mochte sie zu der Annahme verleiten, dass man ein kriminelles Konsortium wie das Ostseekartell gezielter bekämpfen könnte als die kleinen lokalen Banden?

»Ich teile Ihren Ansatz nicht«, sagte Lüder.

»Das ist Ihr gutes Recht. Ich glaube, Sie stecken viel zu tief im Detail. Dabei kann der Blick für das Wesentliche, das große Zusammenhängende unscharf werden.«

»Mit Verlaub – aber Sie machen es sich sehr einfach. Polizeiarbeit ist Kärrnerarbeit. Jeder einzelne Polizist und jede einzelne Polizistin da draußen steht täglich vor einer großen Herausforderung und riskiert oft seine und ihre Gesundheit.«

»Das ist mir bekannt – und bewusst. Ich beschäftige mich mit dem Thema schon länger und möchte nicht unvorbereitet Verantwortung übernehmen. Es sind aber verschiedene Ebenen, das tägliche Geschäft in der Praxis und die strategischen Überlegungen zur Führung.« Sie rückte sich auf dem

Stuhl zurecht. »Man hört oft genug von Übergriffen auf Menschen, die im Interesse der Allgemeinheit tätig sind. Zugbegleiter, Mitarbeiter in der Verwaltung, Feuerwehr. Rettungsdienst und natürlich auch bei der Polizei.« Sie hielt inne und schloss kurz die Augen. »In jüngster Zeit haben wir wieder ein solch schreckliches Beispiel gehabt. Die junge Polizistin.« Sie legte eine kurze Pause ein. »Können Sie noch richtig schlafen? Oder tauchen nicht ständig Bilder von der schrecklich zugerichteten Kollegin auf? Es ist teuflisch, was man der Frau angetan hat.«

Betroffenheit zeichnete sich auf Beerendonks Gesicht ab. Sie rückte in ihrem Sessel ein Stück vor und drückte die Wirbelsäule durch.

»Woher haben Sie diese internen Informationen?«, fragte Lüder.

Sie sah ihn lange an und lehnte sich wieder zurück. »Ich möchte Innenministerin werden«, antwortete sie ausweichend. »Das passt nicht jedem – nicht dem politischen Kontrahenten.«

»Auch in Ihrer eigenen Partei gibt es Widerstände.«

Sie lächelte. »Das ist das Los einer Politikerin. Aber ich bin bereit, mich für meine Ansichten einzusetzen. Kaum jemand ahnt, mit welch harten Bandagen in der Politik oft gerungen wird.« Sie sah demonstrativ auf die Uhr. »Es war interessant, mit Ihnen Gedanken auszutauschen. Wenn sich meine Arbeit dahin gehend auszahlt, dass ich Verantwortung übernehme … vielleicht hören wir dann wieder voneinander. Ich habe gehört, dass Sie einen guten Draht zu einem damaligen Ministerpräsidenten hatten.«

»Ich habe als Personenschützer gearbeitet.«

»Sei es drum. Wie gesagt – vielleicht kreuzen sich unsere Wege noch einmal.«

Lüder stand auf. »Ich wünsche Ihnen viel Erfolg.«

Sie lächelte erneut. »Danke. Sie finden allein hinaus?« Sie rief ihm ein leicht hingeworfenes »*Hejdå*« hinterher.

Das war der Fall. Lüder war oft genug im Landeshaus gewesen. Ob Beerendonk darüber informiert war, dass er sogar schon eine Schießerei in diesem Haus hinter sich hatte?

Vom Auto aus rief er Dr. Starke an.

»Wo steckst du?«, wollte der Abteilungsleiter wissen.

Lüder erklärte es.

»Was soll das?« Dr. Starke klang ungehalten. »Hier brennt der Baum, und du plauderst mit Politikern.«

»Ich *plaudere* nicht mit Politikern, sondern ermittle.«

»Lüder! Ich lasse dir oft freie Hand. Aber wir müssen das Ganze sehen. Ich glaube nicht, dass ein Gespräch mit Nikola Beerendonk neue Erkenntnisse bringt. Wir sollten unser Augenmerk auf Wichtiges richten. Dazu gehört für mich Blaskovic.«

Lüder stimmte seinem Vorgesetzten zu. »Was ist mit dem?«

»Bist du wirklich nicht informiert?«

»Wenn es ganz aktuelle Entwicklungen gibt, lasse mich an deinem Wissen teilhaben.«

»Aktuelle Entwicklungen!« Dr. Starke klang gereizt. »Das ist schon gestern Abend passiert.«

Lüder fragte nach.

»Mensch. Gestern Abend haben Unbekannte die Scheiben vom Devils Home eingeworfen und einen Brandsatz gezündet. Zum Glück haben Passanten es mitbekommen, sodass ein größeres Unglück verhindert wurde. Es entstand nur geringer Brandschaden. Die Täter, man spricht von zweien, konnten unerkannt entkommen. Wir haben hier die Situation analysiert und sind der Meinung, dass Unruhe in der Szene entstanden ist. Blaskovic hat das Geschäft nicht mehr im Griff.«

»Es war doch unser Ansatz, seine Position zu erschüttern. Durch Razzien, die ihm zeigen, dass er unter Beobachtung steht.«

»Das hast du nicht auf der Polizeihochschule gelernt. Glaubst du, er gibt alles freiwillig auf?«

»Mit Sicherheit nicht. Springen jetzt andere in die Bresche, die seine momentane Schwäche ausnutzen? Ich frage mich, wer ihm auf den Fersen ist. Muss er jetzt hart durchgreifen, um seine Machtposition wieder zu festigen?«

»Das sind taktische Spielchen, die wir nicht betreiben dürfen. Nicht können und auch nicht wollen. Wir dürfen keinen Bandenkrieg provozieren.«

Lüder gab dem Abteilungsleiter recht und fragte, ob man schon eine Idee habe, wer hinter dem Überfall auf das Devils Home stecken könnte.

»Nach Zeugenaussagen sind die Täter mit einem Motorrad geflüchtet. Von dem gibt es weder ein Kennzeichen noch eine Beschreibung.«

»Baranauskas wurde auch von einem Motorradfahrer erschossen, als er das Gefängnis verließ.«

»Glaubst du, da gibt es einen Zusammenhang?«

»Glauben führt uns nicht weiter. Es zählen nur Fakten.«

»Welche vermutlich konkurrierende Bande steckt dahinter? Wir haben drei Tote. Baranauskas würde ich dem Ostseekartell zuordnen. Uns fehlen Beweise, dass er mit Blaskovic zusammengearbeitet hat. Aber wie passen Mikalauskas und Levickis da hinein? Und in wessen Auftrag ist der mordende Motorradfahrer unterwegs?«

Darauf hatte Lüder auch keine Antwort.

»Der eritreische Kleindealer ist weiterhin verschwunden. Und wir haben zwei überfallene Frauen.«

»Zwei?«

»Ja. Die Sekretärin, ich weiß, das nennt man heute anders, von Blaskovic ist heute Mittag überfallen worden. Sie wollte in der Mittagspause Richtung Alter Markt laufen und wurde im Ratsdienergarten in Höhe des Klaus-Groth-Denkmals von einem Mann in Lederkleidung, die Zeugen meinen, es könnte sich um eine Motorradkluft handeln, tätlich angegriffen.«

»Was ist ihr geschehen?«

»Man hat auf sie eingeschlagen, sie mit Fäusten traktiert. Als sie auf dem Boden lag, hat der Täter nachgetreten. Sie liegt im Städtischen Krankenhaus.«

»Wir haben es mit Leuten zu tun, die keine Gewalt scheuen«, stellte Lüder fest und versprach, sich umgehend auf den Weg zum LKA zu begeben.

Dort angekommen suchte er das Büro des Abteilungsleiters auf, aber Edith Beyer informierte ihn: »Er ist kurzfristig zu Nathusius gerufen worden.«

Lüder sollte es recht sein.

Weshalb hatte man Blaskovics Mitarbeiterin angegriffen? War es eine weitere gegen ihn gerichtete Aktion? Ein Warnzeichen? Es gab immer noch keine Hinweise darauf, welche Bande den Krieg gegen Blaskovic führte. Wer nahm es mit dem Ostseekartell auf? Für Lüder schien es klar zu sein, dass Blaskovic und Baranauskas das Kartell in Kiel repräsentierten. Wenn man die Tat gegen Sonja Ehlebracht als Warnung und Rache verstand, blieb die Frage offen, weshalb zwei brutale Handlanger des Kartells ermordet wurden. Welchen Sinn hatten diese Morde für die Konkurrenz?

So konzentrierte sich der Verdacht auf Teichmeister, der sich für das Verbrechen an Sonja Ehlebracht rächen wollte. Aber woher hatte der Kriminalbeamte die Hintergrundinformation, die ihn zu Levickis und Baranauskas geführt hatte? Er kannte die Drogenszene. Hätte er sein Wissen vor seiner Suspendierung nicht in den Dienst der Ermittlungen stellen müssen?

Lüder hatte zwischenzeitlich noch einmal mit Teichmeisters Vorgesetztem, Hauptkommissar Marlow, gesprochen. Er hatte seinen Fahnder als couragierten Polizisten beschrieben, der in kritischen Situationen durchaus nicht zimperlich war. Bisher habe es aber keine Hinweise auf ahndungswürdige Regelverstöße gegeben. Um im sportlichen Bereich zu bleiben: Teichmeister habe noch nie die Gelbe Karte gesehen. Umso erstaunter waren alle über den Verdacht, der über dem Polizisten schwebte.

Und nun die Frau aus Blaskovics Büro. War es nur eine

Frage der Zeit, bis sich die Gewalt gegen Blaskovic selbst richtete? Es gab noch eine weitere Frage. Woher wusste der Journalist Dittert, dass Lüder Blaskovic aufgesucht hatte? Lüder rief LSD an.

»Das trifft sich gut. Ich habe auch Neuigkeiten für Sie. Kommen wir ins Geschäft? Information gegen Information?«

»Ich beziehungsweise wir kommen auch ohne Sie zurecht.«

»Aber nicht voran. Ich kenne ja Ihren Laden. Wenn es Erfolge gegeben hätte, hätten Ihre Altvorderen schon kräftig ins Horn geblasen. So wie die Jäger, wenn am Ende der Jagd die Strecke verblasen wird. Und es sind ja schon einige in diesem Fall erlegt worden. Hören Sie doch auf, Lüders. Glauben Sie wirklich, wir von der Presse sind so blöd? Wir recherchieren auch. Anders als Sie, aber deshalb nicht weniger erfolgreich.«

»Dann kann ich Ihnen bald zum Pulitzerpreis gratulieren.«

»Zum Purzelpreis? Lassen Sie man. Sie gewinnen ja auch nicht den World-Crime-Award. Aber es wäre doch etwas, wenn wir uns zusammentun würden, oder?«

»Okay. Bewerben Sie sich bei der Polizei, durchlaufen Sie die Ausbildung, und dann kommen Sie zum LKA.«

»Haha. Lustig. Dabei hätte ich etwas für Sie. Interesse?«

»Und was ist der Preis?«

»Aber, aber, wie schlecht denken Sie über mich? Ich habe etwas gefunden, das für Sie von Interesse sein könnte. Mich wundert, dass Sie und Ihre Garde nicht selbst darauf gekommen sind.«

»Blaskovic?«

»Wie kommen Sie darauf?« Dittert klang neugierig.

»Ich denke an seine Mitarbeiterin, die man überfallen hat.«

Für ein paar hörbare Atemzüge war es still in der Leitung. »Da haben andere Zeitungen drüber berichtet«, wich Dittert aus.

»Dann ist doch etwas faul, wenn Sie sich ein solches Thema entgehen lassen. Hängen Sie mit drin?«

»Ich?« Dittert klang empört. »Sie haben ja gelesen, dass wir über Blaskovic geschrieben haben.«

»Und jemand hat Ihnen zugeflüstert, dass ich ihn besucht habe.«

Dittert antwortete leicht stotternd: »Das tut mir leid. Das habe ich nicht vorhergesehen.«

»Sie haben die Mitarbeiterin bestochen«, riet Lüder. »Das war Ihre Quelle. Das hat Blaskovic herausgefunden und sich an seiner Mitarbeiterin gerächt.«

»Ja – äh … Nein!«

»Gehen Sie über Leichen? Soll ich Kontakt zu Ihren Kollegen aufnehmen, damit die mit Begeisterung über Ihre Methoden schreiben können? Wie viele Leute werden künftig bereit sein, mit Ihnen zu kooperieren?«

»Fangen Sie doch an«, schlug Dittert vor. »Ich sagte schon, dass ich etwas herausgefunden habe.«

»Das interessiert mich nicht.«

»Doch. Mit Sicherheit. Ich habe einen Unterschlupf der Drogenmafia gefunden.«

Nun war Lüder überrascht. »Dann geben Sie mir die Adresse, und wir kümmern uns darum.«

»Das kommt nicht in die Tüte. Ich reiße mir doch kein Bein aus. Für nichts.«

»Was wollen Sie denn?«

Dittert druckste herum, bis er schließlich fragte: »Wollen Sie, also, wir beide uns das nicht gemeinsam ansehen?«

Lüder stimmte zu. Sie verabredeten sich für eine halbe Stunde später am Aalborgring.

»Wissen Sie, wo das ist?«, fragte Dittert und gab selbst die Antwort. »Klar. Sie wohnen ja gleich nebenan.«

Der Journalist sah tadelnd auf die Uhr, als Lüder nach einer Dreiviertelstunde neben Ditterts himmelblauem Nissan hielt.

»So ist es«, beklagte er sich, »wenn man die Polizei ruft, dauert es ewig, bis sie kommt.«

»Was wollen Sie mir zeigen?«, fragte Lüder und ging nicht auf den Vorwurf ein.

Mettenhof war Kiels bevölkerungsreichster Stadtteil. Und ein problematischer. In den sechziger Jahren hatte man die Großwohnsiedlung errichtet. Mettenhof war für die Hochhäuser bekannt. Das höchste war der fünfundzwanziggeschossige Weiße Riese. Mettenhofs Sozialstruktur war von einer hohen Arbeitslosigkeit geprägt. Die Armutsdichte und der große Anteil ausländischer Bewohner führten zur Einstufung als Stadtteil mit besonderem Entwicklungsbedarf.

»Was haben Sie herausgefunden?«, fragte Lüder, nachdem er im Nissan Platz genommen hatte.

»Einen Unterschlupf des Drogenkartells. Nun fragen Sie nicht, wie ich darauf gestoßen bin.« Er startete den Motor und ließ den Wagen langsam die Straße entlangrollen. Dann bog er in den Fanöweg ein. »Man tut der dänischen Trauminsel in der Nordsee unrecht, wenn man diese Straße nach ihr benennt. Aber«, Dittert hob entschuldigend die Hand, »nicht jeder kann in einer Traumvilla in Düsternbrook wohnen. Mettenhof liegt am äußersten Rand der Stadt. Das können Sie in jeder Hinsicht wörtlich nehmen. Aber den Menschen hier bedeutet es Heimat.« Er streckte die Hand aus. »Da vorne ist es.«

Sie fanden einen Parkplatz an der Straße und gingen auf den großen Gebäudekomplex zu. Die Eingangstür war zerschrammt.

»Wohnung vierhundertsiebzehn«, sagte Dittert.

Lüder sah sich das große Tableau mit den Klingelschildern an. Dort fanden sich zahlreiche Namen, deren Herkunft multinational genannt werden durfte. »Sehen Sie eine Nummer?«

»Es muss doch einen Hausmeister geben«, meinte Dittert.

»Wenn Sie ihm Ihren Ausweis zeigen, öffnet er die Tür.«

»Sie haben schon einmal etwas von der Unverletzlichkeit der Wohnung gehört?«

»Mensch, Lüders. Sie sind Polizist und nicht Papst.«

Eine Frau mit zwei kleinen Kindern an der Hand war ihnen

behilflich und erklärte ihnen: »Meister – Chef – wohnt da drüben. Heißt Pawel.«

»Den kenne ich.« Lüder erinnerte sich an einen früheren Einsatz in Mettenhof.

Sie suchten das Büro des Hausmeisters, das eher einer Werkstatt glich, auf. Der Mann im grauen Kittel raufte sich die Haare und kniff die Augen zusammen, als er Lüder erblickte.

»Irgendwie kommen Sie mir bekannt vor.«

»Sie sind Herr …«, überlegte Lüder.

»Mich nennen alle Pawel«, erwiderte der Hausmeister. »Meinen Nachnamen Ciesiulewicz kann niemand aussprechen.« Er hörte sich die Bitte an, blätterte in einem abgegriffenen Ordner mit ausgedruckten Seiten und kratzte sich erneut den Haaransatz. »Alles klar«, meinte er. »Kommen Sie mal mit.« Unterwegs wollte er wissen, um was es gehe.

»Polizeiroutine«, antwortete Dittert schnell.

Der ruckelige Fahrstuhl beförderte sie in die vierte Etage. Sie klingelten an der Wohnungstür. Nichts rührte sich.

»Öffnen Sie bitte«, bat Lüder.

Der Hausmeister zeigte sich enttäuscht, als er fortgeschickt wurde.

Dittert wollte in die Wohnung stürmen, aber Lüder hielt ihn zurück.

»Sie warten, bis ich Sie rufe. Verstanden?«

Er zog seine Dienstwaffe und lud sie durch. Dann stieß er mit der Fußspitze die Tür ganz auf. Aus dem Halbdunkel des Flurs kam ihm ein schaler Geruch entgegen. Es roch nach kaltem Rauch. Lüder rief »Hallo« und horchte in die Wohnung. Nichts rührte sich.

Der kleine Flur mit dem abgenutzten Teppich war unmöbliert. Die Dübellöcher für die frühere Garderobe hatte man nicht verschlossen. Von der Decke hing an zwei Drähten eine Lampenfassung mit einer Glühbirne. Links befand sich eine halb offene Tür. Er näherte sich ihr und gab ihr einen sanften Stoß. Es handelte sich um ein kleines Badezimmer. Eine Dusche mit einem eingerissenen Vorhang, eine Toilette und ein Miniwaschbecken. Ein Handtuch hing über einem Ständer, auf einer schmalen Ablage fanden sich ein Zahnputzbecher mit einer Bürste und eine zerdrückte Tube mit Zahnpasta. Ein kurzer Blick in die WC-Schüssel ließ Lüder erschaudern. Dieser Teil der Sanitäreinrichtung schien schon lange nicht mehr gereinigt worden zu sein. Die Küche war gefliest, einige Kacheln waren gerissen, andere hatten herabfallenden Gegenständen keinen ausreichenden Widerstand leisten können. Ein wackeliger Campingtisch und zwei Klappstühle bildeten die Einrichtung. In der Spüle türmte sich benutztes Geschirr. Speisereste waren angetrocknet. Leere Bier- und zwei ebenfalls leere Wodkaflaschen eines Billigprodukts standen auf der geschmückten Arbeitsfläche. Ein Frühstücksteller war als Aschenbecher missbraucht worden. Im Kühlschrank fanden sich angebrochene Lebensmittelpackungen.

Der nächste Raum, den Lüder inspizierte, wurde als Schlafzimmer genutzt. Das Bett war nicht gemacht. Neben dem Bett stand ein ebenfalls überquellender Aschenbecher auf dem Boden. Ein Nachttisch fehlte. Vom eintürigen Kleiderschrank waren Stücke der Kunststoffverkleidung herausgebrochen und gaben den Blick auf die Spanplatten frei. Im Schrank befanden sich ein paar Herrenkleidungsstücke, der größere Teil lag achtlos auf einem Haufen in der Zimmerecke.

Es gab nur noch einen weiteren Raum. Eine Couch, einen Tisch, der zu hoch war für das Sitzmöbel, und einen hölzernen Unterbau, auf dem ein überdimensionierter Fernseher Platz gefunden hatte. Auch in diesem Zimmer fanden sich gefüllte Aschenbecher, leere Flaschen und schmutzige Gläser. Eine flüchtige Durchsuchung ergab keinen Hinweis auf Drogenverstecke oder Waffen. Möglicherweise hatte sich in diesem verschmutzten Domizil auch eine Frau aufgehalten. Davon zeugten die benutzten Verhüterlis.

Es war enttäuschend. Fast. Einzig das Notebook, das mit Ladekabel auf dem Fußboden neben dem Router stand, schien von Interesse zu sein. Lüder streifte sich Einmalhandschuhe über und öffnete den Deckel. Er wurde zur Eingabe eines Passworts aufgefordert. Sollte er das Gerät mitnehmen? Er war noch unentschlossen, als er hinter sich ein Geräusch hörte. Lüder fuhr blitzschnell auf dem Absatz herum und richtete die Pistole auf den Eindringling.

Erschrocken fuhr Dittert zurück. »Ich bin's doch nur«, stammelte der Journalist.

»Das ist nicht sehr ergiebig«, stellte Lüder enttäuscht fest. »Nichts.«

Dittert zeigte auf das Notebook. »Doch.« Er bückte sich und nahm es an sich.

»Sind Sie von allen guten Geistern verlassen?«, fuhr ihn Lüder an. Als Dittert ihn fragend musterte, ergänzte er: »Die Fingerabdrücke.«

Er reichte dem Journalisten ein paar Einmalhandschuhe und beschied ihm, diese überzustreifen. Dann sah er kurz auf. Er glaubte, ein Geräusch auf dem Hausflur gehört zu haben.

»Vielleicht finden wir etwas auf dem Notebook«, meinte Dittert. »Wollen Sie die Wohnung überwachen lassen?«

Lüder antwortete nicht. Er war unschlüssig, wie er weiter vorgehen sollte. Wie konnte er die Entdeckung dieser Räumlichkeiten erklären?

»Kommen Sie«, drängte er und ging voraus.

Dittert folgte ihm mit kleinen Trippelschritten, das Notebook unter den Arm geklemmt.

»Sie können doch feststellen, wer dort wohnt?«, wollte er auf dem Weg zum Auto wissen. »Das kann doch nicht so schwer sein. In Deutschland hat alles seine Ordnung. Wer eine Wohnung mietet, muss sich legitimieren. Und bei der Verwaltung anmelden. Wir kommen doch an diese Daten heran, oder?«

»Wir?«, fragte Lüder über die Schulter.

»Ja. Wir sind doch jetzt Partner.«

Lüder ließ ein Lachen hören. Sie hatten den Nissan erreicht.

Er reihte sich unauffällig in die Schlange der geparkten Fahrzeuge ein. Vom leicht verbeulten älteren Kleinwagen bis zum chromblitzenden SUV war hier alles vertreten.

Lüder wunderte sich, dass in dieser nicht mit Reichtum gesegneten Gegend auch große Autos vor der Tür standen. Ihn interessierte, ob die öfter beschädigt wurden als andere Autos. Oder das Motorrad, das quer zwischen zwei Fahrzeugen abgestellt war? Vielleicht hatte der Besitzer eine sichere Unterstellmöglichkeit für sein Gefährt.

Motorrad! Es war eine automatische Assoziation, die bei Lüder ablief. Eine Gedankenkette, die sich instinktiv schloss. Der Bruchteil einer Sekunde reichte, um die dunkel gekleidete Gestalt mehr zu erahnen als zu erkennen, die hinter einem Geländewagen auftauchte. Es blieb keine Zeit für Erklärungen. Lüder stieß Dittert heftig ins Kreuz und riss ihn zu Boden. Sie kamen vor einem VW Caddy zu liegen. Der Journalist fand nicht einmal Zeit, einen Laut von sich zu geben.

»Bleiben Sie in Deckung«, rief ihm Lüder zu.

Gleichzeitig riss er seine Pistole Walther P99Q aus dem Holster und lud sie durch. Das alles geschah reflexartig. Es gehörte zum Training der Polizei. Lüder profitierte immer noch von der besonderen Ausbildung aus seiner Zeit beim Personenschutz.

»Was ist los?«, fragte Dittert atemlos.

»Leise«, erwiderte Lüder und lugte vorsichtig über die Motorhaube.

Als er sich noch etwas vorbeugte, bellte eine Waffe auf. Mit einem »Boing« durchschlug das Geschoss den Kofferraum des Fahrzeugs vor ihnen. Wie gut, überlegte Lüder, dass Autobleche so dünn sind, dass die Geschosse dort nicht mehr als Querschläger abprallen.

»Himmel«, raunte Dittert in seinem Rücken. »Da ballert einer um sich.«

»Das gilt uns.«

»Aber weshalb?«

»Interviewen Sie ihn doch«, schlug Lüder vor.

Als er erneut den Kopf hob, wurde wieder auf sie geschossen. Es kam ihm vor, als sei der Schütze ein wenig näher gekommen.

»Machen Sie doch was«, sagte Dittert.

Die Sicht war durch den geschlossenen Aufbau des Caddys verhindert. Zu hören war nichts. Es musste ein Vertreter der Drogengang sein, der sie im Visier hatte. Die Bande war bisher äußerst skrupellos in Erscheinung getreten. Eine Ansprache oder gar der Ruf »Polizei« würde den Angreifer nicht zurückhalten.

Als Lüder auf allen vieren zur linken Seite des Wagens kroch und möglichst niedrig seinen Kopf um die Ecke streckte, schoss der Angreifer ein weiteres Mal. Er schlich dicht an die parkenden Autos gedrückt näher. Ob er glaubte, sie seien unbewaffnet? Trotzdem war er vorsichtig. Lüder verspürte hinter sich eine Bewegung. Ehe er reagieren konnte, schob sich Ditterts Arm an ihm vorbei. Die Hand des Journalisten hielt sein Handy. Er reichte um die Fahrzeugecke. Als Antwort wurde wieder geschossen. Diesmal saß der Schuss tiefer und zerschlug die rechte Schlussleuchte des Fahrzeugs vor ihnen.

»Sind Sie wahnsinnig?«, rief Lüder.

»Das ist einmalig. Eine Livereportage«, antwortete Dittert. Lüder spürte den Körper des Journalisten dicht an seinem Rücken.

»Mit der Überschrift ›So bin ich gestorben‹?«

Die Lage war unübersichtlich. Was hatte der Angreifer vor? Wenn Lüder den Kopf vorstreckte, wurde geschossen. Der Angreifer hatte Maß genommen und kannte nun die Position, auf die er zielen musste. Er war im Vorteil, weil Lüder bei einer Gegenwehr erst die Position des Gegners suchen und zielen musste. Außerdem bestand die Gefahr, dass der Angreifer vom Gehweg auf die Fahrbahn wechseln und sie von hinten überraschen konnte.

»Bücken Sie sich. Ganz tief. Gucken Sie, wohin sich der

Angreifer wendet«, befahl Lüder. Als Dittert sich nicht sofort rührte, schnauzte er:»Sofort, nicht erst beim Renteneintritt.« Lüder registrierte die Bewegung hinter sich. Dann fluchte Dittert.

»Scheiße. Meine Knie. Das ist hart.« Nach einem »Aua« kam die erhoffte Positionsmeldung. Der Journalist flüsterte:»Er nähert sich auf leisen Sohlen. Jetzt ist er am Hinterrad unseres Wagens. – Er bleibt stehen.«

»Immer noch?«

»Ja, verdammt.«

Dann blieb es ein paar Herzschläge still. Dafür spürte Lüder sein eigenes Herz pochen. Ihm schien es, als müssten Dittert und der Angreifer es schlagen hören.

»Was macht ... Wie ... Ohhhh. Jetzt schleicht er sich zurück«, kommentierte Dittert.»Haut er ab?« Der letzte Satz klang wie eine kleine Enttäuschung.

»Bleiben Sie in Deckung«, befahl ihm Lüder.»Die Leute sind gnadenlos.«

»Aber er ... Ohhhh – Scheiße. Der Typ kommt von der anderen Seite. Von der Straße.« Dittert stieß Lüder in den Rücken.»Haben Sie das gehört?«

Wortlos wechselten sie die Plätze. Lüder kauerte sich ganz eng an das Blech des Wagens und versuchte, sich klein zu machen.

»Legen Sie sich flach auf den Boden«, sagte er zu Dittert. »Ganz flach.«

Lüder konnte nicht einschätzen, ob der Angreifer sie aus seiner stehenden Position sehen konnte, wenn er die Fahrertür des Caddys erreicht hatte.

»Wer? Ich?«

»Nein. Der Briefträger. Wo ist er jetzt?«

»Er kommt näher«, wisperte Dittert. Seiner Stimme war die Anspannung anzuhören.

Die Waffe des Täters knallte. Lüder glaubte, den Luftzug des Geschosses zu spüren. Die Lage wurde immer brenzliger.

Erstaunlicherweise verspürte er keine Aufregung, keine Angst. Für solche gefährlichen Situationen wurden sie trainiert. Der Gegner war skrupellos. Er würde sie erbarmungslos niederstrecken. Beide. Nicht kampfunfähig machen, sondern final töten. Und wenn es nicht mit dem ersten Schuss gelingen würde, würde der Verbrecher sie hinrichten. Eiskalt. Es gab keinen Ausweg. Es war ein ungleiches Duell.

Lüder ging in die Hocke. Dabei musste er offenbar ein wenig zu hoch hinausgekommen sein. Sofort knallte es wieder. Der Angreifer feuerte. Lüder spannte alle Muskeln an und federte kurz in der Hocke. Dann schnellte er aus der Deckung, als sei er ein Pfeil, der an einer gespannten Sehne abgeschossen wurde. Es war eine einzige Bewegung, in der er seine Waffe in Richtung des Angreifers lenkte und den Abzug, den er zuvor bis zum Druckpunkt betätigt hatte, durchzog.

Ein kurzer, trockener Knall ertönte. Er spürte den Rückschlag der Pistole, als er durch die Luft hechtete und schmerzhaft auf dem Asphalt landete. Er versuchte, sich abzurollen, aber es gelang ihm nur unzureichend. Es gab nur diesen einen Versuch, hatte er sich ausgerechnet. Und es blieb keine Zeit zum Zielen. Auch der Gegner schoss, aber das Geschoss schlug irgendwo in der groben Richtung von Lüders Startposition ein.

Jetzt sah er den Gegner das erste Mal. Der Mann trug eine schwarze Lederkluft, allerdings ohne Helm. Er sah Lüder aus großen Augen an. Erstaunen lag in seinem Blick. Seine Waffe hielt er in der Hand. Kraftlos. Der Lauf war auf den Boden gerichtet. Auf den zweiten Blick gewahrte Lüder das Loch in der Lederkleidung. Der Einschuss war etwas seitlich versetzt vom Herzen erfolgt.

Der Mann stand immer noch da. Reglos. Seine Hand mit der Waffe sank in Zeitlupe herab. Die Finger öffneten sich, dann fiel die Pistole zu Boden.

Lüder hob seine Dienstwaffe in die Höhe und drückte zwei Mal ab. Dabei rief er laut: »Polizei.« Das alles spielte sich in kurzer Zeit ab.

Der Mann wankte. Lüder versuchte aufzuspringen, konnte aber nicht verhindern, dass der andere zu Boden sackte. Es gelang Lüder nur, den harten Aufprall auf dem Asphalt ein wenig abzumildern. Er ließ den Körper sanft niedergleiten. Dabei traf sich sein Blick mit dem des Gegners. Die Augen flackerten leicht. Immer noch stand Erstaunen in seinem Gesicht. Er öffnete leicht die Lippen. Zu mehr als einem Röcheln reichte es nicht.

Jetzt war auch Dittert aufgetaucht. Der Journalist beugte sich nieder und fotografierte den Mann.

»Schnell. Rufen Sie den Rettungsdienst«, schrie ihn Lüder an.

Fast widerwillig folgte Dittert der Anweisung.

Lüder war ratlos. Wie konnte er dem Verletzten helfen? Das Röcheln klang wie der Kampf um die Atemluft. Aus dem Mundwinkel lief ein dünner Faden hellroten schaumigen Bluts. Das Einschussloch wirkte fast unscheinbar.

»Wie heißen Sie? Wer hat Sie geschickt?«, fragte Lüder. Es war aussichtslos. Der Mann konnte nicht antworten. Lüder brüllte Dittert an, dass er das Fotografieren unterlassen sollte. »Kümmern Sie sich um das Notebook«, wies er ihn an. Seine Sorge galt dem Verletzten, der sichtlich Probleme mit der Atmung hatte.

Zum Glück hatte Dittert es übernommen, die schnell auftauchenden Schaulustigen in Schach zu halten. Zwischendurch fragte er Lüder, weshalb der zunächst geschossen und anschließend »Polizei« gerufen habe.

»Das haben Sie in der Aufregung verwechselt«, erwiderte Lüder. »Von einem Zeitungsmenschen hätte ich mehr erwartet.«

Dittert widersprach, aber Lüder sagte heftig, er solle die Klappe halten.

Es dauerte eine gefühlte Ewigkeit, bis der Rettungswagen eintraf. Lüder war erleichtert, als die Notfallsanitäter die Versorgung des Angeschossenen übernahmen. Wenig später war auch der Notarzt vor Ort. Mehrere Streifenwagen waren zum Schauplatz geeilt.

Ein Schutzpolizist erkundigte sich, ob noch weitere Gefahr drohe und noch mehr Täter herumliefen. Die Beamten sperrten den Einsatzort ab und fragten nach Zeugen. Nein. Es gab nur Dittert und Lüder. Wenig später war auch der Kriminaldauerdienst vor Ort. Es folgte die Spurensicherung. Lüder konnte durchatmen. Alles Weitere würde nach dem eingeübten Schema der Einsatzkräfte ablaufen. Das galt auch für das Motorrad, das mit einem Tieflader zum KTI gebracht wurde.

Man hatte einen Sichtschutz um den Verletzten errichtet. Hinter dem bemühten sich Rettungskräfte um ihn. Die Versorgung dauerte eine Weile, bis er mit einem Rettungswagen ins Krankenhaus abtransportiert wurde. Lüder und Dittert mussten ihre Personalien abgeben. Der Journalist fluchte. Ihm brannte die Zeit unter den Nägeln. Er hatte kurz mit seiner Redaktion telefoniert, aber seinen Bericht konnte er nur in den Räumen der Zeitung fertigstellen. Nun fürchtete er, dass andere Medien von der Schießerei zügig Kenntnis erhalten würden und sein Zeitvorteil dahinschmelzen könnte. Zwischendurch behelligte er Lüder mit einer Menge Fragen, die dieser aber weder beantworten wollte noch konnte.

Dittert hatte die Zeit genutzt und das Notebook in seinem Nissan versteckt. Als Lüder die Herausgabe forderte, stellte sich Dittert unwissend und behauptete, es sei im Durcheinander verloren gegangen. Lüder drohte ihm mit einer Anzeige wegen Unterschlagung von Beweismitteln.

»Ich habe Ihnen das Leben gerettet«, behauptete Dittert. »Ist das der Dank?«

»Wer hat wen gerettet?«, erwiderte Lüder und winkte einen Uniformierten herbei. »Wir werden jetzt Ihren Wagen sicherstellen«, sagte er fast beiläufig zu Dittert.

Unter Protest rückte der Journalist das Notebook heraus.

Weshalb hatte sich der Motorradfahrer in die gefährliche

Situation einer Schießerei begeben?, überlegte Lüder. Sie hatten, als sie die Wohnung durchsuchten, ein Geräusch gehört. Lüder vermutete, dass der Mann sie dabei überrascht hatte. Es wäre für ihn einfacher gewesen, sie in der Wohnung zu überfallen. Stattdessen hatte er sich zurückgezogen und sie vor dem Haus beobachtet. Dann schien sein Entschluss gereift zu sein, sie zu erschießen. Entweder hatte er Rücksprache mit einem Unbekannten gehalten und den Auftrag für diese Aktion bekommen, oder er griff erst ein, als er Dittert und Lüder sah. Erkannte er Lüder? Es gab aber noch eine andere Option. Das Notebook. Möglicherweise war es so bedeutsam, dass der Mann den Überfall riskierte, um es zurückzuholen.

Lüder lehnte Ditterts Angebot, ihn zum BMW zurückzubringen, ab. Der Fußweg tat ihm gut. Erst jetzt wurde ihm bewusst, wie gefährlich die Situation gewesen war. Die Mitglieder der Gang kannten keine Gnade. Der Mann hätte ihn und den Journalisten erschossen. War es derselbe Täter, der Baranauskas in Lüders Gegenwart vor dem Gefängnis erschossen hatte?

Auch wenn es um Leben und Tod gegangen war, beschlich ihn ein ungutes Gefühl. Es war nicht leicht, auf einen Menschen zu schießen, selbst wenn es der eigenen Verteidigung galt. Lüder verspürte ein leichtes Zittern seines Körpers. Jetzt erst fand er Zeit, das Geschehene innerlich aufzunehmen. Er wusste, dass es ihn noch länger beschäftigen würde. Man würde ihm anbieten, den Vorgang mit einem Psychologen aufzuarbeiten. Gedankenverloren bestieg er seinen BMW und kehrte ins LKA zurück.

Dort war der Überfall bereits bekannt. Lüder wurde sofort zum Abteilungsleiter beordert. Dr. Starke ließ sich berichten, fragte nach Einzelheiten und wollte wissen, wie er zu dieser Adresse gefunden hatte. Lüder verwies auf Leif Stefan Dittert als Informanten und musste sich belehren lassen, dass Lüder unter keinen Umständen so hätte vorgehen dürfen. Die Ausflucht, es sei Gefahr im Verzug gewesen, ließ der Abteilungsleiter nicht gelten.

Nun bangte Lüder, dass sein Vorgehen Folgen nach sich ziehen würde. Die Untersuchung zum Schusswaffengebrauch würde anstrengend genug sein. Es würden Fragen gestellt werden, ob er nicht eine andere Möglichkeit gehabt hätte, den Täter außer Gefecht zu setzen, oder ob dieser eine Schuss wirklich unvermeidbar gewesen war. Lüder habe den Angreifer gewarnt, würde er erklären, und zwei Schuss abgegeben sowie dabei laut »Polizei« gerufen. Er habe zum eigenen Schutz das Feuer erwidert. Die zahlreichen Geschosse, die die Spurensicherung registrieren würde, untermauerten seine Darstellung.

Zwei Stunden später meldete sich Vollmers.

»Ich habe zwei Neuigkeiten für Sie«, sagte der Hauptkommissar. »Der Schütze ist auf dem Weg ins Krankenhaus seinen Verletzungen erlegen. Ich kann nachempfinden, wie es Ihnen jetzt geht. Wenn man jemanden erschießt, gleich unter welchen Umständen, schüttelt man es nicht einfach ab«, zeigte sich Vollmers von seiner sensiblen Seite. »Die zweite Nachricht ist, dass wir den Namen ermittelt haben. Bei dem Täter handelt es sich um Tautvydas Slavickas, zweiundvierzig. Er stammt aus dem litauischen Marijampolė, einer Stadt, die man nicht unbedingt kennen muss. Sie liegt nahe der polnischen Grenze.«

»Wie sind Sie auf ihn gekommen?«

»Er trug einen litauischen Personalausweis und einen Führerschein bei sich. Sonst ist er uns unbekannt. Er ist hier noch nicht straffällig geworden. Wir haben auch keinen Hinweis, wo er gewohnt hat. Gemeldet ist er in Deutschland jedenfalls nicht. Das Motorrad ist auf Fritz Westphal zugelassen.«

»Wer ist das?«

»Das fragen wir uns auch. Der Mann ist achtundsiebzig und hat keinen Motorradführerschein. Er ist der Mieter der Wohnung, die Sie ausfindig gemacht haben. Nachbarn erinnern sich an ihn. Ein unauffälliger älterer Mann, der allerdings schon längere Zeit nicht mehr gesehen wurde. Da in der Wohnung aber Betrieb war, hat sich niemand Gedanken gemacht. Das gehört in solchen Großwohnanlagen nicht dazu. Es ging zügig. Wir haben sogar schon mit der Wohnungsgesellschaft sprechen können. Die Miete wird von einem auf Fritz Westphal lautenden Konto abgebucht. Da es seitens des Vermieters keine Beanstandungen gibt, hat nie jemand nachgefragt. Wir sind noch am Ball, ob Westphal Angehörige hat.«

Lüder war froh darüber, dass er nach dem Gespräch niemanden auf dem Flur des LKA antraf, als er sich auf den Heimweg machte. Zu Hause wurde er von Margit begrüßt. Sie wollte wissen, wie er den Tag verbracht hatte.

»Am Schreibtisch, mein Liebes.«

Sie atmete tief durch. »Ich habe im Radio gehört, dass es heute eine Schießerei in Mettenhof gegeben hat.«

»Darüber wurde auch im Amt gesprochen«, erwiderte Lüder. »So etwas kommt gelegentlich vor. Der Polizeiberuf kann auch gefährlich sein.«

Sie schmiegte sich an ihn. »Ich bin froh, dass du nicht in solche Situationen gerätst.«

DREIZEHN

Der Tag begann mit einer Dienstbesprechung der gemeinsamen Ermittlungsgruppe. Im Mittelpunkt stand das Thema Geldwäsche. Man konzentrierte sich auf die Nachverfolgung der Konten, die Professor Michaelis aus der bei Baranauskas gefundenen Liste entschlüsselt hatte. Die Staatsanwältin, deren Engagement in dieser Runde betont wurde, hatte die richterlichen Genehmigungen beschafft, damit die Geldinstitute Auskunft erteilen konnten. Die Auswertungen waren noch nicht abgeschlossen. Man konnte lediglich die Namen der Kontoinhaber anführen. Es war keine Überraschung, dass mehrfach Baranauskas auftauchte. Weitere Konten waren auf ausländische Unternehmen eingerichtet, die bisher unbekannt waren.

»Blaskovic?«, wollte Lüder wissen.

Der zuständige Ermittler zuckte bedauernd mit den Schultern. »Der taucht nirgendwo auf. Wir haben noch keine Verbindung zu ihm lokalisieren können.«

Jemand wollte wissen, wie hoch die Kontenstände waren.

»Unterschiedlich. Oft im unteren vierstelligen Eurobereich. Uns ist aber aufgefallen, dass auf manchen Konten reger Verkehr herrschte. Geld wurde auf dem Konto gutgeschrieben, meistens aber sehr schnell wieder weitertransferiert. Bei Baranauskas an einen litauischen Möbelexporteur. Wir haben eine Anfrage bei der dortigen Polizei laufen.« Der Beamte senkte die Stimme, als würde er etwas Vertrauliches verraten. »Es war schwierig, eine Erlaubnis zur Abfrage einiger Konten von Blaskovic zu bekommen. Schließlich liegt formell nichts gegen ihn vor. Ich weiß nicht, wie die Staatsanwältin das bewerkstelligt hat. Schließlich ist nicht bewiesen, dass Blaskovic einer, wenn nicht *der* Statthalter des Ostseekartells in Kiel ist. Es gibt keine Erklärung dafür, weshalb die Umsätze in den von ihm geführten Betrieben weit über dem Durchschnitt vergleichbarer Unternehmen liegen. Angeblich ein erfolgreicher Geschäftsmann zu sein ist kein Straftatbestand. Wir verfolgen aber weiter die Spur Geldwäsche.«

Ein weiterer Beamter meldete sich zu Wort. »Wir haben herausgefunden, wie die Information über Baranauskas' Freilassung aus dem Gefängnis zu seinen Mördern gelangt ist. Einer Mitarbeiterin der Staatsanwaltschaft wurde von einem angeblichen Bruder Baranauskas' ein finanzieller Vorteil versprochen, es sollten fünfzig Euro sein, wenn sie seinen Entlassungstermin an eine WhatsApp-Adresse durchgab. Der angebliche Bruder wollte Baranauskas am Gefängnistor abholen. Übrigens – den versprochenen Obolus hat die Frau nicht bekommen. Dafür hat man sie aus dem Dienst entfernt.«

Weitere Wortmeldungen gab es nicht. Lüder war erstaunt, dass ihn niemand im LKA auf den gestrigen Schusswechsel ansprach. Solche Einsätze kamen selten vor. Deshalb war das mit Sicherheit ein Thema in der Behörde. Es missfiel ihm, dass offenbar hinter seinem Rücken getuschelt wurde.

Er kehrte in sein Büro zurück. Dort fand er eine Nachricht von Vollmers, der um Rückruf bat.

»Wir haben Fritz Westphal, den offiziellen Mieter der Wohnung in Mettenhof, ausfindig machen können«, erklärte der Hauptkommissar. »Er wohnt in einem anderen Teil Mettenhofs und ist bei einer Bekannten untergeschlüpft. Die alten Herrschaften wollten ohnehin zusammenziehen. Er wurde im Einkaufszentrum von einem netten Mann, wie er sagte, angesprochen und hat sich auf den Deal eingelassen. Westphal kommt finanziell gerade eben über die Runden. Er hat nur eine kleine Rente. Er bekommt monatlich – pünktlich, betonte er – etwas mehr, als seine Miete koste, auf das Konto der Bekannten überwiesen. Der Unbekannte hatte ihm erzählt, dass er dringend eine Unterkunft für seinen Neffen sucht, der aber keinen Wohnberechtigungsschein erhält. Der Betrag wird von einer Kieler Steuerberatungskanzlei überwiesen.«

»Und wie erklärt die es?«

»Manchmal spielt uns auch der Zufall in die Hände. Dort wollte man uns keine Auskunft geben und berief sich auf das Steuergeheimnis. Es handelt sich um dieselbe Kanzlei, die dem Zoll im Zusammenhang mit Baranauskas aufgefallen war. Die von ihm aus Litauen importierten Möbel wurden in ein Lager in Dietrichsdorf gebracht. Dabei handelt es sich um einen heruntergekommenen feuchten Schuppen. Es wurde nur ein alter Mann angetroffen, der das Lager verwaltet. Er ist der einzige Beschäftigte, und das auf Teilzeit. Die Möbellieferungen kommen unregelmäßig. Er sagte, dass dort nichts verkauft wird. Manchmal kommt ein Wagen vom Sozialkaufhaus und holt etwas ab. Der Rest vergammelt im Schuppen. Und nun schließt sich der Kreis. Sein schmales Salär erhält er von derselben Kanzlei. Wir waren erneut mit dem Zoll dort. Für uns handelt es sich eindeutig um Geldwäsche. Aus Litauen wird billiges Sperrholz zu einem überhöhten Preis importiert. So kann das Geld reingewaschen werden und kommt als Exporterlös in Litauen an. Da alles unauffällig abgewickelt wird, schöpft niemand Verdacht.«

»Dem Finanzamt muss es doch aufgefallen sein, dass die Geschäftstätigkeit einseitig ist. Aber vermutlich gibt es keinen Grund für Beanstandungen. Der Trick dieser Leute ist es, unauffällig zu bleiben. Die Kanzlei hat also treuhänderisch die Verwaltung für das Importunternehmen durchgeführt.«

»Dazu gehörte auch die monatliche Überweisung an die Partnerin des alten Westphal. Man hat es gegenüber der Steuerkanzlei damit begründet, dass es sich um eine ehemalige verdiente Mitarbeiterin handelt. Da die Überweisung nicht aus der Firmenkasse erfolgte, war alles legitim. Eine insgesamt klug eingefädelte Geldwäsche.«

»Nun müssen wir nur herausfinden, wer Auftraggeber der Kanzlei ist«, sagte Lüder.

»Sie unterschätzen uns.« Vollmers klang stolz. »Die Zusammenarbeit mit dem Zoll war wirklich hervorragend. Hinter dem Ganzen steckte Baranauskas.«

»So etwas war zu erwarten«, überlegte Lüder laut. »Der war aber nur mittlere Managementebene, wenn man diese Beschreibung aus der Wirtschaft adaptieren darf. Insgesamt sind uns einige erfolgreiche Aktionen gegen das Ostseekartell gelungen. Wir haben es empfindlich getroffen. Wie können wir eine Verbindung zu Blaskovic herstellen?«

»Das ist eine noch ungelöste Frage«, gestand Vollmers ein.

»Und wie finden wir Zugang zum Kopf des Ganzen?«

Sie versprachen, gemeinsam an der Lösung zu arbeiten.

Anschließend suchte Lüder das Sachgebiet 223 – Finanzermittlung, Geldwäsche und Vermögensabschöpfung – auf. Die Experten hatten sich mit der Frage der Geldwäsche auseinandergesetzt und arbeiteten sich noch durch die bisher vorliegenden Fakten. Parallel dazu hatte man auch Ermittlungen hinsichtlich der entschlüsselten Liste der Konten durchgeführt. Bisher tauchte dort nur Baranauskas auf. Es gab keine Hinweise zu anderen Personen. War der Ermordete vielleicht doch bedeutender in das Ostseekartell eingebunden als bisher angenommen? In einer Besprechung hatte jemand eingeworfen, dass Baranauskas nur ein Sherpa war. Alles deutete darauf hin. Die Hintermänner verstanden es, sich abzuschirmen.

War die Personaldecke, der man vertraute, doch nicht so groß, dass man Baranauskas so viel überlassen hatte? Weshalb war das organisatorische Netz nicht diffiziler gesponnen?, überlegte Lüder. War man seitens des Ostseekartells so naiv, dass man glaubte, Baranauskas würde nicht auffliegen? Oder hatte er sich zu viele Eigenständigkeiten geleistet? Das könnte ein Motiv gewesen sein, ihn aus dem Verkehr zu ziehen und zu ermorden. Dann war es den Hintermännern aber klar, dass sie den von Baranauskas verwalteten Teil abschreiben mussten. Gab es nicht eine Tierart, die bei Gefahr Extremitäten lösen konnte, um zu entkommen, wenn diese von Fressfeinden gepackt wurden?

Wenn Baranauskas von den eigenen Leuten getötet worden

war, gab es möglicherweise doch keine rivalisierende Bande und keinen Drogenkrieg in Kiel. Wer das als gutes Zeichen wertete, verstand nicht die Gefährlichkeit des Ostseekartells. Zum Glück erwies sich »Herr Schmidt« als bissig. So wurde die zierliche Staatsanwältin genannt, die sich des Kampfes gegen das Drogenkartell angenommen hatte. Sie hörte auf den Namen Franziska Herrenberg-Goldschmidt. Das hatten die Mitstreiter zu »Herr Schmidt« abgekürzt. Für Lüder war es nur eine Frage der Zeit, bis auch sie die erste Drohung erhielt. Oder schlimmer. Sonja Ehlebracht war keine Drohung zuteilgeworden.

Es gab aber weitere gute Nachrichten. Die Waffe, mit der Tautvydas Slavickas in Mettenhof auf Lüder und Dittert geschossen hatte, war als Tatwaffe für den Mord an Baranauskas identifiziert worden. Es bedurfte noch weiterer forensischer Analysen, um das beweisen zu können. Für Lüder stand fest, dass Slavickas der Mörder Baranauskas' war. Es war auch keine Überraschung, dass Slavickas anhand seiner DNA als dritter Peiniger von Sonja Ehlebracht identifiziert wurde. Es war ein mühevolles Vorankommen, aber jetzt hatten sie schon drei der Täter ermittelt. Und alle waren tot. Wer war der vierte? Würde er den Behörden lebend in die Hände fallen?

Die Sonderkommission im LKA hatte Kontakt zu den litauischen Behörden aufgenommen und nach Tautvydas Slavickas gefragt. Die Litauer erwiesen sich als kooperativ. Er hatte bei den litauischen Landstreitkräften gedient, und zwar im Mechanisierten Infanteriebataillon Großfürst Algirdas, und war als *vyresnysis seržantas*, das entspricht einem Oberfeldwebel, ausgeschieden. Danach verlor sich seine Spur. Man vermutete, dass er sich einer russischen Sicherheitsfirma angeschlossen hatte, um als Söldner seine militärischen Kenntnisse einzusetzen.

Merkwürdig war, dass für ihn kein Pass ausgestellt worden war. Wie war er ins Ausland gekommen? Mit Sicherheit war er in Regionen der Welt tätig, für die es restriktive Einreisebedingungen gab. Steckte eine ausländische staatliche Institution dahinter, die solche formellen Regeln umgehen konnte? Das blieb ungeklärt.

Slavickas hatte sie angegriffen, dessen war sich Lüder sicher, weil er sah, dass sie sich des Notebooks angenommen hatten. Es wäre für ihn einfacher gewesen, sie in der Wohnung zu überfallen. Aber erst vor der Tür konnte er sich sicher sein.

Weshalb war das Notebook so wichtig? Das KTI hatte das Gerät untersucht und das Passwort geknackt. Der Inhalt war nicht aufschlussreich. Ein paar Bilder von Kiel und Umgebung, die aber keinem konkreten Fall zugewiesen werden konnten. Die Leute auf den Bildern waren unbeteiligte Passanten. Hinweise auf Möbeltransporte oder andere geschäftliche Aktionen gab es keine. Auch Kontendaten waren nicht gespeichert. Vermutlich war das einzige Relevante eine Textdatei, die allerdings verschlüsselt war.

Lüder ließ sich die Datei überspielen und probierte den Schlüssel, den ihm Professor Michaelis gezeigt hatte. Es funktionierte. Mühsam, Zeichen für Zeichen, übersetzte er es, zumindest den ersten Satz. Er war überrascht, als ein offenbar schwedischer Text erschien. Der Text lautete: »Die grünen Äpfel sind sauer. Und die wurmstichigen müssen vom Baum genommen werden.«

Was mochte dieser Text bedeuten? Lüder wählte die Rufnummer des Hamburger Professors an. Michaelis bat in einer knappen Ansage, der Anrufer möge seinen Namen nennen und seine Telefonnummer. Dann, so versprach der Professor, werde er zurückrufen.

An Lüders offener Bürotür klopfte es. Ein Beamter aus der gemeinsamen Ermittlungsgruppe fragte, ob Lüder Zeit für ihn hätte. Als der bejahte, trat der Kollege ein und schloss die Bürotür. Dann druckste er herum.

»Was haben Sie auf dem Herzen?«, fragte Lüder.

»Es ist heikel. Wir haben die Genehmigung zur Einsicht in

die Kontenbewegungen von Blaskovic. Bei deren Analyse ist ein kleines Missgeschick passiert.« Er verzog das Gesicht zu einem schiefen Lächeln, wie ein Kind, das bei etwas Verbotenem ertappt wurde. »Man hat nicht nur die Konten untersucht, sondern auch das Telefon seiner Firmenzentrale angezapft. Die Auswertung der Kommunikation war ein mühsames Unterfangen. Nahezu alle Gespräche hatten schlichte geschäftliche Dinge zum Inhalt. Der Sanitärfachmann ist in einem der Hotels nicht wie zugesagt erschienen, obwohl dort die Toilette verstopft war. Blaskovic hat mit der Kfz-Werkstatt telefoniert und sich aufgeregt, dass sich die Reparatur des Lackschadens an seinem Ferrari verzögert. Überhaupt scheint dieser Akt ihn übermäßig geärgert zu haben. Im Gegensatz dazu waren seine Anrufe zu Hause bei seiner Partnerin immer von Sorge geprägt, beinahe fürsorglich und zärtlich.«

»Sie kommen aber nicht, um mir diese banal klingenden Dinge zu berichten.«

Der Beamte schüttelte den Kopf. »Blaskovic kann auch anders. Wir konnten mithören, wie er sich um einen neuen Koch für das Admirals bemühte. Den Vorgänger hat er gefeuert.«

Lüder erinnerte sich, dass ihm Blaskovic von Übergriffen des fachlich exzellenten Küchenchefs gegenüber weiblichen Mitarbeiterinnen berichtet hatte.

»Er hatte wohl, der Not gehorchend, einen anerkannten Meister am Herd an anderer Stelle abgeworben. In der Branche zählt nicht nur die reale Leistung auf dem Teller, sondern auch der Ruf, der um die Kochmütze des Meisters am Suppentopf schwebt. Der Umworbene ist aber kurzfristig wieder abgesprungen. Der sonst so smart wirkende Blaskovic hat am Telefon getobt. Es war fast eine Lehrstunde für Leute, die Wutausbrüche studieren wollen. Das interessanteste Gespräch war aber ein Anruf in Klaipėda, eine Nummer, die wir nicht nachverfolgen konnten. Blaskovic sprach Deutsch, aber völlig unsinniges Zeug. Es ging um das Wetter. Er hat einen Wetterbericht durchgegeben, der aber überhaupt nicht zu unserem aktuellen passt. Wir gehen davon aus, dass es ein codiertes Telefonat war.«

»Und die Gegenseite?«

»Hm. Das ist die zweite Merkwürdigkeit. Da hat niemand gesprochen, man hat sich weder gemeldet noch eine Frage gestellt oder etwas angemerkt. Einfach nur zugehört. Wir haben auch in diesem Fall eine Anfrage bei den Litauern gestartet.«

»Danke«, sagte Lüder, »dass Sie mich ins Vertrauen gezogen haben.« Er versicherte, dass die Information bei ihm sicher verwahrt bleibe. »Haben Sie den Text noch?«

»Ja«, erwiderte der Beamte. »Aber wir können ihn nicht herausgeben.«

Dann verließ er Lüders Büro.

Lüder beschäftigte sich noch einmal mit Carl Moritz, nachdem der Sprecher der Kieler Wirtschaft sich erneut kritisch in der Öffentlichkeit über die unternehmensfeindliche Haltung der Behörden ausgelassen hatte. Auffällig war, dass Moritz der Einzige zu sein schien, der sich mit solchen Anwürfen hervortat. Andere Stimmen hatte Lüder nicht wahrgenommen. Spielte der Spediteur seine Sprecherposition nur aus, um Vorteile für sein eigenes Unternehmen daraus zu ziehen? Weshalb war er so erpicht auf den Rückzug der Ermittler?

Das Unternehmen war alteingesessen. Ein Urahne hatte es als »Transport- und Lagerfirma« gegründet. Nach einem anfänglich gut verlaufenden Neuaufbau nach dem Kriegsende stagnierte der Umsatz. Analysten deuteten es als Fehler der damaligen Geschäftsführung. Man hatte die beginnende Globalisierung verschlafen. Die Spedition, so wurde geunkt, lieferte immer noch mit Pferd und Wagen aus. Sie verlor Marktanteile, und es stand nicht gut um den Fortbestand. Carl Moritz war ziemlich am Ende.

Dann floss neues Geld aus dem Osten und rettete ihn. Jetzt mimte er den dicken Max. Das Geschäft florierte wieder, auch dank guter Kontakte nach Osten. Man fragte sich, wer dahintersteckte. Keiner traute sich, öffentlich zu spekulieren, dass die Russenmafia dieses Feld für sich entdeckt hatte. Es gab offenbar zahlreiche Russen, die schnell und undurchsichtig zu enormem Vermögen gekommen waren. Sie kauften sich überall ein. In Berlin und London, griechische Privatinseln und exklusive Ländereien in der Türkei. Staaten wie Zypern und Malta hatten es sogar als Geschäftsmodell entwickelt, reichen Russen die Staatsbürgerschaft zu gewähren und ihnen damit einen ungehinderten Zutritt zu den Ländern der Europäischen Union zu verschaffen. Ob der streitbare Carl Moritz eine Marionette war, die mit russischem Geld gespeist wurde?

Lüder lächelte vergnügt in sich hinein, als er zum Telefon griff und die AB Finance GmbH anwählte. Er bat darum, Blaskovic sprechen zu können. Die Zentrale verband ihn weiter, und eine Frauenstimme fragte in herablassendem Tonfall nach seinem Wunsch. Sie erklärte ihm, dass es nicht möglich sei. Herr Blaskovic sei ein viel beschäftigter Mann und würde keine Zeit finden. Erst als er unhöflich sagte, sie möge »ihrem Boss« ausrichten, »Blaskovic« – ohne Herr – solle sich möglichst fix bei der Kripo melden, sagte sie, sie wolle nachfragen.

Wenig später meldete sich Blaskovic. »Was ist so bedeutsam?«, eröffnete er das Gespräch.

Offenbar hatte sich die Frau in seinem Vorzimmer über Lüder beschwert.

»Wir hatten ein anregendes Gespräch«, begann Lüder. »Ich hatte Ihnen einen Rat erteilt, dass es stürmisch werden könnte. Das war meine Antwort auf Ihr Angebot, einen Beraterjob bei Ihnen zu übernehmen. Aus verständlichen Gründen kann ich nicht auf Honorarbasis für Sie tätig werden, aber das hindert mich nicht daran, Ihnen einen Tipp zu geben.«

Lüder wartete auf eine Antwort, aber Blaskovic schwieg. Der Kroate war offenbar unsicher, wie er auf Lüders Worte reagieren sollte. Das war beabsichtigt.

»Was ich Ihnen sage, ist vertraulich. Ich denke dabei besonders an das ungeborene Leben unter dem Herzen Ihrer

Partnerin Johanna Kohlmorgen. Sie hatten mir anvertraut, dass Sie die Nachricht von einer zu erwartenden Behinderung sehr berührt. Kinder sind etwas Wunderbares in unserem Leben. Und wenn sie noch besonderer Liebe und Aufmerksamkeit durch uns bedürfen, sollen wir ihnen diese schenken. Sie sind ein viel beschäftigter Mann, dem es schwerfällt, Zeit für Frau und Kind abzuzwacken. Aber immerhin liegt es in Ihren Händen. Noch!«

Blaskovic ließ sich Zeit mit der Antwort. »Ich verstehe nicht?«, sagte er. Seine Stimme klang gepresst.

»Ich wollte Sie daran erinnern, dass es an Ihnen liegt, ob und wie viel Zeit und Raum Sie dem Kind widmen werden. Wenn Sie verhindert sind, muss das Kleine ohne Sie in einer für es nicht leichten Welt zurechtkommen. Und auch die Mutter.«

»Aber – ich bin doch da und stehe zu meiner Verantwortung.«

»Es gibt viele Möglichkeiten, Sie von diesem Platz zu entfernen. Staatliche Stellen könnten das.«

Sicher hatte Blaskovic die Andeutung verstanden. Er schwieg. Das stete Nagen an seinem Selbstbewusstsein, verbunden mit den Nadelstichen, die gegen ihn und seine Unternehmungen ausgeübt wurden, berührte auch einen sonst kühl agierenden Kopf.

»Es gibt aber noch mehr Leute, die Sie aus dem Weg räumen wollen. Die undichten Stellen im Netzwerk werden Sie bemerkt haben. Oder?«

»Ich kann Ihnen nicht folgen. Von welchem Netzwerk sprechen Sie?

»Ich verstehe, dass Sie nicht zugeben möchten, dass es Sie beunruhigt. Sie müssen Stärke zeigen. Das gilt für den sichtbaren Teil Ihres Imperiums. Aber bei einem Eisberg bleibt auch ein großer Teil unter der Oberfläche. Beim Eisberg sind es neunzig Prozent. Und bei Ihnen?«

»Hören Sie, Herr Dr. Lüders. Was wollen Sie mir sagen? Oder gar unterstellen?«

»Spitzenpolitiker wissen, dass man ihnen Knüppel zwischen die Beine wirft, wenn sich eine Chance ergibt, den eigenen Vorteil zu nutzen. Und wenn erst einer mit Steinen wirft, trauen sich auch andere aus der Deckung. Man will Sie loswerden. Sie sind in Ungnade gefallen. Sie haben Ihr Geschäft nicht mehr im Griff.«

Lüder hörte Blaskovic schwer atmen. »Spielen Sie auf die reißerischen Verleumdungen an, die in der Presse über mich verbreitet wurden? Das ist geschäftsschädigend. Meine Anwälte werden dagegen vorgehen.«

»Hm.« Lüder legte eine Pause ein. »Das dürfte ein schwieriges Unterfangen werden. Ein kluger Anwalt würde Sie warnen, sich als Hasardeur auf das Schlachtfeld zu begeben.«

»Es gibt überall auf der Welt Neider, die einem den hart erarbeiteten Erfolg nicht gönnen.«

»Das ist wahr. Diese Leute sprechen nicht davon, Sie auszuschalten. Sie stehen aber auf der Liste.«

Blaskovic schnaufte. Unsicherheit war aus seiner Stimme zu hören. »Welche Liste?«

»Sie kennen doch die Strukturen, in die Sie eingebunden sind. Ich habe vorhin die Gründe erörtert, die mich veranlassen, Ihnen diese Warnung zukommen zu lassen. Darüber hinaus ist es auch Aufgabe der Polizei, präventiv tätig zu werden.«

»Aber wer sollte mich bedrohen?«

»Sie kennen vielleicht nicht die Namen, aber die Auftraggeber. Nennen wir das Kind beim Namen: Auch wenn Sie ein Straftäter sind, möchte ich Sie warnen. Sie stehen am Abgrund. Es gibt Leute, die Ihren Tod beschlossen haben und diesen als praktikable Lösung eines Problems ansehen, das Ihren Namen trägt.«

Es entstand eine minutenlange Pause. Dann wurde aufgelegt. Lüder war zufrieden. Er hatte Blaskovic verunsichert. Der Kroate stand jetzt vor dem Problem, Lüders vage Andeutungen zu interpretieren. Die Vertrauensbasis zum Ostseekartell war zerstört. Würde Blaskovic sich zurückziehen? Dann müsste er alles aufgeben, was er bisher erreicht hatte. Lüder hatte registriert, wie sehr Blaskovic der Luxus am Herzen lag – das Interieur seines Büros, sein persönliches Erscheinungsbild, sein Hang zu Luxuskarossen.

Der sonst unterkühlt auftretende Mann hatte sich fürchterlich aufgeregt, als sein Ferrari zerkratzt wurde. Lüder wertete es als einen gefühlten Angriff auf das, was Blaskovics Existenz ausmachte. Er hatte sich in seinen Augen emporgearbeitet und auch auf der legalen Seite der Gesellschaft einen Platz gefunden. Nun sollte er vom Sockel gestoßen werden. Würde er sich zur Wehr setzen? Natürlich kannte er die vermeintlichen Feinde, die zu kennen Lüder ihm suggeriert hatte.

Hatte Blaskovic die Möglichkeiten, gegen das Ostseekartell anzutreten? Verfügte er über eigene Kräfte, die sich gegen die Macht der Drogenbande stemmen würden? Das würde zu einer Schwächung des Kartells führen. Wie groß waren dessen Ressourcen, nachdem drei Mitglieder des Killerkommandos auf der Strecke geblieben waren? Sie kamen alle aus Litauen. Welche Rolle spielte dieses Land? Verbargen sich dort die Zentrale und der Kopf des Kartells?

Es gab noch eine andere offene Baustelle. Florian Teichmeister hatte sich bisher standhaft geweigert, zu erklären, wo er sich in der Nacht aufgehalten hatte, als Levickis von der Aussichtsplattform gestürzt wurde.

Vollmers hatte Lüder eine Nachricht geschickt, dass es gelungen war, zwei der anonymen Schreiber, die sich in den sozialen Medien gegen eine Verfolgung Teichmeisters aussprachen, zu identifizieren. Beide waren aktive Polizisten.

Ein jüngerer Obermeister aus Norderstedt versuchte, seine Nachricht zu relativieren. Er selbst sei auch schon während einer Demonstration angegriffen worden und habe auf den gegen Teichmeister erhobenen Verdacht emotional reagiert. Es tue ihm leid, einen solchen Text öffentlich gemacht zu haben. Natürlich, betonte er, würden alle Vorwürfe nach den Regeln des geltenden Rechts geprüft und bewertet werden.

Der zweite Polizist tat Dienst in Lübeck. Er war es leid, dass man – seiner Meinung nach – ungestraft auf die Polizei einprügeln durfte. Mit Worten und zunehmend auch mit Taten. Überall, so seine Worte, wurde von Polizeigewalt schwadroniert. Wo blieb die Aufregung über die Kollegin Ehlebracht? Bei seiner Einvernahme wollte er nicht verraten, woher er den Namen kannte. Bisher war es gelungen, ihn aus den Medien herauszuhalten. Er distanzierte sich auch nicht davon, dass man härter gegen solche Täter vorgehen müsse. Nun erwartete den Oberkommissar ein förmliches Verfahren.

Lüder rief Teichmeister an. Der suspendierte Drogenfahnder meldete sich mit einem schlichten »Ja«.

»Lüders.«

»Ach Sie. Wollen Sie mir wieder auf den Geist gehen?«

»Es liegt an Ihnen, das Verfahren abzukürzen. Sie sind Insider. Sie kennen das Prozedere.«

»Ja. Und? Sie müssen mir etwas beweisen.«

»Dass Sie zum Mörder geworden sind?«

»Dann viel Erfolg.«

»Lassen Sie uns reden.«

»Worüber? Ich bin doch kein geschwätziges Marktweib.«

»Es ist doch kein Geheimnis, dass Sonja Ehlebracht Ihnen nahesteht. Es ist auch für erfahrene Polizisten unfassbar, was man mit der Kollegin angestellt hat. Deshalb ist es wichtig, diesen Fall vor ein Gericht zu bringen.«

»Ha. Damit so ein Klugscheißer von Rechtsverdreher alles relativiert? Zunächst die Tat als solche in Frage stellt und dann auf die emotionale Ausnahmesituation der Scheißkerle plädiert? Sie wollten es nicht. Und das Opfer hatte selbst Schuld. Wenn sie beim Oralverkehr nicht zugebissen hätte, wäre das alles nicht passiert. Wie bekloppt ist diese Welt? Und das nennen Sie Gerechtigkeit? Ich bin gespannt, wie sich der vierte Täter herauswindet. Wenn ihm nicht auch etwas zustößt.«

»Sind Sie ihm schon auf der Spur?«

»Seien Sie schneller als seine Häscher«, erwiderte Teichmeister ausweichend.

»Seien Sie vernünftig. Sie haben sich für diesen Beruf entschieden, um dem Verbrechen entgegenzutreten. Nun wechseln Sie die Seiten. Halten Sie ein. Noch gibt es eine Möglichkeit der Umkehr.«

Teichmeister lachte bitter auf. »Mit drei Morden, die man mir anheften will?«

»Haben Sie die begangen?«

»Finden Sie es heraus.«

»Das werden wir.«

»Na dann. Viel Erfolg.«

»Herr Teichmeister. Seien Sie vernünftig. Ich könnte jetzt zu Ihnen kommen, und wir besprechen alles.«

»Bin ich denn bescheuert? Wo sind wir denn? Sonja ist auf ewig ruiniert. Und mich wollt ihr auch aus dem Verkehr ziehen. Wie beknackt ist das denn? Wir dezimieren uns gegenseitig. Wir – die Guten. Und die anderen? Die lachen sich kringelig. Da gab es doch mal so einen Film mit Tieren auf einer Farm. Da sollte alles demokratisch ablaufen. Und dann haben die Schweine die Herrschaft übernommen.«

»Sie meinen George Orwells ›Animal Farm‹«, half Lüder aus.

»Kann sein. Und jetzt sollen die Schweine Kiel regieren?«

»Regieren?«

»Sie wissen, wie ich das meine. Da flitzen doch schon Politiker rum und fordern den freien Drogenkonsum.«

»So ist es nicht«, widersprach Lüder.

»Wie Sie es auch nennen – es kommt auf das Gleiche heraus. Im Garten sagen Sie dem Unkraut auch nicht, dass es sich zurückhalten soll, damit es bei Wasser und Licht seinen Platz zum Gedeihen hat. Sie rupfen es heraus.«

»Und so gehen Sie vor?«

»Viel Spaß beim Ermitteln. Und viel Erfolg. Vielleicht sind Sie schneller als die Rächer. Es ist doch eine verkehrte Welt. Die

Rächer legen die Gangster um, die es Sonja angetan haben. Und Sie und Ihresgleichen jagen die, die Gutes vollbracht haben.«

»Es geht nicht Auge um Auge, sondern nach unserem Rechts- und Wertesystem.«

»Ja – ja. Hör doch auf. Tschaui.«

Dann war die Leitung unterbrochen.

Hauptkommissar Vollmers hatte sein Leid geklagt, dass es auch ihm und seinem Team nicht gelungen war, Teichmeister zu einer Aussage zu bewegen. Das galt auch für den Zeitraum, in dem Gintaras Mikalauskas in Hohwacht am Strand ertränkt worden war. Teichmeister konnte oder wollte kein Alibi vorweisen. Jetzt sollte sich die Dienstaufsicht des Falls annehmen. Auch für sie würde es ein harter Brocken werden. Noch gab es keine Indizien oder Zeugen, die ihn der Täterschaft überführten. Und solange er schwieg, würde es schwierig werden, ihn des Rachemordes zu überführen. Bisher konnten nur Zusammenhänge gegen ihn angeführt werden. Und die Aussage der nächtlichen Streifenwagenbesatzung in Selent, die einen hellen Mazda gesehen hatte. Teichmeister wusste um die Schwierigkeiten der Ermittler, ihm aufgrund dieser dünnen Beweislage die Tat nachweisen zu können.

Jochen Nathusius hatte es übernommen, mit den Polizeibehörden in Litauen, Schweden und Dänemark zu sprechen und ihnen die Konten aus der bei Baranauskas gefundenen Liste weiterzuleiten. Lüder nahm Kontakt zu Jonas Nyström in Östersund auf.

»Ich bin mit dieser Sache nicht betraut«, sagte der schwedische Kommissar. »Das liegt bei den Stockholmern. Und Malmö ist beteiligt.«

Lüder erklärte, dass er nicht den offiziellen Weg beschritt. Das laufe über andere Stellen des LKA.

»*Tyskland*«, scherzte Nyström. »Ihr seid ein großes Volk. Kopfmäßig«, stichelte er. »Und es gibt viele Volksstämme. Die

Bayern. Die Sachsen. Und viele mehr. Aber überall findet man Preußen. In jeder Behörde. Es geht streng preußisch zu. Auf euren Ämtern funktioniert es wie in euren Kleingärten. Jeder hat seine eigene Parzelle. *Seine!*«

Lüder verwies auf gemeinsame frühere Lösungen.

»Ist ja schon gut«, sagte Nyström. »Ich sehe einmal in unseren Computer.«

»Du hast Zugriff auf diese Daten?«

»Weshalb nicht? Ich bin doch die Polizei. Wir gehen in Schweden anders mit manchen Daten um. Zum Beispiel liegen bei uns die Steuerlisten öffentlich aus. Das gilt auch für alle Melde- und Personenstandsdaten, die bei uns vom Finanzamt mit verwaltet werden. Also. Nun zu deiner Frage. Ich muss erst suchen.« Nyström murmelte etwas Unverständliches. »So. Da ist es. Die bei unseren Banken geführten Konten wurden beschlagnahmt. Die Polizei verfolgt die Konteninhaber und die Bewegungen auf den Konten. Noch ist die Untersuchung nicht abgeschlossen. Aber wenn die Bande so gerissen ist, frage ich mich, weshalb man sich ganz normaler Konten bedient. Das ist doch leichtsinnig. Die hätten den Zahlungsverkehr doch über Offshorekonten oder Kryptowährungen wie Bitcoins abwickeln sollen.«

»Das macht neugierig«, warf Lüder ein. »Es ist offenbar der Trick der Bande, sich möglichst unauffällig zu verhalten. Ich gehe davon aus, dass es zwei Stränge gibt. Die eine Seite ist für die Logistik und die Verteilung der Drogen zuständig. Da haben wir hier mit Baranauskas einen wichtigen Knotenpunkt geknackt. Noch rätseln wir, wie das Rauschgift ins Land kommt. Der zweite Strang ist die Geldwäsche. Der Trick ist anscheinend, reguläre Geschäfte in der Hotellerie, dem Gastgewerbe und im Bereich Glücksspiel und Casino zu tätigen, indem man weit überhöhte Einkünfte ausweist. Die Gewerbe sind so ausgelegt, dass dort in vielen Fällen bar bezahlt wird und die Herkunft des Geldes nicht nachvollzogen werden kann.«

»Das ist bei uns anders«, flocht Nyström ein. »Hier kann man kaum noch mit Bargeld bezahlen. Selbst die Parkuhr, der Bus oder die öffentliche Toilette werden per Karte bezahlt.«

»Vermutlich ist Deutschland deshalb so wichtig für das Kartell.«

»Ich melde mich«, versprach Nyström, »wenn ich etwas höre.« Mit »*Hejdå*«, das je nach Region wie »Hehdoa« oder »Hehdo« klang, verabschiedeten sie sich.

Lüder hatte auf den Rückruf von Professors Michaelis gewartet. Der Mathematiker entschuldigte sich für die Verzögerung und versprach, am nächsten Tag nach Kiel zu kommen.

»Eigentlich waren wir mit guten Freunden zum Essen verabredet«, erklärte er. »Meine Frau und ich – wir teilen zwei Leidenschaften. Wir besuchen gern exquisite Restaurants und lassen uns vom Meister am Herd und seinem Weinangebot verwöhnen. Und wir schätzen kulturelle Angebote, durchaus auch überregional.«

»Und das Decodieren?«, fragte Lüder.

»Das sind Gehirnübungen«, antwortete Professor Michaelis. »Vergnügen; aber keine Leidenschaft.«

Ich gehe jetzt meinem Vergnügen nach, beschloss Lüder. Und das besteht in der Heimfahrt zu Margit.

VIERZEHN

Am Morgen trommelte der Regen gegen das Schlafzimmerfenster. Der Wetterbericht hatte vor einem Sturmtief über der Nordsee gewarnt. An der Westküste heulten Böen der Windstärke zehn übers Land. Auf dem Weg gen Osten hatte sich die Intensität ein wenig abgebaut, aber es war immer noch »püsterig«. Sinje hatte ihr Leid geklagt, weil sich bei solchem Wetter niemand erbarmte, sie zur Schule zu fahren.

»Nun erzähle mir nicht, ihr habt auch bei jedem Wetter zu Fuß zur Schule gemusst«, hatte sie geklagt.

»Dir kommt doch die Erderwärmung zugute«, hatte Lüder geantwortet. »Oma und Opa – die haben noch ganz andere Zeiten erlebt. Da gab es noch richtige Winter.«

»Die Zeiten ändern sich. Wir leben doch nicht mehr im Mittelalter wie ihr damals. Du hast doch noch den Kaiser gekannt.«

»Stimmt«, bestätigte Lüder. »Kaiser Franz.«

Sinje hatte ihn scheel angesehen. »Franz? Der heißt doch Wilhelm. Oder so.«

»Genau. Oder so.« Als sie die Küche verlassen hatte, sagte Lüder zu sich selbst: »Ich meine Kaiser Franz aus der Dynastie der Beckenbauer.«

Die Fahrt zum LKA war nervig gewesen. Bei Regen und grauem Himmel schlich der Berufsverkehr schleppend dahin.

Statt eines Kaffees im Geschäftszimmer verwies ihn Edith Beyer in den Besprechungsraum. Die Anwesenden sahen ihn an, als er eintrat. Am Kopfende saß Dr. Starke, der die Sitzung moderierte.

»Moin, Lüder«, grüßte er. »Setz dich.« Dann erklärte er kurz, dass man die Beteiligten auf einen gemeinsamen Stand bringen wolle. Die litauische Polizei hatte eine Warnung geschickt, dass man aus zuverlässiger Quelle erfahren habe, dass zwei bekannte Gewalttäter auf dem Weg nach Deutschland seien. Man konnte nicht sagen, unter welchem Namen und mit welchen falschen Papieren die beiden einreisen würden. Ihre ursprünglichen Namen lauteten Edvinas Vaitkūs, gebürtiger Litauer, und Sjarhej Martynowitsch aus Belarus. Beide wurden in mehreren Ländern wegen zahlreicher Straftaten gesucht, darunter Mord, Mordversuche und Kriegsverbrechen. Die Litauer hatten angefügt, dass die beiden sich aus der gemeinsamen Zeit bei einer sogenannten Sicherheitsfirma kannten.

»Söldner«, warf jemand ein.

Dr. Starke bestätigte es. »Die Litauer haben es über Mittelsmänner erfahren. Die beiden sollen als Cleaner tätig werden.«

»Also aufräumen«, stellte Lüder fest. »Sie kommen mit Mordaufträgen.«

»Es steht nicht fest, ob sie zum Ostseekartell gehören oder angeheuerte Killer sind«, fuhr Dr. Starke fort.

»Ist das die nächste Eskalationsstufe, oder fühlt sich das Kartell in die Enge getrieben? Es wäre hilfreich, wenn wir uns Gedanken machen, wer auf der Todesliste stehen könnte«, sagte Lüder.

»Darüber können wir nur Vermutungen anstellen«, meinte der Kriminaldirektor. »Es könnten Mitglieder konkurrierender Banden sein, aber auch Leute aus unseren Reihen. Das Beispiel Sonja Ehlebracht hat gezeigt, dass man auch brutal gegen Polizei und Justiz vorgeht.«

»Vergessen Sie Herrn Schmidt nicht«, warf jemand ein.

Er wurde von Dr. Starke zurechtgewiesen, dass man von Frau Herrenberg-Goldschmidt sprechen sollte. Aber in der Sache stimmte er zu. »Es könnte sich um einen größeren Personenkreis handeln, der gefährdet ist. Ich würde auch Politiker nicht ausschließen.«

»Wir sollten auch an Blaskovic denken, der möglicherweise in Ungnade gefallen ist.«

Dr. Starke streckte die Hand aus und zeigte auf Lüder. »Sehr richtig. Heute war wieder ein Artikel über ihn in der Zeitung.

Geschickt formuliert, aber zwischen den Zeilen wurde erneut der Verdacht gestreut, dass er in kriminelle Machenschaften verwickelt ist. Das ist aber noch nicht alles. Es wäre mein nächster Punkt gewesen.« Dr. Starke hob den Arm. »Heute Nacht wurde bei der AB Finance GmbH eingebrochen. Die Täter wurden von einem Passanten bemerkt, der die Polizei rief. Die Streife konnte vor Ort niemanden mehr finden, aber im Büro sah es böse aus. Vieles war verwüstet.«

»Was wurde gestohlen?«, fragte ein Oberkommissar von der Organisierten Kriminalität.

»Das wissen wir nicht. Blaskovic hat noch keine Anzeige erstattet.«

»Gab es keine Alarmanlage?«, fragte ein anderer Beamter.

»Wenn ja, so lief der Alarm in einer Alarmzentrale auf. Aber von dort wurde die Polizei nicht informiert. Das ist aber nicht alles. In Hohwacht brannte vor Blaskovics Haus der Ferrari ab.«

Ausgerechnet der Ferrari, dachte Lüder. Der Kroate hatte ja schon so empfindlich reagiert, als das teure Fahrzeug zerkratzt worden war.

»Hat sich Blaskovic zu den beiden Taten geäußert?«, fragte Lüder.

»Er ist nicht erreichbar. Auch nicht telefonisch. Das trifft auch auf seine Lebensgefährtin zu.«

»Der ist untergetaucht«, meinte Lüder. Ob sein Telefonat mit Blaskovic dazu beigetragen hatte?

»Ich habe noch einen letzten Punkt«, sagte Dr. Starke. »Es geht um ein Telefonat, das Blaskovic mit Litauen geführt hat. Wir haben die dortige Polizei gebeten, zu eruieren, um welchen Teilnehmer es sich handelt.« Er zögerte und sah die Anwesenden der Reihe nach an. »Die Staatsanwältin hat erwirkt, dass wir diesen Anruf mitschneiden konnten. Er gibt uns Rätsel auf. Blaskovic sprach Deutsch.«

»Und der andere Teilnehmer?«

»Das wissen wir nicht.«

Ein allgemeines Geraune füllte den Saal.

»Nur Blaskovic hat gesprochen. Die Gegenseite hat keinen Ton von sich gegeben.«

»Das gibt es doch nicht«, warf jemand ein.

Dr. Starke zuckte hilflos mit den Schultern. »Auch der Text ist rätselhaft. Blaskovic sprach über das Wetter. Uns ist klar, dass es ein Code war. Es ging um Hoch- und Tiefdruckgebiete, Regenwahrscheinlichkeit, Wind aus Nordwest und die Lufttemperatur. Aber nichts passte zum aktuellen Wettergeschehen. Wir haben den Text einem Meteorologen vorgelegt, der meinte, dass die Angaben ohnehin nicht harmonieren würden. Ein überzogenes Beispiel: Morgen werden die Höchsttemperaturen einunddreißig Grad betragen. Von Nordwest erwarten wir üppigen Schneefall.«

Dann schloss der Kriminaldirektor die Sitzung.

Lüder kehrte in sein Büro zurück. Dort wartete bereits Professor Michaelis auf ihn. Friedhof, der mehrfach behinderte Bürobote, dessen Namen Friedjof Lüder freundschaftlich verhunzte, hatte ihm Gesellschaft geleistet und wirkte ein wenig enttäuscht, als Lüder auftauchte. Die beiden hatten sich an Lüders Schreibtisch über einen Block gebeugt.

»Wir machen gerade Zahlenrätsel«, sagte Friedhof mit glühenden Wangen. Ungern verabschiedete er sich.

Lüder schickte Michaelis die Datei, die sie auf dem in Mettenhof sichergestellten Rechner gefunden hatten. Er legte auch die drei Telefonbücher aus Klaipėda parat. Der Professor nahm das Angebot an, mit frischem Kaffee versorgt zu werden. Dann führte Lüder ihn in ein freies Büro.

Lüder versuchte, die Rechtsmedizin zu erreichen. Dr. Diether war gerade »in der Werkstatt«, wie ein munter plaudernder Mitarbeiter des Instituts für Rechtsmedizin meinte. Das Versprechen, zurückzurufen, wurde eingehalten. Lüder sprach den Arzt auf »die Werkstatt« an.

Dr. Diether lachte.

»Es mag für Außenstehende makaber klingen, aber mit solchen Umschreibungen kommen wir gut durch unseren nicht alltäglichen Arbeitstag.«

»Auch nach so vielen Jahren noch? Schleicht sich nicht Routine ein?«

»Erfahrung – ja. Aber Routine? Das wäre der Tod der Akkuratesse. Es ist das Spannende an unserem Wirken, dass jeder Fall anders gelagert ist. Übersehen wir etwas, kann das Auswirkungen auf das ganze Konstrukt des Falles haben. Natürlich gibt es keine verlässlichen Zahlen, aber die Dunkelziffer unentdeckter Tötungsdelikte dürfte hoch sein. Es ist nicht das tägliche Brot der niedergelassenen Ärzte da draußen, Böses zu unterstellen, wenn sie zu einem Todesfall gerufen werden. Soll der langjährige Hausarzt auf dem Lande im Beisein der Familie auf dem Dorf vermuten, dass der neunzigjährige Opa gemeuchelt wurde? Andererseits gibt es auch krasse Fälle. So hat ein Bestatter bei einem ›natürlichen Tod‹ beim Einkleiden des Verstorbenen vier Einschüsse in den Körper entdeckt. Das mag in Nordfriesland als ›natürlicher Tod‹ durchgehen, aber nicht im Rest des Landes.«

»Sie sind Privatdozent. Streben Sie nicht eine Professur an?«

»Ich? Nein. Ich will nicht Chefarzt werden. Ich fühle mich in meiner Rolle sehr wohl. Erzählen darf ich das nicht. Aber wenn ich wieder einmal einem heimtückischen Mörder auf die Schliche gekommen bin, weiß ich, weshalb ich das hier mache. Lehre und Forschung und vor allem das Administrative der Leitungsfunktion liegen mir nicht. Ich brauche die Praxis. Außerdem haben wir eine über alle Grenzen anerkannte Chefin. Die Professorin übt das Amt perfekt aus. So sind wir beide glücklich.«

»Dann sind wir schon zu dritt«, sagte Lüder. »Ich reihe mich gern ein. Ohne Sie hätten wir manches Rätsel nicht gelöst.«

»Ihnen bleiben andere unappetitliche Aufgaben, zum Beispiel die Suche nach der Frau, die mit Slavickas in der Mettenhofer Wohnung intim war. Und zwar mehrfach, wie die Anzahl der benutzten Kondome erwies. Immerhin hat sich dort jedes Mal dasselbe Pärchen zusammengefunden. Das ist eindeutig anhand der DNA nachweisbar. Slavickas hat die Zeit vor seinem Ausscheiden aus dem Berufsleben noch genossen.«

Lüder schmunzelte. »Ausscheiden aus dem Berufsleben« war eine ungewöhnliche Umschreibung für den Tod des Berufskillers.

»Nun müssen Sie nur noch die Dame finden. Wie gesagt – ich habe es Ihnen einfach gemacht hat. Es ist immer dieselbe.«

»Wer lässt sich mit einem solchen Menschen ein?«, überlegte Lüder laut. »Im Zusammenhang mit diesem Fall ist mir nur eine Frau begegnet, allerdings eine bemerkenswerte. Die Sekretärin von Blaskovic.«

»Lassen Sie sich nicht erwischen«, korrigierte ihn Dr. Diether. »Man spricht heute von ›Assistentin‹. Haben Sie die im Verdacht?«

»Wenn ich es richtig einordne, gehört Blaskovic in die Managementetage des Ostseekartells. Es ist eine gewagte These, dass sich diese attraktive Frau mit einem Büttel wie Slavickas einlässt.«

»Diese Frage kann ich medizinisch nicht beantworten. Sonst sind Ihnen keine Frauen begegnet?«

»Nicht auf der Gegenseite. Das Verbrechen ist meistens männlich.«

»Vielleicht hatte Slavickas Vorzüge, die wir nicht beurteilen können, so eine Art Leistungssportler im Intimleben. Immerhin war er gedopt.«

»Sie haben Substanzen bei ihm gefunden?«

»Ich kann für ihn nur hoffen, dass er beim Bezug Personalrabatt bekommen hat. Wenn Sie sich nicht gegen ihn gewehrt hätten … Er hätte sich nicht mit den bürokratischen Regularien eines Rentenantrags auseinandersetzen müssen. Der langfristige Konsum von Methamphetamin schädigt die Gesundheit erheblich. Welche Folgen eintreten, hängt von der Konsumform und der Einnahmedauer von Crystal Meth ab. Die Substanzklasse der Amphetamine mit ihren zahlreichen weiteren psychoaktiven Substanzen und das in der Natur vorkommende Ephedrin sind auch potente Stimulanzien und indirekte Sympathomimetika. Sie regen stark die sympathischen Teile des vegetativen Nervensystems an. Und für den medizinischen Laien: Mit sympathischem Teil ist nicht das gemeint, was die Dame mit der unbekannten DNA vielleicht gereizt haben könnte.«

»Ich schätzte stets Ihre präzisen medizinischen Erklärungen«, flocht Lüder ein.

»Sie sollten es wissen. Auch als Jurist«, stichelte Dr. Diether. »Schließlich sind die Herstellung und der Verkauf oder die Verteilung in Deutschland ebenso strafbar wie der Besitz.«

»Das gilt auch für die meisten anderen europäischen Länder und die USA.«

»War Slavickas nicht beim Militär?«, fragte Dr. Diether.

»Ja. Und anschließend, so wird vermutet, hat er sich als Söldner verdingt. Heute umschreibt man es als Sicherheitsfirma.«

»Dann passt es«, erwiderte Dr. Diether. »Bis in die siebziger Jahre wurde Pervitin, das ist ein inzwischen vom Markt genommenes Fertigarzneimittel mit Methamphetamin als Hydrochlorid, zur Unterdrückung von Müdigkeit von der NVA und auch von der Bundeswehr für den sogenannten Ernstfall eingelagert. Bei den Fallschirmjägern war es Bestandteil der Verpflegung und wurde bei Übungen ausgegeben. Die NVA hat es in einer Fabrik in der DDR auch später noch herstellen lassen, den Piloten für den Notfall mitgegeben und sogar bis 1988 dem Verbandssatz beigelegt. Die USA haben den Wirkstoff während des Vietnamkrieges eingesetzt. Jetzt verstehen Sie auch, weshalb Rambo so effektiv war. Und was beim Militär Erfolg zeigt, kommt auch im Sport zum Einsatz, zum Beispiel während der Fußballweltmeisterschaft 1954. Sagt Ihnen Hermann Buhl etwas?«

»Nein«, gestand Lüder.

»Habe ich mir gedacht. Das war ein österreichischer Extremalpinist, dem dank Pervitin die Erstbesteigung des Nanga Parbat im Himalaya gelungen ist.«

»Und Sie erklimmen den wissenschaftlichen Olymp – und das alles ohne Pervitin.«

Dr. Diether winkte ab. »Das ist doch Allgemeinwissen. Kennedy litt bekanntermaßen unter starken Rückenschmerzen. Jeder wusste damals, dass er im Oval Office deshalb einen Schaukelstuhl stehen hatte. Er hat regelmäßig Amphetamine bekommen. Konrad Adenauer war schon sehr betagt, als er Kanzler wurde. Er hat zur Leistungssteigerung gelegentlich Pervitin geschluckt.«

»Und in diese Galerie wollen Sie Slavickas aufnehmen?«, fragte Lüder spöttisch.

»Es gibt eine unwiderlegbare Gemeinsamkeit der drei«, sagte Dr. Diether mit einem Lächeln. »Alle sind tot. Und nun werde ich mich wieder den Leichen zuwenden. Die diskutieren wenigstens nicht.«

»Bis denn dann«, beendete Lüder das Gespräch.

Anschließend erkundigte er sich bei Marlow, ob der Kleindealer Melake Mebrahtu wiederaufgetaucht war.

»Nein«, bestätigte Marlow. »Und nun erklären Sie uns nicht, dass wir ihn gar nicht hätten laufen lassen dürfen. Mein Kommissariat befindet sich in einer schwierigen Situation. Und das liegt nicht nur daran, dass Mitarbeiter ausgefallen sind. Mebrahtu ist weiter untergetaucht. Das kommt öfter vor, hat die Asylunterkunft berichtet. Die Bewohner zieht es an einen anderen Ort.«

»Und wenn man ihn als Mitwisser zum Schweigen gebracht hat?«

»Dieser Gedanke ist uns auch schon gekommen. Wir hoffen, dass dieser Fall nicht noch weitere Opfer fordert.«

Lüder wollte wissen, ob es Nachrichten aus dem Krankenhaus gab.

»Sonja Ehlebracht ist aus dem Koma geweckt worden. Sie ist aber für niemanden zu sprechen. Das liegt nicht nur daran, dass die Ärzte sie schonen wollen. Sie kann es einfach nicht. Auch die Kinder dürfen sie nicht besuchen. Inmitten dieses ganzen Mists haben wir aber eine positive Nachricht. Der Zoll und wir haben heute Mittag erneut die Fähre aus Klaipėda kontrolliert.«

»Haben Sie wieder einen anonymen Tipp bekommen?«

»Hören Sie doch auf«, erwiderte Marlow unwirsch. »Sie haben doch selbst mitbekommen, wie auf uns geschossen wurde. Der Spediteur Carl Moritz hat Breitseite um Breitseite auf uns abgefeuert. Er hat alles mobilisiert. Ich bin mir sicher, dass das Ostseekartell selbst hinter den Falschmeldungen steckt. Man hat uns drei Mal auflaufen lassen und gehofft, nach diesen falschen Alarmen würden wir uns nicht mehr trauen, zu kontrollieren. Man hat versucht, uns lächerlich zu machen. Aber wir haben nicht aufgegeben. Heute hat der Zoll eine große Lieferung abgefangen, die in einem Container mit Schlachtabfällen aus der Puten- und Gänsemast versteckt war. Der Zoll ist misstrauisch geworden. In Polen werden die Tiere industriell gezogen und gemästet, um Weihnachten als echte deutsche Freilandgans auf den Tellern zu landen. Die hier nicht verwertbaren Schlachtabfälle werden als Delikatesse nach China geschickt. Und jetzt kommt eine solche Lieferung in Kiel an? Es war eine große Schweinerei – das dürfen Sie wörtlich nehmen, aber unten im Container waren Drogen im Straßenverkaufswert von über einer Million Euro verborgen. Das steckt auch das Ostseekartell nicht easy weg. Zumindest war es dieses Mal keine Möbellieferung.«

»Der Pfad dürfte geschlossen sein, weil Baranauskas ausgefallen ist. Außerdem waren die Möbellieferungen aus Litauen ein Teil der Geldwäsche. Billiger Schrott für teures Geld.«

»Wir kennen solche Tricks. Ihre Kollegen aus dem LKA haben ein Unternehmen gefunden, das unregelmäßig die Möbel aus dem Zwischenlager von Baranauskas abgeholt und sie geschreddert hat. Es ist ein kleiner Hinterhofbetrieb, für die dieser Auftrag ein Zusatzverdienst war. Sie haben sich nichts dabei gedacht. Die großen Internethändler vernichten ja auch die Retouren, anstatt sie aufzubereiten und wieder in den Verkauf zu stecken.«

»Wer sind der Absender und der Empfänger der Drogenlieferung?«

»Gemach, gemach«, sagte Marlow. »Der Zoll ist noch dabei, die Ladung sicherzustellen. Die Meldung ist ganz frisch.«

Lüder fragte auch, ob es Neuigkeiten von Teichmeister gab.

»In diesem Fall stimmen wir uns mit den Kollegen von Vollmers' Truppe ab. Das K1 hat die Federführung übernommen. Solange Teichmeister schweigt, wird es schwer sein, ihm etwas nachzuweisen. Im Netz tauchen immer mehr Stimmen auf, die Aktionen dieser Art gutheißen. Es hat sich herumgesprochen, dass es einen Verdacht gegen einen Polizisten gibt, der das Heft des Handelns in die eigenen Hände genommen hat. Er wird von manchen Netzaktivisten zum Helden hochstilisiert. Wir haben genug andere Baustellen. Jetzt müssen wir auch noch die Wogen glätten, bevor manche Irre da draußen glauben, sie müssten den überforderten Behörden behilflich sein und das vermeintliche Übel an der Wurzel ausrotten.«

Marlow beendete das Telefonat erkennbar frustriert.

Lüder behielt den Telefonhörer in der Hand und rief Dittert an. Der Journalist zeigte sich überrascht, von Lüder zu hören.

»Wollen Sie mich wieder ausquetschen?«, fragte er. »Oder soll ich eine Entschädigung dafür bekommen, dass Sie mich in eine Schießerei verwickelt haben?«

»Irrtum. Sie erhalten demnächst eine Rechnung der Amtskasse dafür, dass Sie bei einer Polizeiaktion einen Logenplatz in der ersten Reihe einnehmen durften. Ich habe aber noch etwas für Sie. Streng vertraulich?«

Dittert sicherte es zu. »Bei meiner Berufsehre.«

»Unter diesen Umständen ist das Gespräch sofort beendet«, lästerte Lüder.

LSD widersprach.

»Mögen Sie Pute und Gans?«

»Ohhh. Eine Einladung zum Weihnachtsessen?«

»Diese Teile der Tiere mögen Sie bestimmt nicht. Der Zoll hat einen Container mit Schlachtabfällen sichergestellt.«

»Wollen Sie mich verarschen?« Dittert klang enttäuscht.

»Liebend gern«, antwortete Lüder. »Aber dieser Tipp ist Millionen wert. Im Container sind Drogen versteckt.«

»Ehhh geil. Wann? Wo?«

»Ich habe noch eine Bedingung.«

»Aber schnell. Ich habe es eilig.«

»Das ist exklusiv für Sie. Schreiben Sie, dass es dem Zoll und der Drogenfahndung gelungen ist, einen außergewöhnlichen Fang zu machen, und dass man sich nicht durch versteckte Drohungen seitens kleiner Kreise der Wirtschaft hat irritieren lassen. Die Einhaltung der Gesetze steht über dem Wunsch nach einem ungestörten Warenverkehr.«

»Ist gut. Ja. Okay.«

Lüder spürte, dass Dittert nicht zugehört hatte. Er beendete das Telefonat abrupt, als Lüder ihm den Ort nannte.

Lüder war erschrocken, als er Dr. Starke gewahrte, der im Türrahmen stand. Ob der Abteilungsleiter etwas von seinem Gespräch mit Dittert mitbekommen hatte?

»Es gibt Neuigkeiten aus Litauen«, sagte Jens Starke. »Blaskovic hat in Litauen angerufen. Das Telefonat mit einer unbekannten Nummer. Jetzt wird es kompliziert. Das war eine Anrufweiterschaltung nach Deutschland.«

Lüder war überrascht. »Dann hat Blaskovic mit einem Unbekannten in Deutschland gesprochen. Weshalb so kompliziert?«

»Um Spuren zu verwischen, falls er abgehört werden sollte.«

Lüder runzelte die Stirn. »Denken wir einmal um die Ecke. Wenn Blaskovic, der Unantastbare, das befürchtete, muss er doch ein schlechtes Gewissen gehabt haben. Weshalb sollte man ihn abhören? Dazu bedarf es einer richterlichen Genehmigung. Die ist schwer zu erlangen. Hat er Angst gehabt, man würde ihn überwachen?«

»Diese Idee ist nachvollziehbar.«

»Wir rätseln immer noch, wo sich der Kopf des Ostseekartells befindet. Vieles deutet auf Litauen hin. Manche Spuren weisen nach Klaipėda. Und nun ruft Blaskovic in Deutschland an. War es nur ein deutsches Handy? Oder war es auch hier eingeloggt?«

»Es wird noch schöner.« Dr. Starke löste sich vom Türrahmen und kam näher. »Zum Zeitpunkt des Anrufs befand sich das Handy in der Kieler City. In einer Funkzelle rund um den Alten Markt.«

»Da hätte Blaskovic auch sein Bürofenster öffnen und die Nachricht hinausrufen können, und das Devils Home ist auch gleich nebenan.«

Fast gleichzeitig sagten sie: »Harald Müller.«

»Den wir immer noch nicht identifiziert haben«, stellte Lüder fest. »Wem gehört das deutsche Handy?«

Der Kriminaldirektor lachte. Lüder hätte schwören mögen, dass es das erste Mal war, dass er eine solche Gefühlsregung bei seinem Vorgesetzten wahrnahm. »Harald Müller.«

»Das ist nicht wahr.«

»Doch.«

»Dem Politiker?«

»Im Moment laufen alle Ermittlungen auf Hochtouren. Mehr können wir noch nicht sagen.«

Sie wurden durch einen Mitarbeiter der Kriminaltechnik unterbrochen.

»Da sind Sie«, sagte er und steuerte auf Dr. Starke zu. Dann flüsterte er ihm etwas ins Ohr.

»Sie dürfen es laut sagen. Dr. Lüders ist im Bilde.«

»Wir haben die Spur weiterverfolgt. Die Sache mit dem Handy und dem Anruf aus Litauen. Sie verliert sich. Leider.«

»Wieso?«, wollte Dr. Starke wissen.

»Es ist verrückt. Aber vom Kieler Handy aus wurde das Gespräch auf einen schwedischen Anschluss weitergeleitet. Da sind wir im Augenblick am Endpunkt angekommen.«

Enttäuschung erfasste die Beamten. »Wir haben ja noch Harald Müller«, sagte Lüder und ließ sich die Daten geben. »Ich werde mit meinem schwedischen Kontaktmann sprechen.«

Ob die Kettenweiterschaltung von Blaskovics Anruf auch so lange gedauert hatte wie der Verbindungsaufbau zu Jonas Nyström?

Der schwedische Kommissar war offensichtlich in der nordischen Provinz angekommen. Ungefragt berichtete er vom Leben in Östersund, das durch den Biathlon-Weltcup bekannt wurde. Es war die einzige Stadt, nach deutschen Maßstäben eine Mittelstadt, im Umkreis mehrerer hundert Kilometer mit einer umfassenden Infrastruktur vom Krankenhaus bis zu Bildungseinrichtungen – und zentralen Einrichtungen wie Feuerwehr und Polizei. Besonders ausführlich schilderte Nyström das Leben in dem dort schon hereingebrochenen Winter. Lüders Geduld war gefragt, bis er schließlich seine Frage nach dem Handy adressieren und die Daten durchgeben konnte. Nyström versprach, sich zu erkundigen und sich wieder zu melden.

Lüder verstand nicht, weshalb sich das Kartell großer Mühe und Aufwandes bediente, um die Spuren zu verschleiern, andererseits aber leichtsinnige Fehler beging. Man unternahm alles, um Blaskovics Anruf zu verschleiern, indem eine Kette von Weiterschaltungen aufgebaut wurde. Die Polizei hatte auch noch keine Übersetzung für den von dem Kroaten durchgegebenen Wetterbericht gefunden. Man vermutete, dass es eine Warnung war. »Sturm ist im Anzug.«

Die Vorsichtsmaßnahmen machten den Fall so schwierig. Alles war verwickelt. Es war den Ermittlungsbehörden nicht einmal gelungen, zu klären, ob sie es mit dem Ostseekartell und einer rivalisierenden Gang zu tun hatten. Es fehlten auch konkrete Beweise, dass Blaskovic für die Geldwäsche zuständig war. Andererseits waren Kartellmitgliedern Fehler unterlaufen. Baranauskas hatte sich mit seiner heruntergekommenen Diskothek East Heaven zu sicher gefühlt. Die bei der Razzia beschlagnahmten Funde waren ein großer Fahndungserfolg gewesen. Solange Baranauskas unentdeckt wirken und agieren konnte, interessierte sich niemand für das irrwitzige Geschäft mit den Schrottmöbeln. Das Konstrukt flog erst auf, als die Behörden den Weg der Möbel verfolgten, die in einem Sozialkaufhaus oder in einem Schredder endeten. Zu diesem Zeitpunkt war klar, dass es sich um einen kriminellen Akt handelte. Ob die eingeschaltete Steuerkanzlei wusste, in wessen Auftrag sie den Zahlungsverkehr und die Buchhaltung abwickelte und welchem Zweck die Wohnung diente, für die sie die Miete überwies? Wer war die Frau, die mit Slavickas in der Wohnung intim war? Wer zog die Fäden im Hintergrund?

Lüder sah auf, als Professor Michaelis in seinem Büro erschien.

»Ich bin fertig«, erklärte er. »Das Schema war uns ja bekannt. Ich habe den verschlüsselten Text in meinen Rechner übernommen und decodiert.« Der Professor kratzte sich das Kinn. »Den Inhalt habe ich aber nur grob verstanden. Sinngemäß. Es ist Schwedisch.«

Schon wieder das nordische Königreich, dachte Lüder.

»Ich konnte ihn nicht ausdrucken, weil ich keinen Zugriff auf Ihre Infrastruktur habe. Deshalb habe ich Ihnen den Text als Mail geschickt.«

Er kam näher und sah Lüder über die Schulter, als der das Programm aufrief.

Dann las Lüder: »Die bisherige Strategie ist unzureichend. Es ist uns gelungen, ein paar Brückenpfeiler zu installieren und Verteilbasen zu schaffen. Die Logistik hat den Anfängen Genüge getan. Sie war aber mit den falschen Leuten besetzt. Dadurch gab es Störungen in der Kette. Hier besteht Bedarf an einer weitgehenden Professionalisierung. Dies kann nur durch die Schaffung anderer Strukturen geschehen, idealerweise unter einem guten Tarnmantel. Das Geldwaschen war besser organisiert. Auf diesem Gebiet müssen wir aber loyale und zuverlässige Operateure haben. Es gilt, die Zuverlässigkeit in jeder Hinsicht zu erfüllen. Unzureichende Glieder der Organisation müssen abgestoßen werden, um nicht das Ganze zu gefährden. Die Polizei ist unerbittlich. Hat sie das Ende eines Fadens in der Hand, verfolgt sie diesen bis zum Zentrum. Deshalb ist es überlebenswichtig, ihn vorher zu kappen, damit die Verfolgung ins Leere läuft. Wir müssen unbedingt ganz oben ansetzen.«

Er las den Text mehrfach. Dann war er sich sicher, dass der Schreiber kein Native Speaker war. Er beherrschte die schwedische Sprache, aber er verwendete Ausdrücke, die ein schwedischer Muttersprachler so nicht formulieren würde. Lüder selbst konnte sich in der nordischen Sprache unterhalten, stellte aber immer wieder fest, dass er hölzern formulierte. Der Verfasser beherrschte Schwedisch mit Einschränkungen, und auch die grammatikalische Kompetenz war nicht vollkommen.

Lüder setzte erneut an. Dann war er sich nahezu sicher, dass der Schreiber Deutscher war. Lüder tippte auf den Bildschirm und sagte: »Das ist ein Deutscher.«

Professor Michaelis lächelte. »Es erinnert Sie an die Filserbriefe?«

»Ganz so schlimm ist es nicht.« Ludwig Thoma war der Autor der »Filserbriefe«, in denen ein bayerischer Landtagsabgeordneter in unbeholfener Sprache seine Erlebnisse in München schilderte. Es gab auch eine Version, in der englisch geschrieben wurde.

Lüder sprach es aus: »*Dear Sir. I have you long not written.*«

»Herrlich«, bestätigte Professor Michaelis.

Lüder lehnte sich zurück. »Das ist ein Riesenfortschritt in unseren Ermittlungen.«

Michaelis musterte ihn. »Aha. Das ist kein Subalterner der Bande, der dieses Papier verfasst hat, sondern jemand aus der Führungsriege, der die Strategie vorgibt.«

»Vielleicht nicht nur die Strategie.«

»Der Kopf?«

»Das könnte zutreffen.«

Professor Michaelis reckte sich. »Dann müssen Sie ihn nur noch finden.«

Lüder nickte nachdenklich. »So einfach ist unsere Arbeit.« Wer hätte gedacht, dass der Kopf des Ostseekartells aus Deutschland kam? Aus Kiel? Die Ermittlungen waren bisher in eine ganz andere Richtung gelaufen. Die Polizei rätselte, in welchem Land rund um die Ostsee die Zentrale des Kartells residierte. Deutschland hatten sie bisher nicht im Visier.

Der Inhalt – wem galt die letzte Anmerkung? Baranauskas hatte man im Kartell als gefährliche Schwachstelle identifiziert. Der Mann hatte seinen Part mit den Möglichkeiten und dem Augenmaß des Kriminellen aufgezogen. Als die Behörden ihm auf die Schliche kamen, wurde er zur Gefahr für das Kartell und musste sterben. Deshalb hatte man ihn vor Lüders Augen eliminiert. Wer war noch gefährdet? Die Staatsanwältin? Weitere Polizeibeamte? Lüder selbst? Blaskovic? Der war abgetaucht. Weil er glaubte, die Polizei war ihm auf den Fersen? Oder fürchtete er seine eigenen Leute?

Wenn der Mord aus dem Kartell heraus beauftragt worden war, gehörten die anderen in Hohwacht Ermordeten, Justas Levickis und Gintaras Mikalauskas, auch zum Ostseekartell. Sie waren für die Drecksarbeit zuständig gewesen. Sonja Ehlebracht hatte man ausschalten wollen, weil sie dem Kartell zu nahe gekommen war. Damit waren vier Leute beauftragt. Der Verdacht, Levickis und Mikalauskas ermordet zu haben, war gegen Florian Teichmeister gerichtet. Woher kannte er die Namen? Er war allein und hatte nicht die Möglichkeiten der Polizeiorganisation, die zu dem Zeitpunkt noch im Dunkeln tappte. Den Dritten hatte Lüder beim Schusswechsel in Mettenhof zur Strecke gebracht. Es fehlte noch einer. Nun war auch klar, weshalb Slavickas jedes Risiko eingegangen war, um in den Besitz des Notebooks zu gelangen. Er wusste um die

Brisanz des Textes, der vor Lüder lag. Es war wieder eine der unverständlichen Leichtsinnigkeiten, die dem Kartell unterliefen. Wer schrieb solche Strategiepapiere? Und an wen waren sie gerichtet?

Der Mafia, überlegte Lüder, wären solche Fehler nicht unterlaufen. Es war eine gewagte These, aber steckten hinter der Organisation Leute, die neu im Geschäft waren? Denen einfache Fehler unterliefen? Denen möglicherweise kriminelles Handeln in letzter Konsequenz nicht hinreichend vertraut war?

Professor Michaelis hatte still neben Lüder gestanden und ihm Zeit gelassen. Dann hüstelte er.

»Verzeihung«, sagte Lüder.

»Ich bin kein Kriminalist, aber ich erahne Ihre Schlussfolgerungen.« Er zeigte auf den Bildschirm. »Da ist noch ein Papier.«

Lüder rief das zweite Dokument auf. Es war ebenfalls auf Schwedisch abgefasst.

»Die Störungen der Vergangenheit haben unsere Entwicklung entschieden beeinflusst. Das kann so nicht hingenommen werden. Auf operativer Ebene haben wir Mittel ergriffen, um Unebenheiten zu glätten. Es gilt jedoch, auch strukturelle Hemmnisse auszuschalten. Der Diskurs um den Marktzugang unserer Produkte …« Lüder stutzte. »Produkte? Es ist dreist, die Teufelsdrogen so zu umschreiben.« Dann las er weiter: »… unsere Produkte in die richtigen Bahnen zu lenken. Wir müssen oben ansetzen und die Akzeptanz verbessern. Wenn es gelingt, aus der gesellschaftlichen Isolation herauszukommen, öffnen sich alle Möglichkeiten. Die Basis für unser Business ist vorhanden.«

Lüder war fassungslos. Der Schreiber hatte ein Papier verfasst, als würde er ein Marketingkonzept für ein Handelsunternehmen vorlegen. Unverhohlen wurde gefordert, dafür Sorge zu tragen, dass die Gesetze gelockert werden sollten. Man wollte das Teufelszeug legal vertreiben. Das Ostseekartell strebte an, politische Macht zu übernehmen. Wer steckte hinter einem solchen Anspruch? Lüder war entsetzt.

Harald Müller propagierte einen liberalen Umgang mit Drogen. War das ein vorsichtiger Versuch, auf politischem Weg das Feld für Akteure wie das Ostseekartell zu ebnen und es aus der Illegalität herauszuholen? Müller hatte immer offengelassen, in welchem Rahmen er sich für mehr Freiheiten einsetzte. Politiker verstanden es oft, sich Konkretem zu entziehen. Dann wurden Floskeln als Platzhalter benutzt: Man wird sehen. Es wird zu prüfen sein. Darüber entscheiden die zuständigen Gremien. Wir äußern uns, wenn die Zeit reif ist.

Müller verstand es, sich öffentlich Gehör für seine Gedanken und Vorstellungen zu verschaffen. Er war rhetorisch geschickt und kam als Typ gut an. Für die Jüngeren war er »einer von uns«, die Älteren würden ihn als Schwiegersohn akzeptieren. Sein Manko war sein Alter. Noch würde man ihn nicht an die Schalthebel der Macht lassen und auf das gescheiterte Experiment in Österreich verweisen, auch wenn es dort nicht am Alter des hochgejubelten Politikers gelegen hatte. Wenn Müller geduldig blieb, würde seine Zeit noch kommen. War er der strategische Kopf hinter dem Papier, das ihnen in die Hände gefallen war?

Lüder nahm Kontakt zu dem Politiker auf und vereinbarte mit ihm einen Termin in einer halben Stunde. Müller war im Landeshaus.

Es war nasskalt, als Lüder vor die Tür trat und zu seinem BMW ging. Ein tristes Novembergrau lag über der Stadt, die bei anderen Witterungsbedingungen auch ihre heitere Seite zeigen konnte.

Der imposante Backsteinbau an der Förde wurde im Drei-Kaiser-Jahr als kaiserliche Marineakademie eingeweiht. Im Volksmund trug er den Namen »Marineschloss«. Der zu Beginn des jetzigen Jahrhunderts errichtete gläserne Plenarsaal auf der Wasserseite galt auch als Symbol für die Transparenz der Demokratie.

Der Beamte an der Pforte des Landeshauses nickte ihm zu. Er hatte Lüder wiedererkannt.

»Zu wem?«, fragte er und gab selbst die Antwort: »Herr Müller, nicht wahr? Der hat Sie angekündigt. Sie kennen sich aus. Bitte«, gab er den Zugang frei.

Lüder verzichtete auf den Paternosteraufzug, ein Relikt vergangener Tage. Man hatte sich beinahe der Lächerlichkeit preisgegeben, als die Benutzung des Fahrstuhls nur denen erlaubt war, die einen »Paternoster-Führerschein« absolviert hatten. Die Alternative war die Fahrt in Begleitung eines geprüften Fahrstuhlführers.

Lüder erklomm die Treppe bis zur Ebene, in der die Abgeordneten ihre Büros hatten. Harald Müller residierte in einem ähnlich engen Raum wie Nikola Beerendonk. Er hatte sich halb vom Schreibtisch abgewandt, die Beine lässig übereinandergeschlagen und las eine Drucksache.

»Moin«, grüßte er, als Lüder pro forma gegen den Türrahmen klopfte und eintrat. »Was führt Sie zu mir?«

Lüder erklärte in groben Zügen, dass ein »Harald Müller« in Drogengeschäfte verwickelt war.

Müller ließ ein jugendliches Lachen hören und hielt Lüder beide Handgelenke hin. »Und nun wollen Sie mich verhaften?«

»Es ist nicht spaßig. Schließich handelt sich um ein hochkriminelles Geschäft. Und um Mord.«

»So habe ich es nicht gemeint«, relativierte Müller. »Mein Familienname ist der häufigste in Deutschland. Nicht Schmidt, nicht Meyer in den verschiedenen Schreibweisen. Und selbst wenn Sie ›Harald‹ als zweites Auswahlkriterium hinzunehmen, kommen Sie noch auf eine stattliche Anzahl.«

»Es gibt weitere Selektionskriterien«, erwiderte Lüder. »Wir können es auf die Region begrenzen. Und wenn wir noch die Nähe zu den Betäubungsmitteln einbeziehen, engt sich der Kreis erheblich ein.«

Müller kniff die Augen zu einem schmalen Spalt zusammen. Die Freundlichkeit war schlagartig aus seinem Gesicht gewichen.

»Was soll das heißen?«

»Wir suchen nach Harald Müller – den aus der Drogenszene«, sagte Lüder.

»Haben Sie Anhaltspunkte?«

»Ja. Der Drogen-Müller hat sogar Konten eröffnet.«

»Dann müssen Sie doch seine Personalien ermitteln können. Wo wohnt er?«

»Der Ausweis ist gefälscht.«

Müller bewegte sich auf dem Stuhl. »Das habe ich nicht nötig. Meiner ist original.« Er sah Lüder durchdringend an. »Haben Sie Zeugen? Wie sieht Ihr Harald Müller aus?«

»Im Original hat ihn noch kein Zeuge identifiziert. Er hat das Konto auf diesen Namen eingerichtet und das Video-Ident-Verfahren benutzt.«

»Mit einer falschen Adresse?«

»Ja. Aber die Bank hat eine Kopie des präsentierten Ausweises vorliegen.«

»Prima. Dann bin ich aus dem Schneider.«

Lüder schüttelte den Kopf. »Das Foto im Ausweis ist von Ihnen.«

»Was? Sie machen Scherze.«

»Leider nicht.«

»Was soll das? Wer will mir etwas anhängen? Brauchen Sie jetzt ein Alibi?«

»Nein. Harald Müller agiert hinter den Kulissen.«

»Ein Hintermann?«

»Ein Anführer.«

»Das ist doch ein Fake.«

»Nein.«

Müller verhakelte die Finger und ließ die Gelenke knacken. »Sie wollen mir doch nichts anhängen?«

»Wir suchen nach Straftätern. Und das ohne Ansehen der Person. Vor dem Gesetz sind alle gleich.«

»Ich stehe im Blickpunk der Öffentlichkeit. Wenn mein Name mit solchen Kreisen in Verbindung gebracht wird, kann ich meine politische Karriere vergessen.«

»Sie haben gute Kontakte zu Manuel Winterstein, dem Sprecher der Bürgerinitiative, die sich für den freien Drogenkonsum engagiert.«

»Das ist reichlich verkürzt wiedergegeben. Manuel … äh, Winterstein tritt für ein Höchstmaß an bürgerlichen Freiheiten ein. Dazu gehört auch die Eigenverantwortung. Der Staat sollte sich nicht in alles einmischen. Wir sind doch froh, dass Dinge wie der Kuppeleiparagraf der Vergangenheit angehören und die Homosexualität und der Schwangerschaftsabbruch nicht mehr strafrechtlich verfolgt werden. Das ist doch Anachronismus.«

»Sie pflegen enge Kontakte zu Winterstein und treten auch für eine Liberalisierung der Drogengesetzgebung ein.«

»Es gibt doch keine Denkverbote.«

»Sie haben auch Kontakte zu Carl Moritz, dem die Kontrollen an der Fähre nicht gefallen.«

»Als Politiker pflege ich viele Kontakte.«

»Und Sie nehmen auch die Wünsche der Leute auf?«

Müller fuchtelte mit den Händen in der Luft herum. »Für mich hat es keinen Sinn mehr, das Gespräch fortzusetzen.«

Lüder fasste sich an die Nasenspitze. »Ich werde der Spur weiter folgen. Und Harald Müller entgeht mir nicht.«

»Sie sind verbissen«, schloss Müller das Gespräch.

»Ja«, erwiderte Lüder. »Und ich beiße zu, wenn ich den Drogengangster Harald Müller zu fassen bekomme. Ich wünsche Ihnen noch einen guten Tag. Tschüss.«

Das »Tschüss« Müllers klang sehr dünn. Immerhin hatte der Politiker nicht geleugnet, in Kontakt zu Manuel Winterstein zu stehen.

Lüder ging Richtung Treppenhaus, als er Nikola Beerendonk begegnete. Sie rieb sich die Hände, als käme sie gerade aus den Sanitärräumen.

»*Hej*«, sagte sie. »Sie suchen mich?«

»Nein. Es gibt noch andere Kunden in diesem Haus.«

»Kunden? Das klingt aus dem Mund eines Polizisten merkwürdig. Bezeichnet man so nicht Straffällige?«

»Auch die Arbeitssuchenden werden auf dem Arbeitsamt so genannt. Oder die Antragsteller auf dem Sozialamt.«

»Das ist etwas anderes.« Es klang belehrend. »Sie wollen nicht unterstellen, dass es für Sie Anhaltspunkte dafür gibt, hier geschehe etwas Ungesetzliches.«

»Das Böse lauert überall.«

»An vielen Stellen.« Erneut schlug sie die korrigierende Stimmlage an. »Aber nicht im Landtag.«

»Wo auch immer ... Ich werde es finden.«

»Dann suchen Sie dort, wo das Böse zu Hause ist. Viel Erfolg. *Hejdå.*«

Lüder sah ihr nach, als sie den Flur entlangging.

Es ist nicht charmant, so zu urteilen, tadelte er sich selbst, aber attraktiv ist diese Frau nicht.

Im Büro fand er eine Nachricht aus Schweden vor. Jonas Nyström hatte Neuigkeiten. Wie immer musste Lüder sich in Geduld fassen, weil Nyström Privates austauschte, bevor er zu den Ergebnissen der »Elchpolizei« kam, wie Lüder die schwedischen Kollegen nannte.

»Die Kollegen vom Polizeirevier Kristianstad haben etwas Interessantes herausgefunden. In einem kleinen Ort nahe Simrishamn. Weißt du, wo das ist?«

Lüder bestätigte es. Simrishamn war eine Kleinstadt an der Ostküste, unweit von Ystad.

»Wir haben die Konten, die ihr uns genannt hattet, abgeglichen und auch die Bewegungen darauf verfolgt. Wir sprachen schon darüber, dass bei uns in Schweden fast alles mit Karte bezahlt wird. Dabei ist aufgefallen, dass Sigge Lundbjerg sich mehrfach auf einem ehemaligen Bauernhof aufgehalten hat. Die Besitzer, eine Familie Wallander –«

»Wallander?«, fragte Lüder erstaunt.

»Ja. Das ist in Schweden ein häufiger Familienname. Wie Schmidt bei euch.«

Oder Müller, dachte Lüder.

»Die Familie Wallander hat die Landwirtschaft aufgegeben und auf dem Hof Fremdenzimmer eingerichtet. Richtige kuschelige kleine Wohnungen. Abseits des Trubels. Ruhig und gemütlich. Ein wahres Liebesnest. Und dort hat sich Sigge Lundbjerg mit einer Frau getroffen.«

»Wer ist Lundbjerg?«, wollte Lüder wissen.

»Den gibt es nicht. Der Name ist gefälscht. Rune Wallander, also der vom Bauernhof, meinte, Lundbjerg sei gar kein Schwede gewesen. Er sah nicht so aus und sprach auch nicht gut Schwedisch. Im Unterschied zu der Frau. Die hat alles geregelt. Das könnte eine Deutsche gewesen sein.«

»Habt ihr einen Namen?«

Nyström ließ ein kehliges Lachen hören. »Ja. Rune Wallander erinnerte sich. Lundbjerg nannte sie Mäuschen. Mehr weiß er nicht.«

»Habt ihr eine Beschreibung?«

»Das ist das Problem. Sie sehen aus wie etwa zweihundert Millionen Europäer. Wenn wir ihnen ein Foto zeigen, sind die Wallanders überzeugt, würden sie die beiden wiedererkennen. Die Kollegen haben auch nach Fotos gefragt. Leider gibt es die nicht.«

»Die Gäste sind doch nicht mit dem Fahrrad angereist«, gab Lüder zu bedenken.

»Nein, sondern mit dem Leihwagen. Die Polizei aus dem Süden sucht jetzt nach einer weiteren Spur und prüft Autoverleiher. Vermutlich sind die beiden mit der Fähre angekommen. In Trelleborg oder Malmö.«

»Wird Ystad auch von einer Fähre angelaufen?«, wollte Lüder wissen.

»Ja, aber nur von Swinemünde aus.«

»Dann prüft auch dort. Wenn der angebliche Lundbjerg ein Osteuropäer ist, können wir das nicht ausschließen.«

In Mettenhof hatten sie auch ein Liebesnest gefunden. Dort war Tautvydas Slavickas den irdischen Vergnügungen nachgegangen. Plötzlich hatte Lüder eine Idee.

»Ich schicke dir ein Foto. Können deine Kollegen aus Südschweden das Bild der Familie Wallander zeigen?«

Nyström stimmte zu. »Schicke es gleich an Kriminalinspektör Nordgreen vom Revier in Kristianstad«, schlug er vor. »Ich informiere ihn.« Es folgten die Kontaktdaten. Nach dem Telefonat sandte Lüder ein Bild des toten Litauers an die schwedische Polizei.

Lüder rätselte immer noch, weshalb sich das Ostseekartell in manchen Punkten so leichtsinnig verhielt. Man operierte mit gefälschten Identitäten und nutzte konventionelle Konten und Zahlungswege. Oder war es ein Ausdruck von Überheblichkeit und Selbstsicherheit? Versuchte sich mit dem Ostseekartell eine Organisation zu etablieren, die neu auf dem kriminellen Spielfeld war? Das könnte eine Erklärung für manche Fehler sein, aber auch für eine strategische Planung, wie sie in dem verschlüsselten Papier niedergeschrieben war. Es war ein kühner Plan, die Kriminalität dadurch zu legalisieren, dass man Zugriff auf jene Positionen suchte, in denen definiert wurde, was kriminell war. Man erklärte den Drogenhandel einfach zu einem rechtmäßigen Geschäft. Das bedeutete ... Nein! Lüder wollte diesen Gedanken nicht zu Ende denken.

Er fuhr seinen Rechner herunter, schloss die Schränke im Büro ab und machte sich auf den Weg nach Hause. Diesen Gedanken schienen – gefühlt – alle Kieler zur selben Zeit gefasst zu haben. Der schmuddelige Nieselregen veranlasste die Autofahrer, im Schneckentempo zu fahren. Es dauerte eine Ewigkeit, bis Lüder sein Haus erreichte. Margits Auto war weg. Offenbar hatte sie noch nicht mit seinem Erscheinen gerechnet.

Lüder parkte den BMW vor der Garage. Das Nachbarhaus lag verwaist da. Die Mitglieder der Familie Trần würden erst später am Abend von ihrem Imbiss heimkehren. Der Hedenholz war eine ruhige Wohnstraße. Man kannte sich vom Sehen, grüßte freundlich, aber hielt auch so viel Abstand, dass jedem die individuelle Freiheit ermöglicht wurde. Zumindest im Hause Lüders wurden keine Gespräche wie »Die von drei Häuser weiter hat schon wieder ...« oder »Frau Soundso hat gesagt, dass ...« geführt. Und ein Tag wie heute, an dem Novemberwetter herrschte, lockte ohnehin niemanden vor die Tür. Lüder bewunderte im Stillen den alten Herrn, der mehrfach am Tag – bei jedem Wetter – seinen kleinen Hund Gassi führte. Lüder selbst würde ins Haus gehen und sich einen Kaffee zubereiten. Der wievielte war es heute?

Er stieg aus, schloss den Wagen ab, blickte zum Haus hinüber und dachte, dass er noch einmal den Besen zur Hand nehmen und die Zuwegung fegen müsste. Er ließ seinen Blick zu den Nachbarhäusern schweifen. Dabei gewahrte er einen Mann, der ihm fremd war. Er war noch etwa fünfzig Meter entfernt und näherte sich mit federnden Schritten. Auch auf diese Distanz waren sein entschlossener Gesichtsausdruck und der finstere Blick erkennbar.

Lüder erstarrte, als er das Schwert sah, das der Mann in der rechten Hand schwang. Niemand spazierte mit einer Blankwaffe durch die Straßen. Wie sollte Lüder reagieren? Seine Waffe hatte er auf der Dienststelle gelassen. Die Zeit reichte nicht mehr, sich ins Auto zu setzen und zu flüchten. Zum Verbarrikadieren war das Fahrzeug ungeeignet. Und eine Gegenwehr war unmöglich.

Aus dem Stand heraus sprintete er los auf die Mitte der Fahrbahn. Er sah seine einzige Chance in der Flucht. Hoffentlich war der Angreifer kein durchtrainierter Sportler, der ihn einholen konnte. Außerdem hoffte Lüder, dass der Verfolger durch das Schwert in seinen Bewegungen beeinträchtigt würde. Schon nach wenigen Metern spürte Lüder, wie ihm das Herz bis zum Halse klopfte. Es war ein Unterschied, ob man auf dem Sportplatz seine Runden drehte oder auf einer regennassen Straße um sein Leben rannte. Wann würde ihm die

Luft ausbleiben, würden ihn die Kräfte verlassen? Er wagte es nicht, einen Bick nach hinten zu werfen. Zu hören war nichts. Lüder japste nach Luft. Das Herz schlug kraftvoll gegen die Rippen. Die wenigen Meter hatten ausgereicht, dass ihm der Schweiß ausbrach.

Er hatte keinen Zweifel, dass man es auf ihn abgesehen hatte. Er war dem Kartell gefährlich geworden. Irgendwo musste er dem Verbrechersyndikat zu nahe gekommen sein. Nach Sonja Ehlebracht wollte man an ihm ein Exempel statuieren. Exempel! Es wäre einfach gewesen, ihn zu erschießen. Als Warnung und zur Abschreckung. Einen Polizisten mit einem Schwert zu richten war eine spektakuläre Aktion. Und das am helllichten Tag. Die Medien würden rund um den Globus davon berichten. Und das Ostseekartell würde als extrem gefährliche Organisation in aller Munde sein. Niemand würde es mehr wagen, sich ihm entgegenzustellen. Und ausgerechnet Lüder diente als Opfer.

Die Beine wurden schwer. Die Luft wurde knapp. Aber für Angst blieb ihm keine Zeit. Er rannte. Und hatte keine Ahnung, ob der Verfolger aufholte. Hilfe konnte Lüder nicht erwarten. Wenn andere Menschen auftauchen würden, würde der Täter keine Rücksicht nehmen.

Trotz aller Anstrengung wurden ihm die Beine schwer. Sein Körper schaffte es nicht mehr, genügend Sauerstoff in die Lungen zu pumpen. Er hatte das Gefühl, das Herz würde zerspringen, die Adern im Kopf platzen.

Lüder hörte ein Motorgeräusch hinter sich. Ob es einen zweiten Täter gab? Die Litauer hatten berichtet, dass sich zwei Profikiller als Cleaner auf den Weg nach Deutschland gemacht hatten. Lüder steuerte nach rechts und sprang auf den Bürgersteig in der Hoffnung, dass ein Täter im Auto ihm dort nicht so leicht folgen konnte. Es folgte ein trockener, dumpfer Aufprall. Lüder kannte das Geräusch. Jemand war von einem Auto erfasst worden. Dann war es still.

Lüder lief noch ein paar Meter und warf einen Blick über

die Schulter. Von seinem Verfolger war nichts mehr zu sehen. Er reduzierte das Tempo und lief schließlich aus. Die Luft blieb ihm weg. Er blieb stehen und ließ die Schultern nach vorn fallen. Die Arme baumelten kraftlos am Körper herab. Gleichzeitig drehte er sich um und sah ein Auto auf der Straße stehen. Davor lag ein Mensch auf der Fahrbahn. Der Angefahrene bewegte sich vorsichtig. Er war offenbar nicht in der Lage, aufzustehen. Das Schwert lag zwei Meter entfernt.

Lüder erkannte das Auto. Es war ein heller Mazda 3, aus dem sich Florian Teichmeister herausschälte. Der Oberkommissar sah zu Lüder herüber, schwenkte seinen Arm und näherte sich vorsichtig dem Verletzten. Der robbte wie eine Schlange in Richtung des Schwerts, aber Teichmeister war schneller und stieß die Blankwaffe mit dem Fuß ein Stück weg.

Lüder atmete noch ein paarmal tief durch. Langsam kehrte die normale Atmung zurück. Er ging zu dem haltenden Wagen zurück.

»Das war knapp«, begrüßte ihn Teichmeister. »Ich sah keine andere Möglichkeit, diese Bestie zu stoppen.« Es klang wie eine Entschuldigung.

»Danke«, sagte Lüder, immer noch ein wenig atemlos. »Das war Notwehr. Sie haben mir in großer Not geholfen.«

Teichmeister grinste verlegen. »Manchmal spielt das Schicksal verrückt. Dabei bin ich hier, um Sie um Hilfe zu bitten.«

Sie hielten Abstand zum Verletzten, der leise stöhnte. »Haben Sie ein Handy dabei? Rufen Sie den Notarzt, aber auch die Kollegen von der Streife. Der Mann ist gefährlich.« Lüder wandte sich dem Verletzten zu. »Rühren Sie sich nicht. Bei einer verdächtigen Bewegung werden wir Maßnahmen ergreifen, die Ihre Gesundheit weiter beeinträchtigen.«

Die Antwort bestand aus einem giftigen Blick, gefolgt von einem Stöhnen. Teichmeister stand zwei Meter entfernt und telefonierte.

»Der Rettungsdienst kommt«, sagte er. »Ich habe auch den KDD angefordert.«

Lüder sah auf den am Boden Liegenden hinunter, einen mutmaßlich zum Töten entschlossenen Angreifer. Er war überzeugt, dass der Mann auch aus dem Baltikum stammte. War das ein Hinweis darauf, dass die Zentrale des Kartells in Litauen saß?

Es waren Bruchstücke von Gedanken, die durch seinen Kopf rasten. Gewalt. Strukturierter Aufbau. Aber auch Fehler. Aktionen in mehreren Ländern. Und das geheimnisvolle Strategiepapier. Es war ein abwegiger Gedanke, dass das Ostseekartell nicht nur bei der Geldwäsche auf bürgerlichem Feld agierte, sondern dass es auch nach der politischen Macht greifen wollte. Wie sollte das geschehen? Wollte man Vertraute in maßgebliche Positionen hieven? Lobbyisten beackerten das politische Feld, schrieben ihre Vorstellungen in Gesetzesvorlagen und versuchten, die Politik so zu beeinflussen, dass Entscheidungen zu ihrem Vorteil getroffen wurden.

Lüder konnte sich nicht vorstellen, dass man über diesen Weg auch den Drogenmarkt legalisieren wollte. Das wäre unfassbar. Heute Nachmittag hatte er im Landeshaus mit dem Abgeordneten Harald Müller das Thema kontrovers erörtert. Und jetzt sollte er selbst ausgeschaltet werden. Ein Schauder erfasste ihn.

Sie hörten die Signalhörner von Einsatzfahrzeugen. Fast gleichzeitig trafen der Rettungswagen und eine Streife der Schutzpolizei ein. Es entspann sich eine kurze Diskussion mit den Notfallsanitätern, die nicht akzeptieren wollten, dass zunächst die Polizei den Verletzten sichern sollte.

»Wir sind die Guten«, sagte ein schlaksiger junger Mann mit Sommersprossen im roten Dress und verzog das Gesicht, als die Polizisten den Verletzten untersuchten und ihm Handfesseln anlegten. Die Diskussion wiederholte sich wenig später, als der Notarzt eintraf.

Bei dem Verletzten fand sich nichts Besonderes. Keine Waffen, keine Papiere, sondern nur Zigaretten mit deutscher Steuerbanderole und ein Feuerzeug. Die bei ihm gefundenen

Autoschlüssel passten zu einem ein Stück entfernt abgestellten älteren Opel Vectra. Auch dessen Untersuchung ergab keine weiteren Aufschlüsse. Interessant war, dass das Fahrzeug auf Fritz Westphal zugelassen war, den Rentner, der seine Wohnung in Mettenhof dem Kartell überlassen hatte.

Der Rettungsdienst übernahm die Versorgung des Verletzten, der Kriminaldauerdienst nahm den Vorfall auf, und weitere eingetroffene Uniformierte bemühten sich, die Neugierigen in Schach zu halten.

Lüder nutzte die Gelegenheit, um Teichmeister zu fragen, weshalb er vor Lüders Haus gewartet hatte.

»Ich habe dort etwa eine Stunde im Auto gesessen, um mit Ihnen zu sprechen«, sagte der Oberkommissar. »Ich habe Scheiße gebaut. Jetzt wollte ich reinen Tisch machen. Ja, es stimmt, dass mich die Streife in der fraglichen Nacht in Selent gesehen hat. Ich bin aus Hohwacht zurückgekommen.«

Teichmeister angelte eine Zigarettenpackung hervor, hielt sie Lüder hin und zündete sich einen Glimmstängel an, nachdem Lüder abgelehnt hatte. Er sog den Rauch tief in die Lungen hinein.

»Mit Sonja und mir ... Das war kein Geheimnis mehr, dass wir ... Na – Sie wissen schon. Wir haben uns gelegentlich getroffen. Mehr als ein Techtelmechtel, aber auch nicht zu viel. Aber nicht nur deshalb, sondern auch weil sie eine großartige Kollegin ist, hat es mich tief getroffen, was ihr widerfahren ist.« Teichmeister stapfte mit dem Fuß wie ein zorniges kleines Kind auf. »So eine verdammte Scheiße. Ich hätte alle Drogengangster in die Luft sprengen mögen. Dazu jene, die nicht entschlossen genug gegen sie vorgehen. Unsere Chefs. Auch Marlow, der zu oft zögert. Die Polizeiführung. Die Politiker. Eben die ganze Blase. Und Blaskovic. Der ist aalglatt. Dem kann man nichts nachweisen. Das wurmt mich.« Er ruderte mit der Zigarettenhand in der Luft herum. »Ich war so was von stinksauer. Und – ja. Ich wusste, wo Blaskovic wohnte. Also bin ich in dieser Nacht hin – nach Hohwacht. Ich habe meinen

Mazda etwas abseits im Wohngebiet geparkt. Dummerweise halb vor einer Einfahrt. Dann bin ich zum Haus hin. Da hockt dieser Scheißkerl in diesem Prachtbau. Und das Fundament war auf lauter Joints errichtet worden, auf Schicksalen wie dem von Finn Hunger. Am liebsten wäre ich rein in die Hütte und hätte … Aber: So funktioniert das nicht. Trotzdem war ich bis obenhin geladen. Ich musste meine Anspannung loswerden, meine unbändige Wut. So habe ich ihm den Ferrari zerkratzt. Als ich mich davonmachte, wurde mir bewusst, wie blöd das war.«

Teichmeister tippte sich mit dem Zeigefinger an die Stirn. »Mensch. Ich bin Bulle. Das hätte mir viel Ärger eingebracht. Ich hatte schon genug Trouble, da man mich auf der BKI kaltgestellt hatte, nachdem Marlow nicht mit meiner Entscheidung, Mebrahtu laufen zu lassen, einverstanden war. So bin ich zu meinem Wagen zurück und habe Stoff gegeben. Bloß weg. Dummerweise ist dann das Ding mit der Streife in Selent passiert. Ich bin ja nur ein kleiner Polizist, auf den man nicht hört. Man ist dann doch auf mich gekommen. Das war eine saublöde Situation. Ich habe geschwiegen, weil ich die Sache mit dem Ferrari an der Backe hatte. Dumm, dass ich deshalb erst recht in Verdacht geraten bin. Ich bin ja ehrlich. Dass jemand die Brüder aus dem Verkehr gezogen hat, finde ich ganz in Ordnung. Das darf man aber nicht laut sagen. Nicht als Polizist.« Teichmeister atmete tief durch. »So! Das war's. Deshalb wollte ich mit Ihnen sprechen. Ich habe den Druck nicht mehr ausgehalten. Und dann taucht dieser Typ mit dem Schwert auf. Übrigens klasse – Ihre Reaktion. Das war die einzige Möglichkeit, davonzukommen.« Er sah zu seinem Auto. »Nun wird noch einiges auf mich zukommen.«

Lüder riet ihm, sich vertrauensvoll an Hauptkommissar Vollmers zu wenden und dem alles zu beichten. Dann klopfte er Teichmeister auf die Schulter. »Danke.«

Seine Sorge galt Margit. Wie würde sie es aufnehmen? Er hoffte, dass es zu keinem gesundheitlichen Rückfall bei ihr kommen würde. Konnte er seiner Familie seinen Beruf noch zumuten? Diese Frage hatte Lüder sich schon öfter gestellt. Die Einsatzkräfte kümmerten sich professionell um die erforderlichen Aktivitäten. Der Notarzt wollte sich nicht auf etwaige innere Verletzungen festlegen. Das Knie und der Oberschenkel waren gebrochen, das Becken vermutlich auch, Hautabschürfungen und Prellungen waren sicher schmerzhaft. Aber eine unmittelbare Lebensgefahr sah der Arzt nicht. Man hatte den Verunglückten so weit stabilisiert, dass er ins Krankenhaus gebracht werden konnte. Lüder hatte den Einsatzleiter des KDD in Kenntnis gesetzt, dass es sich bei dem Angreifer um eine äußerst gefährliche Person handelte. Der Hauptkommissar versprach, die erforderlichen Maßnahmen einzuleiten.

Lüder bemerkte Margit, die zum Kreis der Schaulustigen hinzugestoßen war. Er ging auf sie zu.

»Was ist hier passiert?«, fragte sie.

»Ein Unfall.«

Sie zeigte sich skeptisch. »Lüder. Da ist nicht so ein großes Aufgebot erforderlich. Und du bist mittendrin.«

Er nahm sie etwas zur Seite. »Du bist eine kluge und aufmerksame Beobachterin. Der Unfallfahrer ist ein Polizist. Er wollte zu mir und hat vor der Tür auf mich gewartet. Als ich nach Hause kam, wollte ich noch ein paar Schritte gehen. Er ist mir nachgefahren und hat dabei den Passanten übersehen. Und wenn es im Dienst geschieht, rollt immer das große Geschirr an.«

Ganz überzeugt war Margit nicht, aber sie gab sich mit seiner Erklärung zufrieden. »Ich gehe schon ins Haus. Soll ich das Abendessen vorbereiten?«

Er gab ihr einen Kuss. »Großartige Idee.«

Lüders Personalien wurden aufgenommen. Die des Angreifers konnten hier vor Ort nicht festgestellt werden. Der KDD-Leiter warf noch einen Blick auf das Schwert.

»Mit dem Ding hat er Sie verfolgt?«

Lüder nickte.

»Meine Güte. Ich mag nicht daran denken, was passiert wäre, wenn er Sie erwischt hätte.«

Lüder auch nicht.

Zwanzig Minuten später kehrte er ins Haus zurück und traf Margit in der Küche an.

»Ich dachte, wir essen heute Abend Bamigoreng. Das habe ich neulich tiefgefroren mitgebracht.«

»Prima.«

Dann zog sich Lüder in sein Arbeitszimmer zurück und rief seinen Freund Horst Schönberg an. Nach längerem Warten wollte er schon auflegen, als sich Horst atemlos meldete.

»Bist du durch die Wik gejoggt?«, fragte Lüder.

»Nicht gejoggt und nicht durch die Wik«, erwiderte Horst.

»Blond?«

»Rothaarig.«

»Nur eine?«

»Du hast doch etwas anderes auf dem Herzen, als deine Neugierde zu befriedigen«, wich Horst aus.

»Ich brauche deine Hilfe.«

Für einen Moment war es still in der Leitung. Dann vernahm Lüder: »Tut-tut-tut.«

»Horst?«

»Dieser Anschluss ist für eine Woche nicht erreichbar.«

Lüder lachte.

»Nö und noch einmal nö«, sagte Horst. »Wenn du so anfängst, geht es um ein krummes Ding.«

»Es ist aber wichtig.«

»Und wenn ich dabei erwischt werde?«

»Ich besuche dich im Knast.«

Horst zierte sich noch eine Weile, bis er schließlich neugierig nachfragte.

»Du kennst doch Gott und die Welt.«

»Die Welt schon«, erwiderte Horst.

»Kennst du auch einen Schlüsseldienst?«

»Einen Schl… Ach so. Du meinst einen, der nicht im Telefonbuch steht.«

Lüder bestätigte es.

»So etwas traust du mir zu?«

»Du bist ein Weltmann. Und ein Allerweltsgenie.«

»Das ist jetzt genug Honig.«

»Und mein bester Freund.«

»Wenn du mir so kommst … ich soll Fort Knox ausrauben.«

»Nicht ganz. Aber ich brauche einen Gegenstand aus folgender Wohnung.«

Horst fragte nach Details.

»Einen Kamm, eine Bürste, die Zahnbürste.«

»Oh – ich verstehe. Für eine DNA.« Er ließ sich die Adresse durchgeben. Nachdem Lüder sich bedankt hatte, schloss Horst mit: »*Well. I'll do my very best.*«

Lüder wünschte ihm noch einen erfolgreichen und sinnlichen Ausflug ins »Rotschopfland«. Der Rest des Abends gehörte Margit und dem Bamigoreng.

FÜNFZEHN

Der nächste Tag begann mit einem Paukenschlag. Urheber war Leif Stefan Dittert, der sich mit einer Titelstory im Boulevardblatt an die Spitze der Todesliste des Ostseekartells katapultiert haben dürfte.

Ist das der König der Kieler Unterwelt? Der Pate auf der Flucht. Sein Imperium bröckelt.

Die Überschrift nahm fast die erste Seite der Zeitung ein. Dazu war ein Foto von Blaskovic erschienen, auf dem ein schwarzer Balken die Augen nur unzureichend verdeckte. Das war in jeder Hinsicht sehr mutig. Für Blaskovic bedeuteten Bericht und Foto den Dolchstoß für seine Karriere als Geschäftsmann. Im Bericht folgten weitere »Beweise«.

Lüder interessierte, woher der Journalist die Informationen hatte. Für ihn selbst war das Ganze neu. Die Aktionen waren still vorbereitet und gestern unter Ausschluss der Öffentlichkeit ausgeführt worden. Dittert behauptete, die Banken würden in einer konzertierten Aktion aus der Zusammenarbeit mit Blaskovics AB Finance aussteigen. Ein Grund wurde nicht genannt.

Gestern war das Finanzamt in einer überbehördlich koordinierten Aktion in zahlreichen Betrieben von Blaskovic aufgetaucht. Zeitgleich hatten andere Behörden wie das Gesundheitsamt und die Gewerbeaufsicht mit Kontrollen begonnen. Es war ein heilloses Durcheinander, da die ordnende Hand, der Kopf des Ganzen nicht zugegen war. Blaskovic, erfuhr Lüder auf dem LKA, blieb verschwunden.

Lüders Versuch, Dittert zu erreichen, war erfolglos.

In einer kurzen Dienstbesprechung erfuhr Lüder, dass man die Identität des gestrigen Angreifers hatte feststellen können.

Der siebenunddreißigjährige Martynas Januševičius stammte aus dem litauischen Kaunas. Er schwieg eisern, weigerte sich auch, einen Anwalt als Rechtsbeistand zu akzeptieren. Man wusste nicht, wo er sich in Deutschland aufgehalten hatte. Dafür war sein Vorstrafenregister bekannt. In seiner Heimat war er wegen mehrerer Delikte vorbestraft, unter anderem wegen Mordversuchs. Zwei Morde, die ihm angelastet wurden, konnten ihm vor Gericht nicht nachgewiesen werden. In Deutschland wurde er gesucht, weil er im Verdacht stand, in Berlin bei einem Streit im Drogenmilieu einen Kontrahenten mit einem Messer lebensgefährlich verletzt zu haben. Außerdem hatte er wohl mit einem Leihwagen einen Kleinwagen gerammt und bei diesem Unfall eine Mutter und ihre kleine Tochter erheblich verletzt. Man fand nach seiner Verkehrs-unfallflucht seine Spuren im Täterfahrzeug. Die Herkunft des Schwerts konnte noch nicht ermittelt werden. Aufmerksamkeit erregte die Tatsache, dass Januševičius beim litauischen Heer eine Ausbildung zum Einzelkämpfer absolviert hatte.

»Weiß man, in welchem Truppenteil er gedient hat?«, fragte ein Teilnehmer und erinnerte daran, dass Slavickas ebenfalls in einer Spezialeinheit eingesetzt gewesen war, bevor er sich für eine russische Sicherheitsfirma als Söldner verdingte. »Vielleicht kennen sie sich daher.«

Die Frage blieb unbeantwortet.

Nach der Besprechung kehrte Lüder in sein Büro zurück und rief Horst an. Der Freund versuchte gar nicht erst, das Gähnen zu unterdrücken. Auf Lüders Frage nach der Ursache ging Horst nicht ein.

»Du mit deinen kriminellen Aufträgen raubst mir den Schlaf«, behauptete er.

»Sind deine Alpträume rothaarig?«

»Bähhhh.« Dann erzählte Horst, dass er einen Bekannten habe, der jemand kenne, der wiederum …

»Horst! Erzähl mir vom Schlüsseldienst.«

»Hat geklappt.«

»Du hast wirklich den erbetenen Gegenstand vorliegen?«

»Ja. Und der Schlüsseldienst war erstaunt. Ich hoffe, du kreidest es ihm nicht an.«

»Ich weiß von nichts«, bestätigte Lüder.

»Dort im Haus fand sich eine größere Summe Bargeld. Es war eine – sagen wir mal – beträchtliche Summe. Die genaue Höhe wollte mir der Schlüsseldienst nicht verraten, aber wenn du wieder einmal eine Zahnbürste brauchst ... Für dieses Honorar würde er es wieder machen. Was soll mit der Zahnbürste geschehen?«

»Nicht anfassen«, mahnte Lüder.

»Hör mal«, empörte sich Horst. »Ich bin lange genug mit einem kriminellen Rat befreundet, oder wie lautet dein Dienstgrad?«

»›Amtsbezeichnung‹ heißt es. Hast du die Zahnbürste in eine Tüte getan?«

»Klar. Sauber vom Schlüsseldienst verpackt.«

»Dann schick sie mit einer Taxe zum Institut für Rechtsmedizin in der Arnold-Heller-Straße zu Händen von Dr. Diether.«

»Oh Mann«, stöhnte Horst. »Wenn die braven Bürger wüssten, wie es bei uns hinter den Kulissen zugeht. Da müssten doch Bananen an der Förde wachsen.«

»Wir machen das Ganze, gerade um eine Bananenrepublik zu verhindern.«

»Das kostet dich etwas«, sagte Horst zum Abschied.

Lüder nahm Kontakt zu Dr. Diether auf.

»Ich habe im Augenblick nichts auf Eis liegen, was von Ihnen angeliefert wurde«, behauptete der Rechtsmediziner.

»Ich habe eine große Bitte. Ein Taxifahrer bringt Ihnen eine Zahnbürste.«

»Das ist großzügig. Vielen Dank. Aber ich habe eine eigene.«

»Ich bitte Sie, diese Zahnbürste für einen DNA-Abgleich zu nutzen.«

»Sie haben eine hervorragende forensische Abteilung in Ihrem KTI.«

»Das geht in diesem Fall nicht. Es ist inoffiziell.«

»Ohhhh. Unterstellt Ihnen jemand die Vaterschaft? Das kenne ich nur aus skandinavischen Krimis. Da taucht grundsätzlich ein Junkie beim verdutzten Ermittler auf und behauptet, das Ergebnis einer Liebesnacht am Strand vor einem Vierteljahrhundert zu sein.«

»Keine Sorge«, sagte Lüder lachend. »Aber es ist wichtig. Vielen Dank.«

»Was man nicht alles für Juristen unternimmt«, brummte der Rechtsmediziner. »Ich melde mich bei Ihnen«, versprach er und ließ sich erklären, was er vergleichen sollte.

Anschließend erkundigte sich Lüder beim zuständigen Polizeirevier, ob für eine bestimmte Adresse in der letzten Nacht ein Einbruch gemeldet worden war. Das traf nicht zu. Es war merkwürdig, weil Horst glaubhaft versichert hatte, es sei eine größere Menge Bargeld gestohlen worden. Offenbar war jemand daran interessiert, die Tat nicht publik werden zu lassen, um die Herkunft des Geldes nicht erklären zu müssen.

Lüder fand in seiner Mailbox eine Nachricht von Kriminalinspektor Nordgreen aus Kristianstad vor. Eine Streife hatte den Bauernhof der Familie Wallander aufgesucht. Das Ehepaar hatte auf dem präsentierten Foto Slavickas wiedererkannt. Sie waren sich absolut sicher. Der Litauer war demnach kein Kostverächter gewesen. Schon in Mettenhof hatte er Spuren eines regen Liebeslebens hinterlassen. Ob es sich um dieselbe Frau handelte, mit der er sich auch in Schweden getroffen hatte? Schade, dass es außer der DNA an den Kondomen keine Hinweise auf sie gab. Die Frau im schwedischen Liebesnest sprach Schwedisch.

Jens Starke bat Lüder zu sich. Der Kriminaldirektor wirkte aufgekratzt.

»Uns ist ein Riesenerfolg geglückt«, begann er. »Die litauischen Kollegen sind dank unserer guten Vorarbeit fündig geworden. Die Verträge über die Möbellieferungen und die Kontoverbindungen führten zu einem kleinen Betrieb in der Provinz, wo die Möbel zusammengekloppt wurden. Die Litauer waren überrascht, wie ein solcher Bruchladen so etwas produzieren konnte. Die noch größere Überraschung aber war, dass der Inhaber ein Verwandter eines ehemaligen litauischen Militärs war. General Wiktor Borissowitsch ...«

»Das klingt aber russisch«, unterbrach Lüder seinen Vorgesetzten.

»Nun lass mich doch ausreden. Borissowitsch war Russe. Er befehligte damals eine Armeeeinheit und ist nach Litauens Ausscheiden aus der Sowjetunion in Litauen geblieben.«

»Wie funktioniert das?«, staunte Lüder.

»Das kann ich dir auch nicht sagen. Jedenfalls gewann Borissowitsch Einfluss und kam auch zu Geld. Er ist mittlerweile fast achtzig Jahre alt und leidet unter einer Stoffwechselerkrankung. Er verbringt seine alten Tage abwechselnd im Krankenhaus und in einem Pflegeheim. Seine Widerstandskraft ist so weit gebrochen, dass er gestanden hat, im Laufe der Jahre einen Drogenhandel aufgezogen zu haben. Dazu hat er sich Partner in anderen Ländern rund um die Ostsee gesucht. Als es ihm gesundheitlich schlecht ging, ist ihm die Kontrolle entglitten. Die liegt jetzt in anderen Händen. Er weiß, dass die Brutalität angezogen hat. Man nimmt ihn nicht mehr ernst, sonst wäre er möglicherweise auch schon abserviert worden. Es war ihm angeblich eine Erleichterung, sprechen zu können. Zu befürchten hat er nichts mehr. Einzig sein Ruf, den er gern unbeschadet mit ins Grab nehmen wollte, sei ruiniert.«

Das war eine gute Nachricht.

»Langsam finden wir ins Zentrum des Ostseekartells«, sagte Lüder. »Wir haben jetzt eine Erklärung dafür, weshalb das Killerkommando nur aus Litauern bestand. Die kennen sich womöglich von ihren gemeinsamen Zeiten beim Militär.«

»Dazu sei noch anzumerken«, sagte Dr. Starke, »dass die Forensik außerordentlich schnell gearbeitet hat. Martynas Januševičius, der Schwertkämpfer, wurde anhand seiner DNA als der vierte Vergewaltiger von Sonja Ehlebracht identifiziert. Jetzt haben wir sie alle.«

»Das ist nur ein schwacher Trost, wenn man bedenkt, dass Ehlebrachts Leben zerstört ist«, gab Lüder zu bedenken. »Und das alles nur aus Geldgier. Die Hintermänner sind gewissenlos und nehmen keine Rücksicht auf das Schicksal von Menschen.«

Sie wurden durch das Telefon des Kriminaldirektors unterbrochen. Dr. Starke nahm ab. Er sah Lüder an. Dann veränderte sich sein Gesichtsausdruck.

»Sie haben Blaskovic«, sagte er und schaltete den Raumlautsprecher ein. Er deckte das Mikrofon zu und sagte: »Frau Dobermann aus Flensburg.«

Die befehlsgewohnte Frauenstimme erklärte: »Kennen Sie die Grenzstraße, auch Betonstraße genannt? Sie führt von Flensburg aus parallel an der dänischen Grenze Richtung Westen. Dort gibt es kaum Ortschaften und nur selten ein paar einsam gelegene Häuser. Die Straße verlief durch den nördlichen Ausläufer der kleinen Gemeinde Westre. Wer dort rumfährt, glaubt, dass Westre nur aus ein paar verstreuten Höfen besteht. An der Straße liegt ein Landgasthof, der sich heute mühsam mit der Vermietung von sogenannten Monteurzimmern über Wasser hält. Der Wirt hat uns informiert, dass bei ihm ein Paar Quartier bezogen hat. Sonst verirren sich dort keine Touristen hin. Zunächst glaubte er, es handelte sich um ein Liebespaar, das romantisch das Abseits suchte, bis er heute Morgen den Mann auf der Titelseite seiner Zeitung entdeckte. Obwohl dort ein Streifen über die Augen gedruckt war, hat er ihn erkannt. Die Frau, so sagte der Wirt, ist schwanger.«

»Das sind Blaskovic und seine Partnerin Johanna Kohlmorgen«, flocht Lüder ein.

Aus dem Lautsprecher drangen Fahrgeräusche. »Wir sind mit einer Einsatzgruppe auf dem Weg dorthin und werden in …«, es entstand eine kurze Pause, »… etwa zwölf Minuten vor Ort sein. Ich melde mich wieder.« Dann war das Gespräch unterbrochen.

»Hoffentlich gibt es keine Komplikationen«, meinte der Kriminaldirektor.

Lüder schüttelte den Kopf. »Das glaube ich nicht. Blaskovic selbst macht sich nicht die Finger schmutzig. Er ist ein lupenreiner White-Collar-Criminal. Er ist aus Angst vor Vergeltung geflüchtet. Aus der Geschichte weiß man, dass erfolglose Revolutionäre geköpft werden. Das gilt im übertragenen Sinne auch für Verbrecher.«

Dr. Starke starrte auf das Telefon. »Warten wir es ab«, sagte er und trommelte ungeduldig mit den Fingerspitzen auf der Schreibtischplatte.

Direkt gegenüber dem Hauptbahnhof lag das Einkaufszentrum Sophienhof, das, rechnete man die mit ihm verbundenen weiteren Einkaufsstätten hinzu, das größte überdachte in Norddeutschland war. Auf der Fläche von mehr als zehn Fußballfeldern befanden sich viele Geschäfte, Arztpraxen, Dienstleister und ein vielfältiges Gastronomieangebot. Der Sophienhof lockte zahlreiche Besucher zum Einkaufen oder zum Bummeln an.

Den Verlockungen war auch Ulrike Massenbach erlegen. Sie freute sich, dass ihr Sohn Matthes sie begleitete. Es kam nicht mehr oft vor, dass der Zweiundzwanzigjährige mit dem Versprechen »Wir gehen auch konditern« geködert werden konnte. Der Besuch eines Cafés – einer Konditorei – bedeutete für Matthes kein Highlight. Aber er wusste um die Freude, die seine Begleitung bei seiner Mutter auslöste. Sie hatte sich bei ihm eingehakt und schritt mehr, als dass sie ging, durch die Einkaufsmall, die gut frequentiert war. Die Leute bewegten sich in unterschiedlichen Geschwindigkeiten. Manche ließen sich behäbig vom Strom mitreißen, andere versuchten, sich im Eiltempo durchzuschlängeln.

Das galt wohl auch für den Mann in der dunklen Jacke, der eine große Tasche eines Elektronikmarktes bei sich führte. Er wirkte finster. Dazu mochten die eng beieinanderstehenden dunklen Augen ebenso wie die schwarzen Haare beitragen. Mit wuchtigen Schritten marschierte er voran. Sein stechender Blick und die bullige Gestalt verschafften ihm Respekt. Entgegenkommende wichen aus.

Ulrike Massenbach hatte ihren Kopf zur Seite gewandt und wollte ihrem Sohn etwas mitteilen, als sie unvermittelt der Rempler des Mannes traf und sie mit einem »Aua« zur Seite gedrückt wurde. Es war eine schmerzhafte Begegnung gewesen.

»Eh, Gorilla«, rief Matthes dem Mann nach. »Bist du nicht ganz dicht?«

Abrupt blieb der Fremde stehen und drehte sich um. »Du hast gesagt was?«, fragte er drohend in falschem Deutsch.

»Ja. Du bist wie eine Dampfwalze hier durch und hast meine Mutter angerempelt. Mach das nicht noch mal.«

Ulrike Massenbach zog am Ärmel ihres Sohnes, nachdem sie sich die Schulter gerieben hatte. »Komm, Matthes. Lass das. Ich will keinen Ärger mit dem Rüpel.«

»Verpiss dich, Arsch«, sagte der Mann mit dem osteuropäischen Klang in der Stimme.

»Nicht so«, merkte Matthes an. »Sei vorsichtig.«

Der Fremde kam näher, stellte die Papiertasche zwischen die Beine und sagte drohend: »Ich dir polieren Fresse?«

»Versuch es«, erwiderte Matthes.

Die Pranken des Aggressors krallten sich in Matthes' Kragen und zogen den jungen Mann dicht zu sich heran. In den dunklen Augen blitzte es auf. Unmerklich legte der Mann den Kopf in den Nacken. Dann schnellte der Schädel vor, um mit der Stirn das Nasenbein des Gegenübers zu zertrümmern.

Der Stoß ging ins Leere. Blitzschnell war Matthes ihm

ausgewichen. Fast gleichzeitig stieß seine linke Faust aus der Hüfte kraftvoll aufwärts und verpasste dem Angreifer einen Leberhaken, dass ihm die Luft wegblieb. Einen Wimpernschlag sah er Matthes erstaunt an. Dabei lösten sich seine Hände von dessen Kragen.

Diesen Moment nutzte Matthes, um zurückzutänzeln und die Arme hochzunehmen. Der Mann holte tief Luft. Dann schoss sein Knie vor, und gleichzeitig feuerte er einen rechten Haken ab. Erneut war Matthes schneller und wich aus. Der Angriff verpuffte ins Leere. Schläge prasselten auf den Mann ein. Die erfolgten so schnell, dass die Passanten ihnen nicht folgen konnten. Links. Rechts. Links. Rechts. Matthes' Fäuste schienen überall zu sein. Der Kopf des Angreifers wurde hin- und hergeworfen. Zwischendurch trafen ihn Schläge auf den Brustkorb, die Leber und die Milz. Mehrfach krachte es vernehmlich.

Matthes ließ die Schlaghand bis auf Gürtellinie fallen, um Kraft zu generieren. Dann zog er die Faust nach oben, fand die Lücke in der schon konfusen Deckung des Gegners und steckte sein ganzes Körpergewicht in den Uppercut, den er lehrbuchmäßig an der Kinnspitze des Gegners platzierte.

Der Mann erstarrte in der Bewegung. Ungläubig sah er auf seinen einen Kopf kleineren schmächtigen Kontrahenten, bevor er die Augen verdrehte und dann in die Knie sackte.

Ein »Ahhh« und »Ohhh« der Umstehenden begleitete die Aktion. Das wurde noch verstärkt, als die Jacke des Angeschlagenen zur Seite rutschte und den Blick auf eine Schusswaffe freigab, die er in einem Holster mit sich führte. Matthes bückte sich, zog die Waffe hervor und steckte sie in seinen Hosenbund.

Inzwischen hatte sich ein enger Ring um die beiden Kämpfer gebildet. Die Schaulustigen drängten so sehr, dass Ulrike Massenbach zur Seite geschoben wurde.

Der Niedergeschlagene versuchte, seinen Kopf anzuheben. Es misslang. Kraftlos fiel er auf den Fußboden zurück. So lag er noch, als die von der gegenüberliegenden Wache im Hauptbahnhof alarmierten Bundespolizisten eintrafen.

Eine halbe Stunde später klingelte bei Dr. Starke das Telefon.

»Die Dobermann?«, fragte Lüder.

Der Kriminaldirektor schüttelte den Kopf und hörte aufmerksam zu. Dann berichtete er: »Es gab einen Zwischenfall im Sophienhof. Dort hat ein Täter eine Mutter und ihren Sohn angegriffen. Der junge Mann hat sich gewehrt und den Angreifer außer Gefecht gesetzt. Sein Name ist Matthes Massenbach.«

»Sagt mir nichts.«

»Der Beamte von der Bahnhofswache kannte ihn. Matthes Massenbach soll ein talentierter Nachwuchsboxer sein. Optimisten würden sich wünschen, dass er sogar einmal mit zu Olympia fährt. Vielleicht.«

»Welche Gewichtsklasse?«

Dr. Starke hob den Telefonhörer an. »Massenbach ist nicht einmal einen Meter siebzig groß und wiegt weniger als siebenundfünfzig Kilogramm. Das ist Federgewicht.«

»Das klingt interessant, aber weshalb rufen die bei uns an?«

»Der Angreifer wird gesucht. Er ist aktuell zur Fahndung ausgeschrieben. Die Beamten der Bundespolizei haben einen Blick dafür. Für sie ist es Alltag auf dem Bahnhof. Deshalb haben sie ihn auch sofort erkannt. Außerdem hat er eine Waffe bei sich geführt, die sichergestellt wurde. Sein Name ist Sjarhej Martynowitsch.«

»Der Killer aus Belarus, einer der von der litauischen Polizei angekündigten Cleaner.«

»Ich mag mir nicht vorstellen, was passiert wäre, wenn die Auseinandersetzung nicht zwischen ihm und einem Amateurboxer stattgefunden, sondern es einen anderen Passanten getroffen hätte«, sagte Dr. Starke. »Man hat bei Martynowitsch eine Keykarte eines nahen Innenstadthotels gefunden.«

»Die sind zu zweit unterwegs«, sagte Lüder, aber der Kriminaldirektor winkte ab. »Auf die Idee sind andere schon gekommen. Das SEK ist bereits unterwegs.«

Es wirkte fast wie eine Störung, als sich das Telefon erneut meldete und Frauke Dobermann am Apparat war. Sie berichtete, dass Blaskovic überrascht gewirkt habe, als die Polizei dort eintraf und ihn festnahm. Man hatte ihn und Johanna Kohlmorgen zur Polizeidirektion Flensburg mitgenommen.

Es entspann sich ein Disput zwischen Frauke Dobermann und dem Kriminaldirektor, weil die Flensburgerin nicht einsah, dass Blaskovic sofort nach Kiel überstellt werden sollte. Sie vertrat hartnäckig die Auffassung, dass man unter ihrer Leitung den Kroaten genauso gut verhören könnte. Schließlich setzte sich Dr. Starke durch. Aus dem Dialog war deutlich zu entnehmen, dass die beiden noch eine alte Rechnung miteinander offen hatten.

Es begann eine zermürbende Zeit des Wartens. Das gehörte nicht zu Lüders Stärken. Er hatte Jens Starkes Büro verlassen, einen Kaffee bei Edith Beyer getrunken und unkonzentriert einen Small Talk mit ihr geführt, hatte die Waschräume aufgesucht und dort ein weiteres Wortgeplänkel mit einem Kollegen ausgefochten.

Dann war er ins Büro des Abteilungsleiters zurückgekehrt. Die Spannung stieg. Endlich meldete sich das SEK. Man hatte das Hotel aufgesucht. Das Personal hatte Martynowitsch und den zweiten Cleaner, Edvinas Vaitkūs, auf Fotos wiedererkannt. Vaitkūs hatte das Hotel verlassen, aber noch nicht ausgecheckt. Derzeit war die Spurensicherung vor Ort. In Martynowitschs Zimmer hatte man einen größeren Geldbetrag in Euro gefunden. War es der Lohn für die Auftragsmorde?

Mehrmals hatte Lüder das Büro verlassen, war zu seinem gegangen und hatte alle Quellen gecheckt, über die ihn Neuigkeiten erreichen konnten. Nichts. Zwischendurch rief er Margit an und informierte sie, dass er noch im Büro sei. Sie müssten noch eine wichtige Vernehmung vornehmen.

Endlich war es so weit. Blaskovic war eingetroffen. Er wurde von zwei Beamten hereingeführt. Dr. Starke wies auf einen Stuhl vor seinem Schreibtisch und veranlasste, dass Blaskovic die Handfesseln abgenommen wurden. Er sah bleich aus. Dunkle Schatten lagen unter seinen Augen. Die Selbstsicherheit, die Arroganz war von ihm gewichen. Sein unsteter Blick wanderte zwischen den beiden Beamten hin und her. Leise beantwortete er die Fragen zu seiner Person.

»Weshalb haben Sie sich mit Ihrer Partnerin versteckt?«, wollte Lüder wissen.

Blaskovic sah ihn nur an.

»Auch nach dem Vandalismus in Ihrem Büro, auf das Sie so stolz waren, haben Sie sich bedeckt gehalten. Weshalb?«

Keine Antwort.

»Nachdem Ihr Ferrari zerkratzt worden war, kam es zu einem erneuten Zwischenfall. Er wurde abgefackelt. All das hat Sie nicht berührt?«

Um Blaskovics Mundwinkel zuckte es nervös. Ihm war anzusehen, wie sehr ihn diese Aktionen schmerzten. Lüder hatte mit seiner Vermutung recht. Vor ihm saß ein Mensch, dessen Leben zerbrochen war. Blaskovic hatte viel riskiert, um sich einen Platz an der Sonne zu erobern. Trümmer waren übrig geblieben.

Dr. Starke hatte sich zurückgelehnt und die Hände vor dem Bauch gefaltet. Er überließ Lüder die Gesprächsführung.

»Es werden Ihnen zahlreiche Delikte zur Last gelegt. Möchten Sie Stellung beziehen?«

»Ich bin Unternehmer und habe aus dem Nichts etwas aufgebaut. Was wollen Sie mir vorwerfen?«

Lüder lächelte. »Wir sollten solche Spielchen lassen. Ich habe Sie gewarnt. Ihr Leben ist in Gefahr. Zum Glück haben Sie diesen Hinweis akzeptiert. Sie werden eine Haftstrafe antreten müssen. Das durch Straftaten erworbene Vermögen wird eingezogen. Aber! Sie leben. Und vor allem können Sie miterleben, wie Ihr Kind wächst und gedeiht. Mensch, Blaskovic. Sie haben sich richtig entschieden. Für Ihre Partnerin und das Kind. Das Ostseekartell jagt Sie, alle drei, auch das Ungeborene. Was kann die Frau und vor allem das Kleine dafür, dass eine blutrünstige Meute Geld- und Machtgier über alles stellt? Sie haben miterlebt, wie selbst brutale Verbrecher durch die eigenen Genossen aus dem Weg geräumt wurden. Haben Sie sich nicht gefragt, weshalb man Ihnen die Leichen in Hohwacht vor die Tür gelegt hat? Man hat die Polizei auf diese Weise direkt auf Ihre Spur geführt. Ihr kleines Reich ist am Bröckeln. In Ihren Betrieben drehen die Behörden jeden Stein um. Und wir werden fündig werden. Nutzen Sie die eine Chance, strafmildernd davonzukommen, indem Sie mit uns kooperieren. Das ist das einzige Angebot, das Sie erhalten.«

Blaskovic nagte an der Unterlippe, auf der ein kleiner Bluttropfen perlte. »Es war mein Wunsch, eine eigene Existenz aufzubauen.«

»Deshalb hing Ihr Herz am Devils Home?«

Blaskovic nickte. »Aber mit einem solchen Laden bekommen Sie keinen Kredit bei einer Bank. Über das Internet habe ich Kontakte gefunden. Ein Finanzier aus Litauen suchte Anlagemöglichkeiten in Deutschland. Dahinter steckte ein vertrauenswürdiger Ex-General.«

»Wiktor Borissowitsch«, warf Lüder ein.

»Von dem kam die Anschubfinanzierung. Borissowitsch gab vor, Teile seines Vermögens im prosperierenden Deutschland investieren zu wollen. Da er sich hier nicht auskannte, suchte er einen Partner. Meine Idee, in Hotels und Gastronomie zu investieren, fand er gut. Er argumentierte, dass die Deutschen Reiseweltmeister sind. Die Geschäfte entwickelten sich gut. Ich war selbst überrascht und habe zu spät gemerkt, dass ich in eine Falle gelaufen war. Aus der bin ich nicht wieder herausgekommen. Ich konnte nicht mehr zurück. Als ich erkannte, dass ich Teil eines ausgeklügelten Geldwäschesystems war, war es zu spät. Ich war zu sehr darin verstrickt. Ich habe doch nichts gemacht. Ich war nur ein erfolgreicher Geschäftsmann.«

»Der ein großes Netz für die Geldwäsche geknüpft hat.«

»Das habe ich erst viel später registriert.«

»Das Drogengeschäft?«

»Ich war nur für die Finanzen zuständig. Mit Drogen hatte ich nie etwas zu tun.«

»Kannten Sie Baranauskas?«

»Nein, wir hatten keinen Kontakt.«

»Sie wussten aber, auf welchem schmutzigen Feld er sich tummelte?«

»Das habe ich irgendwann mitbekommen. Aber ich konnte doch nicht zur Polizei gehen. Da war ich selbst schon viel zu sehr eingebunden.«

Lüder verschränkte die Arme vor der Brust.

»In die Ecke,

Besen! Besen!

Seid's gewesen.

Denn als Geister

Ruft euch nur, zu seinem Zwecke,

Erst hervor der alte Meister.«

Einen Moment herrschte Stille im Raum. Blaskovic sah Lüder ratlos an.

»Das stammt aus der Ballade ›Der Zauberlehrling‹ von Goethe, der nicht nur der wohl genialste deutsche Wortarchitekt, sondern auch ein kluger Kopf war. Er hält uns vor Augen, dass man den Meister weder kopieren noch verdrängen kann, sondern seinen Machenschaften ausgeliefert ist. Sie kamen nicht mehr raus aus der Geschichte.«

Blaskovic nickte resigniert. »So war es. Es gibt keine Möglichkeit der Kündigung.«

»Und als die Geschäfte aufflogen, die Zeitungen das Thema aufgriffen und die Logistikschiene mit Baranauskas hochgenommen wurde, brannte es lichterloh. Was hat Borissowitsch dazu gesagt?«

»Nichts. Der war krankheitsbedingt ausgefallen.«

»Und seine Erben?«

»Es gab ein paar Anwärter aus der zweiten Reihe. In Litauen, Schweden und Deutschland. Der Litauer wurde eliminiert.«

»Und die anderen?«

»Die kenne ich nicht. Ich habe nur über eine Telefonkette Kontakt gehabt. Und meine Anweisungen erhielt ich über den Messengerdienst Telegram.«

»Das sollen wir Ihnen glauben?«

»So war es. Bestimmt. Ich kann es beweisen. Ich will auch mit Ihnen zusammenarbeiten.«

»Woher der Sinneswandel?«

Blaskovic sackte förmlich im Stuhl zusammen. »Ich konnte nicht ahnen, wie gefährlich diese Leute sind. Sie sind in meine Büroräume eingedrungen und haben alles verwüstet. Sie haben meinen Ferrari zunächst zerkratzt ...«

Lüder nahm es schweigend zur Kenntnis, auch wenn er den wahren Urheber für diese Tat kannte.

»... und später angezündet. Und sie sind hinter mir her.«

»Und hinter Johanna Kohlmorgen, die Ihr Kind unter dem Herzen trägt.«

Blaskovic seufzte tief. »Das ist das Schlimmste. Ich werde alles tun, damit Johanna nicht mit hineingezogen wird.«

»Dann verraten Sie uns, wer hinter den Kulissen die Strippen zieht.«

»Ich weiß es doch nicht. Da hat jemand die Macht an sich gezogen und versteht es, sich perfekt zu tarnen. Einzig Slavickas soll Kontakt gehabt haben. Und der wurde von einem Polizisten erschossen.«

Wie gut, dachte Lüder, dass mein Name in Verbindung mit diesem Zwischenfall nicht in der Öffentlichkeit aufgetaucht ist. Auch wenn ein lebendig gefasster Slavickas wertvolle Informationen hätte liefern können, Lüder hatte bei dem Schusswechsel keine Alternative gehabt.

»Das alles war zu viel für Sie?«

»Die Cleaner waren mir auf der Spur. Sie haben die Leute aus dem Weg geräumt, die selbst gnadenlos gemordet haben. Wer den Cleanern in die Hände fällt, ist chancenlos.«

Es sei denn, es ist ein durchtrainierter junger Boxsportler, dachte Lüder.

»*Du behöver inte berätta nåt för oss*«, sagte Lüder und erklärte damit, dass Blaskovic nichts sagen müsse.

Der Kroate sah ihn fragend an.

»*De är för utmattade.*« Offenbar verstand er nicht, dass Lüder ihm suggerierte, er sei zu erschöpft.

»*Unna dig en paus?*« Die Frage nach einer Pause nahm Blaskovic nicht wahr.

»*Vill du ha en kaffe?*« Auch den Kaffee verschmähte er.

Es waren harmlose, unverfängliche Fragen gewesen. Nein. Blaskovic verstand kein Schwedisch. Er konnte weder der Urheber noch der Empfänger des Strategiepapiers gewesen sein, das Professor Michaelis entschlüsselt hatte. Und Slavickas, in dessen Übergangswohnung sie den Rechner konfiszierten, auf dem das brisante Papier gespeichert war, hatte alles Erdenkliche unternommen, um wieder in den Besitz des Notebooks zu gelangen.

Ob er den Inhalt kannte? Immerhin konnte er ansatzweise Schwedisch, wie die Polizei aus Kristianstad durch das Aufspüren des Liebesnests auf dem einsam gelegenen Bauernhof herausgefunden hatte.

Sie ließen Blaskovic abführen.

Für Lüder ergaben die vielen kleinen Puzzleteile einen Sinn. Alles passte zueinander. Die letzte Bestätigung traf ein, als er mit Dr. Diether sprach und der Rechtsmediziner die Übereinstimmung der DNA mit der illegal durch den »Schlüsseldienst« beschafften bestätigte.

»Jaaaa«, sagte Lüder laut und ballte die Faust. Der DNA-Abgleich diente nur der Bestätigung. Als Indiz konnte er ihn nicht verwenden. Aber er war ein Grundpfeiler bei der Identifikation des führenden Kopfes.

Lüder sprang auf.

»Komm, Jens«, sagte er im Überschwang. »Wir verhaften den Chef des Ostseekartells.«

»Was? Wie? Bist du komplett übergeschnappt?« Dr. Starke starrte ihn mit offenem Mund an.

»Komm, mach schon.«

»Wir beide?« Der Kriminaldirektor streckte den Arm Richtung Telefon aus. »Ich verständige das SEK.«

»Nein«, widersprach Lüder entschieden. »Das machen wir beide. Wir sind doch Polizisten, oder?«

»Ja – aber ...«, antwortete Jens Starke zaghaft.

»Wir müssen«, drängte Lüder. Es amüsierte ihn, dass Dr. Starke völlig die Fassung verlor, nachdem Lüder ihn aufgefordert hatte, seine Dienstwaffe mitzunehmen.

Unterwegs ging Lüder noch einmal auf das Strategiepapier ein und erklärte, dass dieses aus der Feder eines Menschen stammte, der eine strukturierte Denk- und Arbeitsweise pflegte.

»Wir haben festgestellt, dass dem Ostseekartell bei aller Brutalität und Professionalität Fehler unterlaufen sind. Es fehlt die kriminelle Basis, die Herkunft, der Aufstieg durch die Instanzen. Wir sehen das bei manchen Berufspolitikern, die nie eine Tätigkeit im richtigen Leben wahrgenommen haben.« Er erinnerte Starke an die Überlegung in dem konfiszierten Positionspapier, dass man oben angreifen und von da aus das Feld für die schmutzigen, aber sehr einträglichen Geschäfte aufbereiten müsse. »In Andersens Märchen von des Kaisers neuen Kleidern wies der Herrscher an, dass alle unbekleidet herumlaufen sollten. Und weil es eine Anweisung von oben war, wurde ihr Folge geleistet, und jedem erschien es als normal.«

»Das ist doch absurd«, widersprach Jens Starke. »Du kannst doch ein Märchen nicht in die Wirklichkeit übertragen.«

»Ein paar werden immer dagegen sein. Es kommt aber auf die Masse an, die das als gegeben hinnimmt. Und wenn der Drogenkonsum freigegeben wird und nicht mehr strafbar ist, wird es kaum noch jemanden kümmern. Dann ist das Ziel erreicht.«

»Genau. Man muss nur an die Spitze der Macht, um solche Gedanken legal durchzusetzen. Das ist unfassbar, dass jemand in der Maske des Biedermanns sich solche Verbrechen ausdenkt.«

»Nein«, widersprach Lüder, »er ist nur auf den fahrenden Zug aufgesprungen und hat nach dem unfreiwilligen Rückzug von Borissowitsch nach der Krone gegriffen.«

Lüder bremste den Wagen ab. »So, hier ist es.«

Dr. Starke blinzelte mit gerunzelter Stirn durch die Frontscheibe. »Das wirkt alles unscheinbar.«

Sie stiegen aus. Lüder schlug den Kragen seiner Jacke hoch. Der Kieler Nieselregen war unangenehm. Sie blieben vor einem schlichten Reihenhaus stehen, das sich nicht von seinen Nachbarn unterschied, und klingelten. Sofort ertönte im Inneren Hundegebell.

»Das ist ja ganz schön kleinbürgerlich spießig«, merkte Dr. Starke an.

Sie hörten, wie ein Schlüssel im Schloss bewegt wurde. Dann wurde geöffnet. Ein kleiner Mischlingshund versuchte, durch den Türspalt zu gelangen. Lüder hätte gern angemerkt, dass der Hund in der Tonlage Tenor kläffte.

Stattdessen sagte er: »*God kväll*, Frau Beerendonk.«

Die Landtagsabgeordnete sah verwundert auf die beiden Polizisten. Lüder stellte seinen Begleiter vor. »Kriminaldirektor Dr. Starke. Können wir hineinkommen?«

Lüder verstand und sprach Schwedisch. Für den Alltagsgebrauch reichte es. Nikola Beerendonk hatte ihn bei seinem Besuch im Landeshaus mit einem leicht dahingeworfenen »*Hejdå*« verabschiedet. In Schleswig-Holstein, besonders im nördlichen Landesteil, traf man zahlreiche Menschen, die des

Dänischen mächtig waren. Aber Schwedisch? Das war eher eine Ausnahme.

Beerendonk schien die Sprache zu sprechen. Das war sicher hilfreich, wenn sie als Politikerin Verantwortung übernehmen wollte. Im Ostseeraum wurden viele Kontakte gepflegt, man teilte gemeinsame Interessen unter den Anrainern. Und die deutsche Seite wurde dabei durch Schleswig-Holstein und Mecklenburg-Vorpommern repräsentiert.

Die schwedische Sprache war in ihrem Fall ein entscheidender Hinweis gewesen. So hatte sie ihn auch im Landeshaus angesprochen.

Lüder erinnerte sich an den Wortlaut: »Dann suchen Sie dort, wo das Böse zu Hause ist. Viel Erfolg. *Hejdå.*« Er hatte ihr hinterhergesehen, als sie über den Flur davonging, und er hatte gedacht, dass sie keine attraktive Frau war. Es entsprach nicht seiner Denkweise, solche Urteile zu fällen. Wem stand es schon zu, diese Einschätzung abzugeben? Und trotzdem hatte diese Frau …

Sie öffnete die Tür ganz, trat sanft in Richtung des Hundes und sagte: »Puschel. Sei ruhig.«

Dann bat sie die Beamten ins Haus. Sie nahmen im Wohnzimmer Platz. Lüder warf einen Blick auf die Holzplatte, die an der Terrassentür angebracht war. Das mussten die Spuren des »Schlüsseldienstes« sein. Nikola Beerendonk bemerkte seinen Blick, ersparte sich aber jede Erklärung.

Das Wohnzimmer war düster. Auf Lüder wirkte es, als hätte die Frau die Einrichtung von der Großmutter übernommen. Alles war altbacken. War es wirklich das Zuhause des Kopfes des Kartells?

»Sie wissen, weshalb wir kommen?«, fragte Lüder.

»Nein.« Dabei wich sie seinem Blick aus.

»Wir wollen Sie festnehmen.« Lüder wählte die Konfrontation.

»Mich?« Das Erstaunen wirkte halbherzig.

»Ja.«

»Weshalb? Ich bin Landtagsabgeordnete.«

»Deshalb ist Ihr Tun umso verwerflicher.«

Nikola Beerendonk wollte antworten, aber Lüder gebot ihr mit erhobener Hand Einhalt. »Kennen Sie Wiktor Borissowitsch?«

Die Frau bewegte schon den Kopf zur Verneinung, schien es sich dann aber doch überlegt zu haben. »Der Name sagt mir etwas.«

Lüder erklärte, dass der Ex-General früher von seinem Heimatland in verschiedene Gremien der Ostseeanrainerstaaten entsandt worden war, in denen die Sicherheit diskutiert wurde. Bei einer solchen Gelegenheit habe er Beerendonk kennengelernt. Das war geraten, aber sie widersprach nicht.

»Sie selbst engagieren sich ebenfalls auf dem Gebiet der inneren Sicherheit und streben das Amt der Innenministerin an. Da sind Kontakte in andere Länder hilfreich. Zum Beispiel nach Litauen, aber auch nach Schweden.«

Beerendonk schlug die Augen nieder. Sie hatte den Kopf gesenkt.

»Sie haben auch sehr private Kontakte gepflegt, zum Beispiel zu Tautvydas Slavickas, einem vorbestraften Gewaltverbrecher, der vor Ihrem gemeinsamen Liebesnest in Mettenhof bei einem Schusswechsel mit der Polizei getötet wurde.«

Berendonk schluckte heftig. Der Adamsapfel sprang lebhaft auf und ab.

»Haben Sie ihn wirklich geliebt? Oder war es nur reine Biologie, wie bei ihm? Slavickas hat Sie ausgenutzt, für seine kriminellen Ziele missbraucht. Dabei dürfen Sie ›missbraucht‹ in jeder Hinsicht wörtlich nehmen. Mussten Sie ihn bezahlen, dass er mit Ihnen zum Bauernhof von Rune Wallander in die Nähe von Simrishamn gefahren ist?«

»Woher wissen …?« Sie stoppte mitten im Satz, als sie ihren Fehler bemerkte.

Lüder lächelte überheblich. »Nicht nur das Verbrechen hat ein Netzwerk rund um die Ostsee geschaffen, auch die Polizeibehörden vermögen so etwas hinzubekommen. Sie können natürlich leugnen, aber Wallander und seine Frau haben Sie und Slavickas wiedererkannt.« Lüder spitzte die Lippen und säuselte: »*Wildkatze*. So hat Sigge Lundbjerg alias Slavickas Sie genannt. Mir – uns – ist es zuwider, in das Leben von Menschen einzutauchen, schon gar in den intimsten Bereich. Aber es lässt sich nicht vermeiden, wenn es um die Aufklärung von Schwerstkriminalität geht.« Lüder fasste sich ans Kinn. »Ich frage mich nur, wie Sie sich die Zukunft vorgestellt haben. Nehmen wir an, Ihr Lebenstraum hätte sich erfüllt und Sie wären Innenministerin geworden. Hätten Sie Slavickas dann in die Wüste geschickt? Haben Sie nicht daran gedacht, dass er Sie dann mit der gemeinsamen Vergangenheit erpresst hätte? Oder hätten Sie seinet- und Ihrer Liebe wegen auf das Amt verzichtet? Dieser Spagat wäre auch für eine gestandene Politikerin schwer geworden. Oder hätten Sie ihn durch die Cleaner ausgeschaltet?«

Nikola Beerendonk hockte auf der vorderen Sitzkante. Sie war kreidebleich. Immer wieder befeuchtete sie ihre Lippen mit der Zungenspitze.

Lüder schwenkte den Zeigefinger. »Nun sagen Sie nicht, das würde alles nicht stimmen. Die Forensik liefert untrügliche Beweise. Ihre DNA haben wir in Mettenhof gefunden. Die Kollegen in Schweden und Dänemark sind Ihren Kontenbewegungen auf der Spur. Uns liegt Ihr Strategiepapier vor.« Er tippte sich an die Brust. »Wenn Sie mich fragen … Das ist ganz schön kühn. Sich in der politischen Spitze breitzumachen, um von dort aus das Verbrechen zu legalisieren, zumindest wenn es Ihnen selbst dienlich ist. Ein revolutionärer Gedanke. Im Unterschied zu Blaskovic, der hochgradig kriminell agiert hat, haben Sie sich aber nicht die Finger schmutzig, nein blutig gemacht. Sie haben eiskalt Mordaufträge erteilt und das Cleaner-Duo ins Land geholt.« Lüder verzog das Gesicht. »Es widert mich an. In der Geschichte gab es immer schon Menschen, die aus dem Hintergrund, vom grünen Tisch aus, über das Leben anderer entschieden haben. Die Leute im Generalstab, die diskutiert haben, wie viele Tote aus den eigenen Reihen diese oder jene Aktion fordern würde. Und die eiskalten Spitzen – die haben einen eigenen Leibarzt an ihrer Seite, der ihnen bei einer Erkältung sofortige Hilfe angedeihen lässt. Despoten, die ohne jede Scheu in ihrer Heimat einen Bürgerkrieg mit vielen Toten führen, fliegen zur Zahnbehandlung in die von ihnen gehasste westliche Welt. Pfui.«

Es war totenstill im Raum. Beerendonk hockte zusammengekauert auf ihrem Stuhl. Jens Starke sah Lüder mit großen Augen an.

»Wie konnte eine unscheinbare Politikerin wie Sie so tief in den Strudel des Verbrechens geraten?«

Nikola Beerendonk öffnete den Mund und bewegte die Lippen.

»Ich habe Sie nicht verstanden«, sagte Lüder laut.

»Es war alles ganz anders.«

»Ja – natürlich. Der gute Opa Borissowitsch hat Sie zu seiner Erbin im Verbrecherkartell auserkoren«, sagte Lüder und ließ es zynisch klingen. »Und zum Dank haben Sie ihn kaltgestellt. Hätten Sie ihn auch umbringen lassen, wenn er nicht von allein bettlägerig geworden wäre?«

Sie antwortete mit einer hilflos wirkenden Handbewegung.

Lüder schüttelte sich, als würde er sich ekeln. »Das alles ist schon schlimm genug. Soll ich Ihnen etwas über Finn Hunger erzählen? Das ist der Jugendliche, den Ihre Leute mit manipuliertem Rauschgift ermordet haben. Finn wurde siebzehn Jahre alt. Er musste sterben, weil Sie und Ihre Leute geldgierig waren. Und Sie«, dabei streckte Lüder den Zeigefinger in Beerendonks Richtung aus, »auch noch machtgierig. Sollte Ihr Weg in ein hohes politisches Amt über Leichen gehen? War es Ihre Idee, den Abholer der Rauschgiftpakete im Devils Home mit einer gefakten Identität Ihres politischen Widersachers Harald Müller auszustatten?« Lüder legte eine Pause ein. »Haben Sie eine Vorstellung, wie es Sonja Ehlebracht geht, der Polizistin?«

Lüder führte detailliert aus, was der Beamtin widerfahren war. Nikola Beerendonk hielt sich die Ohren zu.

»Zu guter Letzt frage ich mich, was Sie empfunden haben, wenn Sie mit Slavickas intim waren. Haben Sie in solchen Momenten daran gedacht, dass er Sonja Ehlebracht missbraucht hat? Vielleicht sogar in derselben Nacht? Und das, ohne vorher zu duschen?«

Nikola Beerendonk presste beide Hände fest auf ihre Ohren. »Hören Sie auf«, kreischte sie mit sich überschlagender Stimme.

»Weshalb Sonja Ehlebracht?«

»Es sollte nur eine Warnung sein«, wisperte sie fast unhörbar.

»Es war bestialisch.«

»Ich bin eine Frau. Deshalb hat es mich erschüttert, was mit ihr geschehen ist. Ich war fix und fertig, als ich es erfahren habe. Nicht nur ich, auch andere, die durchaus nicht zartbesaitet waren. Es herrschte Aufruhr. Wir distanzierten uns davon. Es blieb nur die Lösung, die Schuldigen zu bestrafen.«

»Durch die Cleaner?«

Sie nickte kaum merklich.

»Und weshalb in Hohwacht?«

»Das war Blaskovics Idee. Er ahnte, dass man ihm auf den Fersen war, und meinte, wenn die Leichen vor seiner Haustür abgelegt würden, müsse die Polizei zu dem Schluss kommen, dass er mit allem nichts zu tun haben könne, da er nicht so dumm sei, genauso zu handeln.«

»Haben Sie noch etwas zu sagen?«

Sie hielt sich die Hände vors Gesicht. Schluchzte. Tränen ergossen sich in Strömen. Ihr Körper bebte. »Es tut mir unendlich leid.«

Lüder hatte kein Mitleid mit der gebrochen wirkenden Frau. Sie ließen sie ein paar Sachen zusammenpacken. Nikola

Beerendonk zitterte, als ihr Handschellen angelegt wurden. Ihr schien bewusst zu werden, dass sie große Teile ihres künftigen Lebens »gefesselt« verbringen würde. Ob sie Reue empfand? Oder nur Schmach?

Noch war der Fall nicht abgeschlossen. Die Polizeibehörden in verschiedenen Ländern würden noch eine Weile damit beschäftigt sein, die Trümmer und Überreste des Ostseekartells zu sichten und zu bereinigen. Aber es hatte aufgehört zu existieren.

Dichtung und Wahrheit

Die Handlung und alle Figuren sind frei erfunden und haben, mit Ausnahme der Personen der Zeitgeschichte, keine realen Vorbilder. Nur wenige, die auf einem Drahtseil eine Schlucht überqueren, kommen heil auf der anderen Seite an. Den anderen bleibt die Wahl, ob sie links oder rechts abstürzen wollen. Aber allen schien es verlockend, den Trip anzutreten, scheinbar frei unter dem Himmel zu schweben. Was gelten das mahnende Wort und gar Verbot der Mutter? Des Vaters? Gleich, ob er Klaus, Wolfgang oder Väterchen Staat heißt? Nicht immer ist es Willkür oder die Einschränkung der Freiheit, sondern einfach nur Fürsorge.

Mein Dank gilt Birthe, meiner Lektorin Dr. Marion Heister und einem weiteren Ratgeber, der in Anbetracht des Themas ungenannt bleiben möchte.

Die Erfolgsserie des Bestsellerautors Hannes Nygaard:

Alle Titel sind auch als eBook erhältlich.

Hinterm Deich Krimis:

Tod in der Marsch
ISBN 978-3-89705-353-3

Vom Himmel hoch
ISBN 978-3-89705-379-3

Mordlicht
ISBN 978-3-89705-418-9

Tod an der Förde
ISBN 978-3-89705-468-4

Tod an der Förde
Hörbuch, gelesen von Charles Brauer
ISBN 978-3-89705-645-9

Todeshaus am Deich
ISBN 978-3-89705-485-1

Küstenfilz
ISBN 978-3-89705-509-4

Todesküste
ISBN 978-3-89705-560-5

Tod am Kanal
ISBN 978-3-89705-585-8

www.emons-verlag.de

Der Tote vom Kliff
ISBN 978-3-89705-623-7

Der Inselkönig
ISBN 978-3-89705-672-5

Sturmtief
ISBN 978-3-89705-720-3

Schwelbrand
ISBN 978-3-89705-795-1

Tod im Koog
ISBN 978-3-89705-855-2

Schwere Wetter
ISBN 978-3-89705-920-7

Nebelfront
ISBN 978-3-95451-026-9

Fahrt zur Hölle
ISBN 978-3-95451-096-2

Das Dorf in der Marsch
ISBN 978-3-95451-175-4

Schattenbombe
ISBN 978-3-95451-289-8

Flut der Angst
ISBN 978-3-95451-378-9

Biikebrennen
ISBN 978-3-95451-486-1

Nordgier
ISBN 978-3-95451-689-6

www.emons-verlag.de

www.emons-verlag.de

Niedersachsen Krimis:

Mord an der Leine
ISBN 978-3-89705-625-1

Niedersachsen Mafia
ISBN 978-3-89705-751-7

Das Finale
ISBN 978-3-89705-860-6

Auf Herz und Nieren
ISBN 978-3-95451-176-1

Tod dem Clan
ISBN 978-3-7408-0438-1

Kurzkrimis:

Eine Prise Angst
ISBN 978-3-89705-921-4

www.emons-verlag.de